Tu maldita voz en mi memoria

Tu maldita voz en mi memoria

María Estévez

Rocaeditorial

© 2019, María Estévez

Primera edición: mayo de 2019

© de esta edición: 2019, Roca Editorial de Libros, S.L.
Av. Marquès de l'Argentera 17, pral.
08003 Barcelona
actualidad@rocaeditorial.com
www.rocalibros.com

Impreso por LIBERDÚPLEX, S. L. U.
Sant Llorenç d'Hortons (Barcelona)

ISBN: 978-84-17305-84-0
Depósito legal: B. 9103-2019
Código IBIC: FA; FV

RE05840

PRÓLOGO

*E*l timbre retumba sin tregua. Alguien lo pulsa con fuerza hasta que el viejo interruptor se ahoga con un chasquido.

En esa urgencia Isabel evoca un aullido de la infancia. Las dos corrían para llegar a casa después del colegio y pulsar el timbre antes que la otra mientras Alba les gritaba con calma fingida: «Con cuidado, niñas, con cuidado». «¿Quién llama así?», aullaba su madre si la vencedora era su hermana.

Isabel está segura de que en esa forma de llamar se anuncia Fátima.

—Señora —oye decir a la mujer que desde hace ocho años, desde la muerte de Alba, cuida de ella—. Señora…

Ella no la escucha. Su hermana regresa del ayer para desorganizar el presente. Ese presente de rutinas en el que ella se refugia. «¿Vendrá a quedarse?», se pregunta con un temor fundado que la obliga a abrazarse contra el frío de esa presencia inesperada.

Como si hubieran transcurrido solo unas horas desde su último encuentro, Fátima avanza con la zancada grande y convulsa de las mujeres que no buscan ser femeninas, sino alterar con su apariencia.

El largo pasillo y los altos techos crean el marco perfecto para el eco de sus pasos. La oye detenerse, abrir la puerta del que fuera su cuarto, el primero de la casa, a la derecha del pasillo, lleno de trastos inútiles amontonados, nunca ha sabido desprenderse de lo que no sirve. Se le acelera un corazón débil para las emociones.

—¿Cómo estás, Isabel? ¿Qué has hecho hoy?

Fátima es una experta en el idioma de los gestos, sabe que su hermana pequeña entiende lo que dicen esas dos gotas de sudor casi imperceptibles que han surgido en su frente.

—¿Sigues poco habladora? —Fátima intimida.

—Hola, perdóname, no te esperaba. —Isabel, aturdida, se limita a practicar la exquisita educación que ambas han recibido—. ¿Un té?

—Sí, por favor.

—Siéntate. Dime, ¿vienes de Madrid? —Isabel quiere que revele a la mayor brevedad qué la trae de vuelta.

—¿Puedo darle mi abrigo y mis guantes primero a tu muchacha?

Isabel toca la campanilla de plata que coge de la pequeña mesa de madera donde tiene desparramada su baraja de cartas. La campanilla es un regalo de Navidad que le trajo Fátima de México, hace años, concretamente de Taxco. Isabel ni sabía dónde estaba Taxco, nunca había cruzado el Atlántico. La avergüenzan esos límites invisibles, esas barreras de miedo infranqueables. Taxco debía ser una ciudad muy bonita si fabricaban cosas como esa campanilla de plata. La utilizaba para llamar a la nueva muchacha, como antes hizo con Alba. «Esta, aunque lleve ya ocho años en casa, es solo una sustituta», se dice.

—Te admiro. No has perdido la costumbre de entretenerte con el juego. Traigo esto para ti —anuncia Fátima en cuanto se desprende del abrigo.

Isabel mira atónita la bolsa de terciopelo que su hermana acaba de dejar junto a la campanilla. Ha visto esa bolsita roja antes, décadas atrás, en ese pasado enterrado que consume sus fantasías. Esconde el temblor de sus manos uniéndolas.

—Ábrela —exige Fátima.

Isabel la mira y su hermana sabe que sigue aturdida por su presencia, por todo lo que regresa con ella.

—Ahora me dedico a los solitarios.

—Si quieres, jugamos a aquel que nos enseñó papá, ¿te acuerdas?

Ambas miran la bolsa de reojo, junto a la campanilla de plata. Finalmente Isabel la coge y tira despacio del diminuto cordón del cierre. La boca se abre de inmediato desnudando una luz tersa que surge del interior. Isabel vuelca el contenido en su mano: un diamante ilumina la piel arrugada.

El Ojo del Ídolo brilla ante sus ojos con el mismo resplandor azul que tenía el día que lo vieron por primera vez. Fátima sonríe.

—Esta piedra nos destruyó. ¿De dónde la has sacado? —dice Isabel guardándola de nuevo. Cierra la bolsa y la deja sobre la mesa.

—La compré, nadie regala diamantes a cambio de nada.

—Cuando te fuiste me dejaste sin nadie que supiera jugar a nuestro solitario. —Isabel habla con la voz rasgada y Fátima, consciente del esfuerzo, no la presiona—. A mamá no le gustaba que jugásemos a las cartas.

—Hemos esperado mucho tiempo para tantas cosas... Ya que tienes la baraja, ¿por qué no hablamos mientras jugamos? ¿Reparto yo?

—Mejor a la carta más alta —contesta Isabel tratando de no dejarse avasallar.

—No hay que dar ventaja nunca —dice guiñando un ojo.

Isabel quiere contestar «Tienes razón» y no puede. Se altera. ¿Por qué se irrita? Creyó que el tiempo había amainado su ira. Pero ahora echa por tierra sus modales:

—¡Vete! —le grita, aunque no sabe si realmente ha articulado su pensamiento en palabras. Ella sigue allí—. Vete, maldita sea.

—Por favor, vete. —Fátima se burla de ella—. Cálmate y escucha. No estoy aquí para charlar de cómo ha sido mi viaje de Madrid a Málaga ni tampoco para desearte una buena tarde. He venido a hablar contigo. No busco tu perdón.

—Por fin —dice Isabel—, por fin.

—No me robes el placer del solitario. Juguemos primero. Baraja bien, que hoy me he propuesto ganar.

—¿Has separado los *jokers*?

—Sí, una tradición que no vamos a perder entre nosotras.

La sirvienta las observa, suspira, se encoge de hombros y se marcha a la cocina. Duda si debe informar a la hija de la señora, cuántas veces le ha dicho que la llame si ve algo raro. Pero no le parece extraño ver a la señora con los naipes en la mano.

Isabel repasa a su hermana mientras mezcla las cartas. El pelo muy corto, como los hombres, los ojos desafiantes, el escote abierto. A su edad. ¿Qué mujer en la sociedad de Málaga podría atreverse a algo así? El vestido de Chanel, la chaqueta entallada. Su hermana siempre se ha sentado en el borde obligando a su cuerpo a mantener la espalda erguida, el cuello derecho, la cabeza sujetándose sin peso sobre él, las piernas muy juntas, los tobillos hacia dentro. El único detalle coqueto es ese toque rosa en las mejillas, a los lados de esa media sonrisa que no revela nunca lo que piensa.

En la pierna tiene una herida. Debajo de la media transparente una gasa tapa la úlcera. «¿Cuánto tiempo llevará abierta?» Fátima heredó de su padre una anomalía sanguínea, una anemia rara que en más de una ocasión la ha obligado a someterse a una transfusión de sangre. Cuando le hicieron la primera, Isabel recuerda que no pudo aguantar la visión de una enfermera batiendo la sangre en un cuenco mientras un tubo la succionaba, y salió vomitando. Desde entonces, sus juegos no fueron los mismos, y el enfrentamiento al que sus padres las sometían apagó su inocencia como un farolillo sin gas.

Fátima advierte sus pensamientos y cubre la pierna herida con la otra. El tiempo ha amainado la belleza de su hermana, que, sin embargo, mantiene intacta su sensualidad. Siempre le ha sorprendido el erotismo que emana de Isabel. No importa cómo se mueva, lo distante que se exhiba, en las formas de Isabel todo provoca. Un poder que utiliza para conseguir lo que quiere. Hombres y mujeres se doblegaron. La suya es una seducción inmediata, contagiosa. Una sola vez la vida le negó sus deseos y ella, caprichosa, infantil y soñadora, indefensa e inútil, se rindió antes de tiempo.

Málaga sigue siendo una ciudad estática, atestada de recuerdos. Quiere regresar a Nueva York cuanto antes. Entonces ve el busto de Daniel sobre un baúl. La escultura que su hermana hizo en Tánger años atrás. Mira sus cartas y muy, muy despacio, levanta los ojos. Su hermana parece ida.

—Tú sí regalas diamantes a cambio de nada.

1

—*M*ira, mira. Alba, ven. Papá habla con un tipo muy raro en el salón. —A Isabel le gusta esconderse tras las puertas para espiar.

—Niña, no debes ser tan chismosa.

—Pues bien que me mandas a pegar el oído cuando algo te interesa.

Alba sonríe; Isabel es producto de sus mañas. Es ella quien se ha encargado de cuidarla desde que era un bebé.

—Ya está preparado, Alfonso, urge que vayas a Gibraltar para controlar que la mercancía cruce a España. —El hombre tiene acento extranjero y viste uno de esos trajes de grandes solapas y hombreras tan de moda en las películas americanas.

Alba lleva tiempo prestando atención a estas reuniones de negocios; más de una vez le ha contado el contrabando que hace el señor a uno de sus primos y ese se ha aprovechado del soplo. Pero el hombre que ha venido hoy tiene una pinta rara, no se parece a los señoritos de otras veces. Siente una punzada de miedo en el estómago.

—Niña, vámonos. Tienes que ir a ponerte el pijama. No vaya a ser que tu padre nos descubra.

Deja a Isabel en su cuarto y acude a ver a Elizabeth: la señora de la casa, y madre en sus ratos libres, ha estado preguntando por ella.

—*My God*, Alba, es tardísimo. Ni baño ni cena. No puedes seguir así, debes organizar mejor los horarios de las niñas. Te pago para que trabajes, no para holgazanear.

Con un gesto de la mano, Elizabeth le manda salir sin darle tiempo a explicarse. ¿Qué culpa tiene ella de que Alfonso haya decidido ir a pasear con Isabel? Cuando Alba regresa al dormitorio de la joven, está de malas pulgas.

—Venga, es hora de ir a dar las buenas noches a tu madre. Y luego recoge, este cuarto es una pocilga. ¿Por qué nunca tiras los papeles de tus dibujos?

Alba se siente frustrada mientras se agacha a recoger la ropa tirada en el suelo. Isabel se ha quedado sentada en la cama, enfurruñada. Su enojo le colorea las mejillas y altera esos enormes ojos negros de largas pestañas bajo asimétricas cejas rectas. La tersura de su piel y los huesos de su cara realzan su belleza, bajo esa mirada poderosa. En esa actitud, con los brazos cruzados, esa joven de casi dieciocho años sigue siendo una niña.

—¿Qué te ha dicho mi madre para que vengas así?

—Isabel, cada pregunta y cada cosa tiene su momento. Nada importante.

Cansada de tapar las indiscreciones conyugales del padre, y como consecuencia de la discusión que ha tenido con la señora, Alba retrasa a propósito la despedida nocturna: se toma su tiempo en sacar la bata de noche, en encontrar las zapatillas a juego en el fondo del armario. Isabel se maravilla con su extraña delicadeza.

—Esta noche debes ir a la habitación de tu madre, no a la salita, no se encuentra bien.

En realidad, esa noche Elizabeth le ha pedido a Alba que se ocupe de todo, no tiene intención ni de dar las buenas noches a sus hijas, su marido le ha pedido una cita.

Desde niña, a Isabel le ha gustado trotar por el pasillo. Un largo pasillo de altos techos que invita a ese trote entre el juego y la carrera. Un trote cargado de ingenuidad. Ruidos extraños rompen la magia y la obligan a avanzar con sigilo, intentando descifrar qué los provoca. Sus padres duermen en habitaciones contiguas, unidas por una enorme puerta corredera que abren y cierran a su antojo, con reglas que solo ellos conocen. Un grito la obliga a detenerse en seco.

—¿Qué ha sido eso? —pregunta aterrada Isabel.

—Calla, chsss. Anda sin hacer ruido. Vamos a ver qué pasa —le contesta su hermana, que aparece de pronto.

Isabel sigue a Fátima, que se pega a la pared. La puerta está entreabierta. Ambas niñas se quedan estupefactas.

Su madre, desnuda sobre las sábanas, tiene en la boca lo que parecen unas cuerdas. Boca abajo, se alza sobre sus manos y sus rodillas. Su padre, de pie, vestido, maneja unas extrañas riendas. Dos de ellas tiran de la boca de su madre haciendo que su cuello se doble hacia atrás. Las otras dos están enganchadas a sus pechos, de cada uno cuelga una pequeña funda de metal con forma de campana. Al tensarlas con firmeza, su padre provoca el grito de su madre. En la otra mano él sostiene una fusta con la que golpea decididamente las enrojecidas nalgas de ella. De pronto, un suspiro sale de la boca del padre, que, con un movimiento brusco, se baja los pantalones y entra con fuerza en ese cuerpo que domina a su antojo.

Isabel contempla la escena como si estuviera viendo una alucinación, y Fátima, al darse cuenta de su estado, la agarra del cinturón de la bata y la empuja pasillo adelante.

—¡Vámonos, vámonos!

Sin contestar, Isabel la sigue. No pestañea. Su mente es una nube de imágenes. Fátima la agarra de la mano y se la lleva a su cuarto, donde Alba las espera con cara enigmática.

—¿Ya os habéis despedido? —le pregunta a Isabel mientras sonríe.

—Lo sabías, ¿verdad? Sabías lo que íbamos a ver —inquiere Fátima.

—No sé de qué hablas.

—Sí, claro que sí. Eres un bicho. No te soporto. No te soporto. No te soporto.

—Yo no tengo por qué aguantar tus insultos. Métete en la cama y ya hablaré yo con tu madre.

—¡No! Con mi madre no vas a hablar —le dice Fátima en un tono frío, cortante—. Vas a guardar el secreto. Igual que yo. Sabes que acabamos de encontrarnos en una situación bastante incómoda. A mí me ha parecido aberrante, repugnante y, sobre todo, estúpida. Sé que hoy has discutido con mi madre porque no te sube el sueldo. También sé que estás amargada porque, siendo gitana, no vas a dejar de ser una sirvienta. Sé que no aguantas la vida porque tuviste que enterrar a dos hijos. Tienes apenas veinticinco años y estás arruinada, abandonada por un marido y con un hijo. De ahora en adelante, no me trates más como a una niña. Vas a recibir órdenes mías. Las que sean. Creo que en los tiempos que vivimos no quieres verte en la calle. Te he visto leer los panfletos de tus primos del sindicato, esos que mi padre detesta. Hasta ahora solo has tratado con mi madre, pero te las verás conmigo. Acuérdate de quién lleva las riendas en esta casa. El asco que siento por mi madre es el mismo que tengo por ti. Es tan servil como tú. Vete de aquí, no quiero verte. Déjame hablar con mi hermana.

Mientras Fátima rabia, Alba se percata de la actitud de Isabel. Pálida, los ojos abiertos, ida, la imagen de su madre a merced de su padre sigue viva frente a ella.

—Dios mío. Ahora mismo te hago un té que ha traído tu madre de Inglaterra y a buen seguro te ayudará a dormir. Mañana veremos cómo te encuentras.

Cuando Alba se marcha, Isabel le pide a Fátima que no la deje sola, que se quede en su cuarto porque le da miedo la oscuridad.

Fátima da vueltas en la cama. Su camisón es demasiado largo, se retuerce alrededor de su cuerpo asfixiándola. Con un brusco ademán quita las sábanas, se levanta y busca en un cajón unas tijeras. Corta el camisón por la mitad, dejando sus piernas al descubierto. «Esto está mejor», piensa. Vuelve a meterse a la cama, cansada, decepcionada, respirando entrecortada. Al cerrar los ojos regresa la imagen, su padre sobre su madre, las riendas en su mano, la visión de unas nalgas rosadas por la fusta. Suspira y gira sobre sí misma. Ha oído decir a Alba que si los sueños te molestan, debes tocarte un codo y cambiar de lado. Intenta ese remedio, la imagen parece desvanecerse y el cansancio finalmente la vence.

El desayuno discurre tranquilo en casa de los Leman-De la Mata. Han cambiado el orden de los apellidos situando el de la madre primero, una formalidad para mantener ese apellido en el pasaporte inglés. Fátima e Isabel, que no han madrugado, apuran su pan con mermelada en la cocina, ajenas a sus padres. Han olvidado por un momento la visión del día anterior con una taza de chocolate. Elizabeth y Alfonso disfrutan del café en el comedor. Entre ellos hay un incómodo silencio.

—Hoy se me han pegado las sábanas —dice Alba mientras llega con la bandeja de *muffins* que la cocinera prepara a diario para la señora.

—*So...* ¿Por qué tan tarde? —Elizabeth siempre incluye una palabra inglesa en sus frases. A pesar de los dieciocho años que lleva en España, no puede evitarlo.

—En realidad, es por mi culpa, ayer tomé una de sus infusiones porque me sentía mal y se me ha pasado la hora.

—*Well,* eso no está bien, Alba.

—Lo sé, lo sé. Le pido disculpas.

Alfonso cierra el periódico. Da un sorbo a su taza de café, levanta la servilleta de su regazo, la deja sobre la mesa y con voz ronca le dice a su mujer:

—La situación política en España se está volviendo intolerable. Creo que deberíamos pasar una larga temporada en Inglaterra. Elizabeth, con la caída de la bolsa perdimos mucho dinero. Quiero recuperar capital vendiendo parte de mi inversión en la empresa de los Larios y seguir en Londres con el negocio de los caballos y el azúcar. Temo por nuestros bienes inmobiliarios en la costa malagueña. De todas formas, mientras lo preparo todo, vosotras deberíais ir a la casa de tu madre en Gibraltar, no me fío de los revoltosos republicanos. Hoy mismo empezaré las gestiones, tengo que ir a Gibraltar a arreglar unos asuntos.

—*Dear,* ¿qué asuntos? *I'm worried* con tus negocios. Yo prefiero quedarme aquí, aunque me parecería buena idea irnos a vivir durante un tiempo a Inglaterra. Sería estupendo volver a conectar con la cultura inglesa.

—Si vamos cada verano...

—*Darling,* tú sabes que dos meses al año no son nada.

—Para ti, que echas de menos hasta la lluvia. A nosotros, que tenemos sangre caliente, aquello nos termina aburriendo. Sin embargo, ahora no queda más remedio y además necesito dedicar tiempo al negocio de la hípica —asegura mientras se levanta.

—*Well,* siempre estás pensando en los caballos —contesta su mujer con un tono despectivo.

Alfonso roza la cara de Elizabeth con sus dedos, suavemente, a la par que se agacha para susurrarle al oído:

—¿Os rebeláis, mi dama? ¿Sabe usted que los caballos necesitan su doma diaria? De otro modo, olvidan a quién pertenecen. Pensé que tendría suficiente con lo de ayer, pero como buena yegua habré de montarla hoy también. Déjeme decirle que está preciosa, sus ojos brillan de un modo que hechizan.

15

Ella se ruboriza. No puede evitar sentir timidez cuando su marido la trata de usted, aun cuando la compare con una de sus yeguas. Él es la única emoción que no ha llegado a controlar. Cuando susurra, ella parece una adolescente enamorada. Vive sometida, entregada a ese hombre que a ratos la llena de halagos, que disfruta montándola y que la tortura engañándola con otras mujeres sin hacer ningún esfuerzo por ocultarlo.

Alba entra en la sala seguida de Isabel, que abraza a su madre.

—*Oh my God*. No seas tan efusiva, hija. Ya no tienes edad.

—Anda, deja a tu madre, pero lléname a mí de besos, que cada uno que me das es un regalo —le dice su padre.

Elizabeth piensa en la facilidad de su marido para ensartar vocablos con el único fin de adular a los demás. Él nunca aprendió que se dice más con los silencios. Desata su palabrería en sociedad, en el trabajo, entre sus amistades. Ella prefiere guardar sus sentimientos, esa pasión con la que se conduce Alfonso la desorienta. Cuanto más efusivo es él, más fría es ella. Trata de compensar la educación de sus hijas, aunque empieza a dudar de su estrategia.

Esa mañana tiene ganas de salir de casa, entregarse al ejercicio de esculpir. Las mujeres de la familia Leman tienen una gran habilidad para las manualidades, aunque Isabel es, sin ninguna duda, quien mejor da forma a sus ideas. Su talento es tal que el profesor de escultura se sienta a admirar su capacidad para dar forma a un rostro, a una figura sobre un papel. En esas clases la madre y las hijas, invariablemente, hablan del ruidito que el profesor hace con la boca cuando se concentra en su trabajo. Las tres cuchichean y ríen, ajenas a los matices de ese zumbido, símbolo inequívoco del esfuerzo provocado por la falta de destreza.

A Fátima le carga ese hombre gordo, calvo, ruidoso, que huele a cebolla. Isabel se burla de la irritabilidad de su hermana y suele salir relajada, feliz, de las clases de escultura. Su madre disfruta de esas horas compartidas con ellas, de la cercanía que surge en el estudio. Sin embargo, todo cambia al volver a casa y sucumbir a sus quehaceres. Se arrepiente de haber cedido a los deseos de Alfonso, ella habría preferido una educación más estricta para sus hijas, en Inglaterra o incluso en Gibraltar, donde ella estudió, con una preparación que las hubiera convertido en damas con las herramientas intelectuales de las mujeres de mundo. Alfonso prefirió un colegio cercano, con una instrucción limitada, donde las niñas han aprendido a leer, escribir, coser, comportarse, algo de historia, literatura. Si hubieran sido chicos, los habría tratado de otra manera. No obstante, la escultura les da la oportunidad de conocer a los maestros del arte a través de los libros; juntas han viajado a París para ver el Louvre, a Londres para recorrer la National Gallery.

—Esta tarde tengo pensado ir a clase de escultura. ¿Alguien quiere venir?

—¡No! —contesta Isabel—. Yo no voy. Prefiero salir a montar. Mi caballo necesita que lo saque a dar un paseo.

Elizabeth se pregunta por qué su hija mayor reacciona tan bruscamente, es la que más disfruta de las clases y ni siquiera le gusta montar. Cada día la encuentra más arisca, más turbia de carácter. «*Oh well*, un año en Inglaterra la enseñará a ser más como yo y menos como su padre.»

De camino al colegio Fátima, Isabel y Alba se encuentran con una manifestación en una fábrica. Los jóvenes de la UGT se han lanzado a la calle por un conflicto contra la patronal que, debido a la crisis del país, no ha pagado aún los salarios. La Policía acordona la zona, hay órdenes de que nadie entre en el edificio principal por temor a enfrentamientos. Aunque el Gobierno es republicano, los caciques de la ciudad saben llenar los bolsillos del subordinado de turno y la situación es la misma que antes de que renunciara el monarca.

Alba sorprende a su sobrino en la primera línea. Con las niñas de la mano, se dirige hacia Rafael entre la marabunta. Mujer de impulsos, es incapaz de sopesar los riesgos y se deja llevar por la imprudencia. Isabel observa aterrada cómo las arrastra hacia la turba. Le lluven empujones, pisotones, un hombre le pellizca una nalga y ella da un brinco, se vuelve, se suelta de la mano. En un instante se ha perdido.

—¿Dónde está Isabel? —Alba grita su nombre en medio de ese mar de gente.

La niña la oye, pero no la localiza. Aterrada, se escabulle hacia un policía que la coge por un brazo al verla vestida con el uniforme de colegio.

—¿Qué haces aquí?

—Iba con mi *nanny* y me he perdido.

—Y tu niñera, ¿qué hace aquí?

—No lo sé, creo que vio a alguien.

El policía le pide la dirección de su casa y promete acompañarla.

—¿Alba? —pregunta el sobrino cuando se acerca —. ¿Estás loca? ¿A qué vienes?

—Eso mismo vengo a decirte yo a ti, Rafael. Estás trabajando en la carnicería, tu padre se ha roto el lomo para que tengas un futuro. Y tú estás aquí jugándote el pescuezo por quien nunca te va a defender. Tienes que ayudarme, por venir a hablar contigo he perdido a Isabel.

—De aquí no me voy. Estos son mis compañeros de partido. No los puedo dejar plantados.

—No digas tonterías. Son payos. Ni UGT ni socialismo, ni policías ni nada. Para ellos la culpa siempre es nuestra.

—Traes una amargura… Yo no me muevo de aquí, pero tendré cuidado. Haz el favor de marcharte y encuentra a esa niña, que ya es una mujer hecha y derecha.

Alba lleva a Fátima a una esquina con menos gente. La humedad de mayo se pega a su cuerpo. Fátima ve a lo lejos a Isabel y corre hasta ella. El policía regaña a la sirvienta.

—Alba, estás chorreando, tienes la mano pegajosa. Deja de agarrarme. —Isabel insiste en separarse, aun cuando tiene la cara llena de churretes por el llanto, del susto que ha pasado.

—Sí, qué asco —dice Fátima soltándose también.

—Estos sudores son de miedo. No quiero que os pase nada.

—Pues llévanos ya al colegio. —El tono de Isabel sorprende a Alba, que no termina de acostumbrarse a sus desvaríos.

—Espera un momentito, que me falta el aire.

—¡No, ya basta! ¡Mira a tu alrededor! —Isabel grita irritada—. He oído decir a papá que quiere irse de Málaga porque le dan miedo estas manifestaciones y tú te atreves a venir aquí con nosotras.

—Tu padre tiene que protegerse de muchas cosas.

—Ya empezamos, ahora atacará a papá —le susurra Fátima guiñando un ojo a Isabel—. La verdad, hermanita, por primera vez estoy muy orgullosa de ti.

$\mathcal{M}$ientras su mujer va a clase de escultura y sus hijas al colegio, Alfonso aprovecha para acercarse a Gibraltar. Elige una camisa de lino blanca, unos pantalones grises, unas alpargatas del mismo color que compró en su último viaje a Valencia y una boina para protegerse de los rayos del sol. No quiere que su mujer piense que ha ido a jugar al golf, por eso añade una chaqueta de vestir.

Le sudan las manos cuando se sube al coche. «Cada vez es peor», piensa consciente de su superstición. Cuantas más veces haga ese trabajo, más posibilidades de ser atrapado. «¿Cómo es posible que me haya metido en este lío? Esta es la última vez. La última vez. —Es la frase a la que recurre también después de una borrachera—. Ahora no puedo parar. Tengo demasiadas deudas.» Al volante se relaja. Le gusta conducir. Admira el paisaje marítimo, la parte occidental del trayecto es su favorita, con ese acantilado junto a la carretera, justo después de pasar Estepona.

Ya anticipa La Línea, «la ciudad de la perdición» como la llaman sus amigos, y le gustaría distraerse un rato en sus cabarés, pero ve el Peñón a lo lejos. Debe llegar a tiempo. Atraviesa la aduana pensando en su suegra, en cómo lo humilla al darle el dinero que le corresponde a su mujer por el alquiler de su apartamento en Londres. ¿Acaso no le pertenece por matrimonio también a él? ¿Qué pensaría si supiera de sus trampas? Se va a replantear este contrabando que lo pone tan nervioso.

Detiene el coche frente al hotel Cecil, en la calle Real, tal vez una copa antes de la reunión le siente bien. Está citado con el encargado de la imprenta donde hacen los envoltorios para los cuarterones de tabaco. Cuatro fábricas se reparten el trabajo con las hojas que llegan de Cuba: las prensan, las muelen y hacen pastillas de una libra que empaquetan en cuarterones. Todos los días un carrito de la imprenta va a las fábricas, y el encargado va robando mercancía que ahora van a guardar en su maletero. «Debo estar loco.»

Alfonso llama a uno de los elegantes porteros y en el bar encuentra a Míster Malin, un llanito muy singular, con su traje de lino y su puro, que lo saluda con la mano dando un sorbo a su ginebra.

—Alfonso, ¿vas a ir a Campamento este fin de semana? He visto que han organizado una feria de lo más interesante y el programa promete.

Los dos disfrutan de esos fines de semana en los campos de San Roque, adonde los sábados y domingos acude la grandeza andaluza de España a entretenerse jugando al polo, cazando y apostando en carreras de galgos y de caballos.

—Hazme caso. Deberías ir. Hay una yegua joven, *is truly fast*.

—No lo sé. Probablemente vaya. Ya sabes que cuando se trata de carreras, me cuesta resistirme.

—Y también de apuestas, mi querido amigo. Espero verte por allí.

Alfonso se ríe y pide un vermut. El alcohol lo apacigua.

La reunión con el contrabandista de la imprenta es rápida, nadie les ve cargar el coche. Han elegido la hora de la siesta, cuando la ciudad se apaga con más ganas que en la noche. Llenan el maletero con cuarterones de tabaco y Alfonso tiembla cuando cruza la Verja rumbo a Málaga. Conduce con prudencia, evitando llamar la atención. No le gusta tener que pedir prestado el coche pero mejor contrabandear con el de otro que con el suyo.

Apenas ha recorrido unos kilómetros cuando un carro de gandinga le corta el paso, obligándolo prácticamente a detenerse. Con el calor, apesta la carga que lleva. Va casi parado, tirado por dos mulas, pero están en una zona de curvas y no puede adelantar. Dos jóvenes imberbes van tumbados en la parte de atrás. Uno se pone de pie, carga una escopeta y le apunta. El otro salta hacia el coche, le hace señales para que se detenga. Es la segunda vez que le ocurre algo parecido en el trayecto de Gibraltar a Málaga, parece como si lo estuvieran esperando, ya sospecha de todo y de todos. Pero hoy va preparado.

Con un rápido movimiento de la mano derecha abre la guantera, donde ha escondido una pistola que no quería traer. La saca y dispara contra el crío vestido de hombre que le apunta con la escopeta. Lo hiere en el estómago. El otro se vuelve y grita:

—¡Manuel! —Hay miedo en su voz.

Manuel ya no oye a su hermano. Ha caído de rodillas.

Alfonso pisa el acelerador, da un volantazo, a la derecha primero, cerca del carro, luego a la izquierda, y a punto está de perder el control del vehículo. Tiene tiempo para echar un vistazo al viejo, que, con la boina calada y sin soltar las riendas de las mulas, trata de comprender lo ocurrido. Alfonso huye del drama familiar que ha provocado, no se permite pensarlo, pero lo sabe. El miedo conjuga bien con la velocidad, una alivia el frenesí del otro. El morro de un coche asoma de frente. Alfonso no quiere ser identificado, pisa el acelerador. Tercera, cuarta, el embrague ruge ante la presión. El otro conductor se fija en él, demasiado ruido. Sabe que es hora de huir, razona aturdido por la adrenalina: «Tengo que irme de Málaga, irme de Málaga ya».

21

Al llegar a su casa, Alfonso se entera de que Alba ha llevado a sus hijas a una manifestación y, rojo de coraje, regaña a la niñera. Como nunca antes. La joven acaba llorando en su habitación. Isabel quiere ir a verla, pero su padre se lo impide.

—Ve a ver a tu madre y dile que nos vamos a Inglaterra, que cerramos la casa hasta que mejore la situación en España.

—Pero, papá, no seas así. Ha sido solo una equivocación. Dentro de poco es mi cumpleaños y mamá está preparando mi fiesta de debutante.

—No estamos para festejos. He tomado una decisión. Por favor, no me repliques y avisa a tu madre. Nos vamos.

*D*esde la precipitada huida de Málaga, los miembros de la familia Leman permanecen aislados, rehuyéndose en los pasillos, ignorándose en cada cena. La presentación de la hija mayor en la sociedad londinense alivia la tensión.

—Me fascina mi vestido —dice Isabel dando vueltas en su habitación. Sostiene con las dos manos la tela para dar vuelo al traje, un diseño de tafetán azul celeste de manga corta y escote redondo—. ¿Crees que debería ponerme una diadema o con estas perlas alrededor del recogido es suficiente? —Levanta un imperdible que sujeta junto a su pelo frente al espejo. Hace un mohín con los labios. Se gusta.

—Qué coqueta eres. Estás preciosa con lo que te pongas. Es emocionante que te vistas de largo. Ya diecinueve años, si ayer eras una niña.

—Gracias, Alba. Hoy te noto más animada. Desde que dejaste Málaga te pareces a mi madre. No hablas, no juras, no te enfadas, no me pellizcas. Ni siquiera me cuentas tus historias. Ya no me dices cómo los espíritus vienen por la noche a tirarme de los pies. De niña me aterraban tus cuentos, me quedaba despierta durante horas, ahora puedo escucharlos sin inmutarme.

—Mentirosa. Déjate de cuentos. Me alegro de que quieras salir de casa. —Alba golpea allí donde duele.

Isabel se pone seria. No le gusta que le mencione esa implacable angustia que le provoca salir a la calle. Su llamado «histerismo» apareció por primera vez el día que su madre la dejó esperando en el hospital a que saliera su hermana y ella se perdió por los pasillos tratando de encontrarlas; después, la angustia volvió cuando se separó de Alba en la manifestación. No le ha dicho a nadie que cada vez los ataques son más fuertes.

—Hay tantas nubes en este lugar que se me han metido en la cabeza. —Alba tiene la mirada clavada en el horizonte gris y verde tras la ventana.

—Anímate, acabarás contagiándonos tu nostalgia. Te trajiste a tu hijo y, aun así, no parece que estés de buenas. ¿Qué te pasa?

—Es que echo de menos el sol, el olor del mar, mi gente, la comida… Aquí todo el día llueve, se hartan a papas que no saben a nada y todo apesta a caballo.

—Eres muy melodramática. Ya verás cómo pronto regresamos a España. Aprende inglés, aprovecha el tiempo.

—Tengo veintiséis años, solo llevo uno en Inglaterra y, la verdad, siento que he pasado media vida aquí —contesta Alba arrastrando su pena en cada sílaba—. No entiendo el empeño de tu padre por hacer tu puesta de largo en Londres. ¿No sería mejor en Madrid? Como Dios manda.

—Papá ha organizado una fiesta privada con la familia de mamá y sus amigos. Acuérdate de que estos eventos son una forma de relacionarnos en sociedad. Con gente como nosotros.

—¡Con gente como vosotros! Ja. Tu padre tiene unas amistades muy poco recomendables, lejos de esa sociedad que dices. Esa salida tan rápida que hicimos tuvo algo que ver con las habladurías que corren por Málaga, estoy convencida. ¿No te parece raro que ese mismo día hubiera un asesinato en la carretera de Gibraltar?

—Yo creo que tiene que ver con la situación del país. ¿Por qué siempre sospechas cosas raras? No acuses a papá, cuida lo que dices porque tus insinuaciones pueden costarte caro. Tu problema se llama «melancolía», me lo ha dicho mi madre.

—Isabel, a mí no me amenaces ni me digas lo que tengo.

Pero sabe que tiene razón: está deseando volver, aunque las noticias que llegan de España son cada vez más desalentadoras. Las manifestaciones se multiplican, los republicanos no consiguen la estabilidad social y el pueblo sufre.

Alba charla con la cocinera española, que también ha cambiado la Costa del Sol por la campiña británica. Las dos conjuran sus miedos ante una enorme tostada de pan con aceite de oliva.

—Ojalá que tanto oportunista no retrase nuestro regreso a España —dice la cocinera mordisqueando una esquina de su tostada.

23

—Eso espero. Este campo inglés no hay quien lo aguante; además, no entiendo a nadie. Si no fuera por la niña Isabel, que me ayuda a traducir y me enseña palabras, ya me habría cogido el barco *pa* mi tierra. A veces me pregunto qué hacemos tú y yo aquí.

—Pues qué vamos a hacer, no pasar hambre en España, que eso es lo único que allí tienen.

—Yo no sé qué es peor, si pasar hambre o seguir en este sin-vivir con tanta pena. Me acuesto con esa duda y me levanto con ella. Miedo me da irme por mi hijo, pero pienso en el sol y me pongo a llorar.

—Hoy voy a preparar un puchero con las viandas que me ha traído el señor Alfonso. Se ve que él también echa de menos su tierra.

—Con eso me alegras el día. Un puchero. ¿Te has dado cuenta de lo raro que está el señor?

—No cabe duda que esa gente con la que se junta le va a dar un disgusto. ¿Y qué me dices de la niña Isabel? Qué rara es. Pero tú tienes parte de culpa. Tú le has metido tu gitanería en el cuerpo y eso no casa con sus modales.

—¿Yo? Anda, cállate. Cuánta palabrería, como venga la señora y te oiga, nos meteremos en un lío.

La cocinera cambia de tema dando un sorbo a su café con el brandi que sisa de las botellas del señor.

Alba observa cómo la lluvia golpea contra el cristal de la ventana. Isabel es su única oportunidad de salir adelante y le preocupa que su padre este metido en líos. Elizabeth conserva su actitud distante y la de Fátima es imposible de adivinar porque todo le resbala. Hoy es día de mercado, oportunidad para salir y distraerse un rato.

—*My God*. Deja de pensar en las musarañas, atontada —le recrimina Elizabeth entrando en la cocina—. *Come on*, que se nos hace tarde.

Alba agarra su sombrero y sigue a la señora bajo la lluvia. Qué mujer tan complicada, pero a su lado olvida su melancolía.

Cirencester es un pueblo pequeño con mucha historia, ubicado sobre la antigua ciudad romana de Corinium, al menos eso le ha dicho la señora en una de las primeras visitas que hicieron a la iglesia, y así se lo repite ella a su hijo Manuel cada vez que salen de paseo. El mercado, como la mayoría de los que se celebran en el estado de Gloucestershire, es vibrante, lleno de puestos con frutas, flores, verduras y artesanías. A Alba le gusta ir de compras, es el único día que disfruta en Inglaterra. A los locales no parece molestarles la constante humedad y protegen sus productos bajo grandes toldos que acaban empapados. Le maravilla esa capacidad británica para vivir las rutinas bajo el agua.

La mansión ocupa medio acre al sur de la ciudad y pertenece a la familia Leman desde el siglo XVII. Está cerca del parque, donado por el conde de Bathurst a la ciudad y donde Alfonso pasea mañana y tarde a sus tres schnauzer. Es una espectacular residencia de cinco habitaciones y cinco salas para recibir repartidas en tres plantas, con una casa adyacente que tiene tres cuartos para el servicio. El jardín es el mayor orgullo de Elizabeth: cuida personalmente del rosal, de las camelias y del huerto donde cultiva frutas y verduras. Ha contratado a Félix, un joven gibraltareño, para que la ayude. La madre de Elizabeth la llamó desde Gibraltar para recomendárselo pues conoce al padre de Félix, que trabajaba para ella. Elizabeth le da el gusto; en realidad, esta casa aún pertenece a su madre. Cada día, Isabel y su hermana recorren en bicicleta las dos millas hasta el colegio. El deporte diario ha cambiado su constitución: esbelta en el caso de Isabel, atlética en el de Fátima, por su afición a la hípica. Para la mayor el trayecto en bici es insoportable, se cansa, sobre todo por las mañanas, madrugar es un auténtico suplicio. Fátima la tiene que ir esperando.

—Venga, por favor. Me gusta llegar pronto y terminar con la tarea que no he hecho. Es mucho más cansado pedalear y parar que ir despacio de forma continua. ¿Te has dado cuenta de ese detalle? Si pensaras más…

—Pues márchate si quieres. Yo voy como voy. Además, no necesito llegar con tiempo porque hago mis deberes en casa.

—Como quieras. Me voy. —La estratagema le ha salido bien, su hermana siempre pica.

Fátima se aleja dejando sola a Isabel, a la que, de pronto, el cansancio y el miedo salpican de angustia. La falta de aire la asusta hasta el punto de que pierde el control de la bicicleta y cae sobre el asfalto.

—¿Estás bien? —Un joven le ofrece su mano para levantarse—. Hola. ¿Te has hecho daño? ¿Necesitas ayuda?

25

Isabel mueve la cabeza arriba y abajo contradiciendo la respuesta a alguna de sus preguntas. Él se ríe.

—¿Dónde vas? Yo voy de camino al Agricultural College. Si quieres, te acompaño —dice adivinando que ella no debe ir muy lejos por la torpeza con la que pedalea.

—Al colegio de la iglesia.

—Déjame ir a tu lado para que no vuelvas a caerte.

—He aprendido hace poco a montar, y me he caído porque mi hermana me ha dejado sola y me he asustado.

—¿Eres española? Tienes un ligero acento.

—Sí. Aprendí inglés con mi madre y mi abuela, que son de Gibraltar.

—Qué casualidad, yo soy de allí. Mi hermano sigue viviendo en Gibraltar, es pescador. Mi padre y yo nos vinimos hace unos años. Él trabaja como chófer en Londres y yo estoy estudiando Agricultura, aunque me gustaría ser piloto de aviación. Me llamo Félix.

Isabel advierte que ha omitido a su madre. No es muy alto, moreno, fornido, de ojos pequeños y brillantes; cuando habla, gesticula con las manos y su sonrisa es contagiosa.

—Gracias por ayudarme. Isabel, me llamo Isabel. Te agradezco que me acompañes. La idea de ir sola por carretera me aterra.

Félix la entretiene contándole historias del Peñón, de cuando salía a pescar con su padre y con su hermano.

—Venimos de una antigua familia de marineros genoveses que se asentaron en Gibraltar. Mi madre era judía y mis abuelos nunca vieron con buenos ojos el matrimonio de mis padres. Llevo la tradición de varias culturas en mi sangre y a veces me pregunto adónde pertenezco. Mi madre nos abandonó, se escapó con un carnicero de Cádiz. Huyendo de las habladurías, nos trasladamos al huerto de los Genoveses, en La Línea, pero los crisantemos, las rosas, los claveles herían el espíritu de mi padre. Allí me aficioné al estudio de las plantas. Luego nos vinimos aquí.

—Te entiendo —responde desarmada por la franqueza de Félix—. Mi abuela, la madre de mi padre, es árabe. Vive en Tánger desde que murió mi abuelo, un comerciante malagueño que la conoció en un viaje a Marruecos, se enamoró y la secuestró. ¿Puedes creer que en aquellos tiempos hicieran algo así? Mi hermana pequeña, Fátima, se llama como ella. La madre de mi madre sigue viviendo en Gibraltar, antes pasaba largas temporadas aquí, en Cirencester, de donde era mi abuelo. Pero desde que nosotros nos mudamos, ella no ha venido. Creo que lo hace para no ver a mi padre.

—¿No se llevan bien?

—No. Mis abuelos maternos estuvieron a punto de desheredar a mi madre, que tuvo que casarse con mi padre porque se quedó embarazada de mí. Así que la casaron con mi padre y los mandaron dos años a viajar por el mundo. Según mi abuela Fátima, yo nací en agosto, pero en mi casa celebramos mi cumpleaños en noviembre para evitar rumores innecesarios.

La carcajada de Félix es tan natural que Isabel no puede evitar reírse también.

—Todas las familias tienen secretos —añade—. Como verás, los míos los cuento rápidamente a cualquier desconocido.

—Ya nos hemos presentado y somos llanitos los dos. No somos desconocidos. Alguna vez seguro que entraste a comprar en la pastelería de los Cohen. Además, ¿cuántos de Gibraltar están destinados a encontrarse en la carretera de Cirencester?

—Tienes razón, creo… —contesta ella mientras piensa si será cosa del destino este afortunado encuentro.

—Ya hemos llegado. ¿Dónde vives? Por si paso por tu casa y paro a saludarte.

—Cerca de The Mead. En una residencia de piedra lisa bastante antigua.

—¿Tu madre es Elizabeth?

—Sí. ¿La conoces?

—Sí, sí. La ayudo dos veces a la semana. Trato de ganar algo de dinero cuidando el jardín de varias casas en la región. Mi padre, con su trabajo, no puede mantenerme, conoce a tu abuela desde hace años y cuando supo que veníais para Cirencester, le pidió si yo podía ayudar en el jardín. Te dejo, que se me va hacer tarde. Eres preciosa, Isabel. Un día de estos paso a saludarte.

Con el rubor en la cara por el cumplido, da las gracias de nuevo y se despide con la mano, mientras Félix pedalea silbando una melodía que se le queda a Isabel toda la mañana en la cabeza. Acaba de descubrir su interés por el sexo opuesto, hasta ahora ni se le había pasado por la cabeza pensar en los hombres. Menos aún desde que vio a sus padres en el dormitorio.

Al llegar a casa pregunta a su madre si sabe dónde está el Agricultural College. A Elizabeth le extraña, aunque contesta:

—Muy cerca. Es un gran orgullo para esta ciudad. ¿Quieres estudiar allí? He oído que empiezan a aceptar a mujeres.

—Sí, podría ser —responde vagamente Isabel, y evita contarle a su madre el encuentro con Félix.

Le incomoda compartir su intimidad, primero porque Félix trabaja para su madre y esta puede considerarlo socialmente inferior, y segundo porque, tras el impacto de verla participar pasivamente en las aficiones sexuales de su padre, prefiere mantener una relación de fría cordialidad con ella. Se avergüenza al estar a su lado, no de su madre, sino de sí misma. Hubo algo perturbador en aquella escena, un oscuro agujero del que no está segura de poder salir pero que le emociona tanto que le intriga.

La familia cena puchero, mientras confunde la nostalgia por España con el sabor de los garbanzos y las espinacas; el vino castellano caldea la conversación entre padres e hijas sobre la posibilidad de participar en un evento ecuestre que se celebra en un par de semanas. Cuando terminan, las niñas se retiran a hacer sus deberes. Alfonso comenta que eso de estudiar no sirve para nada. Elizabeth está a punto de recriminarle su actitud cuando recibe una llamada de su madre.

La noche es solemne dentro de esos muros que sufren de memoria, de protocolo, de la ceremonia con que se celebra cada ritual. Alfonso recorre el pasillo de la casa, una vez, dos, tres, las manos en la espalda, los hombros hacia delante, hasta el porche, acompañando el silencio con el sigilo de sus pasos. Le aburre la falta de improvisación, de naturalidad. Está preocupado. Se sienta en una silla del pórtico, enciende un cigarrillo y saca una carta del bolsillo de su chaqueta. La ha leído hasta el hartazgo, pero no puede evitar hacerlo de nuevo.

Dear Alfonso:

No soporto esta situación. Te amo, pero me es imposible vivir con la agonía de saber que abrazas cada noche a tu esposa. Puede que no sea cierto; sin embargo, en mi mente ocurre. Aunque digas que no la deseas, en mi mente ocurre. Por más que me digas que no la quieres, en mi mente ocurre. Si fueras mío, podría estar contigo. Como no lo eres, adiós, mi *amore*.

La carta es extremadamente cursi, absurda, está convencido de que las frases pertenecen a alguna de las películas que ella ve en el cine. O está copiada de una de esas revistas con historias románticas. La rabia brota en este hombre torturado. «¿Me he dejado llevar tanto por mis pasiones que no me he parado a pensar que podría llegar a enamorarme? Qué estupidez», se desdice a sí mismo.

Ha subestimado la cursilería de Cecile, la bailarina americana que conoció en París y mantiene en Londres con el dinero de su esposa. El ultimátum de ella lo ha sorprendido. «No se atreverá a dejarme y, si lo hace, volverá.» Se sobrepone a ese último pensamiento, entra en la casa, se sirve una copa de whisky y echa la carta al fuego, asegurándose de que no queden restos entre las brasas.

«No lo entiendo, jamás me había ocurrido algo así.» Sube al segundo piso y se asoma a la habitación de su hija mayor; Isabel duerme. Él escucha unos instantes la vehemente respiración adolescente. Vuelve a su cuarto, besa cariñosamente la mejilla de su mujer, se mete en la cama y al instante se queda dormido.

Elizabeth simula que está dormida, lo ha oído recorrer la casa, salir al jardín, regresar, echar algo al fuego y pasar por la habitación de su hija. Sabe que algo inquieta a Alfonso, y también sabe que no va a decirle de qué se trata.

En su matrimonio siempre han existido esas lagunas, ese vacío donde uno advierte la inestabilidad del otro sin encontrar las palabras que expresen sus sentimientos, y si las saben no las dicen. Con los ojos abiertos mira al techo, insomne, piensa en el día en que conoció a su marido en Málaga, en una fiesta a la que fue por casualidad con dieciocho años, acompañando a sus padres. Alfonso era un jovenzuelo de apenas dieciséis, impetuoso, galante, con la misma ingenuidad que tiene ahora, aunque con más pelo. Siempre le gustó enredar los dedos en su sedosa melena, ahora ya en lo que queda de ella. En la fiesta él le pidió un baile, ella dijo no. A esa edad leía y releía los libros de Jane Austen y buscaba a Míster Darcy en cada esquina, en cada evento social, aquel imberbe no era su Míster Darcy. Sin embargo, allí estaba insistiendo en que bailara, le cargaban los jóvenes españoles incapaces de aceptar negativas. Cuando una mujer dice no, es no. Alfonso porfió y porfió hasta que lo consiguió. Ella bailó con él y se enamoró, tal cual. Sin preámbulos, inesperadamente. En apenas unos minutos, Elizabeth descubrió que el Míster Darcy de su destino ni era moreno, ni tenia castillo ni era hombre de mundo; era un adolescente carismático y hablador que no sabía explicar lo que sentía. Esa noche queda lejos. A su lado, Alfonso está nervioso y ella preocupada, como siempre que intuye un nuevo engaño.

La estancia en Londres tiene a la familia ansiosa. Para Isabel, es una ciudad vibrante, ruidosa, el bullicio de la gente caminando de un lado a otro la contagia de curiosidad y ella se siente nerviosa, excitada ante el ajetreo de un lugar que en nada se parece al aburrido Cirencester.

Ya en la capital, su madre aprieta el paso, ella se deja arrastrar.

—*Darling, go, go.* Vamos, no te quedes rezagada. Isabel, espabila. —Su madre mantiene esa extraña manera de mezclar ambos idiomas incluso en Inglaterra.

—Mamá, me haces daño. Me aprietas demasiado el brazo.

—*Now is my fault.* Estás muy despistada. Deja de mirar a tu alrededor como una niña de pueblo. Es muy desagradable. *We don't do that.* Has venido a Londres muchas veces, no puedes ir por la calle observando a los demás.

Fátima le ha dicho a Isabel que quiere participar en los preparativos, vestirse, ir a la gala, pero su madre se ha negado rotundamente, le toca quedarse en el hotel con Alba. Siente envidia de su hermana, una envidia que surge cada vez que Isabel tiene que hacer algo primero por ser la mayor. Qué absurdo, un año de diferencia no significa más madurez. Isabel es más miedosa e introvertida. Fátima sabe que el próximo año ella tendrá su lugar en la sociedad, o así se lo han explicado, ¿y qué? Ella quisiera estar incluida en el baile de este año. Su hermana ha respondido con un simple: «En la vida hay muchas cosas injustas. Tienes tanto que aprender. Ya te tocará a ti».

Isabel descubre a Fátima mirando a su madre con soberbia. Es incapaz de entender su rabieta por no ir al baile. Su reacción incontrolable le parece cómica y absurda. A su madre le parece vulgar:

—*I'm really worried for both of you. An absolutly* falta de respeto. Igualita a tu abuela, Fátima.

Por alguna absurda razón, su madre achaca su falta a su abuela paterna, la pobre mujer abandonada por la familia en Tánger, a quien ella ha visto en no más de diez ocasiones, contadas con las manos. A su hija pequeña le dan ganas de gritar que si alguien tiene la culpa de cómo son, es ella, ella que está allí y se desentiende de sus rutinas, ella que prefiere sus rosas a leerles un cuento, ella que vive pendiente de las entradas y salidas de su padre y no del cuidado de sus hijas, que encarga a una gitana. Fátima juzga que su madre las utiliza como reclamo de vanidad en eventos sociales.

Se esconde en un rincón con un libro, mientras de reojo ve cómo su hermana se prepara con la ayuda de Alba. El pelo primero, luego el maquillaje y por último el vestido. La belleza de Isabel es un desafío. La ve marchar acompañada de sus padres en la noche de su puesta de largo, curiosea tras los visillos. Los ve salir del hotel, saludar al chófer y subir al coche. Daría cualquier cosa por asistir a esa fiesta.

El baile transcurre tranquilo, Elizabeth ejerce de anfitriona mientras su marido, nervioso, bebe en el bar. Alfonso revisa al grupo de familiares políticos que lo rodean, sigue siendo forastero. Conversa con un camarero al que le pide un *gin-tonic* con mucho hielo. Elizabeth lo sigue por el rabillo del ojo sin dejar de sonreír a sus invitados, saludar cortésmente, mantener una conversación…

Isabel busca a su padre cuando su madre le dice que deben iniciar el vals. Alfonso da un largo trago a su copa, alisa con ambas manos las solapas de su traje y le ofrece el brazo a su hija. La música se detiene cuando ambos llegan al centro de la sala. Sin preámbulos, sin saber bien qué deben hacer, sin haber ensayado, la pareja comienza a bailar al ritmo de las notas. Isabel se siente en una nube, extasiada en brazos de su padre. Él tiene las manos frías. Ella disfruta viendo cómo los aplauden. Él, sin embargo, no lo oye. Ella es una estrella. Él, un viento racheado. Un instante fugaz para los dos, porque de la nada surge un grito, un ruido de cristales y una mujer rubia de pelo corto que apunta con un dedo a Alfonso y lo aparta de su hija.

—Estoy harta de que ignores mis mensajes. No puedo seguir

31

así, ¿me oíste? ¡No! ¡No! Ya no puedo más. Te lo dije y lo repito: a mí nadie me trata como a una cualquiera.

Descompuesto, Alfonso la coge por el brazo con fuerza desmedida.

—Cecile, te has vuelto loca. Vete de aquí ahora mismo. ¿Cómo has entrado? No es momento para escenas.

—Claro que es el momento y el lugar. Recuerda que tengo los diamantes y puedo abandonarte con ellos cuando me plazca.

Lívido, la arrastra hacia la puerta.

La música impide que los invitados oigan la trifulca, aunque han descifrado la escena. Solo Isabel los ha oído y se queda muy confundida. Busca a su madre, pero no la encuentra por ningún sitio. Un hombre alto, vestido con uniforme militar, se acerca.

—Señorita, déjeme presentarme, soy el capitán Ardwent. ¿Qué quería esa mujer?

—¿Qué? No sé lo que dijo. ¿Y mi madre? ¿La has visto?

Ardwent lleva a Isabel fuera del corrillo que se ha formado a su alrededor.

—Creo que su madre ha sufrido un desvanecimiento. ¿Dónde ha ido su padre? Venga conmigo.

Isabel se escabulle de ese hombre, ve de lejos un grupo de extraños rodeando a Elizabeth. Se aparta. Comienza a mordisquearse los dedos. Descarga su angustia en las esquinas de sus uñas, una costumbre de la infancia que regresa con cada nuevo ataque de nervios. Roe las tiras de piel hasta sangrar. El dolor la calma.

Cuando la puerta de la suite del hotel se abre, Fátima ve entrar a su madre sujetándose del brazo de un desconocido que pregunta apresuradamente:

—¿Dónde está su habitación?

—Allí, la puerta de la derecha —contesta Alba levantándose del sofá donde estaba quedándose dormida.

Ver entrar a un capitán del Ejército con Elizabeth y el gerente del hotel la asusta. Descalza, frente a ellos, se siente desnuda. Tiene la mala costumbre de quitarse los zapatos cuando está sola con las niñas, costumbre que ellas han heredado. Corre junto a la señora para sujetarla por la cintura.

—¿Qué ha ocurrido? ¿Por qué está en este estado? ¿Y don Alfonso y la niña Isabel?

—Hay que meterla en la cama. Contestaré a sus preguntas después.

El capitán ayuda a Alba a acostar a Elizabeth, que parece drogada; el gerente permanece en el salón de la suite con Fátima. Discretamente el uniformado se retira y deja que la muchacha la cambie antes de que caiga inconsciente sobre la almohada. El gerente se despide, no sin antes ofrecer su ayuda, en cuanto Alba sale también del dormitorio, hecha un manojo de nervios.

—¿Dónde están Isabel y el señor? Por favor, ¡cuénteme qué ha ocurrido! ¿Quién es usted?

—Ha sido una escena terrible. Terrible. Cómo describirla. Isabel estaba bellísima bailando el vals con su padre. Todos aplaudíamos. De improviso, Cecile ha entrado gritándole a Alfonso que no podía continuar así, que debía dejar a su mujer, que estaba harta de esperarlo y él le ha dado una bofetada. —Ardwent exagera el cuento—. Ella ha salido corriendo y Alfonso ha ido detrás. Elizabeth ha sufrido un ataque de nervios, se ha puesto a gritar histérica cuando ha visto a su marido correr tras la bailarina americana, y un médico ha tenido que administrarle un calmante. A Isabel se la han llevado con las primas de su madre. Perdóneme que no me haya presentado, soy el capitán Van Ardwent, Leon van Ardwent.

—No entiendo nada. ¿Por qué se ha ido el señor detrás de esa mujer? ¿Quién es Cecile?

—Eso no me corresponde a mí contestarlo. Supongo que alguien se lo contará. Creo que debe hablar con Elizabeth, o con Alfonso cuando aparezca. Esperemos que entre en razón y regrese pronto.

—Perdone, pero estoy desconcertada. ¿De qué conoce usted al señor? Nunca he oído mencionar su nombre. Habla de esa señora, Cecile, con cierta familiaridad. ¿De dónde tiene que regresar el señor? ¿Acaso tiene intención de abandonar a su mujer?

—Entiendo su preocupación. Yo trabajo con él. —Se aclara la garganta—. Somos socios. Voy a servirme un whisky. ¿Quiere usted algo?

33

—No, muchas gracias. Socios… Ya me conozco yo a los socios del señor —expresa su desconcierto con descalza naturalidad.

Frente a este extraño, intenta sopesar la situación. Como un mal detective ante un problema que nunca ha enfrentado. Si el señor Alfonso no aparece, ¿en qué posición quedarán ella y su pequeño Manuel? ¿La señora la echará? «¿Cómo se me ocurre pensar que no va a volver? Claro que va a volver. Este idiota pomposo me está confundiendo. Socio, dice. Bah. Uno más de los matuteros que pululan a su alrededor.» Alba lleva demasiado tiempo trabajando en la casa de los Leman-De la Mata como para no conocer cada detalle: los problemas económicos de la familia, los negocios turbios del señor, sus idas y venidas a París, las infidelidades, el estado depresivo en el que se hunde la señora al advertir que su marido ha encontrado una nueva amante, los desvaríos y la patológica ensoñación de Isabel. Intenta enumerar las correrías del señor, imposible, son tantas… Le duran entre dos y tres semanas. Él nunca dejaría a su mujer. El ejército de amantes son paréntesis pasajeros en la relación, ¿o no? «Siempre hay una primera vez. ¿Y si de esta se ha enamorado o encoñado? Qué tal vez pudiera ser.» Alba hace como que tiene mucho que recoger. El capitán Ardwent bebe de un trago su copa y se marcha.

Elizabeth se ve como la joven debutante de dieciocho años que bailaba con Alfonso en Málaga. Era como Isabel hoy, recuerda el disgusto de su madre cuando supo que estaba de amores con Alfonso de la Mata. La solución fue mandarla a los Alpes austriacos, el destierro de muchas señoritas que cometieron el error de enamorarse de hombres equivocados. Como si los baños tuvieran un efecto curativo en sus sentimientos. Pero allí, en Bad Ischl, rodeada de las cumbres nevadas que inspiraron a Mozart, el aburrimiento la perseguía y, para combatirlo, no servían los cafés, los paseos, los masajes ni la dieta, solo la salvaban su fértil imaginación y la imagen de Alfonso. Evocaba los besos de su amante, sus palabras dulces, sus manos firmes. Desde el primer momento, él supo teclear con sabiduría los botones de su cuerpo. Ella era una belleza, de las favoritas entre la alta sociedad llanita, ¿qué hacía en Ischl rodeada de tiendas de pasteles, aterrada ante la posibilidad de que sus padres la desterraran de Gibraltar y de Málaga, de sus amigos? Temía ser una solterona gorda atiborrada de pasteles, una bola de azúcar andante, así que cuidaba su dieta, hacía ejercicio. Pero no pudo evitar la melancolía. No le interesaban los admiradores que sus padres le enviaban, Elizabeth no estaba dispuesta a renunciar a Alfonso. Fue en aquellos parajes cuando empezó su afición a la jardinería, a las plantas, en su cuidado refugiaba sus afectos y aprendió a hablar, a mimar con delicadeza aquellos seres vivos.

Ese pasado se funde con el presente. Vuelve a verse bailando entre sus brazos, pero ya no es ella, es su hija Isabel quien baila, y una mujer desconocida grita y él, el hombre por el que renunció a los convencionalismos que la buena sociedad le tenía reservados, se ha ido corriendo tras ella. ¿Dónde está ahora? Elizabeth trata de moverse. Fátima, a su lado, le agarra un brazo.

—Mamá, descansa. —Hay ternura en su voz.

Lo vivido en el baile y sus nervios, descontrolados, tienen a Isabel en una constante temblequera. «Tiritona de nervios», ha dicho su prima. La han obligado a quedarse en casa de sus tíos, los Vard, aunque hubiera preferido estar con su madre, con Alba y con Fátima. Un ruido en la ventana la sorprende. Trata de no tiritar para concentrarse en los chasquidos. Se muerde el borde de las uñas, le han dicho que pare, que pueden infectarse las heridas. Una criada se las ha lavado y le ha puesto una gasa; vuelve a sangrar. El ruido se repite, alguien está tirando piedras contra el cristal.

Se asoma y ve a su padre agachado tras un arbusto. El frío de la noche le golpea el rostro cuando abre la ventana. Alfonso le hace un gesto para que no haga ruido y baje. Ella espera más instrucciones, como si las recibidas no fueran suficientes. Él le indica que baje y abra la puerta de la casa. Obedece sigilosa. Ya en el jardín, lo abraza con fuerza y ternura porque estaba aterrada pensando que no iba a volver a verlo.

—Hija, no tengo mucho tiempo. Escucha. Necesito que prestes atención. No sé cuándo podré regresar. Hay ciertos asuntos que debo atender. Es importante que sigas al pie de la letra mis instrucciones. Debes hacerte cargo de la casa, de mis bienes, de tu madre y tu hermana. Te voy a dar algo que debes guardar y proteger. Mi camino me separa de vosotras por un tiempo que espero no sea muy largo. Prometo regresar.

—Pero papá…

—Escúchame… Aquí en esta bolsa hay un diamante. Ya te indicaré lo que debes hacer. Escóndelo. No dejes que te lo roben. Nadie debe encontrarlo, nadie. Cuídate de quien quiera engañarte. Hay mucha gente buscándolo, nunca pensarán que lo tienes tú. Fíate de tu intuición, confío en ti. Te quiero, hija.

—Te quiero, papá.

Tras un breve abrazo, Alfonso desaparece. Isabel entra en la casa llorando y va a la cocina. Quiere ver lo que su padre le ha dado, pero tiene hambre y frío, un vaso de leche caliente le sentará bien. La infancia sigue jugando con ella, no termina de ser aún una mujer adulta.

—¿Era tu padre? —pregunta su prima, que ha visto irse a Alfonso.

Isabel guarda la bolsa de terciopelo que tiene en la mano dentro del bolsillo de su bata.

—Sí. Vamos a por un vaso de leche.

—Con galletas de chocolate. Vamos, vamos.

Ya en la soledad de su habitación, Isabel saca la bolsa roja de terciopelo y la pone sobre la cama, sin abrirla. Los acontecimientos se precipitan en su cabeza. Saltan, sin orden, imágenes que golpean los tabiques de su cerebro. Confunde lo que imagina con lo que está viviendo. Haciendo un vacío en sus emociones, deshace el nudo de la bolsa, mete la mano y siente una frialdad dura en su piel.

Una piedra con forma de ojo aparece entre sus dedos y al verla desea gritar. Un diamante azul, le ha dejado un enorme diamante azul. Un hermoso diamante azul. Su corazón se acelera, ese diamante está directamente relacionado con la marcha de su padre, y ella quiere descubrir por qué. Sopesa el diamante, se le cae entre las sábanas y se asusta. Advierte el peligro de perderlo. Lo guarda en la bolsa y la coloca bajo la almohada. Así, agarrada a ella, sabiendo que es el único lazo que la une a su padre, consigue dormirse.

4

*P*or la mañana, Lord Vard lleva a Isabel al hotel. Hay tanta gente que apenas tiene tiempo de ver a su hermana. Esperará el momento para explicarle la repentina desaparición y aparición de su padre. Elizabeth está nerviosa, demacrada, no come ni bebe, y Alba, que no da abasto, acude a Isabel:

—Por favor, habla con tu madre, pídele que nos vayamos de aquí. Este ayuno es poco saludable y las visitas la trastornan.

—Yo también creo que deberíamos marcharnos de Londres. En Cirencester estará mejor.

—A ver si vuelve tu padre, no me gusta nada lo que está ocurriendo. Las desgracias nunca vienen de una en una. ¿Cómo os deja abandonadas? Habría que avisar a tu abuela.

—Lo único que nos faltaba ahora, con el lío que tenemos, es un ataque tuyo de superstición. Sí, creo que mis tíos la han llamado y está en camino.

—Yo digo...

—Ve con mi madre. Yo la convenceré de regresar a casa. Es absurdo seguir aquí. Deja de alterarme.

Elizabeth no necesita mucho para decir que sí, su estado de ánimo es un continuo sube y baja, las decisiones cambian en su cabeza a gran velocidad. Alba organiza apresuradamente las maletas y las mujeres De la Mata regresan esa misma tarde a Cirencester en un coche que el capitán Ardwent ha contratado para ellas. El chófer se quedará a su disposición en el pueblo.

—Lo siento aquí —le dice Alba a Isabel señalándose el estómago—. Ese Ardwent me da mala espina.

—Alba, estás histérica. Sospechas de todo.

—Ay, hija. Vete a saber si esto no tiene algo que ver con aquel asesinato en la carretera de Gibraltar. En la vida uno no puede escapar a la venganza divina. Yo creo que tu padre anda en malas compañías.

—¿Dónde escuchas esas cosas? Deja de inventar chismes. Me estás volviendo loca. Cállate.

Pero Isabel, por primera vez, duda de su padre. Lleva la bolsa con el diamante en un bolsillo de su abrigo firmemente sujeta. Alba cree que esconde las heridas de sus uñas. Siente tristeza por ella.

El chófer tiene instrucciones de Ardwent. Debe velar por la seguridad de Elizabeth, pero también seguirla y averiguar dónde va, con quién habla. Ardwent necesita descubrir el paradero de Alfonso, de los diamantes que se ha llevado, entre ellos el Ojo del Ídolo, una de las gemas más valiosas del mundo en poder de la familia De la Mata desde 1910, cuando la compró el padre de Alfonso en París, y que ellos iban a vender, así como una bolsa de brillantes por valor de varios miles de libras. Maldito charlatán, ¿quién iba a pensar que iba a escaparse con sus diamantes?

La noche cae en Cirencester, Elizabeth abre los ojos en su cama. Los calmantes la aturden. «¿Me ha dejado Alfonso? ¿Estaré dentro de una pesadilla?» Una y otra vez sueña con su marido montando a Cecile, de una forma tan viva que cree haberlo visto de verdad. Se levanta. Abre el cajón donde él guarda una pistola. La saca y se asegura de que está cargada.

La casa se mantiene en silencio, ella sale al jardín. Piensa que sus rosas están hermosas. Félix se ha ocupado de cuidarlas bien. Entre ellas, sería un bonito lugar para morir. Un relincho llama su atención. «Me llama, el caballo me llama.» Vestida con un camisón de algodón, descalza y sin sentir el viento gélido del invierno, Elizabeth entra en la cuadra, donde se encuentra con el hermoso corcel de Alfonso. «Tú y yo lo echamos de menos. A los dos sabía cómo montarnos.» Acaricia su sedoso lomo mientras toma una decisión. Apoya su cabeza en el cuello del caballo y le acerca el cañón a la sien. Aprieta despacio el gatillo descargando un tiro mortal que la baña en sangre. El caballo cae inerte sobre ella, que grita al sentir el peso sobre sus piernas.

El disparo resuena potente en la noche helada. Alba da un brinco en su cama. Isabel y Fátima se miran adivinando la rúbrica de su madre. Un mozo es el primero en llegar a las caballerizas. Alba aparece sin aliento. Entre los dos sacan a Elizabeth de debajo del enorme hannoveriano. Ella yace inconsciente sobre un gran charco de sangre.

—Tiene pulso. Hay que llevarla urgentemente a un hospital —dice el mozo con voz entrecortada.

Alba no puede responder. Una arcada la obliga a vomitar. Él carga con Elizabeth en sus brazos. Por el camino se encuentra con las hijas.

—¿Qué ha pasado? Mi madre está… está… —Isabel no se atreve a decir «muerta».

—Está aturdida. La sangre es del caballo. Debemos llevarla al hospital. No entréis.

Pero Fátima no puede evitar correr más rápido. Ante el animal muerto deja salir la rabia contenida:

—Perra, mi madre es una perra. Se deja montar como una yegua y acaba su vida abandonada como una perra. La odio. ¡La odio! Cómo ha podido cobrar su venganza en un animal indefenso. Frígida de mierda.

Alba, horrorizada, sale de la cuadra a trompicones. Isabel mira a su hermana, que sujeta la cabeza del caballo entre sus manos llorando desconsoladamente. Nunca la ha visto llorar. Se da la vuelta e intenta esconder a su corazón lo que le muestran los ojos. ¿Por qué tantas heridas en tan poco tiempo? Sin fuerza para sostener el desconsuelo de Fátima, cae de rodillas. El diamante viene a su mente, teme que alguien pueda robárselo. Se levanta y corre hasta la casa. Escondida entre su ropa, busca la bolsa roja. Debe encontrar un lugar seguro y ocultarla, un lugar seguro ¿dónde? De esa noche no puede pasar. Regresa a la cuadra. Agarra a Fátima del brazo y le dice:

—Ven. Tengo algo que contarte.

La seguridad en la voz de Isabel hace que Fátima la siga. Solas en la oscuridad de las caballerizas, la mayor le cuenta a la pequeña su último encuentro con su padre. Entonces saca la bolsa y le muestra el Ojo del Ídolo, que brilla en esa negra noche.

—Nadie tiene que saber esto, Fátima, nadie. Eso fue lo que me dijo papá.

Fátima acaricia el diamante con delicadeza. Resulta sobrecogedor el frío entre sus dedos. Siente una conexión precisa, profunda, con ese pedrusco del que unos minutos antes nada sabía. Tanta gente persiguiendo esa belleza la hechiza. Cuánto poder.

39

Calla la tenue provocación de su piel. Ella misma se avergüenza, mientras la piedra brilla. Se exhibe.

—Seremos sus guardianas temporales. Protectoras de un esplendor que nos conecta con la historia —acierta a decir admirando su color—. ¡Sé dónde esconderlo! —grita acallando el deseo de conservarlo entre su ropa y no devolvérselo a Isabel jamás—. En los rosales. Vamos a trasplantar un rosal sobre el diamante. Mamá me ha enseñado y sé cómo hacerlo para que no se note. Ve y coge una caja de madera, y algo de tierra —dice tomando el control.

—¿Para qué?

—Vamos a hacer un agujero. Metes la bolsa en la caja. La enterramos y ponemos una piedra sobre ella. Después levantamos un rosal, ponemos más tierra y lo volvemos a plantar.

—Aprovechemos que no hay nadie en la casa.

—¿Y la cocinera?

—Le voy a decir que prepare algo en la cocina. Tú, mientras tanto, ponte a cavar.

40

Cuando Alba regresa del hospital con el mozo, las jóvenes beben un vaso de leche en la sala. Entre ellas se ha creado una sutil complicidad. Fátima no puede evitar recordar la suavidad del diamante. Se está obsesionando con el Ojo del Ídolo y tampoco quiere evitarlo.

—¿Cómo está mi madre? —pregunta Isabel.

—La van a tener que operar. El caballo le ha roto las piernas y los médicos no saben si hay fractura en la columna. La inflamación no permite saber la extensión de sus lesiones. Hay que esperar. Creo que sería conveniente que avisaras a algunos familiares.

—Mañana llamaré a mi abuela en Gibraltar —responde Isabel con frialdad—. Estoy cansada, me voy a dormir.

—Avisa a Félix, el jardinero que ayuda a mi madre, para que venga —le pide Fátima al mozo entre bostezos—. Quiero enterrar al caballo personalmente.

Atónitos con la reacción, los empleados de la familia creen que las jóvenes o son unas desagradecidas con su madre o están demasiado aturdidas por la desgracia. Pero es tarde y están muy cansados, pronto la casa queda en silencio.

ϓ

Isabel no quiere levantarse, la humedad se cuela hasta su cama y entre las sábanas encuentra refugio, se siente protegida de lo que ocurre en el exterior. Sabe que Alba aguarda tras la puerta, ya ha llamado dos veces, ahora le dice que la espera para llevarla al hospital. También oye a Fátima salir de su cuarto.

—Pero ¿qué te has hecho, hija mía? —Los gritos de Alba resuenan por la casa.

—Alba, no seas dramática. Simplemente me he cortado el pelo.

—¿Cómo se te ocurre?

Los gritos terminan sacando a Isabel de la cama y desde el umbral se complace ante la escena. Es absolutamente cómico ver a la rebelde de su hermana con el pelo corto y a Alba gesticulando horrorizada.

—Fátima, a ver. Estás guapísima. Veo que te lo has dejado más largo de un lado. Si quieres…, te lo arreglo. Tengo buena maña. —A Isabel le gusta hacerse la importante ante su hermana, aun en pijama y sin la bata.

—Sí, por favor. No sé cómo lo haces, pero lo que tocas queda perfecto —responde con humildad, consciente del desaguisado que se ha hecho.

—Dios se quedó en las manos de Isabel —declara Alba—. Anda, vístete y ven a desayunar.

Las hermanas se quedan solas y la mayor aprovecha para preguntar por qué ha tomado la determinación de cortarse la melena.

—No lo sé. Me miré en el espejo y sentí que quería hacerlo. Ahora me encuentro libre. Como si antes el pelo me pesara. Es un alivio.

—Pero si tenías una melena preciosa.

—El pelo crece, hermanita.

Isabel no comprende la actitud de Fátima; sin embargo, no la juzga. Acepta que ese cambio es una búsqueda de su identidad y achaca su reacción a los últimos acontecimientos. Le preocupa que sea tan drástica.

—Fátima, tenemos que ir al hospital. Organizarnos. Hablaré con la abuela para que vaya cuanto antes a Londres. Yo saldré

41

con Alba a su encuentro. Tú debes hacerte cargo de la casa mientras tanto. Le voy a pedir a Félix que se quede contigo. Prométeme que si ves cualquier cosa extraña, me vas a avisar. No hagas nada sin consultármelo.

—Ya. Parece que ahora, de las dos, tú eres la valiente y la inteligente. Dios te habrá llenado las manos de talento, pero a mí me dio el coraje.

—No tomes en serio las palabras de Alba. No compliquemos más las cosas. Tú y yo debemos estar unidas; de otro modo, no sé qué va a ser de nosotras.

—Bueno, bueno, ya. Olvida tanta palabrería. Vamos a ver a mamá.

Las noticias no son buenas. Elizabeth tiene una vértebra rota y los médicos no saben si volverá a andar. Sedada e inconsciente, le parece a Isabel mucho más joven y pequeña, dormida en la cama del hospital. Y rompe a llorar. La mujer fría e insensible yace como una niña indefensa. Por primera vez culpa a su padre.

Fátima dedica a Elizabeth su indiferencia. Esa mujer de la que asoman sus primeras canas es una desconocida. Le da igual que quede paralítica o que se muera. Ella es responsable de su desgracia. Una salvaje que no merece su pena. Le espanta el olor del hospital, le recuerda al olor a sangre de la cuadra, mareante y nauseabundo. Allí no tienen nada que hacer. Empuja a su hermana para salir. Quiere regresar. Isabel acepta, a las dos las incomoda permanecer de pie en el pasillo, viendo a su madre a través de un cristal. Perdidas en sus pensamientos, ninguna habla en el trayecto de regreso.

Isabel prepara la maleta para viajar a Londres. Asustada y consciente de la responsabilidad que deja en manos de su hermana, la busca una y otra vez. La situación de su madre es frustrante, le irrita la desconexión que padece por sus maníacas ideas suicidas. ¿Cómo es posible que teniendo dos hijas piense antes en ella misma? Esa pregunta la aturde, la atormenta. Asume que la culpa es parte de su educación católica. Se deja atrapar por la excitación de regresar a Londres. Los nervios aumentan sus temores. Desde que se marchó su padre, ha preferido no salir de casa. Absorta en sus planes, no oye la puerta, Alba viene a avisarla de que Félix ha llegado. Isabel corre a su encuentro.

—Hola, quería saber si necesitabas algo.

—Gracias, Félix. Estoy saliendo para Londres. Mi abuela viene de Gibraltar y quiero ir a recibirla.

—Estoy muy preocupado. Te voy a ser honesto, en el pueblo hay muchos rumores sobre tu padre. Habladurías que no voy a repetir. Pero me inquieta que algo pueda ocurrirte. Déjame acompañarte.

—No, Félix, estaré bien. Alba viaja conmigo. Además, quería pedirte por favor que estuvieras pendiente de mi hermana.

Félix la mira extrañado, asiente y le da un papel.

—Llévate esta tarjeta, he apuntado la dirección de mi padre en Londres. Sabe quién eres y te ayudará si lo necesitas.

—Gracias. Eres un buen amigo.

Isabel besa la mejilla del joven, que se ruboriza. Esa chica le está robando la tranquilidad: es muy rara, a veces parece ida, es huidiza y egoísta, pero deliciosamente hermosa. Con el beso haciendo y deshaciendo en sus hormonas, mira hacia el jardín y se pregunta por qué habrán replantado ese rosal tan cerca de los otros. Él lo cambiará de sitio.

43

Londres excita los sentidos de Isabel, el olor de la ciudad es inconfundible. La fusión de culturas prende en el aire un aroma que se pasea coloquial entre los londinenses y asusta a los foráneos. Para ella es sensual, su piel se eriza, la despierta a un mundo que está deseando descubrir. El perfume londinense está marinado en muchos misterios y en su mente adolescente inventa y multiplica el origen de su fórmula. Piensa en Fátima, si estuviera con ella le contaría alguna historia, mitad inventada mitad copiada, de esos libros de asesinatos que tanto le gusta leer. Es fanática de Conan Doyle, de Agatha Christie, también de Virginia Woolf.

—Despierta. Ya hemos llegado. —Alba toca el hombro de Isabel, que no duerme aunque tiene los ojos cerrados.

—¿A qué huele Londres?

—A un montón de cocinas donde cuecen papas y pescado ahumado. Es muy desagradable. Los gatos deben ser felices.

—A mí me parece que huele a especias desconocidas de recetas increíbles, a humanidad, a…

—Qué va, Isabel, huele a las heces de los animales. Anda, vamos, que como siempre ya empieza a lloviznar.

En el hotel encuentran al capitán Ardwent, erguido en su uniforme del Ejército holandés con el sombrero entre las manos. La exageración de sus maneras intriga a Isabel y la obliga a ponerse a la defensiva.

—Las estaba esperando. ¿Cómo ha ido su viaje?

—Muy bien, muchas gracias —responde Isabel dándole la mano para que él haga el ademán de besarla—. Debo confesar que no hemos comido nada y estoy que me muero de hambre.

—Con razón estabas tú tan preguntona con los olores —se ríe Alba.

—Hagamos una cosa —propone Ardwent—. Dejemos que lleven las maletas a la habitación, yo me encargo de cumplimentar el registro. Pueden esperarme en el restaurante.

Así, los tres celebran la llegada a la ciudad disfrutando de un plato de cordero delicioso, especialidad del hotel. Isabel se fija en el enorme espejo, situado detrás de la barra donde varios hombres hablan y gesticulan en ese idioma que despierta el alcohol, maravillada por el lujo, por la elegancia de los comensales. Las mesas están muy juntas, tanto que es fácil escuchar las conversaciones de unos y otros, pero cuanta más gente hay a su alrededor, más es capaz de quedarse dentro de sí misma, tan cerca y tan lejos. Apenas termina, un bostezo trata de escaparse.

—Estoy cansadísima. No me había dado cuenta hasta ahora.

—Es normal —contesta Alba—. El ajetreo, los nervios, la cena. Yo, por lo menos, estoy deseando darme un baño.

—Creo que llega el momento de las buenas noches. Si me disculpan, tengo varios amigos en la barra con quienes me gustaría reunirme. Vayan a descansar. Por la mañana las espero para dar un paseo por la ciudad.

—¿Y este por qué se preocupa tanto por nosotras? —pregunta entre dientes Isabel a Alba.

—No tengo ni idea, pero si es amigo de tu padre, es mejor que nos acompañe —contesta también entre dientes, provocando la risa de la joven.

Ya en la habitación, cuando ambas duermen, Alba oye un ruido y se despierta. Toca la pierna de Isabel y le pone una mano en la boca. Un cristal cae al suelo haciéndose añicos en la salita contigua y las dos se levantan de un salto.

—¿Alguien está ahí? —dice Isabel.

—Obviamente —responde Alba, que corre al cuarto de baño tratando de encontrar con qué defenderse. Al no hallarlo, coge una zapatilla y levanta el brazo.

—De verdad, Alba, ¿con una zapatilla?

—¿Se te ocurre algo mejor?

La conversación no da para más, la puerta de la habitación se abre. Un hombre se abalanza sobre Isabel, pero Alba, rápida de reflejos, lo intercepta. El hombre forcejea, de su bolsillo saca una navaja.

—¡Cuidado! —grita Isabel al ver el brillo del acero.

Alba la mira y él aprovecha para pincharla. La mujer grita al sentir cómo su carne se rasga en el costado. La sangre brota caliente. Un simple *shit* se le escapa al encapuchado, que huye con el bolso de viaje de Isabel. Ella hace el ademán de ir detrás, pero al instante piensa en Alba, que se tapona la herida con una mano y gruñe de dolor en el suelo.

Isabel enciende la luz y se asusta al ver cómo la sangre fluye manchando el camisón.

—¡Dios mío! Hay que llamar a un médico. ¡Ayuda, por favor, ayuda! —grita aterrada.

Enseguida aparece Ardwent, alertado por el gerente del hotel. «¿Cómo se las arregla para presentarse tan rápido?», piensa Isabel.

—Querida, la herida de Alba es leve. Apenas un rasguño. El médico estará aquí en breve. Deja que el gerente se haga cargo. Me preocupa mucho que hayan entrado en la habitación. ¿Se han llevado algo?

—Alba, ¿estarás bien?

—Sí, Isabel. Ve a hablar con el capitán. No te preocupes. Siempre hay una primera vez en la vida para todo. El médico está en camino.

—Llámame si necesitas cualquier cosa.

Ardwent sirve un vaso de ginebra en su habitación y se lo ofrece.

—Te ayudará a calmarte. Bébela despacio.

—Nunca he bebido, pero si me ayuda a tranquilizarme, aun-

45

que tenga que taparme la nariz, la beberé. La verdad, lo necesito.

—Mira, querida. Voy a ir al grano, no hay tiempo que perder. Tu padre se marchó llevándose dos bolsas que no le pertenecen. Una con diamantes que yo había comprado en Ámsterdam y pensaba vender en Londres. Él vino a ofrecerme la otra, con un diamante, el Ojo del Ídolo, porque estoy interesado en comprarlo. Guardé ambas bolsas en mi habitación del hotel, pero antes de llevarlas a la caja fuerte del banco desaparecieron, y la única persona que estuvo conmigo durante ese tiempo fue tu padre. Ambas desapariciones, tu padre y los diamantes, me temo, están directamente relacionadas.

—Mi padre nunca ha vendido diamantes —miente Isabel adivinando los negocios paternos.

—Él y yo nos conocíamos mucho —miente él tratando de ganarse su confianza.

—Nunca había oído hablar de usted.

—Imagino que tampoco de Cecile, y fui yo quien los presentó en París.

—Cada vez me encuentro más confundida. ¿Usted y mi padre conocieron a la bailarina en París?

—Yo la traté antes que tu padre. Una noche fui a verla acompañado de Alfonso y entre ellos se despertó un gran interés. Fue algo repentino, se gustaron nada más conocerse.

—Tal vez usted lo preparó. En realidad, me importa muy poco la relación de mi padre con esa bailarina. De hecho, encuentro de muy mal gusto todo este relato. ¿En qué puedo ayudarle? O mejor dicho, ¿en qué puede ayudarme a mí saber todo esto? Lo único que me gustaría saber es por qué mi padre nos ha dejado tiradas.

—Querida, no te alteres. No te pongas histérica. Déjame explicarte. ¿Has entrado alguna vez a una tienda buscando algo y has salido de allí con algo muy diferente? Así es el amor, crees que necesitas una cosa y acabas con otra. La pasión no tiene lógica, la urgencia de tu padre por llevarse los diamantes tiene mucho que ver con Cecile. Una vez que saboreas la lujuria, te pasas la vida necesitándola. Como las drogas o el alcohol. Tu padre es un adicto a la autodestrucción, o tal vez a la destrucción, porque está acabando con quienes lo rodean. Ahora, debes entender que mi paciencia tiene un límite. Esos diamantes suponen un gran esfuerzo financiero por parte de mi compañía y quiero recuperarlos. Hay mucha gente detrás de ellos. No voy a decir a toda costa pero, sin duda, sin reparar en los medios. Tu ayuda me parece necesaria.

Bebiendo de un trago el resto del contenido del vaso, Isabel siente arder su garganta, el regusto del licor le da valor para contestar al capitán:

—Mire usted, no sé qué espera de mí. No tengo ningún diamante. Acabo de ser asaltada por un desconocido y mi paciencia también se agota. Si usted tiene negocios pendientes con mi padre, resuélvalos. Pero déjenos tranquilas.

Isabel intenta regresar a la habitación con Alba, pero Ardwent la coge del brazo, acerca su cara a la de ella y le advierte:

—No, no, no. Esa no es forma de hablar conmigo. Escucha bien, Isabel. Podría denunciar a tu padre, pero no lo he hecho. También podría ir por un camino más directo y cobrarme la deuda de otra manera. Sin embargo, la violencia no va conmigo. Sé que tu padre confiaba en vosotras. No me creo el cuento de que no sabes nada. Tal vez prefieres que le haga una visita a tu madre.

—Le repito que no sé nada —contesta Isabel temblándole la voz—. Puede hacer con nosotras lo que quiera. No sabemos absolutamente nada.

Se ha marcado un farol y se juega mucho. El coraje nace en parte de la ginebra y en parte del miedo y el asco que le produce Ardwent. Él, que advierte la repulsión, cambia su actitud y le dice muy tranquilo:

—Estamos todos muy nerviosos. Isabel, entiende que es una situación muy peligrosa. Yo no tengo nada que ver con el hombre que entró a robarte, hay otras personas buscando esos diamantes.

Con la marea etílica en sus pensamientos, ella se despide.

—Creo que ya hemos hablado suficiente. Cuando llegue mi abuela, si usted quiere, podemos retomar la conversación en su presencia. Estoy cansada y necesito dormir un par de horas.

—De acuerdo. Hasta mañana entonces.

47

5

*I*sabel no duerme. Mira a Alba, escucha su respiración, monótona, profunda, debido al sedante que el médico le ha administrado. «¿Qué demonios está sucediendo?», se pregunta asustada, incapaz de dar una respuesta a su intranquilidad.

La mañana la encuentra con los ojos abiertos, una tenue sombra azul enmarca su mirada. Cansada de esperar un sueño que no llega, se levanta, se ducha, escribe una nota a Alba diciendo que baja a desayunar y que volverá en unos minutos. Es tan temprano que el restaurante está cerrado. Decide caminar por las calles vacías. Londres se despereza quitándose con los primeros rayos del sol el frío de la noche, los escasos transeúntes parecen ensimismados, individuos extraños que ni se tocan ni se miran. Isabel imagina sus vidas, de algún modo eso la ayuda a dejar de pensar en la suya. Un hombre levanta el sombrero al cruzarse con ella, que instintivamente agacha la cabeza. El miedo vuelve a apoderarse de su estado de ánimo y regresa al hotel. Apenas ha dado la vuelta a la manzana. En la recepción se encuentra con el conserje, que le pregunta si le apetecería un té, y ella le pide que suba también pastas.

—En unos minutos se lo llevamos a la habitación —dice amable sin disimular la voz agria de una larga noche.

Isabel se lo agradece. Al girar la llave en su puerta, oye a Alba:

—¿Se puede saber dónde estabas? ¿Cómo te marchas sola? Insensata.

—He ido a pasear para despejarme. Alba, he tenido una idea que puede funcionar. ¿Crees que puedes andar?

—Sí. Siempre y cuando no sea muy lejos.

—A tres calles de aquí vive una amiga de mamá y desde su

casa podemos llamar al padre de Félix, tal vez él pueda ayudarnos a encontrar otro sitio donde quedarnos. Dejamos nuestras maletas en este hotel, les decimos que regresamos en tres días y cuando llegue la abuela volvemos. Total, la habitación está pagada hasta entonces. Necesitamos ganar tiempo para pensar qué vamos a hacer.

—Me parece bien. Además, seguro que el hotel tiene una puerta trasera para los empleados. Salgamos por allí.

Un coche atraviesa despacio la Quinta Avenida de Nueva York. Son las once de la noche y Alfonso camina a paso rápido, pegado a las fachadas; quiere echar las dos cartas que guarda en el bolsillo de su gabardina. En cuanto ve el coche, mueve su sombrero hacia un lado para evitar que le vean la cara. En la Calle 57 encuentra el buzón que anda buscando.

Mira el membrete del sobre dirigido a su madre en Tánger. En su corazón late una punzada. «Ojalá que ella la lea», piensa al dejar caer las dos cartas dentro de la boca de metal. La otra se la envía a un abogado en Málaga con instrucciones sobre su herencia. Entonces ve el mismo coche aparcado cerca de la 58, y como hace tiempo que dejó de creer en las casualidades, decide subir por la 57 evitando volver a cruzarse con él. En la Sexta Avenida gira a la izquierda y se mete corriendo en el metro. Se baja en Broadway y camina hasta la puerta del teatro donde actúa Cecile.

Escondido entre un grupo de turistas alemanes, ve al chófer de Ardwent fumando un cigarro en mitad de la calle. La espalda apoyada contra el mismo coche que lo seguía. Es un hombre de gran corpulencia, su rostro delata que ha sido boxeador profesional. La nariz torcida, los pómulos hundidos y unos enormes puños con cicatrices. Alfonso se resguarda en un portal. Quiere avisar a Cecile del peligro, pero se queda inmóvil, cobarde en su guarida. El exboxeador tira la colilla en cuanto advierte la presencia de su novia. La agarra del brazo y ella trata de escapar; él la zarandea y la empuja dentro del coche.

Alfonso controla su respiración, su cabeza es un enorme zumbido. Piensa en la bolsa de diamantes que lleva cosida al forro de la gabardina. Tiene cien dólares encima, suficiente para coger un tren. ¿Dónde irá? ¿Cuánto tiempo va a seguir huyendo? Siente vértigo. En ese momento de pánico toma la decisión de ir al hotel Waldorf y llamar a Míster McAllister, un viejo amigo de sus suegros al que conoció en Gibraltar. Recorre ese conjunto de calles en unos minutos.

—¿Míster McAllister?

Alguien le pide que espere y a los pocos segundos oye la voz del hombre.

—Sí. ¿Quién habla?

—Míster McAllister, soy Alfonso de la Mata, ¿se acuerda de mí?

—Claro, claro. —El hombre no puede evitar sentirse incómodo ante esa llamada.

—Entiendo tu sorpresa, pero estoy desesperado.

—¿Dónde estás?

—En el hotel Waldorf. En Park Avenue.

—Espérame en el bar. Iré en un momento.

Míster McAllister se escapa de la mirada inquisidora de su mujer con una mentira.

—Era mi abogado.

Miranda se ha acostumbrado a esas respuestas.

Alfonso bebe un vaso de ginebra cuando Matthew McAllister entra en el bar. Su altura, su elegancia, su ligera cojera de la pierna derecha, su atractivo físico siguen intactos a sus sesenta años. Siente envidia y admiración por ese hombre apuesto, con una sonrisa perturbadora que consigue poner el mundo a sus pies. Es de los pocos hombres capaces de eclipsarlo.

—Matthew, ¿cómo estás? —Se saludan con un apretón de manos.

—Bien, no esperaba tu llamada. ¿Qué ocurre?

—Estoy en un lío. En un soberano lío. Necesito viajar cuanto antes a Los Ángeles.

—No voy a preguntarte en qué clase de enredo andas, imagino la desesperación que debes sentir si has acudido a mí. Tú me ayudaste mucho cuando estuve en Gibraltar, pero no quiero ser cómplice de ninguna intriga criminal. —Mathew ha oído los rumores que circulan sobre Alfonso.

—Me urge salir de Nueva York. Mi desorden no es tuyo, nadie te acusará de complicidad.

—No estoy tan seguro, pero no voy a dejarte tirado en Manhattan. Haré una llamada. Un amigo mío dirige las oficinas de una compañía aérea. Tal vez podamos sacarte de aquí esta misma noche. Y recuerda que esta es la última vez que te ayudo.

Fátima está tumbada sobre la hierba del jardín. La humedad, el viento, los pájaros la distraen de sus preocupaciones. Su hermana ha llamado, están a salvo en casa del padre de Félix. Parca en palabras, no ha querido alarmarla demasiado. Ella sabe que Isabel ha contado la historia del robo en el hotel a medias, y son precisamente los silencios los que la tienen preocupada. Se distrae echando el humo por la boca formando aros. Hace unos meses empezó a fumar y le fascina. Compra cigarrillos sueltos en un puesto del pueblo y los envuelve en un pañuelo que esconde de Lola, la cocinera.

Están las dos solas porque su madre sigue en el hospital; aun así, Lola prefiere quedarse en sus dominios, como si una frontera separase la cocina del resto de la casa. Cuando tiene que consultar algo con Fátima, utiliza la puerta de atrás y da un rodeo hasta el jardín. Es una mujer callada que lleva trabajando con la familia desde que tenía diez años. Los conoce bien y nunca habla de sus problemas con nadie. Estaría feliz en Cirencester si no fuera porque su madre vive en Málaga. A Alba le ha hablado de los brotes depresivos que padece y cómo los refugia en los cafés con brandi que se prepara.

Alivian su soledad juntas, tardes de invierno acompañadas en el espacio de la ausencia. Lola, ebria, cortando la verdura de la cena, y Fátima, abstraída, leyendo *Orgullo y prejuicio*, de Jane Austen, imaginando una vida que aún no sucede: «No me importa caminar. No hay distancias cuando se tiene un motivo».

—Fátima, Fátima… Ven, niña.

Apagando el cigarrillo contra la tierra, la joven se levanta desganada. Va a tener que contestar a las preguntas que siempre le hace sobre la casa y la comida.

—Creo que deberías darme el menú para toda la semana y así no tengo que pedírtelo cada día.

—Somos tres: Félix, tú y yo. Lola, ¿por qué no improvisas?

51

—Tú estás a cargo de la casa, tienes que hacerte responsable.

—Cuido de los caballos y los perros, de la correspondencia, de las cuentas. ¿No es suficiente? Por favor, ¿tanto te cuesta tomar una decisión?

—Si te pones así, ya me encargaré yo del menú.

—Me voy al pueblo. Volveré tarde. Por favor, avisa a Félix.

Fátima regresa al jardín y se acerca a las rosas. Con cuidado desentierra la caja, no necesita arrancar el rosal, sabe con exactitud dónde la ha enterrado. Se mete la bolsa de terciopelo en el bolsillo y vuelve a colocar la caja en el mismo lugar. Tiene un impulso atropellado, inevitable. Abre la bolsa y deja caer el preciado diamante en su mano. Recupera la sensación de poder que sintió la primera vez que lo vio. Le emociona saberse dueña de una pieza como el Ojo del Ídolo. Se pregunta de dónde procede, qué otras manos la habrán tocado, qué lugares habrá visto. Enciende otro cigarrillo sin soltar el diamante. Vuelve a tumbarse, lo coloca sobre su ombligo y lo tapa. Un objeto inanimado y, sin embargo, a ella la llena de vida. Lo acaricia bajo la ropa. Imagina escenarios fantásticos mientras el viento frío se le cuela por la espalda, pero no hace caso porque en ese momento es reina de un gran imperio, dirige a su ejército en la batalla. Un ejército que la obedece porque lleva esa gema sobre su corona. Vacilante y a punto de coger frío por la humedad, termina levantándose. Guarda la piedra en la bolsa y entra en la casa. Recuerda que tras un cuadro del comedor su madre oculta una pequeña caja fuerte. Se acuerda de que la combinación es una mezcla de los cumpleaños de la familia. La abre a la primera y deposita con cuidado la bolsa. «Un escondite temporal», piensa, y no sabe si es al diamante a quien habla.

En bicicleta llega hasta la plaza triangular de Cirencester. El ejercicio físico le da poder, la hace sentirse invulnerable. Espera a que Jan termine en el puesto de artesanía. Impaciente, Fátima camina arriba y abajo por la calle empedrada. En su cuarta bajada la ve con el pelo rubio recogido en una coleta, y un sencillo vestido azul que ciñe su cintura y esconde la robustez de sus muslos. Sonríe pensando en cómo se ruborizaría su amiga si descubriera sus pensamientos. Se conocieron en el colegio y dejaron de asistir a clase casi al mismo tiempo. Juntas se escapan a galopar por los alrededores de Cirencester. Jan trabaja por las tardes como *groom* limpiando y paseando caballos en una granja cercana.

—¿Has vendido mucho? —pregunta Fátima.

—¡Hooolaaa! —dice alargando las dos sílabas para que su amiga entienda que le molesta su mala educación.

—Hola, hola, hola. ¿Vendiste?

—Unas vasijas de cerámica para plantas. Y me han encargado más. Estoy muy contenta. ¿Sabes algo de tu hermana?

—Sí, que me está escondiendo algo. Ayer entraron en su habitación del hotel a robar y me lo contó sin muchos detalles. Mala señal. —Enciende un cigarrillo—. En cuanto venga mi familia, me voy a marchar. Llevo varios días dándole vueltas a la idea, no quiero estar aquí. He pensado en Nueva York. Mi hermana cree que mi padre se esconde allí y yo quiero ir a buscarlo. ¿Te vendrías conmigo?

—No. ¿Por qué habría de irme contigo? Fátima, a veces pienso que confundes nuestra amistad y eso me preocupa. No tengo ningún interés íntimo en ti. ¿Lo sabes?

—¿No quieres ni probarlo? Sinceramente, creo que te intereso —dice aunque su interés por Jan no es romántico.

—Estás equivocada. A mí no me gustan las mujeres. No soy lesbiana.

—Jajaja…, me haces reír. Qué fácil es colgar una etiqueta. Y qué si te digo que a mí me interesan hombres y mujeres. Tanto unos como otros son seres humanos, esos son los que despiertan mi curiosidad. La imaginación no tiene sexo. En mi naturaleza todo el mundo es igualmente bello. ¿No crees que una amistad pueda reciclarse dentro de la pasión?

—No —contesta Jan abruptamente.

—En fin, para tu sorpresa, yo tampoco soy lesbiana. Me gustan tanto los hombres como las mujeres, o eso creo.

Se han sentado en el parque. Una frente a otra. Fátima enciende otro cigarrillo que comparten. Jan se tumba y comienza a toser.

—¿Qué te pasa?

—Nada. Siempre que me tumbo toso.

—Nunca podrías ser prostituta.

—Eres una degenerada.

—De nuevo me juzgas. Mi libertad te asusta.

—Es una extraña forma de pensar. Ser libre no significa decir una grosería tras otra. Mira, por allí va Félix. —Jan silba con los dedos y se muestra coqueta al verlo venir—. Tal vez ahora dejes de molestarme con tus provocaciones.

—No sé qué tiene este idiota que todas os mostráis como perras en celo.

—Psss…, te va a oír.

—Félix, ven. Siéntate entre nosotras. ¿Has hablado con Isabel? —pregunta Fátima.

—No. Pero mi padre me lo ha contado. Pobre Alba, debe estar asustadísima.

—¿Alba?

—La herida no se le ha infectado. Están deseando que llegue tu abuela para venir todas a Cirencester.

—Pero… ¿de qué estás hablando?

—Uy, Fátima. Yo pensé que sabías que habían sido asaltadas en el hotel.

—Sí, pero no tenía ni idea de que Alba estuviera herida.

—Pues el ladrón llevaba un cuchillo y se lo clavó a Alba que se interpuso cuando trataba de atacar a tu hermana. Esa mujer le salvó la vida.

Fátima se queda callada. La idea de perder también a Isabel la paraliza. ¿Es posible que un diamante pueda sacudir su vida como si fuera un castillo de naipes? Necesita investigar sobre el Ojo del Ídolo, descubrir quién está detrás de su desgracia.

—Estoy más que lista para tomarme un vaso de gin —dice tratando de restar importancia a las palabras de Félix.

—Podemos ir a mi casa. Mi madre no llega hasta la noche y no hay nadie. —Jan se levanta y sacude de su falda las briznas de hierba.

—Me parece buena idea —contesta Fátima.

—No sé. —Félix duda. Se considera responsable de ella y, al mismo tiempo, el miedo que le provoca despierta sus deseos.

Por no parecer poco caballero, decide acompañarlas. En silencio, van a por sus bicicletas, que han dejado en el puesto de Jan. Pedaleando por la carretera, Félix se fija en Fátima: una joven decidida, siempre con la espalda recta, de manos y piernas fuertes por su afición a la hípica. Ha perdido peso en las últimas semanas y su cara se ha vuelto más afilada. El corte de pelo eleva sus pómulos escondiendo sus ojos. Tiene un brillo intenso, desafiante en la mirada. Félix se siente intimidado por ella. Al sentirse observada, Fátima lo mira a los ojos. Él, descubierto, agacha la vista. Fátima advierte el deseo. «Muy bien. Juguemos, Félix. Juguemos.»

—Si eres libre, dejas de ser predecible y controlable —Fátima sigue con su discurso mientras se sirve un segundo vaso de ginebra.

Félix y Jan no la escuchan, embarcados en un beso mojado en alcohol sobre el sofá del salón.

—Espero que estéis abiertos a la posibilidad de afectos plurales porque no pienso echarme a un lado. —Fátima deja el vaso sobre la mesa, coge la cara de Jan entre sus manos y, con ternura, vacía sus ganas en los labios de su sorprendida amiga.

La pasión se contagia entre ellos como una epidemia. Las manos de Fátima se confunden con las de Félix sobre el cuerpo de Jan, que se pierde en sus propias sensaciones. Él no piensa en detenerse cuando encuentra la determinación suficiente para besar a Fátima. Ella responde a su encuentro compartiendo su lengua; sus dientes chocan. La necesidad adolescente sustituye a la práctica. Con sorpresa y cierto terror, Félix descubre demasiado tarde la virginidad de ambas. Todo acaba con la rapidez con que empieza, y él, avergonzado, recoge su ropa y huye. Fátima ríe a carcajadas. Jan está demasiado aturdida por el alcohol.

—¿Por qué se ha ido Félix?

—Imagino que por vergüenza. Creo que es de esos hombres que se envilece con lo prohibido.

—Se ha sentido un agresor cuando no lo era.

—Es extraño que se crea tan culpable. Me parece que su amor por mi hermana Isabel tiene algo que ver.

—¿Qué dices? ¿Tiene algo con Isabel?

—No. Pero creo que está enamorado de ella.

—Es un hombre de poco tacto. Cuando el deseo pasa por su sangre, sus sentimientos se le olvidan.

—Ese es precisamente su problema. La culpa es tan inútil como el arrepentimiento. Ya aprenderá que su temeridad acabará haciéndole fuerte.

Fátima besa de nuevo a Jan y esta corresponde con la misma ternura. Deciden así olvidarse de Félix.

55

«Soy un bruto, un bruto, un bruto —se autocastiga él pedaleando a todo lo que da su cuerpo de regreso a casa—. Me he dejado llevar por un beso. Soy un hombre que no sabe controlarse. Yo pensaba que iba hacia delante con Isabel y resulta que voy hacia atrás. Un estúpido coleccionista de pasiones. Me hice responsable de Fátima, di mi palabra.» Las luces de un coche lo deslumbran, pierde el control del manillar por un segundo, el conductor toca con furia el claxon al pasar a su lado.

—¡Idiota! —le grita.

Él trata de no perder el equilibrio y su mente pierde el hilo de sus pensamientos. «Idiota», escucha. «Idiota», piensa. «Sí. Soy un idiota», se dice.

6

*U*nas azafatas dan la bienvenida al grupo de pasajeros. Apenas son cinco los que esa noche vuelan de Nueva York a Los Ángeles. Uno de ellos, vestido con traje de alpaca y sombrero gris, pregunta:

—¿Desde cuándo hay mujeres camareras en la aviación?

Una joven de sonrisa pícara y mirada azul contesta:

—Apenas llevamos volando dos meses para la compañía. Tratamos de hacer el vuelo más agradable a nuestros clientes.

Coge la maleta del hombre y lo invita a subir al avión que los llevará hasta Kansas City. Allí dormirán unas horas en unos coches Pullman que la empresa de trenes ha acondicionado, para tomar al día siguiente un vuelo a Tulsa, otro a Santa Fe y aterrizar por fin en Los Ángeles.

Alfonso deja pasar a una mujer morena envuelta en un abrigo de visón que fuma en una finísima boquilla de oro y plata.

En sus asientos reciben la indicación de abrocharse los cinturones. La azafata les ofrece una copa de champán que todos aceptan. Empiezan a presentarse; Alfonso es el primero en hacerlo ante la mujer sentada frente a él.

—Encantada. Dorothy Taylor, condesa Di Frasso.

Arqueando las cejas, Alfonso recuerda al conde, un hombre mucho mayor que esta mujer.

—Creo que tuve la fortuna de conocer a su marido en un concurso de saltos celebrado en Roma. Son ustedes los dueños de Villa Madama.

—Así es, efectivamente. Mi marido se ha quedado en Italia porque tiene negocios con Mussolini. Yo voy a pasar una temporada en Los Ángeles. Aunque me gusta mucho el país de mi esposo, siempre termino echando de menos América.

Sentado a su izquierda, el hombre que se dirigió a la azafata también se presenta.

—Benjamin Siegel —dice ofreciendo su mano a Alfonso, que la estrecha—. Todos me llaman Ben.

—Encantado. Alfonso de la Mata.

Los otros dos pasajeros permanecen callados. Uno parece ser alemán y, aunque Alfonso y Benjamin lo miran esperando que se presente, no lo hace. El otro viaja con Siegel, es un tipo corpulento que cierra los ojos aparentando dormir.

Cuando la azafata pregunta al alemán si quiere una manta y un sándwich, este contesta negativamente con la cabeza.

Benjamin es un judío crecido en Brooklyn junto a su amigo el actor George Raft, y sus jefes lo han destinado a Los Ángeles para encargarse de las casas de apuestas. California acaba de aprobar una ley que permite apostar en las carreras de caballos y, con la prohibición recién levantada, necesitan ampliar el negocio.

Tras una hora de vuelo, el DC1 se encuentra con turbulencias. Alfonso, acostumbrado a volar, pregunta a la condesa si se encuentra bien, ella responde con un ademán afirmativo. El supuesto alemán se altera con los bruscos movimientos y pide a la azafata un vaso de agua. Benjamin advierte su acento. Detesta a los germanos por su antisemitismo y da por sentado que ese tipo apoya a los nazis, que han publicado el asqueroso panfleto ario. El silencio se apodera del avión, una marioneta en manos de la tempestad. Tras muchos vaivenes, el piloto anuncia que van a aterrizar en media hora en Kansas.

Ya en tierra, Alfonso, la condesa y Benjamin deciden compartir un coche hasta los compartimentos de tren que la compañía aérea ha acondicionado como habitaciones de lujo para sus clientes. Los siguen de cerca, en otro vehículo, el alemán y el guardaespaldas de Benjamin Siegel, que no ha abierto la boca en todo el trayecto. Su jefe le ha encargado que no pierda de vista a ese extraño pasajero.

A la mañana siguiente vuelan a Tulsa, en Oklahoma. Dorothy ha elegido un pantalón de viaje que despierta el interés de Benjamin. «Una elección apropiada», le dice Siegel mirándola de arriba abajo; ella, con un mohín poco disimulado, muestra interés por ese hombre de mala fama. Alfonso es testigo del coqueteo y mantiene una actitud reservada, absorto en sus propios problemas. La risa de Dorothy lo saca de su ensimismamiento y ofrece a la condesa una copa de champán que pide a la azafata. Benjamin Siegel pregunta al alemán de dónde viene.

—De Nueva York —responde cortante.

Ese tono no le gusta a su interlocutor, un hombre de temperamento efervescente que se pone en pie de un salto gritando:

—¡Parece tener un gran sentido del humor! Pensaba que en Alemania no se gastaban bromas. ¿Quiere saborear el humor americano? —Y saca una pistola de su pechera.

El alemán mueve las manos pidiendo calma, advierte que no quiere líos.

—¿Por qué se pone así? Sí, soy alemán de la región del Rin. He vivido en Londres y ahora en Nueva York. Voy a Los Ángeles por negocios.

—¿Qué tipo de negocios? —pregunta Benjamin aún con el arma en la mano.

—Diamantes. —Y mira directamente a los ojos de Alfonso.

De la Mata entiende que ese hombre trabaja para Ardwent. Se yergue en su asiento haciendo gala de la frialdad transmitida por su esposa en los momentos de más tensión y decide intervenir:

—Diamantes. Es curioso, yo también viajo a Los Ángeles por ese motivo.

—Pues bien podrían haberse quedado en Nueva York porque en Los Ángeles son de imitación. En mi vida he conocido una ciudad tan exageradamente de mentira —opina la condesa y provoca la risa de Benjamin, que se guarda la pistola.

Cuando van a bajar del avión en Tulsa, el alemán agarra el brazo de Alfonso, Benjamin lo advierte y mira a su guardaespaldas, que entiende esa orden sin palabras. Un minuto después se lleva a un lado al alemán.

—Creo que no debe molestar a los amigos de Míster Siegel.

—¿Es una amenaza?

—Sí. Una clara y directa amenaza. A Míster Siegel no le gusta que molesten a sus amigos.

—No necesito que nadie se meta en mis asuntos ni que me repitan las cosas.

—Trato de dejarlo claro.

El guardaespaldas avanza hacia el grupo. No presta la aten-

59

ción debida al alemán, que saca una pistola del bolsillo de su chaqueta y dispara por la espalda al hombre que lo ha amenazado, su primer objetivo. Luego apunta a Alfonso.

El español recibe un tiro en la cadera. Benjamin saca su arma y, con el cuerpo de Alfonso sobre él, logra descargar dos certeros disparos en el pecho del alemán. La condesa se refugia en cuclillas tras una silla. Las azafatas gritan presas del pánico. Benjamin se levanta y se acerca a comprobar el estado de su guardaespaldas. Muerto. Alfonso murmura pidiendo un médico. Benjamin sugiere a una azafata que lo trasladen de inmediato a un hospital. Él se quedará para hablar con los responsables del aeropuerto. Y con sus jefes en Nueva York, siempre dispuestos a pagar a la policía y a la prensa para que no se publique el incidente. Cuando se ha convencido de que tiene la situación bajo control, toma un taxi hasta el hospital donde han ingresado a Alfonso de la Mata.

La condesa está a los pies de su cama.

—Mi gabardina —es lo primero que pide Alfonso cuando despierta de la anestesia.

—Todas sus pertenencias se encuentran a salvo —contesta la condesa sorprendida de que le importe tanto su gabardina.

—Bueno, bueno. Va usted a contarnos por qué quería matarle ese alemán y qué tiene en su gabardina que tanto le preocupa. Han matado a uno de los míos por su culpa.

Su tono es frío, sereno. Alfonso se derrumba. Abrumado por los acontecimientos, decide confiar en estos extraños compañeros de viaje. Cuando termina su relato, la condesa le pregunta:

—¿Abandonó a su mujer y a sus hijas por una actriz de teatro? Supongo que algo tendrá que ver la conocida flexibilidad francesa. Lo que no entiendo es por qué no podía haber seguido con un matrimonio abierto en lugar de llevar la ruina a su familia. ¿Por un puñado de diamantes?

—Me parece inoportuno juzgar a nuestro amigo, señora condesa. Creo que todos podemos equivocarnos cuando se trata de perder la cabeza por la pasión que despiertan las mujeres.

—Divorciado y padre a su vez de dos hijas, Benjamin se identifica con el herido.

—Entiendo su postura, aunque considero que siempre hay que saber comportarse con elegancia y clase. Creo que Alfonso me comprende.

—¿Me está haciendo de menos, condesa?

El tono de Siegel ha cambiado, su indignación se puede oír desde los pasillos del hospital. Una enfermera entra preocupada.

—El paciente debe descansar, por favor. Necesita reposo.

Haciendo caso omiso de la enfermera, Siegel vuelve a preguntar a la condesa:

—¿Cree usted que yo no tengo clase?

—Por favor, cálmese. Yo no he dicho eso. Está cambiando el sentido a mis palabras.

Igual que su genio aparece, se esfuma en un momento.

—Dejemos a nuestro amigo en su cama, que no se va a mover en unos días, y usted y yo hablemos de nuestras diferencias disfrutando de una buena cena. —Le ofrece un brazo a la condesa, que lo acepta—. ¿Qué le parece si pasamos unos días en esta ciudad? Ni siquiera sé cuál es.

—Por mí, encantada. Nada disfruto con mayor placer que el arte de improvisar.

A Benjamin le brillan los ojos.

—Muy bien, pues nos quedaremos hasta que Alfonso pueda volar a Los Ángeles.

Atónito, Alfonso piensa en lo poco que sus nuevos amigos han hablado de los diamantes. Ha omitido a propósito el Ojo del Ídolo, no quiere poner a Benjamin sobre la pista de su familia. A estos dos les interesa más esa relación superficial que han creado que el valor de las piedras que esconde. La condesa le recuerda a Elizabeth, equilibrada y atrevida.

A solas, Alfonso rememora las horas junto a su mujer riendo y hablando, y la noche en que Fátima vino al mundo. Su comportamiento extraño, su rechazo a la idea de otra hija. Deseaba tanto tener un varón que no dudó en echarle la culpa a su esposa y su sangre británica. Incapaz de volver a quedarse embarazada, Elizabeth leía libros, visitaba médicos, acudía a clínicas de reposo para sus maltrechos nervios. Él empezó a abusar de su docilidad, de aquellas posturas que en tal o cual revista aseguraban que eran el método infalible para concebir un varón. Elizabeth se volvió sumisa, y a él le gustaba ejercer de dominante. En un viaje a Berlín descubrió nuevos métodos de prácticas sexuales. En París encontró los grabados de una mujer que hacía de caballo y le compró a la suya riendas, collares, cuerdas, un corsé, unas medias y unos zapatos de tacón que debía ponerse para trotar por la habitación. Cuanto más la dominaba, más dispuesta parecía ella. Dejó de pensar en su improbable hijo y se obsesionó con tomar a Elizabeth, luego llegarían la fusta y otros juguetes. Hasta que se cansó y empezó a buscar lejos de su casa. «¿Qué pensarían de mí la condesa y este tal Benjamín si supieran mis secretos?», se pregunta irónico Alfonso antes de dormir.

Ardwent permanece en silencio escuchando las noticias de Nueva York. El cuerpo de su agente ha aparecido en una morgue de Manhattan con un tiro en el pecho y el chófer ha escapado con Cecile. No sirven para nada. Las malas noticias se suceden: acaban de negarle el visado para Alemania por su pasado homosexual, una condición que ahora consideran depravada. Londres y Berlín, unidos en leyes absurdas contra los homosexuales.

—Qué poco se parece la Alemania de Hitler a la de Weimar, cuando la poesía ejercitaba la imaginación germana. Con todo lo que les gusta el exhibicionismo a los alemanes… —se dice en voz alta bebiendo un sorbo de brandi—. Debo hacer algo. Si me caso, nadie podrá declararme homosexual abiertamente.

Si en Inglaterra el círculo de Bloomsbury era más activo en cuanto a excentricidades sexuales, los alemanes eran más ostentosos. La salvación de los ingleses fue permanecer en secreto. Él debía haber sido más discreto.

Todavía frescas en su memoria las orgías de varias noches memorables, Ardwent toma la decisión de hablar con la abuela materna de Isabel. La situación económica de la joven es delicada, su padre ha escapado con una corista, en los círculos sociales han dejado de invitarlos y su madre no parece que vaya a recuperarse. Él tiene un título de marqués heredado de su madre francesa, aunque nunca lo utiliza, pero la abuela apreciará el dinero y la posición. ¿Por qué no pedir la mano de la mayor de los De la Mata? De esa manera, el Ojo del Ídolo pasará a su poder por matrimonio. La opinión de Isabel le trae sin cuidado. Felicitándose, termina el resto del brandi, mira el traje sobre la cama, en realidad no pertenece a ningún ejército, es un simple disfraz con el que se pasea por Londres para esconder sus preferencias carnales. No quiere dar con sus huesos en la cárcel. Cada noche que se escapa en busca de jóvenes que entre las farolas lo sacien con un coito, se juega su posición y su libertad. Ese traje de capitán del Ejército holandés lo protege de la Policía, que no quiere líos con un alto mando de un país aliado.

En el coche de Paolo, el padre de Félix, y con su abuela materna a su lado, Isabel respira tranquila. Por primera vez en semanas. Agarrada al brazo de su Nana y con la cabeza en su hombro, escucha las peripecias de su viaje desde Gibraltar hasta Londres.

—El mar estaba tan revuelto que llegué a marearme. Yo que nunca en mi vida me había mareado. El vaivén ha sido terrible…, terrible. Venían muchos españoles en el barco, me he encontrado con uno de los hijos del marqués de Larios. No me acuerdo cómo se llama, son tantos... Me ha contado que piensa hacer un viaje en avión alrededor del mundo. Un chico muy interesante. Debería presentártelo.

—Nana, los conozco bien. Papá solía cazar con el marqués en Gibraltar, ¿te acuerdas?

—No me hables de tu padre, por favor. La sola mención de ese hombre me provoca tanta náusea como el mar. ¿Dónde está Alba? Pensé que te acompañaría. No está bien que viajes sola.

—Ay, Nana, tengo tanto que contarte. Alba se recupera en casa de Paolo. —Y le resume el incidente en el hotel, pero ha advertido la actitud de su abuela hacia su padre y decide omitir el diamante y sus sospechas sobre Ardwent.

Nana se dirige a su viejo amigo de Gibraltar, que sigue al volante:

—El mundo es muy pequeño, Paolo, gracias por cuidar de mi familia.

El hombre agradece el comentario con un gesto.

—Alba se va a quedar en Londres hasta que se restablezca. Nosotras nos vamos ya directamente a Cirencester.

—Pensé que habías dejado tus pertenencias en el hotel.

—Paolo fue tan amable de pasar a recogerlas antes de ir a buscarte. Estamos listas para poner rumbo a casa.

—Muy bien, hija. Estoy deseando abrazar a tu madre. Me preocupa terriblemente su estado.

7

A Isabel le parece que Fátima es otra. Mucho más huraña, pensativa, sigilosa. Por las mañanas se marcha en bicicleta al pueblo y vuelve completamente enojada. No dice adónde va ni cuándo piensa regresar. Un animal salvaje. Cuando ha intentado hablar con ella no ha recibido más que imperativos, exabruptos, malestar y rechazo.

—Déjame en paz. Métete en tus asuntos.

Isabel trata de ayudar aquí y allá, pero en su afán por asistir a Nana, a Lola y a Fátima, interrumpe el ritmo de la casa y consigue incomodar a las tres. Su necesidad de ser útil proviene del deseo de olvidarse de sí misma. Empaña su angustia haciendo recados, ocupándose de cuidados ajenos, como entretener a Manuel, el hijo de Alba, que pasa de mano en mano desconcertado, sumido en otra clase de miedo. Isabel organiza menús, atiende la correspondencia, ha contratado una enfermera para atender a su madre. Acumula distracciones.

Por las mañanas, Nana se marcha temprano a visitar a Elizabeth; su presencia le ha venido bien a su hija. Los médicos creen que podrá volver a andar, pero necesitará una intensa rehabilitación y someterse al menos a otra operación. El único escape de Isabel a ese ajetreo son las tardes de escultura, a las que acude con más regularidad. Entretenerse con manualidades siempre le ha permitido evadirse de los problemas. Durante esas horas no existe otra cosa en el mundo. El tiempo se consume en sí mismo. Suelen ser tres alumnos, pero esa tarde aparece Jan, la guapa del colegio de Cirencester, a quien Isabel reconoce cuando entra.

—No sabía que tomabas clases de escultura —le dice celosa de un espacio que no quiere compartir.

—Suelo venir los lunes por la mañana. Por las tardes trabajo en una granja y el resto de los días estoy en el puesto de cerámica. Hoy lo tenía libre y le pregunté al profesor si podía asistir. ¿Cómo estás? Me dijo Félix que os atacaron en Londres.

—Afortunadamente, nada grave. —Oculta su ira interior, no quiere que nadie conozca sus problemas familiares.

—Me encanta tu escultura —Jan alaba con genuina admiración la obra de Isabel.

Las dos miran su trabajo, olvidado sobre una mesa. Es la figura de una mujer con un brazo sobre la cabeza y el otro doblado sobre el hombro, vestida únicamente con unas hojas de vid. Un velo cubre su rostro.

—Es una gran obra —repite Jan con cierto hervor de envidia.

—Gracias —contesta Isabel. Brusca. Sin interés.

Jan advierte en la hermana de su amiga la desgana que la separa del resto de los mortales. Confunde su actitud e intenta acercarse a ella. Habla y habla sobre el éxito que han tenido en el puesto de artesanía sus macetas en colores chillones decoradas con motivos florales.

—Hasta me ha llegado un pedido de Stephen Tomlin. Creo que va a venir a Cirencester con motivo de la feria de cerámica.

—¿El escultor? —pregunta Isabel recuperando la cordialidad.

—Sí sí. Estoy emocionada. Por cierto, quería preguntarte si estás interesada en Félix.

Esa franqueza es un latigazo al orgullo de Isabel.

—¿Te gusta a ti?

—Tal vez. Quisiera saber si hay algo entre vosotros. No quiero inmiscuirme, por eso te lo pregunto.

—No. No tengo nada con Félix.

—¿A ti te importaría si…?

—Ya te he dicho que no tengo nada con él. Indagar más en mis sentimientos es una falta de educación por tu parte. Si te interesa, habla con él, no conmigo.

—Pero…

—Me distraes tanto que vas a tener que perdonarme —dice y se vuelve a acomodar en su espacio—. Voy a seguir con la escultura, perdona.

Jan recibe su excusa como una bofetada. Sus aires de superioridad la enervan. ¿Quién se cree que es? Intenta distraerse

65

pintando una vasija que le sirva para la feria de decoración. Quiere impresionar a Tomlin. Las manos le tiemblan. Deja el pincel y sale en busca de un poco de aire. Isabel la ve marcharse, sonríe.

Para sorpresa de Jan, allí está Fátima, un pie sobre otro, musculosa y masculina. Esperándola.

—¿A qué has venido? —Es un desquite injustificado del desplante anterior y sabe que se equivoca.

—A buscarte, quiero hablar contigo. Siento que me evitas. ¿Me estás evitando?

—No sé qué decirte. ¿Qué quieres? —La voz de loro chillón vuelve a apoderarse de Jan—. Me mortifica herirte, pero no tengo nada que ofrecerte. Desde luego, no puedo darte la respuesta que tú esperas. Siento que andas confundida, tu presión me agobia. Te he visto espiarme cuando paseo a los caballos, oculta tras los árboles. Siento lástima por ti.

—Esto es un sinvivir, lo reconozco. Lástima. La duda me genera pensamientos encontrados. Unos días me haces caso y flirteas conmigo, otros no. He estado aturdida hasta ahora, pero pena no me tengas. Es absurdo estar dando vueltas sin poder dedicarme a nada. Necesito reposo, no que me crees un dilema. Te advierto que te equivocas si me ves débil.

—Mis pensamientos giran en torno a otra persona. Me siento igual que tú, pero no por ti. Fátima, en cuanto termine de modelar mis vasijas me voy a ir a Londres. Allí tengo unos primos, más oportunidad de hacer algo con mi vida. No quiero quedarme aquí montando los caballos de otros.

—¿En quién piensas tú? ¿En Félix? ¿Lo vas a dejar?

—De lo que acabo de decirte, eso es lo único que te interesa. Sí sí sí. Es Félix. Sin embargo, él solo tiene ojos para Isabel, así que, ya ves, yo estoy igual que tú. ¿Para qué voy a quedarme?

—No deberías preocuparte por él, mi hermana es convencional, solo quiere a su lado a un hombre de su estatus. Jamás se permitiría enamorarse de Félix. Según ella, uno puede controlar sus sentimientos.

Por alguna incomprensible razón Jan se siente aliviada, un alivio que oculta a Fátima para que no la juzgue mezquina. Incapaz de revelar lo que siente, Fátima advierte instintivamente lo que piensa su amiga y se marcha, dejándola sola hablando sobre los colores de las vasijas que tiene que entregar.

—¡Adiós, egoísta! —le grita Jan cuando ve a Fátima escapar de ella en su bicicleta.

Esta se vuelve y agita la mano para despedirse.

Isabel llega a casa de mal humor. Fátima está tumbada sobre la hierba, junto a los rosales de su madre, fumando un cigarrillo. Parece extasiada con las hojas de los árboles que bailan al ritmo del viento.

—Hola. ¿Cómo no te da asco fumar? Te deja un aliento muy desagradable.

—Yo también estoy contenta de verte, hermanita. ¿Qué mosca te ha picado?

—Ayer hablé con Nana, parece que gastamos más de lo que tenemos. No le dije nada del diamante, pero creo que sería una buena idea tratar de venderlo.

—¿Dónde? ¿Cómo? —Fátima se sienta. Aún tiene guardado el Ojo del Ídolo en la caja fuerte.

—No lo sé. Quería hablarlo contigo primero. Estoy segura de que Nana conoce a gente en Londres o en Gibraltar que puede ayudarnos.

—No lo sé, Isabel. ¿Y si al decírselo la ponemos en peligro?

—¿Se te ocurre algo? Vender la casa es imposible hasta que mamá salga del hospital. Podríamos ir a España a deshacernos de los terrenos que tenemos allí, pero la situación política es difícil y no creo que ganemos mucho con la venta. De todas formas, voy a tener que ir. Estoy a punto de cumplir veinte y puedo hacerme cargo de parte de lo que dejó papá. ¿Alguna vez pensaste en el dinero? Me mortifica tener que hacerlo. ¿Te acuerdas cuando nos llevaba a las fiestas y todo orgulloso decía: «Venga, niñas, a recitar»? Y cuando terminábamos…

—Siempre acababa: «Mis hijas son las más guapas». Nos mostraba como si fuéramos trofeos. A veces me sentía una joya que el mundo debía admirar. Un objeto en su pedestal para vender al mejor postor.

—A mí me encantaba ser el centro de atención de sus fiestas. Todavía no entiendo por qué nos ha dado la espalda. Este aban-

67

dono duele más con el paso de los meses, la vergüenza me hace arrepentirme de los días felices.

—Bah. Piensa que interpretamos personajes, seguimos las órdenes de quienes estaban destinados a abandonarnos. Si vas a exagerar, al menos haz que merezca la pena. ¿Quién ha descubierto que sus padres eran perfectos?

—Lo malo ha sido que nosotras no hemos tenido tiempo de prepararnos. Tu padre ha sido un inconsciente.

—¿Mi padre? Es el tuyo también.

—A veces pienso que realmente no lo es. —Isabel se ríe. Es una carcajada natural. Nace de la sorpresa al oírse articular sus pensamientos.

Fátima también se ríe. Su situación las lleva a unirse gracias a ese humor que les hace bien.

Nana regresa del hospital con buenas noticias: Elizabeth vuelve a casa. Los médicos están convencidos de que podrá volver a caminar en poco tiempo. Sin embargo, les preocupa su estado mental; ha dejado de hablar y no contesta a ninguna de las preguntas que le hacen. Tal vez el regreso al hogar, con su madre y sus hijas, la ayude. Antes de la cena suena el teléfono y Nana va a atender la llamada.

—Isabel —dice al regresar—, era el capitán Ardwent. Quiere venir a vernos la próxima semana. Sabe la incómoda situación económica que atravesamos y se ha ofrecido a ayudarnos.

—No sé, Nana. ¿Crees que podemos confiar en él?

—Sí. Conozco a su familia. Una tía suya de Borgoña es una antigua amiga mía. Ya he averiguado que procede de los Fox y conserva el marquesado de su madre. ¿Por qué no habría de confiar en él? En tu padre es en quien no debía haber puesto mi confianza. Por cierto, vuestra abuela Fátima ha enviado una carta. Está sobre la mesa de la entrada.

Las jóvenes corren a buscarla y encuentran el sobre abierto.

Mis amadas, acabo de cumplir 55 años y nadie se ha dignado a felicitarme. Os echo de menos. Recordad que yo era una niña cuando me hice cargo de vuestro padre. He vivido mucho desde temprana edad. Sé lo que significa enfrentar la vida y sus sorpresas. Yo pensaba que, con mis experiencias, ya lo había visto todo, y ahora, al saber del abandono de Alfonso y las razones de su marcha, comparto vuestra desesperación. Eso es lo que la vida puede hacerte. Sin embargo, quiero recordaros que vivir es una tragicomedia para la que hay que tener sentido del humor. Las traiciones son pruebas que someten al espíritu, no os dejéis vencer. Vuestra fortaleza está en las decisiones que toméis, pero haced siempre lo que realmente queréis y no lo que os sintáis obligadas a hacer. Tánger espera vuestra visita con los brazos abiertos.

—Esta mujer incita a practicar el libertinaje. No me extraña que vuestro padre haya escapado. Uno no puede hacer siempre lo que le da la gana. Primero están las obligaciones, las responsabilidades sociales. Si vas a hacer lo que quieres y olvidarte de todo, entonces vive solo y a tu aire.

—Nana, esta carta no estaba dirigida a ti, ¿por qué la abriste? —pregunta irritada Isabel.

—Es importantísimo averiguar el paradero de tu padre. El dinero de los fondos de tu madre no puede tocarse sin su firma. Mis abogados me han informado de sus deudas y la falta de liquidez en la que se encontraba. ¿Crees que se ha marchado por una mujer? No, querida. Su situación económica es más que apurada. Su escapada hacia la libertad, como lo habrá animado su madre, es una losa sobre vosotras. ¿Qué hombre puede hacer algo así? Yo no lo entiendo, y mucho menos que tú me recrimines nada. No estoy aquí para que me faltes al respeto sino para ayudar. Me debes una disculpa.

—Lo siento, Nana. —Isabel está realmente dolida. En un momento ha caído sobre ella el peso del abandono.

—No te preocupes, he estado haciendo averiguaciones. Vas a tener que viajar a España para hacerte cargo de un terreno que vamos a poner a tu nombre y para vender lo demás, incluida la casa. Alba viajará contigo. Si quieres, puedes ir a Tánger a visitar a tu abuela Fátima. En cualquier caso, la urgencia requiere que emprendas el viaje cuanto antes.

Isabel se queda aturdida. Necesita releer la carta de su abuela Fátima con calma. ¿Viajar a España? Debe recapacitar sobre este cúmulo de eventualidades. Lo primero es la inminente visita de Ardwent.

Cuando su abuela sale de la habitación, Isabel agarra el brazo de Fátima para llevarla a una esquina y le susurra:

69

—En unos días viene a cenar el socio de papá. El que te dije que puede estar implicado en el robo de mi bolsa y el ataque a Alba. —Los ojos se le revuelven en sus órbitas intentando llamar la atención de su hermana, que sigue apática—. ¡Tú no lo entiendes! La conversación que tuve con él aquella noche fue terrible, ¡terrible!, llegó incluso a amenazarnos. Quiere el diamante y me asusta pensar hasta dónde es capaz de llegar para conseguirlo.

—Calma. Yo también tengo algo que confesarte. He desenterrado el Ojo del Ídolo.

—¿Por qué? ¿Ocurrió algo? Eres imprudente, eso puede llamar la atención de los mozos, de la cocinera. Tenemos que averiguar si lo podemos vender y en quién podemos confiar. Tal vez deberíamos hablar con Félix.

—Félix aquí, Félix allá. Ni que fuera un dios. No. Esto lo vamos a decidir tú y yo.

—¿Dónde lo has guardado?

—Ya te lo diré.

A Isabel le sorprende la reacción de Fátima: la simple mención del joven la ha puesto de mal humor. ¿Habrá pasado algo en su ausencia? ¿Sería capaz Fátima de traicionarla? Están demasiado tensas. Lo mejor será prepararse, pensar, tomar cada día como viene. ¿Cómo van a vender un diamante si no conocen a nadie? Es un sinsentido. Su silencio provoca dudas en Fátima, que la toma del brazo:

—Venga, vamos dentro.

Alba termina de hacer la maleta. Va a echar de menos los cuidados de Paolo. El gibraltareño sereno, amable, más bien callado, que tanto la está emocionando. Ha gastado horas mirando su nariz aguileña, sus diminutos ojos azules que casi se cierran cuando sonríe. La ternura que desprende de su inseguridad. Para Alba es un hombre cortés y distante. Desde el primer día, él se ha sentido atraído por ella; sin embargo, apenas han cruzado cien palabras en el tiempo que han pasado juntos. Alba advierte que él se ruboriza cuando trata de preguntarle por su vida.

Paolo se divierte con tanta inquisición, pero no se fía de

las mujeres en general. Desde que se divorció, guarda distancia. Prefiere esa abstinencia elegida. Félix no había cumplido los cuatro años cuando su madre los abandonó por un vecino que vivía a unas manzanas. Todo el pueblo se enteró. No le quedó más remedio que mudarse de La Línea a Gibraltar. Alternaba la vergüenza con periodos de rabia, necesitó poner más distancia, irse más lejos, dejar la costa, la pesca, el mar al que él, como tantas generaciones de emigrantes genoveses, se había dedicado. Londres fue su destino, una ciudad intensa donde aprendió a conducir para sobrevivir. Telmo, su hijo mayor, regresó a la Roca harto, incapaz de adaptarse, y se fue a vivir con su madre. Él no se atrevió a detenerlo. Cuando creía cerrada la puerta de los sentimientos, Alba ha llegado golpeándola con fuerza.

—¿Se quedará unos días en Cirencester? —pregunta ella ya en el coche, de regreso a casa.

—Sí. Tenía pensado visitar a mi hijo. Creo que pasaré al menos tres días allí.

—Me gustaría enseñarle la iglesia, la plaza, los comercios de artesanos y las ruinas romanas.

—Conozco la plaza y la iglesia, pero me encantará visitar el mercado.

No consiguen tutearse, ninguno se atreve. Él le pregunta si añora su vida en Málaga.

—Sí y no. Echo de menos el sol, la comida, mi familia, pero la inseguridad de la situación política me hacía vivir con miedo. Aquí encuentro seguridad para mí y para Manuel.

—¿Qué fue del padre del niño?

—Lo último que supe es que seguía en la cárcel. Nunca nos casamos. Es un tipo violento, sin oficio, que aprovecha cualquier situación para rascar en su beneficio.

—Entonces, está usted mejor aquí. ¿Ha pensado en estudiar?

—Estoy aprendiendo a leer. Isabel me ayuda. Me gustaría ser enfermera, pero hay que saber bien el idioma, y todavía me falta soltura.

—Hay asociaciones de mujeres que enseñan a leer en inglés, debería averiguar si hay alguna en Cirencester.

—Hasta ahora, con todo lo que ha ocurrido en la familia de Isabel, no he tenido tiempo de pensar en mí ni me he dedicado como quisiera a mi hijo.

—Eso debería ser lo primero. Aunque quién soy yo para opinar. ¿Qué le parece si nos detenemos? De camino hay un pueblo donde podríamos parar a almorzar. Conducir me da muchísima hambre. —Paolo quiere alargar en lo posible el tiempo junto a Alba.

Ella acepta la propuesta.

Los gritos de la cocina alteran a Isabel, que baja desde su habitación para saber qué ocurre. Cuando ve a Alba, se abalanza sobre ella.

—Por fin llegas.

—Hola, niña.

Alba tiene en brazos a su hijo Manuel, que la besa sin descanso colgado de su cuello.

—Mami, tengo sueño, llévame a mi cuarto.

Alba mira con el rabillo del ojo a Paolo, que se ha quedado en el umbral, sin atreverse a entrar.

—Isabel, por favor, invita a cenar a Paolo, que estará cansado del viaje —pide Alba y sale hacia su cuarto con el pequeño Manuel colgado como un mandril sobre su espalda.

—No no, por mí no se preocupe. Yo me despido porque quiero ir a ver a Félix. Lo que sí agradecería es que alguien me indicara cómo llegar hasta su casa.

Isabel le dibuja un plano. Fátima entra y mira a su alrededor con incredulidad.

—¿Qué está pasando aquí?

—Ya ha llegado Alba de Londres. Este es Paolo, el padre de Félix. Y tú, ¿de dónde vienes a estas horas?

—Estaba en la cuadra —miente Fátima mirando al suelo—. Voy a acostarme, estoy cansada. Mañana hablamos.

72

8

Aun con la alegría del regreso de Alba y las buenas noticias de su relación con Paolo, Isabel se siente triste. Su egoísmo es incapaz de reconocer que el júbilo ajeno le da igual; solo le preocupa su situación, es la sombra de lo que fue hace unos meses, un vago recuerdo. Su única certeza es que debe proteger el Ojo del Ídolo, que ni siquiera está en su poder. Le indigna encontrarse cada día con la inestabilidad de sus pensamientos. Escucha desde muy temprano el canto de la congoja, es intratable. Su abuela llama para decirle que le tiene preparada una sorpresa. Esa misma noche Ardwent está invitado a cenar.

—Quiero que sea una velada tranquila, avisa en la cocina que los necesito preparados a las cinco de la tarde.

Ahora que divide su tiempo entre la casa y el hospital, Nana es una pragmática practicante, sin capacidad para ocuparse de naderías. Ni siquiera ha ido a visitar al párroco de Cirencester, el pastor anglicano casado con una de sus mejores amigas de la infancia.

Isabel acata su encargo de organizar una cena que de antemano le despierta otro tipo de temores. «¿Dónde se habrá metido Fátima? Desde que ha escondido el Ojo del Ídolo se muestra muy desconcertante.» Las horas transcurren tan rápido que, cuando quiere darse cuenta, ya está vestida para dar la bienvenida al capitán Ardwent.

Esa noche tiene tiempo para fijarse mejor en él mientras se presenta a su abuela y a su hermana. «Es un hombre muy distinguido», piensa ante su impasible elegancia. Mira su propia imagen, reflejada en el cristal del mueble de la sala, ha tenido que ponerse el mismo vestido de la fiesta, no tiene otro que le valga; los de antaño, cortos y grandes, le hacen formas ridículas.

¿Se habrá dado cuenta él? Está segura de que un vanidoso como Ardwent advierte esos detalles, la vergüenza la aturde. Intenta alejarse, pero él no la deja.

—Estás muy hermosa —le dice mientras ella contempla su frente despejada, esas entradas que corren hacia atrás, los ojos azules, casi grises, fríos, intensos. La piel luminosa, contrasta con la sonrisa de grandes dientes y labios finos. Su reverencia, por natural, es gentil a pesar de su altura. No cabe duda de que Nana va a caer seducida por este holandés de raíces francesas y dudosa fama—. Estaba deseando volver a verte.

El invitado no se anda por las ramas. Pero el miedo que provoca se lo sacude Isabel con aristocrática educación.

—¿Quiere algo de beber, señor Van Ardwent?

—Por favor, prescinde del tratamiento. Creo que ya merezco que me llames Leon.

Isabel vuelve a preguntar, arisca:

—¿Desea algo de beber?

—¿Ve usted cómo es? —se queja él a la abuela—. Frialdad absoluta. Querida señora, entenderá que esa falta de cortesía me parezca una encantadora inmadurez.

—Isabel, por favor, deja de ser impertinente —susurra Nana.

Ardwent asiste divertido a la escena.

—¿A qué debemos su visita? —le pregunta Fátima.

—Bueno, veo que las niñas De la Mata no me dan tregua. —Ese «niñas», que refleja su condescendencia, las deja en ridículo. No así el anuncio que sigue—: He venido a pedir la mano de Isabel.

Un vaso cae y se rompe con estrépito. El suelo queda salpicado de cristales rotos, un olor a ginebra invade la sala. Isabel no ha podido controlar la sorpresa que le ha provocado la propuesta de matrimonio. Piensa en huir de allí acosada por esas palabras. Es un desafío, y también una ventana de auxilio al precipicio. ¿Debería saltar?

—Entiendo que pueda parecerles una sugerencia algo intrépida. No te vayas, Isabel. Espera. —Ella detiene su huida—. Me gustaría que me escucharan. Quisiera hablar primero con su abuela, en privado, para explicar mi objetivo, que no es otro que el de ayudar.

Nana mira a su nieta con ternura antes de pasar a otra sala con Ardwent. No se precipita. Se alisa la falda, deja su bebida en la mesa y desaparece erguida. Isabel se sitúa frente a su hermana.

—¿Qué vamos a hacer? ¿Este hombre se ha vuelto loco?

—No lo sé. Si Nana decide que debes casarte, vas a tener que pelear o escaparte para evitarlo. En cualquier caso, sea cual sea tu decisión, cuentas conmigo.

—¿Mi decisión? ¿Estás loca, Fátima? Yo no quiero casarme con ese hombre. No, no y no.

—No sé. Tú de primeras dices que no y luego, cuando recapacitas, cambias de opinión. No me extrañaría que hicieras las paces con la idea de un matrimonio de conveniencia.

—¡Esa opinión tienes de mí!

—Cálmate, por favor. Ya te he dicho que cuentas conmigo. Cómo es posible que pierdas los nervios de esta manera. Por algo tienes fama de histérica. De lo que deberíamos hablar es del Ojo del Ídolo.

—Sí, yo también lo creo. ¿Dónde lo has guardado?

—En un lugar seguro. ¿Acaso no te fías de mí?

—¿Por qué lo escondiste? Tal vez eres tú quien no se fía de mí.

Furiosa con su hermana, con su abuela, con Ardwent, el mundo se desbarata a su alrededor. Isabel da un trago de la segunda copa de ginebra que se ha servido. Tal vez casarse no sea tan mala idea. Se llevará con ella el Ojo del Ídolo. Necesita confesarle la verdad a Alba, ella la ayudará. Ella es la única en quien puede confiar. Ardwent y la abuela regresan a los pocos minutos, cuando Alba anuncia que los platos están a punto de ser servidos en la mesa.

Durante la cena hablan de moda, de cine, de la situación política en España, de lo difícil que es viajar a Málaga. Saltan de un tema a otro con la facilidad de los acostumbrados a ese tipo de encuentros, las formas por encima de las emociones. Ardwent es un gran conversador y se ofrece para acompañar a Isabel en su travesía a España. La joven advierte un brillo peculiar en sus ojos al que no termina de dar importancia.

—Si usted va con mi nieta, es porque para entonces ya estarían comprometidos. No puede ser de otra manera. Como ya le he dicho, si Isabel se niega a aceptarle, me temo que mi respuesta será negativa.

—Por supuesto. Para que nos conociéramos mejor, me gustaría invitarlas a las tres a hacer una excursión a la playa. Salgamos mañana mismo. Dos días lejos les vendrían muy bien. ¿Cree que su hija puede pasar dos días sin usted?

—Sí, la enfermera cuida de ella. Aunque la decisión está en manos de Isabel —repite Nana mirándola.

La mesa queda muda esperando su respuesta.

—Ten cuidado, por favor —susurra Alba a Isabel mientras le sirve el flan y derrama almíbar sobre su vestido.

Nana no acepta los errores del servicio y está cansada de Alba. ¿Cómo se atreve a irrumpir en la conversación de la mesa? Acaba de insultar a su invitado. Hasta ahora, ha demostrado por ella una fingida cortesía, consciente del poder que ejerce en su nieta mayor. Demasiado pegada a Isabel y demasiado patosa para el trabajo. Le indigna que una gitana esté a cargo de sus nietas. Es importante contratar a alguien profesional, que no se involucre tanto en la vida familiar. De mañana no pasa que llame a Londres para encontrar a otra persona, un mayordomo sería ideal en una casa con tantas mujeres.

Isabel regresa pronto con un vestido distinto. Humilde, de lino viejo. Lleva el pelo recogido en un moño alto que tensa sus ojos. «Es una joven muy bella. Si a mí me gustaran las mujeres», piensa Ardwent. Por un instante lo invade la ternura. Y lo abandona inmediatamente, no será ni el primero ni el último matrimonio por mutuo acuerdo. Un papel y nada más. «Si las cosas salen como he planeado, la compensaré con dinero y experiencias.»

Ardwent quiere salir a fumar un cigarrillo y se ofrece para pasear a los perros de Alfonso. Nana agradece el gesto. Isabel ve cómo su hermana lo sigue. Fátima lo trata con cordialidad, enciende un cigarrillo y se lo pasa a él, que lo acepta. Luego se enciende otro para ella. Los perros corren delante de ellos, conocedores del camino que siempre recorren. Él vuelve a ser directo:

—Hace unas semanas hablé con Isabel de los diamantes. Entiendo que tu abuela no sabe nada, por ahora podemos protegerla; sin embargo, llegará el momento en que tenga que saber lo que está pasando y no estaría de más que alguna de vosotras empezara a preparar el terreno.

—Isabel me contó lo confundida que la dejaron sus palabras. De todas formas, si piensa convencerla de que se case con usted, las amenazas no son la mejor propuesta.

—Nadie está amenazando. Simplemente quiero lo que es mío y estoy convencido de que tu hermana y tú sabéis algo. Mi matrimonio con ella es beneficioso para ambos, también para ti. Estoy dispuesto a ser razonable, me haré responsable de vosotras. Incluso de vuestra madre. Ya le he ofrecido a tu abuela pagar los gastos de su enfermera. Deberíais conocerme mejor y no juzgarme tan rápidamente. Es tu padre quien me robó a mí.

—No se haga la víctima. Se quiere casar con mi hermana por esos diamantes que busca y de los que nosotras no sabemos nada. Quiere controlarnos para encontrar a mi padre.

—Y tú, Fátima, ¿qué guardas tras esa actitud de joven rebelde, fumadora y distante?

—¿Yo? No tengo nada que esconder. El día menos pensado me marcho.

—¿Como tu padre? ¿Sin avisar? Es mejor decir las cosas y despedirse. Dar la cara, tener un plan. Una mujer aventurera puede encontrar muchas dificultades. ¿Dónde quieres ir?

—No lo sé. América, tal vez.

—Nueva York es una ciudad excitante. Un paraíso de oportunidades. Un gran escape para quien no quiere seguir las reglas de una sociedad donde las opiniones de los otros son tan importantes. En Norteamérica se preocupan por la raza, no por la clase social.

Fátima lo mira. Ardwent ha entrado de lleno en sus miedos. Él lo sabe. Quiere convencerla de que no tiene intención de hacerle daño, aunque se lo haría si así llegara al Ojo del Ídolo. Pensar en el diamante le pone nervioso. No sabe que, como él, Fátima está dispuesta a cualquier cosa por conservarlo.

—¿Alguna vez te habló tu padre del Ojo del Ídolo?

—No. ¿Qué es?

—El diamante azul que compró vuestro abuelo en Francia hace unos veinte años. Es el brillante más valioso y misterioso que existe. Su origen es desconocido, aunque la leyenda dice que perteneció a una estatua de la India. La primera vez que apareció en Europa fue en una subasta en Londres el 14 de julio de 1865, el sultán otomano Abdul Hamid II lo compró y lo tuvo en su poder hasta que en 1909 renunció a su reino y se recluyó en Estambul. Trató de poner las joyas a salvo, pero un sirviente lo traicionó y acabó vendiéndolo en París el 24 de junio de ese año. Un noble español, tu abuelo, lo compró y lo guardó en un banco de Londres. Tu abuela Fátima lució el diamante en la boda de tu padre. Es una gema increíble, con forma de ojo, de setenta quilates. Dicen que proviene de las minas de Golconda.

Fátima escucha sin pestañear, le sudan las manos al pensar en la textura del diamante. Está deseando volver a acariciarlo. «¿Qué sabe mi abuela Fátima de esa piedra?» Recuerda su carta. Tiene que hablar con Isabel, tienen que ir a Tánger.

A la vuelta del paseo, Ardwent se despide, explica que se va a hospedar en el hostal El Cazador de Cirencester y que su invitación para ir a la playa sigue en pie. Cuando Nana se retira, las dos hermanas se sientan sobre la cama del cuarto de sus padres.

—¿Qué te ha dicho cuando habéis ido a pasear?

—Me ha preguntado por el diamante y me ha contado su historia. ¿Sabías que el abuelo lo compró para la abuela? Estoy segura de que ella sabe algo de papá que nosotras no sabemos. Deberíamos ir a verla. Tal vez fue su regalo de boda.

—Fátima, tengo que contestar a este hombre antes de pensar en ir a Tánger. ¿Crees que sería buena idea ir de excursión con él?

—Sí, así podríamos descubrir más sobre el diamante. Ya te he dicho lo que pienso. Es una decisión que tienes que tomar tú. El simple hecho de que no sepas lo que vas a decirle me indica que hay posibilidades de una respuesta afirmativa.

—Me da miedo casarme con Ardwent y, por otra parte, creo que es una salida. Lo importante es salvaguardar el diamante en un banco. Que nadie pueda robarnos.

—No, eso no es cierto. Hay otras posibilidades, pero eres tú quien tiene que verlas. No pienso convencerte, te apoyaré en lo que tú quieras. Aunque no estoy dispuesta a entregarte el Ojo del Ídolo.

—Te recuerdo que papá me lo dejó a mí. Me voy a mi habitación, no soporto el olor a normalidad que se respira en este cuarto. Y ve pensando cuándo me lo vas a dar porque voy a llevarlo a un banco.

—¿A normalidad?

—Sí. Huele a mamá, a papá, a ese perfume tan de ellos cuando por las noches veníamos a contarles lo que nos había ocurrido en el colegio. Antes de la aparición del diamante, de Ardwent, del accidente, de la bailarina, de que yo me convirtiera en una mujer adulta… Son unos meses y me parecen años.

—Las dos tenemos que descansar. Ya hablaremos del diamante por la mañana.

El trayecto hasta Sharpness es agradable. Ardwent conduce, Isabel se sienta a su lado y Fátima y su abuela en los asientos traseros. Ardwent ha alquilado un descapotable y Nana se anuda un pañuelo a la cabeza. Isabel, callada, es incapaz de esbozar una sonrisa. Cuando aparcan en el puerto, perciben el aroma de la brisa marina. Un marinero las ayuda a bajar del coche.

—He pensado que sería bueno dar un paseo en barco degustando un delicioso almuerzo.

Las mujeres aplauden la iniciativa, hacía tiempo que no se mostraban tan felices las tres juntas.

—Y dígame, Nana, ¿por qué la llaman así?

—Nunca he conocido otro nombre. En mi pasaporte dice Elizabeth, pero todo el mundo, desde que era niña, me ha llamado Nana, desde mi marido hasta mis amigas, incluso mis nietas. Y a mí me gusta.

—Los nombres contribuyen a configurar la personalidad de las personas…

—Déjeme disfrutar de la inmadurez de mi nombre, capitán.

La soltura de la abuela provoca que los demás rían al unísono. Nana se acuerda de un chiste, lo cuenta con cierta gracia, exagerando el acento malagueño, también ella sabe cómo mantener una reunión divertida. Está contenta y siente agradecimiento por este desconocido. Lo mira de reojo: un hombre arrebatador, sin duda. No se parece en nada a Alfonso de la Mata.

Isabel percibe la alegría de su abuela, le resulta conmovedor que este extraño les devuelva el júbilo que han perdido. Cautiva de sus halagos, de una falsa demostración de afecto, piensa si debería aceptar su propuesta de matrimonio.

Con la sonrisa dibujada en el rostro, él besa su mano.

—Isabel, voy a tratarte siempre como a una reina. Creo que te equivocaste juzgándome apresuradamente. Cásate conmigo. Soy cautivo de tu belleza.

Él miente sin pudor. Ella pica y le da el sí. Él se apresura.

—Entonces, no hay tiempo que perder. Nos casaremos esta semana en tu casa y partiremos de inmediato a España.

Fátima deja escapar un suspiro. Se acomoda en su asiento y susurra en el oído de su hermana:

—Yo tengo el Ojo del Ídolo y no pienso dejar que se lo quede Ardwent.

Isabel mira a Fátima, que sonríe sin decir nada. Domina un mundo coronado por un gran diamante azul.

9

$\mathcal{R}$ecorre atropelladamente la habitación, su cadera le duele desde la operación y se apoya en un bastón. Son ya varios meses en Los Ángeles trabajando para Benjamin. ¿Quién le iba a decir que ese hombre resultaría ser un peligroso mafioso neoyorquino? Con razón no le preocupaba la historia de los diamantes. Irritado, estruja el papel que tiene en su mano derecha. «¿Cómo es posible que Isabel se haya casado con Ardwent? ¿Cómo? Mi hija ha resultado ser una idiota», repite una y otra vez en su cabeza.

Acaba de recibir una carta de su madre donde, sin mucho detalle, le explica que su hija Fátima continúa en Cirencester y que Isabel ha viajado a Málaga con Ardwent. También hace referencia a la inestable situación que se respira en Tánger con el inicio de la guerra en España entre el bando sublevado y el republicano. Un oficial del Ejército español, un tal Francisco Franco, dirige desde la ciudad de Tetuán las operaciones militares. Le aconseja que no escriba, que espere sus noticias. No está segura de si alguien lee sus cartas antes de que se las entreguen. Ella se las remite a la dirección de la condesa en Beverly Hills a través de un amigo. De hecho, las escribe a un destinatario femenino, como si fuera a ella a quien le estuviera contando los problemas familiares.

Alfonso deja la carta encima de una mesa y sale a la calle. Necesita escapar del peso de las noticias, tiene que pensar. Escapa de ese destartalado apartamento que ha alquilado en la calle Crescent de Beverly Hills. Al abrir la puerta, el sol le pega en los ojos. El clima de Los Ángeles se parece al de Málaga, el cielo tiene el mismo color azul claro, barrido de nubes, limpio, con ese aroma de las ciudades que respiran la brisa del mar. Pero en Los Ángeles no siente la humedad, aquí puede caminar por la sombra sin padecer el calor de Andalucía. Es un aire frío el que acompaña sus pasos. Se dirige al sur por Olympic Boulevard, que cambió su nombre cuatro años atrás durante los Juegos Olímpicos: dejó de ser la Calle 10 en honor a la fiesta del deporte. En Pico gira a la derecha. El ruido de los coches lo aturde. Esta es una urbe inhóspita para los viandantes. Se detiene frente a los estudios Fox. Un grupo hace cola para entrar en los hangares. «Debe haber un *casting*», piensa, y sin vacilar se une a ellos. Desde que vive en la capital de Hollywood siente curiosidad por la interpretación. De niño actuaba en las historias que su madre recitaba. Esa madre que tanto se refugiaba en él y a la que abandonó. Ahora recuerda con nostalgia aquellos cuentos con los que Fátima trataba de comunicarle sus sentimientos. Su sonrisa amable era tibia, sus ojos tristes, lejanos. Él representaba y la adivinaba. Entre ambos inventaron un lenguaje. Fue entonces cuando él aprendió a leer los movimientos del cuerpo. Podía llegar a saber si alguien mentía o lo que pensaba con solo ver cómo se sentaba o se movía. Aquel juego acabó por obsesionarlo, las personas se delatan al tensar los labios. Él mismo desarrolló un arquetipo, se inventó una máscara para no dejarse pillar por sus adversarios. Temía que aquella mentira se le hubiera colado hasta los huesos. Ya no era el juego de una madre y un hijo, era su realidad. ¿Se había olvidado de sí mismo?

Alfonso desea el placer de transformarse en otra persona y necesita dinero. Le asusta pasar tanto tiempo solo, sus pensamientos son las únicas palabras que escucha. Además, ha perdido en el póquer lo ganado en la mala venta de los diamantes de Ardwent a Benjamin.

—Alfonso, ¿tú por aquí? —le dice en la puerta de los estudios Juan Torena, un actor filipino exjugador de fútbol del Barcelona al que conoció no hace mucho en una partida de cartas.

—¡Hombre, Juan! Vengo a curiosear. Esta debe ser una película de mucha categoría si un galán como tú trabaja en ella. —Alfonso halaga y se burla de Torena, un actor de medio pelo que goza de cierta fama por su romance con la actriz Mirna Loy y a quien se le ha subido el título de guapo.

—Alfonso, la gracia española en las venas. —Torena le devuelve el cumplido con sorna—. Ven. Te voy a presentar al director de mi película. Si estás interesado, lo mismo te puede dar un papelito.

Por el camino Juan le presenta a otros dos actores españoles. Los cuatro se sientan a una mesa e invariablemente surge el tema de la guerra en España. Alfonso, incómodo, percibe el cosquilleo de la culpa. Quiere levantarse y marcharse, y a punto está de hacerlo cuando aparece un hombre fortachón pidiendo a todos que vayan a cambiarse.

—George —lo interrumpe Torena—. Este es mi amigo Alfonso. Un español que habla perfectamente inglés y en sus ratos libres es actor. ¿Qué tenemos para él? ¿No habrá algo? No se puede rodar una película sobre la Cuba española sin españoles. —Se vuelve hacia Alfonso—: George Marshall, el hombre tras la cámara de *A Message to García*, película en la que estás a punto de trabajar.

Dicho y hecho, el realizador le dice que se apunte en la lista de extras.

La cordialidad de Juan y las prisas del director para mover a esos ruidosos charlatanes españoles, que aprovechan cada instante para conversar entre ellos, hace que Alfonso se una de inmediato al rodaje.

Tras varias horas trabajando, regresa a su apartamento. Vuelve cansado, dolorido por su cadera, con ganas de beber un whisky y darse una ducha. Un Rolls Royce Phantom II negro lo espera en la puerta. Su dueña, Dorothy Taylor, condesa Di Frasso, ha venido a buscarlo. Como cada dos viernes, Alfonso acude con su amiga a la casa de Constance Bennet en Carolwood Drive para compartir su pasión por el póquer con la élite de Los Ángeles. Se le había olvidado que la cita era a las siete, así que debe darse prisa. Sorprende a Dorothy sentada en el sofá con un vaso de ginebra en las manos.

—¿Dónde estabas?

—Trabajando de extra en una película.

—¡Dios mío, Alfonso! La próxima vez llámame y voy contigo. Me parece una aventura muy entretenida. Dime, dime…

—Déjame que me duche rápidamente. Luego en el coche te cuento. Además, necesito que me averigües algo. Veo que ya te has servido, ponme un whisky con hielo, por favor.

La condesa se toma su bebida tranquilamente antes de preparar la de Alfonso. No quiere dársela aguada. Escoge un vaso corto y ancho. De la cáscara de un limón, perfectamente dispuesto en el carrito de las bebidas, corta un pequeño pedazo, luego añade unos cubitos de hielo y, finalmente, sirve el whisky. Cuando Alfonso regresa con el pelo mojado y una toalla a la cintura, Dorothy exhala un suspiro.

—Ay, eres el Gary Cooper español. —Y da un paso hacia delante.

Alfonso da otro hacia atrás. No quiere problemas con Ben. La mira. Habrá cumplido ya los cuarenta y cinco y sigue hermosa. Su pelo negro rizado, corto, cae pegado a la frente siguiendo la tendencia del momento. Lleva un vestido negro que insinúa sus largas piernas. Su físico queda empañado por la magia de sus palabras, cuando habla su voz subyuga, envuelve, hipnotiza, pero su cuerpo, también delicioso si consigue la atención, es capaz de conquistar más allá de lo que dice.

—Tu whisky.

—Condesa, brindemos por Europa, por España.

—He oído que en Nueva York están recaudando dinero para enviar un batallón de voluntarios a luchar en favor del bando republicano. ¿Tú prefieres a los sublevados?

—No lo sé. Yo era feliz con la monarquía, no creo en dirigentes como Hitler o Mussolini, aunque este sea amigo de tu marido. A mí los militares me dan mala espina, pero los republicanos anarquistas son peores. Una Constitución democrática y monárquica, supongo que es lo que prefiero. Y de Franco no tengo ni idea de quién es, aunque los actores con los que estuve hoy hablan pestes.

—Ya sabes lo que dicen, conviene llevarse bien con todo el mundo, nunca se sabe de qué lado caerá la moneda del poder, y menos en los tiempos que vivimos. Constance nos espera, no debemos llegar tarde. Apresúrate.

Dorothy está acostumbrándose a mandarle y eso no le gusta a Alfonso. Le irrita tener que obedecer a una mujer como si fuera su marioneta. Preocupado, vuelve a pensar en la carta de Fátima que sigue sobre la mesa de su habitación. Al anudar el lazo de su pajarita piensa en Tánger, en lo bien que huele el azahar en esta época del año. Un suspiro sale de su boca. Un suspiro que no se le escapa a Dorothy.

Alfonso conduce el Rolls con maestría a más velocidad de la permitida. Los dos disfrutan del viento en silencio y así llegan hasta la casa de los Bennet. Benjamin le ha pedido que cuide de Dorothy, que juegue en la misma mesa que ella. Si pierde, él lo ayudará a recuperar el dinero. Lo más importante es no dejarla sola en esas partidas. La condesa sospecha que Benjamin Siegel quiere a Alfonso a su alrededor cuando él no puede estar presente.

Al llegar, coinciden en la puerta con Jack Warner y su mujer. Las partidas de póquer se preceden de una cena, pero sobre las nueve y media las mujeres dicen adiós a sus maridos, que quedan a cargo de Constance Bennet. Los jugadores se sientan en las mesas del salón de música decorado de un vivo color amarillo. A Constance la acompañan varios amigos, entre ellos Marion Davis, Sid Grauman, dueño del teatro chino Grauman en el bulevar de Hollywood, Zanuck, Samuel Goldwin y Jack Warner, además de la condesa y Alfonso de la Mata. Jamás ha jugado Alfonso con gente más honesta. Si uno de ellos pierde por encima de lo que se considera razonable, la partida continúa hasta que ese jugador reduce su deuda a una cantidad adecuada. Sentarse con los dueños de los estudios teniendo los bolsillos casi vacíos le parece un atrevimiento, pero ellos están encantados de compartir su tiempo con un hombre con tantas y tan buenas relaciones internacionales. Ninguno sabe de su huida, ni del robo de los diamantes ni de la persecución que sufre. Preparándose una copa, Constance le pregunta:

—Alfonso, ¿estás listo para ser pinche en mi cocina?

Dos semanas antes estuvieron jugando durante veinticuatro horas seguidas, fue él quien ayudó a la anfitriona a preparar huevos y café de madrugada. Constance es preciosa, con una piel sedosa que lo provoca incesantemente. La mejor jugadora de póquer de la mesa. Tal vez porque al ser actriz puede mantenerse sin ninguna expresión durante horas. Alfonso se fija en ella cuando apuesta, no tiene tics ni manías, es una ganadora nata. Advierte, sin embargo, cómo su piel se vuelve púrpura cuando tiene buenas cartas, las venas bombean sangre con más intensidad y la transparencia de su dermis la delata en su combustión. Esa noche, Zanuck y Warner andan embarcados en una contienda personal. Se respira tensión en el ambiente. Zanuck trabajaba a las órdenes de Warner antes de convertirse en presidente de los estudios Fox, y Warner, que aún le guarda cierto rencor, no quiere perder. Zanuck, que lo sabe, disfruta torturándolo mano tras mano. Intentando apaciguar el desafío, Alfonso comenta en tono jocoso:

—Hoy estuve en Fox. Pasé por delante, y como rodaban una película donde buscaban extras latinos, me contrataron. Hollywood esperaba ansioso mi llegada. —Su inesperada salida hace reír a los hombres más poderosos de la industria.

—La próxima vez pregunta por mí, no hace falta que te vean los directores de *casting* —le dice Zanuck.

—No no. No quiero robarle protagonismo a Gable. Mi magnetismo deslumbra. Fue andar por la calle y pararme —bromea Alfonso—. Lo he hecho por divertirme y no tengo intención de dedicarme a la interpretación.

—Deja de brillar y concéntrate en el juego —le dice la condesa indignada con la palabrería de Alfonso con lo que ella también provoca la risa de los hombres.

—¿De qué película hablamos? —pregunta Constance interesada.

—*A Message to García*. Una historia sobre Cuba, la última colonia española.

—Por cierto, Constance —dice Dorothy—, ya le he dicho a Howard Darrin que rediseñe mi Phantom.

—¡Dorothy! Él fue quien me decoró el compartimento de madera de mi Phantom.

Alfonso sonríe, son tan zafios estos nuevos ricos.

—Por eso precisamente le voy a llevar el mío esta semana. Quiero que me haga algo único, como a ti. Pero no igual. Mejor.

Marion Davis mira a las dos amigas divertida. Si bien se adoran, están siempre tratando de superarse la una a la otra.

Cuando las fichas empiezan a cambiar de mano, las apuesta suben y el humo de los puros se hace más denso. Las pajaritas se sueltan, la conversación deja de fluir, el hielo se deshace en los vasos. Nadie se levanta. Sid Grauman pierde más de lo que parece conveniente, los demás jugadores se miran nerviosos. Ha llegado el momento de tomarse el primer descanso. Alfonso observa a sus compañeros de mesa. Son tan distintos a los que dejó en Málaga... Ninguno le ha preguntado de dónde vienen sus padres, así que ha compartido el detalle de que su madre es del norte de África sin el pudor que le provocaba decirlo en España. Aun con la calurosa bienvenida recibida en Hollywood, echa de menos su país. Oculta el miedo a la soledad con humor, igual que en su adolescencia lo utilizaba para evitar el escrutinio del grupo de aristócratas que lo odiaban por tener una madre de sangre mora. ¿Qué será de esas mujeres ahora, de sus familias? Ha oído que muchos de sus amigos han desaparecido en Málaga a manos de los comunistas en extraños paseos a medianoche. En Estados Unidos no se peca de ese odio clasista, pero ha sido testigo de la ruindad con que tratan a los negros.

Los periódicos hablan de la guerra en España, parecen estar del lado del Gobierno, qué sabrán ellos, si no lo han vivido. Marion le advierte que deben regresar a la mesa. En silencio la sigue. Arrastra la pierna por el dolor de cadera, las horas que le quedan sentado en la silla se le hacen insoportables. Se mueve incómodo, disimuladamente se desabrocha el pantalón. Lo agobia. Quiere marcharse, se excusa para ir al baño y, a escondidas, sin despedirse, sale de la casa. Paga a uno de los chóferes para que le consiga un coche. En unos minutos está rumbo a su apartamento.

87

—¿Se puede saber por qué lo cambiaste de sitio? ¿Dónde lo has puesto? —Isabel no puede evitar gritarle a Fátima, una vez que ya han celebrado la apresurada boda. Le exaspera que haga lo que le da la gana en cada momento.

—Lo guardé en un lugar más seguro. Tú te crees que te casas con Ardwent y yo te doy el diamante. Las cosas no funcionan así. Ahora formas parte de su familia, no puedo fiarme de ti. No creo que sea prudente que le digas dónde lo he guardado.

—Hay que llevarlo a un banco, no lo entiendes. Eso es lo que he hablado con la abuela. Ardwent no sabe nada.

—No cuentas conmigo y esa es tu equivocación. Yo lo llevaré al banco.

—Tú no puedes. Deja de comportarte como una niña mimada. Dámelo antes de que Ardwent se entere de los motivos de nuestro enfrentamiento.

Sigilosa, Isabel espera a que Fátima se duerma, le ha pedido a Alba que le ponga unas hierbas en su cena. No le ha quedado más remedio que revelarle a la sirvienta que necesita su ayuda para desenterrar algo de su madre. A pesar de que no ha mencionado el diamante, Alba sospecha que puedan ser esas joyas de las que todo el mundo habla a escondidas. Acompaña a Isabel hasta los rosales, con cuidado la ve escarbar la tierra con una pequeña pala hasta que saca una caja y la envuelve en una manta. Pero la caja está vacía. Maldita Fátima.

—Isabel. He visto a tu hermana en la sala mover el cuadro de los angelitos jugando en el jardín.

—¡La caja fuerte! Vamos.

—¿Sabes abrirla?

—Sí. Tiene una combinación que mi madre nos enseñó a mi hermana y a mí.

Vuelve a poner la tierra y el rosal en su lugar.

—Me sorprende la calma con qué te mueves, hija.

Isabel sonríe victoriosa al aferrar la bolsa de terciopelo. Manda a Alba a dormir y ata el diamante a su pecho. Ya nadie se lo quitará. Esta nerviosa, por la mañana el chófer viene a recogerla para llevarla a Londres y de allí viajará a Málaga con Ardwent. «Bueno, hermanita, esta batalla la he ganado yo», piensa Isabel.

Fátima se levanta a despedirse de su hermana y su sorpresa es mayúscula al encontrarla llorando en su habitación.

—¿Qué ocurre? ¿Ya te has arrepentido de tu matrimonio?

—No, no es eso. La abuela ha despedido a Alba. Le ha dicho que ya no la necesita. Que tú no la necesitas. Paolo le ha ofrecido que se quede con él.

—Al menos, no se queda en la calle ni tiene que regresar a España. Le va bien a esa bruja.

—No hables así.

—Yo me alegro. No pinta nada con nosotras si tú no estás. A mí me lo preguntó la abuela y le dije que hacía muy bien en despedirla.

—Eres una malvada. Alba siempre se ha portado bien con nosotras. ¿Por qué eres tan ruin? Déjame en paz, quiero estar sola. —Necesita atarse la bolsa del Ojo del Ídolo al muslo y no quiere que su hermana se entere de que lo tiene.

Cuando Fátima sale, Isabel, con mucho sigilo, cierra la puerta con llave. Saca la bolsa de terciopelo, la pega al interior de su muslo derecho y con un lazo la ata dándole cuatro vueltas a la seda para asegurarla entre sus piernas. El diamante, a través de la tela, se clava en su carne. Espera que no le rasgue la piel. Se sienta y se levanta probando que esté bien sujeto. Se viste, se asegura de que sus cosas estén recogidas y sale de su habitación. Un intenso suspiro la sacude.

No ve a su hermana, nadie la encuentra por ningún lado. Isabel le da un beso a su abuela, con quien ha quedado en ir a visitar a un amigo suyo de un banco de Londres para depositar allí el diamante. Nana conoce la historia de esa piedra, le pertenece a Alfonso y no le interesa que sus nietas anden metidas en líos. Guardarla en el banco le parece una magnífica solución y, cuando Isabel la ha besado, le ha susurrado:

—No le digas nada a Ardwent de tu diamante, los maridos no deben saberlo todo.

Tan apresurada es su marcha que ni siquiera pasa por el hospital para decir adiós a su madre.

89

Sentada con una taza de té de menta entre las manos, Fátima mira la hermosa bahía de Tánger. Desde la enorme azotea de su casa puede divisar el estrecho de Gibraltar. Allí, al otro lado, muy pronto se encontrará su nieta Isabel con ese holandés con quien se ha casado. Ella sabe bien lo que significa un matrimonio de conveniencia. Aprender a querer, acostumbrarse a la presencia de alguien. Esa aventura no es fácil. Piensa en las primeras noches al lado de su esposo. Eran largos días rebosantes de preguntas hasta la noche. No, no cree que su nieta, tres años mayor que ella cuando se casó, sea tan pazguata. Aunque tal vez puede estar viviendo lo mismo. Qué necesidad tenía de casarse, así con tanta prisa. Si le hubiera dejado su madre, le habría hablado de tantas cosas prácticas. Pero no, ella debía estar apartada. Piensa en la guerra, lo que cuentan en el Zoco es terrible. Es necesario sacar a Isabel de Málaga. Cádiz ya ha sido tomada por los militares sediciosos. El partidismo y el odio han convertido a antiguos vecinos en enemigos. Las fuerzas marroquíes se han decantado por el bando sublevado. Fátima no entiende qué lleva a sus compatriotas de Marruecos a involucrarse. Si supieran lo que piensan de nosotros, no estarían de su lado. Ella lo sabe bien, ha sufrido el desprecio de la alta sociedad española durante años. Da un sorbo al té. Mira la costa. El olor del azahar impregna la noche de la milenaria Tánger, y en ese instante Fátima siente que tiene esa misma edad. Ella lo sabe bien.

10

Llegan al hotel londinense sobre la una de la tarde. Isabel le pide a su marido que Alba se quede con ellos hasta el día siguiente, cuando Paolo ha prometido venir a buscarla. Ardwent, poco interesado en los asuntos domésticos de su mujer, acepta encantado. Así podrá escaparse esa noche según su costumbre y, por primera vez en su vida, no volver asustado. Ahora tiene una esposa y eso, a los ojos de las autoridades, es una buena coartada. Isabel y Alba se escabullen a una habitación, Ardwent prefiere quedarse en el bar, mientras el chófer ayuda al botones a subir las maletas. ¿Cómo es posible que una mujer viaje con tantos bultos?

—Vamos, vamos —apura Alba a Isabel intentando deshacer el nudo del lazo.

La herida que ha dejado el diamante en la pierna de la joven es profunda y fea. No se ha quejado en todo el camino, pero el dolor era insoportable. Con las sienes palpitando, Alba le da una aspirina para que se tranquilice.

—Paolo está en camino, tu abuela lo ha dejado todo preparado para que vayas a ver al director del banco cuanto antes. Saldrás por la puerta trasera del hotel, yo te cubriré por si el chófer guarda la principal. Pero hay que darse prisa, antes de que Ardwent advierta tu marcha. Vamos.

Cojeando, Isabel sigue al pie de la letra sus instrucciones. Baja por la escalera de servicio, donde se encuentra con una camarera que sube y la mira con extrañeza. Los clientes no deben usar esa escalera. Alba le grita en su medio inglés: «¡Métete en tus asuntos!». Asustada y por miedo a perder el trabajo, la camarera continúa a lo suyo. Ya en la calle, Paolo les sale al paso.

—Por aquí —le dice a Isabel—. Tengo el coche a un par de calles, démonos prisa

Alba le aprieta el brazo cariñosamente a Paolo y regresa al hotel, por si el capitán vuelve antes que su niña.

Isabel camina con la bolsa en la mano. En unos minutos llegan al banco y el director, íntimo amigo de su abuelo, le recuerda lo que debe hacer:

—Entrarás sola, verás unas cajas con llaves, guardas lo que traigas en una. Tú siempre tendrás una llave, yo la otra. Para que se abra la caja serán necesarias las dos. No pienso permitir que nadie que no seas tú la abra, a menos que hayas fallecido y algún miembro de tu familia venga en tu lugar. Si la pierdes, tenemos una copia, no te preocupes. Firma estos papeles. Déjalos en algún despacho de abogados.

Cuando sale con la llave no sabe qué hacer con ella. No quiere dársela a Alba, ni a Paolo ni a Félix. Decide llevársela ella misma. Se la mandará a su abuela a Tánger. Le da los documentos a Paolo para que los entregue en el despacho de abogados que lleva la herencia de su abuelo. Esos hombres siempre han cuidado de su madre y lo harán de ella también.

Paolo asiente. Es un hombre bueno. «Mejor que Alba», piensa Isabel.

En el hotel, Ardwent apura su copa.

—Voy a refrescarme, tengo una cita —explica a uno de sus amigos en la barra del bar.

Al abrir la puerta de la suite que ha alquilado, y por cortesía, llama a su mujer.

Es Alba quien responde:

—La señorita no está.

—Acuérdate de que está casada conmigo, ya no es «señorita». ¿Se puede saber dónde ha ido?

—Fue a entregar un ramo de flores a la Virgen, por su matrimonio con usted. —Alba cuenta el cuento que ha urdido con Isabel en caso de ser descubiertas. Paolo e Isabel deben decir lo mismo.

—¡Mentira! —grita Ardwent sospechando que Isabel le esconde algo.

Furioso, baja las escaleras de dos en dos en busca del idiota del chófer.

—¿Por qué no me dices que Isabel ha salido? —le grita en la puerta del hotel.

—Capitán, la señora Isabel no ha salido de aquí.

—Sí, sí que se ha ido. Se habrá escabullido de ti.

—No me he movido de la puerta. Por aquí no ha salido.

Con la rabia inundándole la sangre, vuelve en busca de Alba.

—Dime ahora mismo a qué iglesia ha ido.

—No lo sé. Pero no tardará en llegar. Usted no debe enfadarse.

—Tu cinismo es digno de una actriz de cine.

Ardwent se sirve un whisky, Isabel le ha estropeado los planes. Se sienta en un sofá de piel marrón, ruidoso e incómodo, a esperar.

Isabel se entretiene comprando unos dulces de coco, visitando una tienda de ropa. Paolo la apremia.

—Señora, no deberíamos tardar tanto, su marido puede molestarse. Acuérdese de que no le avisó.

—No te preocupes. Estaba en el bar, me dijo que tenía intención de salir.

Paolo insiste y, en previsión de que alguien los vea, la deja a dos calles del hotel.

—Si tienen algún problema, avíseme. Buenas noches. Dígale a Alba que mañana temprano la paso a buscar.

El chófer la ve llegar andando.

—Señora, ¿dónde ha ido?

—¿Cómo te atreves a pedirme explicaciones? —No dice nada más y sube apresurada.

Se siente alegre por haberse deshecho del diamante, pero la inquieta Ardwent. Lo encuentra sentado en el horrible sofá marrón.

—¿De dónde vienes?

—He ido a llevar unas flores…

—Ni termines la frase. Dime la verdad.

—He ido a llevar…

—Cállate, mentirosa.

La mano de Ardwent le cruza el rostro. La bofetada la tira al suelo. Alba se pone en medio.

—A mi niña no la toque.

—Mira, estúpida, tu niña es mi mujer y estoy en mi derecho si ella se escapa por la ciudad como una mujerzuela sin avisarme dónde va. —Se vuelve hacia Isabel—. Te vuelvo a preguntar, ¿dónde estabas?

—Te he dicho que he ido a llevar unas flores…

Ardwent se desabrocha el pantalón.

—Muy bien, si eso es lo que quieres.

La coge del brazo y se la lleva al cuarto contiguo, que cierra con llave. Alba oye el lamento silencioso de Isabel. Diez minutos después, el marido, acalorado, escapa de esas paredes que lo han vuelto loco. Está seguro de que ella sabe algo de los diamantes. Ha empuñado el cinto muchas veces, pero nunca en circunstancias parecidas. Sale con la ira sujeta a la mandíbula. «A ver si ahora se le quitan las ganas de volver a mentirme.»

—Entra —le suplica Isabel a Alba.

Pero Ardwent no se lo permite. La obliga a marcharse.

Isabel está asustada, pero se niega a reconocerlo ante su marido. Desde que le dio la paliza en Londres no ha vuelto a dirigirle la palabra. Lo rehúye. Él ha insistido en mudarse a Gibraltar. Ella, tozuda, ha mantenido abierta la casa de Málaga, aunque ahora están en la Roca. Llegan noticias en los rostros serios de los hombres que las traen: «El ejército de Franco prepara un ataque inminente contra la ciudad».

La guerra tomó por sorpresa a Isabel en el mes de julio arreglando los papeles de la herencia de su padre en la oficina de un notario malagueño. Llegó a su casa sin aliento, aturdida por la inmensidad del suceso, dispuesta a huir inmediatamente. Desde entonces, ha vivido entre Gibraltar y Málaga comprometida con la necesidad de sus habitantes. Ha ayudado a distribuir pan, leche y algarrobas, los únicos alimentos disponibles. De julio a enero, Málaga ha visto cómo Sevilla y Cádiz se convertían en ciudades conquistadas por los sublevados. Los malagueños resisten, pero la situación es desesperada y muchos han decidido echarse al monte, desconfiando unos de otros. Herr Ardwent, como ahora llaman a su marido en Gibraltar, se ha convertido en un curioso personaje dentro de la sociedad llanita: igual pasa una tarde con un marqués español y el gobernador inglés que baja a la playa para charlar con los pescadores genoveses sobre las antiguas tradiciones italianas, o convoca una reunión de negocios en la extraña asociación que ha creado con varios judíos arraigados en el Peñón. Herr Ardwent mantiene con su mujer una relación fraternal. Desde su boda duermen en habitaciones separadas, jamás ha hecho intención de tocarla y no ha recibido ni un simple beso de cortesía. La desesperación y el miedo sustituyen lo demás y, sin embargo, ella no deja de cuestionarse como mujer, echándose la culpa de algo que ni siquiera entiende.

Ardwent aparece en la habitación con gesto sombrío, le habla con la frialdad de siempre. Isabel le detecta sequedad en la garganta:

—Me temo que Franco prepara un ataque contra Málaga. Creo que por ahora estamos mejor aquí. No debemos movernos.

—¿Cómo lo sabes? Debo avisar a Lola. Me pidió permiso para ir a ver a una prima suya, vayamos a por ella, por favor —suplica Isabel.

—No es prudente que vayas tú. Mandaré a alguien a buscarla. No estaría de más que pensaras en trasladarte a Inglaterra o a Tánger.

—¿Yo sola? ¿Y tú?

—Por motivos económicos, necesito estar en Gibraltar.

—Pues yo también me quedo. Aunque nuestro matrimonio sea una farsa, de cara a la gente tengo que permanecer a tu lado. —Sin darse cuenta ha ido subiendo el volumen de voz.

—Como tú quieras. Recuerda que no hay necesidad de gritar.

Ardwent se da la vuelta, la mitad de una sonrisa pintada en la cara. No le interesa nada esta joven; si bien en un principio pensó en asumir la responsabilidad de atenderla al llegar a Málaga, desde que descubrió que le mintió no se fía de ella. Quiere convertirla en una mujer débil, insegura, dominada por él, para ello nada mejor que ocultar sus aficiones sexuales, tratándola en ocasiones con delicadeza, otras con indiferencia, creando interrogantes en su cabeza.

Isabel pasa la tarde incómoda, preocupada. Ha empezado a refugiarse en unas pastillas que le ha recetado un médico amigo de Ardwent, según él son necesarias para sus horas de insomnio. Decide tomarse una con un vaso de ginebra. El sopor combate el frío, pero no esos sueños teñidos de rojo, de caballos muertos, de caras deformadas por el tiempo y el olvido.

Cuando despierta, cuelga del calendario el día 7 de febrero. No puede abrir bien los ojos, le pesan los párpados. Malditas pastillas, por las mañanas se arrepiente de tomarlas y, sin embargo, por las tardes no consigue cumplir su promesa de dejarlas. Mientras se cambia de ropa, oye el sonido de los aviones y corre hasta la ventana. Empieza a amanecer y, a lo lejos, puede distinguir los bombarderos alemanes rumbo a Málaga. «Ardwent lo sabía, lo sabía.» Horrorizada, comprueba que no hay nadie en casa. Ve las llaves del coche en la cómoda de la entrada y decide ir a Málaga a buscar a Lola. Sube a por su pasaporte. Se prepara a conciencia: guantes, bolso, pañuelo al cuello, gafas, chaqueta oscura, pantalones, botas de montar. Su aventura es casi una película y se siente incapaz de medir las consecuencias de su decisión. Echa en la parte de atrás del coche mantas, agua y pan. Carga combustible y guarda la pistola de su padre en la guantera. Como hacía él. Cuando arranca, las manos le comienzan a temblar. En la aduana, un policía le recomienda que permanezca en la Roca:

—No debería aventurarse, hay tropas alemanas, italianas y moras camino de Málaga.

Ella se acuerda de la frase que una famosa marquesa, la misma que echó a su abuela Fátima de Málaga, le ha dicho sobre las tropas moras: «Son unos salvajes, cortan los senos a las mujeres. Pero tú no te preocupes, a ti no te harán nada. Eres parte de ellos». Arpía. Isabel no quiere echarse atrás, está dispuesta a ayudar. Apenas lleva recorrido un kilómetro por suelo español cuando suena el primer cañonazo. Los barcos italianos están disparando contra la montaña. «¿Por qué harán eso?», se pregunta confundida. A poca distancia encuentra a los primeros evacuados. No da crédito a lo que ve. Hombres, mujeres y niños agarrándose unos a otros, muchos sosteniéndose en un equilibrio imposible, la mayoría descalzos, harapientos, desnutridos. Buscan llegar a Algeciras con la esperanza de escapar. Se detiene, pero le piden que ayude a los más retrasados. Ellos ya están llegando. Isabel conduce despacio mirando ese reguero de seres que parecen vivos pero llevan la muerte pintada en la cara, descompuestos entre lo visto y lo vivido. Los bombardeos suenan más fuerte y más cerca. Uno la obliga a parar en la cuneta y buscar refugio. Entonces descubre que los italianos disparan sus cañones contra la montaña para provocar desprendimientos de piedras que caen sobre los huidos. Es una masacre. En su intento de esquivar una roca, tropieza, y está a punto de caer por el acantilado, una mano la sujeta de forma providencial.

—Cuidado, *please*, tenga cuidado —le dice un extranjero de unos treinta y cinco años, alto, fibroso, de cara alargada, pelo negro ensortijado, ojos achinados, nariz soberbia y unas manos fuertes, de ágiles dedos.

En un instante ella se bebe su imagen y le hace efecto.

—Gracias —murmura.

—No debería estar aquí. Es peligroso.

—Quiero ayudar, tengo un coche y combustible. Estoy buscando a alguien. —No da más pistas. Ha aprendido a no fiarse.

—Muy bien, pero sigue siendo peligroso —contesta mirándola, incapaz de entender cómo puede ser tan inconsciente—. Yo he venido desde Gibraltar con un fotógrafo inglés, tenemos un camión. Mike está ahora mismo llevando a varias familias. Me he quedado porque una mujer ha perdido a su hija de siete años. El volverá en un par de horas.

—Su amigo Mike, ¿dónde lleva a la gente que recoge?

—Hasta Algeciras. No hay otro sitio donde ir. Aunque no creo que eso sirva de mucho. Escapan de Málaga para caer en manos de las tropas de Franco.

—¿Quién es usted?

—Daniel, me llamo Daniel. ¿Y tú?

—Isabel.

Él sugiere dejar el coche en un camino, a varios metros de la carretera. Ha descubierto una cueva donde pueden esconderse. Isabel siente calor, miedo, bebe de una botella de agua que comparten, sentados, mientras esperan a que el sol marchite un día negro desde que amaneció. Cuando salen, descubren la imagen dantesca de un hombre colgado de la rama de un olivo que, incapaz de seguir, ha preferido suicidarse. Más adelante, niños heridos tumbados y gritando el nombre de su madre. Mujeres, locas, amamantando a sus bebés muertos.

—Ahora es cuando podemos ayudar. Concéntrate en esa idea, no te dejes llevar por lo que te dicen tus ojos. Lo mejor será trasladar a una madre con muchos niños, ellos son los que merecen la ayuda prioritaria.

Sorprendida por la decisión que muestra Daniel, Isabel asiente con la cabeza y se pone al volante.

—¿Te importaría dejarme conducir? Creo que iré más rápido. Tú puedes atender a los heridos en el coche.

Recogen a una mujer con cinco hijos y los acomodan en la parte de atrás; el padre seguirá a pie hasta Algeciras con la hija mayor. Cuando llegan a la ciudad, más rápido de lo que habían pensado, Daniel le pregunta si está dispuesta a volver.

—Creo que podríamos hacer tres o cuatro viajes hasta que levante el sol, ¿qué te parece? Tenemos gasolina de sobra.

Incapaz de hablar, ella asiente con la cabeza. Le sobrepasa la situación, la agonía, la muerte, el dolor, el miedo, la consternación, el olor. ¿Quién se atreve a cargar contra seres indefensos? En el tercer viaje, Isabel distingue a lo lejos a Lola. La mañana quiere abrir.

—Allí allí. Ve hacia aquella mujer —dice señalando a su cocinera—. Lola, Lola, ¡por fin te encuentro!

La mujer lleva vacía la mirada y no parece reconocerla. Isabel ahoga un grito al ver sangre por sus piernas. Las varices se le han reventado y camina por pura inercia. A su lado va un joven de piel aceitunada al que Isabel reconoce vagamente.

—Señorita, ¿no se acuerda usted de mí? Soy Rafael, el sobrino de Alba. Cuando escapamos de Málaga fui a buscar a Lola para no dejarla sola. Hace un rato que no habla, no sé qué la mantiene andando. Llevémosla al coche.

El sol asoma y Daniel se impacienta. No sabe si por temor al ataque de los barcos italianos o por los sorprendentes celos que siente de ese gitano que conversa de forma tan familiar con Isabel. Un proyectil silba primero y estalla después en la montaña. Rafael salta evitando una piedra que cae sobre ellos, pero Lola recibe el violento golpe de otra. Su cuerpo, inerte, cae desplomado. Los gritos de Isabel se amortiguan ante el rugir de un segundo cañonazo y parece querer echar a correr desesperada para salir de la encerrona. Daniel hace una señal a Rafael para que lo ayude a sujetarla. Entre ambos la suben corriendo al coche, que se libra por milímetros de ser aplastado por un enorme peñasco.

Cuando llegan de nuevo a Algeciras, los alemanes acaban de bombardear la ciudad matando a los malagueños que habían conseguido escapar. Sus ojos chocan con la imagen del padre de la primera familia a la que habían evacuado esa madrugada. El hombre llega para descubrir la muerte de los suyos. En silencio abraza a uno de sus hijos. La hija mayor se arrodilla junto a la madre.

—¿No hubiera sido mejor dejar que esa familia llegara de madrugada a Algeciras y escapara de esta muerte inútil? —Isabel gotea sus palabras, una a una, hablar le supone un gran esfuerzo.

Daniel la abraza. Ella siente que ese abrazo es inmenso. Distinto.

—Isabel, hemos hecho lo que creíamos mejor. Yo culparía a los asesinos que disparan contra mujeres y niños. Tú y yo y el destino deberíamos estar agradecidos. —Los ojos de él se clavan a navajazos en ella, en toda ella.

Rota, Isabel lo mira sin entender lo que dice. Él, sin embargo, sabe muy bien la razón de sus palabras.

11

*N*o quiere pasar ni un segundo más en Gibraltar ni en Málaga. Quiere irse de España. Marcharse cuanto antes. Decide ir a Tánger, visitar a su abuela. Mientras prepara la maleta, llaman a la puerta. Le avisan de que un hombre ha venido a verla. Sorprendida, baja para darse de bruces con Daniel, ese joven con el que estuvo ayer evacuando a los que huían de la guerra. Sabe que ha estado llamando, pero ella no ha querido responder. ¿De qué van a hablar? ¿De la muerte? Lo único que los une es un maldito día de guerra. Ahora está allí, frente a ella, quiso huir antes de volver a verlo y, sin embargo, él se ha dado más prisa.

—Siento que me estás evitando.

—En realidad, no deseo ver a nadie.

—Entiendo.

—Entiendes, pero aquí estás.

—Digo que entiendo tu postura, no que la comparta. ¿Puedo invitarte a un café?

—No. Estoy preparando mi maleta. Me voy unos días.

—¿Dónde?

—A Tánger —responde Isabel a pesar de que le sorprende su pregunta—. Mi abuela Fátima vive allí y quiero pasar un tiempo con ella.

—¿Cuándo piensas regresar?

—Aún no lo he decidido.

—En ese caso, permíteme acompañarte.

—¿Tienes interés en ir a Tánger?

—Nunca me lo había planteado. Ahora, sabiendo que vas, no niego que la idea despierta mi curiosidad. —Su sonrisa franca invita a ser amable.

Isabel limita sus miedos, pero sigue guardando la distancia.

—Es un lugar tranquilo, aunque no comprendo tu interés ni por qué insistes en venir conmigo.

—No iría contigo, te escoltaría. No es lo mismo. —Daniel termina por desarmarla. La soledad le angustia—. Soy corresponsal, siempre hay algo que contar.

—Hemos tenido días mejores en España y creo que es mejor no viajar sola. —Ella abre una posibilidad y él salta dentro.

—No se hable más. ¿Cuándo zarpamos?

—Aún no te he dicho que sí. —Empieza a rendirse, temerosa de que algo pueda pasarle. Había pensado coger el barco que sale por la mañana, temprano—. ¿Escribes en un periódico?

—No. Bueno… Hago dibujos para varios periódicos ingleses. Soy pintor. Espérame en el puerto. Allí estaré. Tendremos tiempo para hablar y conocernos. Descansa, que la travesía va a ser complicada con tanto buque de guerra paseando sus cañones por el Estrecho.

—Te tomas la vida como si fuera una juerga. Lo que dices es temerario.

—Tienes que ser bondadosa conmigo, no te pronuncies sobre mí a la ligera. Soy mucho más de lo que ves a simple vista. —Lanza un beso al aire como despedida y se marcha con el mismo ímpetu con el que ha llegado.

Isabel se queda pensando en cómo Daniel puede bromear ante una situación así. Si bien su forma de hablar es frívola, su comportamiento el día que lo conoció fue generoso y valiente. «Dios mío, me estaré volviendo loca. ¿Por qué me pongo a pensar en alguien a quien ni siquiera conozco y lo acepto en mi viaje?» En realidad, le divierte que él la busque, recibe con gusto la adulación de ese atractivo corresponsal dibujante. Hubiera preferido no estar casada, conocerlo en otro momento, pero no puede cambiar el presente. Su pensamiento viaja a Cirencester, a su hermana. Fátima no tendría miedo de viajar con Daniel. Le gustaría llamarla, preguntarle cómo está, pero su abuela le ha contado cuán indignada se mostró al descubrir que Isabel se llevó el diamante; además, teme que Ardwent la descubra. No, es mejor dejarlo así.

ϓ

Ardwent conduce en silencio hasta el puerto y, sin bajar del coche, la despide misterioso:

—Si decides viajar a Cirencester, no dejes de avisarme. Te estaré vigilando.

—A ti lo único que te interesa es encontrar el diamante y abusar de mis amistades familiares. —Indignada, Isabel recuerda una cena reciente en casa del gobernador. Sale de su boca un frío—: Así lo haré.

Un mozo se hace cargo de las maletas y ella se dirige al barco que, escoltado por un buque inglés, va a cruzar el Estrecho esa mañana. Cuatro horas de travesía hasta divisar la costa de Tánger. Excitada por la idea de ver a su abuela, deja de pensar en su marido. En cuanto Ardwent desaparece, oye la voz de Daniel a su espalda:

—Pensé que iba a bajarse del coche, así que había decidido saludarte dentro del barco pero, viendo las prisas del Holandés Errante, he venido para ayudarte a subir.

—¿Por qué lo llamas el Holandés Errante?

—Podría llamarlo muchas cosas más. Eso es lo primero que se me ha ocurrido.

—¿Y cómo sabes…?

—No termines esa pregunta, ya te lo explicaré con tiempo y con calma. Vamos.

Daniel domina la situación a su antojo. Isabel casi se lo agradece. En cubierta, acceden al bar. Despiertan las miradas de los curiosos y ella advierte el anillo de casado que viaja en su dedo. «Ese no estaba ayer ahí…» Él se da cuenta y dice sonriendo:

—Creo que al llegar a Tánger deberíamos decir que estamos casados. Ya sabes la cantidad de problemas que encuentra una pareja no casada.

—¿Cómo? —A Isabel la taza de té le tiembla en la mano, con suerte no le salpica. «¿Por qué los hombres que conozco hablan con tanta facilidad del matrimonio?»

—Uy, casi me quemas. —Él se divierte con su confusión.

—Me parece una idea estúpida. —Ella trata de encadenar excusas, aunque cada vez es más cómplice en la aventura—. Apenas te conozco.

—Verás. Tampoco me interpretes mal. He hecho mis averiguaciones. Tu marido y tú no parece que tengáis un matrimonio convencional. Me bastó ver lo rápido que te despachó en el muelle. Además, tú sabes que él juega a otra cosa.

—Perdona, pero no entiendo.

—¿Cómo que no me entiendes? Ardwent jamás se ha preocupado por ocultar su inclinación. No hace falta ser adivino para descubrir que tu Herr siente debilidad por otros Herren.

—¿Me estás queriendo decir que a Ardwent no le gustan…?

Vuelve a quedarse con la palabra en la boca. Ella misma puede contestar a esa pregunta. Se ruboriza de vergüenza e indignación. Daniel es incapaz de evitar una sonora carcajada. Un camarero se acerca a ellos.

—Por favor, ¿pueden bajar la voz?

Los demás clientes los miran. Daniel toma a Isabel de la mano y se la lleva fuera. Un marino les advierte que es más seguro estar dentro.

—Mi mujer se encuentra mal, necesita que le dé el aire.

—Entonces, siéntela en estas escaleras. En cuanto se encuentre mejor, métanse dentro.

La mentira ha empezado a tomar forma. El aire fresco del mar alivia la tensión en el rostro de Isabel. Él se atreve a acariciar su mano. Una oleada de sensaciones sube y baja por el cuerpo de ella. Al ver cómo le cambia el color, Daniel borra la sonrisa.

—Te sugiero que mires hacia el horizonte, te ayudará con el mareo.

Isabel corre hasta la borda y vomita. Una mujer se acerca con un pañuelo húmedo.

—Mire usted, esto pasa mucho en los primeros meses de embarazo. El vaivén tampoco ayuda. Cómase una galleta.

Isabel acepta el dulce de la desconocida que asume un embarazo imposible. Daniel le trae un vaso con agua. Ella le pide que la ayude a ir al cuarto de baño porque quiere refrescarse un poco.

Cuando sale, ve a Daniel en la barra hablando animado con un grupo de estadounidenses.

—*Tanger is a very exciting city. Let me show you around if you never being there before* —dice uno que se jacta de conocer bien la ciudad.

—*Oh well. I'm with my wife. It´s a very kind offer.* Hablando de ella, aquí viene.

Isabel no se acerca al grupo, no quiere que vuelva a presentarla como su esposa.

—Por favor, Daniel, te agradecería que dejaras de mentir. Te conocí hace dos días. Estoy tratando de superar el dolor que me ha causado esa tragedia. No pego ojo porque cuando los cierro vuelvo a ver hombres colgados de los árboles, oigo el ruido de las bombas, veo las piedras cayendo sobre seres indefensos y ese terrible ruido que hacían al golpearlos. Tu tranquilidad y tu desparpajo me parecen absurdos. Una actitud que ronda el sinsentido. Acepto, porque comprobé tu valentía y generosidad, tu forma de ser. Simplemente no me incluyas en tus mentiras.

—Un minuto y medio sin respirar hablando de corrido.

—Todo te resbala. En fin, da igual. Ya te he dicho lo que pienso.

—Espera, Isabel. Con mis bromas me protejo y protejo a quienes me rodean. De ese día fatídico, me quedo contigo. Cómo apareciste de forma fortuita, cargada de ingenuidad en un paraje desolador. Nadie en su sano juicio haría lo que tú hiciste. Por eso, y porque me gustas, creo que podemos seguir simulando en Tánger un matrimonio que no existe. De otro modo, no podremos vernos. Dame la oportunidad de conocerte. La vida son dos días, hasta ahora ni tú ni yo la hemos disfrutado. ¿Acaso no viste que podemos morir de inmediato por razones ajenas a nosotros? Además, las mentiras son parte de la verdad de la vida. Evitaremos preguntas y podré enseñarte la ciudad. No trato de convencerte para que seas mi amante. Simplemente poder pasear contigo sin despertar sospechas.

—Eres peor que una tarasca.

—Mitad dragón, mitad armadillo. Cuidado con mis garras.

—Cuando lleguemos a Tánger iré a ver a mi abuela. A ella no le voy a mentir. Le diré que acabo de conocerte. Tú puedes hacer lo que quieras.

—Pienso registrarme en el hotel como los señores Rosenthal, para que puedas visitarme cuando quieras.

—¿Por qué eliges un nombre judío? Eso podría crearte problemas.

—Soy judío. Tal vez quieres decir crearte problemas a ti.

—¿Mientes en todo menos en eso?

—Soy judío. No tengo otra respuesta. Y no miento en todo.

—Puedes inscribirte como señores Spencer.

—No.

—Haz lo que quieras. Como te he dicho, lo primero que voy a hacer es ir a mi casa.

—Yo te acompañaré y me quedaré esperándote en el coche. No pienso dejarte sola.

Ella se encoge de hombros con la vista perdida en el horizonte, tal como le ha dicho Daniel que haga. Él observa con cariño esa extraña mirada.

12

Aparca en el hotel Cristina de Algeciras. Suda por el inesperado golpe de calor. El miedo de ir a una zona en guerra no lo ayuda con sus ataques de ansiedad. Los ha sufrido desde niño. Se detiene y respira. Endereza el cuerpo y se estira. En la puerta se encuentra con el Belga, un hombre con quien ha hecho negocios en el pasado y que lo espera para presentarle al general alemán Mikosh. Su visita es discreta pues ha venido junto al almirante Wilhelm Canaris a inspeccionar Gibraltar. El viaje tiene poco que ver con el placer. Le han dado pocas pistas y le parecen suficientes. Tras una breve presentación, los tres se sientan en una mesa del bar del hotel.

—He oído hablar mucho de usted, Herr Ardwent. Oí decir que le negaron el visado para Alemania, debería intentarlo de nuevo, tal vez en esta ocasión tenga más suerte. Necesitamos que venga a visitarnos.

—Gracias. Bueno es saberlo.

El Belga se mantiene callado. Es el general Mikosh quien habla:

—Ardwent, la situación de Alemania en estos momentos de guerra en España es en extremo delicada. Existe cierta impaciencia con los tratantes ingleses y holandeses de Sudáfrica porque no están respondiendo en la entrega de diamantes. Hasta Alemania no llegan los brillantes industriales que se les han encargado. Urge que alguien vaya a las minas para conseguir una partida de ese tipo de piedras, las necesitamos cuanto antes. A mí se me ha ocurrido que nadie mejor que usted podría hacer ese trabajo. Tiene muchos contactos en el país y sabe negociar con diamantes.

—¿Diamantes industriales?

Sin responder a su pregunta, Mikosh muestra su contundencia:

—Habría que partir de inmediato.

Ardwent se fija en él. Es un hombre frío, habla despacio, modulando la voz.

—Muy bien. Sé lo que debo hacer, pero ¿qué gano yo con este viaje?

—Alemania sabe ser generosa con sus aliados. A usted le interesa negociar con diamantes y podría convertirse en intermediario a cambio de una buena partida de joyas.

—No me interesan los diamantes industriales, es carbón duro que sirve para construir armamento. Prefiero la delicadeza de una piedra preciosa, la inmortalidad de su poder.

—Para eso necesita dinero. Tal vez podríamos convencerle a cambio de una generosa suma.

—Hablar de dinero es poco caballeroso, pero estoy de acuerdo en que así sería un negocio atractivo.

—Brindemos por ello —dice el Belga completamente fuera de lugar.

—Su precio quedará establecido al final. —El general alemán, fastidiado ante estos mercaderes, se despide con un golpe de tacones.

—No, el precio lo estableceremos ahora. ¿Qué le parece un dos por ciento de la venta? Me juego la vida.

—Debo consultarlo con mis superiores, no tengo capacidad para contestarle.

—Una vez que reciba su llamada, hablaré con mis amigos de Johannesburgo.

El general asiente y se va.

Se queda solo con el Belga. No sabe su nombre, pero el joven está tan acostumbrado a su apodo que es así como se presenta. «Debe tener unos veintisiete años», calcula Ardwent mientras se fija en el color zanahoria de su pelo, en la piel blanca, los ojos verdes enmarcados por unas hermosas y largas pestañas.

—El viejo alemán no quiere brindar. Brindemos tú y yo, Ardwent. ¿Cuándo partimos para Sudáfrica?

—No sabía que ibas a venir. Aún quedan detalles por cerrar.

—Claro. Pero ¿esperabas que yo te consiguiera el trabajo y tú te llevases el dinero? No. Tú eres muy bueno en lo tuyo, y sé que tienes contactos en las minas de diamantes, pero yo también sé hacer mi trabajo. —Se pasa una mano por el bolsillo de su chaqueta y Ardwent entiende que este matón a sueldo lleva un arma, que lo mismo le advierte que lo defiende, y está en lo cierto.

—Soy yo quien tiene los contactos de Alemania con las minas sudafricanas.

—Y yo quien te ha conseguido la oportunidad de ponerlos en movimiento. —El Belga es convincente.

De regreso en su casa de Gibraltar, Ardwent piensa en Isabel. Ha ido doblegando su fortaleza, ha jugado con su ingenuidad hasta desmoronarla, pero la vio muy decidida en cuanto a su viaje a Tánger. Por mucho que su abuela la ayude, no va a poder recoger los pedazos de sí misma, mucho menos después de lo vivido en la carretera de Algeciras. En la última conversación que tuvieron, ella estaba preocupada por los miles de desplazados malagueños, por esas familias perdidas a su suerte en un territorio que fue su hogar y donde ya no eran bienvenidos. Él se mantuvo frío, la acusó de ir a buscar problemas, de no ser una buena esposa. ¿Qué hacía allí jugándose la vida? Llegó a culparla de la muerte de la familia a la que ayudó. Medita sobre ello sin remordimientos. Una carcajada sale de su boca; si supiera que sus inocentes miradas de rubor le producen asco… Cruzan por sus pensamientos las pestañas del Belga, deja de reírse. Va a pasar dos meses a su lado.

El barco hacia Sudáfrica parte de Tánger. Tendrá oportunidad de despedirse de Isabel si al final se embarca. Disfruta al imaginar la cara de sorpresa que pondrá cuando lo vea. Le aturde el placer que siente al torturarla. Su vida ha tomado de pronto un giro inesperado, le incomoda perder el control de la situación. Le preocupa la urgencia de Alemania por conseguir diamantes industriales. Antes de aventurarse, quiere averiguar qué obliga al país de Hitler a buscar diamantes de contrabando, aunque imagina su relación con el armamento. Sabe que la misión implica un gran riesgo, tiene que encontrar cómo llegar primero al Congo y después a Kimberley, donde ha creado buenos contactos con los ingleses de las minas sudafricanas. Ha estado allí en varias ocasiones y no deja de sorprenderle esa ciudad extraña, moderna, activa y en plena selva. Kimberley se ha convertido en una de las poblaciones más industrializadas del continente africano gracias precisamente a las minas de diamantes: su economía ha dejado la agricultura a un lado en favor de la minería.

Se mira en el espejo y advierte manchas de sudor en su camisa, hasta entonces no se había percatado de cómo su profusa transpiración delata su ansiedad a sus interlocutores. «Da igual, ya les demostraré de lo que soy capaz.» Escapa de su imagen, tira la camisa al suelo y se mete en la ducha. El agua calma un cuerpo que ahora le exige desahogarse entre brazos masculinos. Con una mano, tranquilamente, recordando al Belga, descarga por completo su rigidez.

Llega al tercer piso y Fátima da un salto hasta el último escalón. Le encanta mostrar su vitalidad, aunque no haya nadie para verla. Hace una semana recibió una extraña carta de su padre animándola a visitar a una amiga suya en Londres, no explica mucho más. Sus únicas instrucciones son ir a ver a su amiga peruana a finales de febrero. Su madre la animó a ir, igual que Nana. Con una prima dispuesta a alojarla y el padre de Félix de chófer, el viaje se organiza rápidamente.

Había pensado en ir a Tánger para averiguar algo más sobre el Ojo del Ídolo, pero ha desechado la idea por temor a abandonar a su madre. Qué absurdo: hace apenas unos meses, cuando mató al caballo, deseó verla muerta a ella también. Pero ahora siente ternura por esa mujer que lucha denodadamente por volver a mover sus piernas. Su madre fue quien la convenció de perdonar a Isabel cuando se enteró de la boda de su hija mayor con Ardwent y de la aparición del diamante. Aún recuerda la conversación.

«¿Por qué ha decidido casarse con ese hombre?»

«Creo que quería mantener a Ardwent de nuestro lado. Estamos sin dinero.»

«La abuela ha venido para ayudarnos. ¿Tanta es nuestra necesidad?»

La abuela y la nieta se miraron incrédulas, ¿acaso Elizabeth desconoce los negocios de su marido?

«Olvídate del diamante, mamá. ¿Por qué crees que papá pidió a Isabel que lo cuidara?»

109

«No lo sé. Pero voy a averiguarlo. Sé que está en contacto con mis abogados. Déjalo en mis manos.»

«Aún estás convaleciente», le dijo Fátima con la cabeza baja.

«Mírame a los ojos cuando te diriges a mí.»

«Te doy mi opinión.»

«Ese diamante pertenece a la familia, no a Isabel. Ya decidiremos, cuando lo encontremos, lo que vamos a hacer con él. De ninguna manera se lo va a llevar ella.»

El hecho de que su madre demostrara esa seguridad desconocida, permitió a Fátima admirarla como no había hecho en mucho tiempo.

Elvira Chadlier es, como Alfonso de la Mata, amante del juego. Se conocieron tiempo atrás en una mesa de póquer. Ella se ha ofrecido a viajar con Fátima para que le entreguen una carta que Alfonso no se atreve a enviar por temor a ponerla en peligro. Fátima desconoce los planes de su progenitor cuando salva el último escalón del tercer piso del apartamento londinense donde va a encontrarse con Elvira. Cuando llama al timbre suena el primer trueno de la tormenta que esa tarde cae sobre Londres. No se inmuta, espera tranquila hasta que una mujer joven abre y la invita a entrar. Fátima agradece la cordialidad de su acento peruano, sus exquisitas maneras; lleva el pelo corto, un poco más largo que ella, un suéter negro ceñido, una falda de tubo y unos zapatos de tacón: muy elegante. Consciente de su cuerpo, no deja una curva sin definir por la ropa. «Sin duda, esta mujer se entiende y se luce», piensa Fátima.

Elvira le pregunta si quiere tomar algo. Pide una ginebra. La dueña de la casa arquea una ceja.

—¿No eres demasiado joven para beber?

—No —responde seca Fátima, que sin pretenderlo parece huraña. Hace un esfuerzo y añade—: Un vaso de tónica también estaría bien.

—Era un comentario, no te juzgaba. Te acompañaré con una ginebra. Además, tengo algo que proponerte y un cóctel tal vez nos ayude a familiarizarnos la una con la otra.

Elvira baja el volumen de su voz y de forma pausada le expone a Fátima el plan trazado por su padre.

—Viajaremos a París dentro de dos días. Hay una exposición que ha organizado Pablo Picasso que me interesa mucho. Nos quedaremos cuatro o cinco días a lo sumo. Para asegurarnos de que nadie nos sigue, viajaremos en coche hasta Cannes, donde conocerás a la condesa Di Frasso, gran amiga nuestra.

—Cuando dices «nuestra», ¿a quién te refieres?

—A tu padre y a mí, por supuesto. Entiendo que estés a la defensiva. Yo soy una completa desconocida para ti, pero créeme, la condesa trata de encontrar la manera de que puedas reunirte con Alfonso.

—¿Quién os ha dicho que quiero verlo?

—Esa decisión te corresponde a ti. Nosotras te vamos a brindar las herramientas. ¿Qué pierdes por viajar conmigo? Puedo asegurarte que va a ser de lo más entretenido. Iremos al casino, a fiestas, a exposiciones, y disfrutaremos de los mejores restaurantes parisinos. Aunque, si lo prefieres, puedes quedarte en Cirencester.

Aburrida de la pequeña ciudad inglesa, Fátima está deseando salir de allí. Hasta ahora confiaba en el regreso de Isabel, pero han pasado más de cinco meses y sigue sin noticias de ella. La convalecencia de su madre ha convertido la casa en un hospital, con enfermeras y médicos para atenderla. Nadie parece advertir que ella habita también ese hogar, nadie insinúa interés por su persona. Nana la persigue para que la acompañe a la iglesia, a sus juegos de *bridge*, a sus tardes de té, como si fuera un animal de compañía del que, como única respuesta, se espera alegría. «Para que yo mueva la cola, necesito que alguien me rasque, y eso Nana no lo entiende», piensa risueña. Cada día se le hace eterno, ha perdido cualquier esperanza de escapar. Sin dinero ni medios, se ahoga en la antipatía que ahora le despierta su hermana. Porque, por supuesto, la culpa es de Isabel. El hastío es un mal consejero y la furia que acumula se ha vuelto espesa. Las palabras de Elvira son un bálsamo a su cólera.

—Muy bien. Cuenta conmigo. Solo tengo que hacer una llamada a mi casa para avisar a mi madre y a mi abuela.

—El teléfono está al fondo del pasillo. Cuando termines, iremos a comprarte ropa, ¿o prefieres regresar a por tu maleta?

—No, no hace falta. He traído todo lo que necesito.

—Tu padre me ha encargado que te ayude con tu ajuar para el viaje.

—Mi padre siempre creyó que un vestido o una joya son lo único que necesita una mujer.

—Me consta que está preocupado por ti y por Isabel.

—Dejemos de hablar de mi padre. Cuéntame algo de ti.

—Mi historia es muy breve. Nací en Perú, mi padre es un diplomático destinado en Europa. En Francia conocí a mi marido, del que me divorcié hace un año, y desde entonces vivo en Londres, donde me dedico a mis dos pasatiempos preferidos: apostar en el casino y asistir a las fiestas más elegantes. Puedes llamarme frívola y no me defendería. Es más, me daría igual.

—¿Por qué te divorciaste?

—Es una pregunta muy impertinente la tuya. Demasiado directa, pero voy a contestarte. No me gustan los hombres. De todas formas, tú no tienes nada de qué preocuparte.

—Tal vez quien deba preocuparse seas tú.

Elvira vuelve a arquear las cejas. Es un tic inevitable. Fátima le resulta un indomable misterio. «Fuma demasiado», piensa Elvira, a quien le repugna el tabaco y su olor. Se fija detenidamente en su corte de pelo, en sus ademanes, su desgana interior no se traduce en su forma de sentarse. Con la espalda recta, Fátima se siente observada y calla. A Elvira no le gusta recibir visitas, guarda demasiados secretos como para permitir otros ojos en su espacio, ni de casada lo toleraba. Fue esa una de las razones de su ruptura, una entre cientos de incongruencias que aún anda descifrando. Recuerda la palabra que le ha dado a su amigo Alfonso.

—Ve a por tu maleta y regresa. Puedes quedarte en casa hasta que salgamos de viaje. Hoy tengo una cena. Nos veremos por la mañana. Diré que te preparen una habitación.

Elvira mueve las manos. Su rudeza obliga a la joven a levantarse y salir precipitadamente. Ha tratado de mostrarse mundana, ha inventado una actitud falsa, sus palabras han sido las de una maleducada que pretende impresionar y acaba siendo descortés. Se siente infantil, inmadura. Piensa que si fuera hombre, habría actuado de otra manera. Tantas veces le hubiera gustado poder hablar con la franqueza de su padre, con su cautivador encanto, un sortilegio del que se hizo dueño a causa del rechazo al que fue sometido. Aquellas mujeres de la sociedad malagueña lo guiaron por el camino de la manipulación. Bendito arte el suyo de vender humo. Lo echa de menos y, últimamente, con demasiada

112

frecuencia se cuestiona si alguna vez podrá moverse con soltura en sociedad. Empapada por la lluvia, aligera el paso, incómoda por la humedad y el frío. Quiere llegar pronto a casa de la prima de Nana. Compra unos dulces de coco en la tienda de la esquina, su madre no le perdonaría que apareciera sin ellos. Se sacude el agua antes de entrar en el majestuoso portal de hierro forjado. Y en ese instante Fátima advierte por el rabillo del ojo que un hombre calvo se esconde de su mirada. Se detiene en seco, su actitud le parece rara y despierta sus sospechas. Decide no entrar, continúa caminando por la calle llena de tiendas y de gente que pasea a esa hora de la tarde. Acelera el paso controlando sus movimientos en los cristales de los escaparates. Sí, ese hombre la sigue. Sí, allí está. No la pierde de vista a una distancia prudente. Sin miedo, e incluso algo divertida, urde un plan para deshacerse de él.

Retrocede hasta un bistró donde se reúnen varias amigas de Nana. Enciende un cigarrillo en la puerta para atraer la atención de las señoras. El hombre se apoya disimuladamente en una farola. El escándalo es monumental entre las señoras cuando la ven fumando sola en mitad de la calle. ¿Cómo se atreve? Una de ellas asoma la cabeza para reprenderla:

—Debería darte vergüenza, tu familia no lo merece. Haz el favor de apagar ese cigarrillo.

—Estoy metida en un lío.

—¿Cómo? Ven, entra, si podemos ayudarte, lo haremos. Pero termina con la grosería de fumar en la calle.

Apaga su cigarrillo mirando de reojo al hombre que acecha a pocos metros. Les cuenta a las amigas de Nana con rapidez y pocos detalles que se siente perseguida por un desconocido. Lady Graham ahoga un grito.

—Ahora mismo envío a por mí chófer y que te lleve donde quieras.

—Verá, no tengo adónde ir. Estoy en casa de una amiga de mi madre, pero creo que me ha seguido desde allí. Necesito avisar a Elvira Chadlier, a mi madre y a mi abuela.

—Ve a mi casa y llámalas desde allí. Mi chófer está a tu disposición y puedes quedarte el tiempo que necesites. Él puede recoger tus maletas. Nana siempre fue muy atenta con nosotros en Gibraltar, qué menos que ayudar a su nieta en una situación tan desagradable. ¿Quieres que avisemos a la Policía?

—Preferiría que no lo hiciera.

Las mujeres han oído los rumores, susurrados por toda la sociedad británica, sobre la familia De la Mata y la desaparición del padre con los diamantes de uno de sus socios. Cuando Fátima se despide, pues ya la espera el chófer de Lady Graham, Lady Rosild dice inclinándose sobre la mesa:

—Quién iba a decir que Nana Boursad, una mujer tan fiel a su palabra, al honor, a la disciplina, tan discreta y callada, iba a ser testigo del abandono de su hija. Ese Alfonso de la Mata siempre fue muy despegado.

Bajando más la voz, Lady Rosild añade:

—Es hijo de una mora. Qué otra cosa iban a esperar. Nana no quería que se casaran, pero Elizabeth se empeñó. Ya saben de lo que hablo.

Lady Graham asiente con la cabeza. Su mano ejecuta el dibujo de una gran tripa.

—Elvira…

—Sí —contesta una voz al otro lado del teléfono.

—Soy Fátima. He tenido un contratiempo y no puedo ir esta noche.

—¿Algún problema?

—Te lo contaré en el barco. ¿Podemos partir mañana mismo?

—Sí… ¿Por qué tanta prisa?

—Prefiero no hablar por teléfono.

—Entonces, ¿no vienes a dormir aquí?

—No. No es prudente.

Elvira advierte temor en las palabras de Fátima. Las maletas están listas y a ella le da igual salir antes.

—Muy bien, llámame mañana a eso de las diez y te diré dónde encontrarnos. Enviaré a mi chófer a cambiar los billetes. Buenas noches.

Fátima agradece no tener que dar explicaciones. Vuelve a marcar.

—Mamá…

—Fátima, qué alegría.

Elizabeth se recupera poco a poco gracias a los cuidados de

Ruth, una enfermera que ha contratado Ardwent a tiempo completo. Se hace cargo de su salario, y a cambio ella presta atención al teléfono en caso de que llame Alfonso. Un intercambio discreto que aún no ha dado los frutos esperados.

—Mamá, escucha. Estoy en casa de Elvira, me ha invitado a viajar a París a ver una exposición de Picasso. ¿Te parece bien que la acompañe? Ella necesita un chaperón en su viaje.

—Pero Fátima…

—Mamá, me pagan los billetes, voy a ir.

—Mándame postales desde donde estés.

—Así lo haré.

—Te quiero, hija.

Un clic deja a Elizabeth pensativa, se siente abandonada por sus hijas y por su marido.

13

*E*l pelo de Isabel se enreda con un enganche de la maleta al levantarla y grita por el dolor del tirón. Daniel se ríe, está contento. Hace mucho tiempo que no se reía con tanta facilidad. Le gusta expresar su alegría, su tristeza, su pasión, su desesperación, no puede evitar comunicarse con cualquiera, una manifestación patente de su falta de tolerancia al silencio. De niño hablaba y hablaba a todas horas, su madre solía pedirle que leyera, que jugara, que callara cuando irrumpía en casa tras pasar la mañana en el colegio. Pero Daniel se sentaba a su lado en la cocina y le contaba cada detalle que había visto, oído, sentido. Gastaba bromas desde los cuatro años, cantaba, recitaba, su madre insistía en la pintura. Que expresara esa cascada de palabras con el pincel, sabía que aquello podría tranquilizarlo y en parte lo consiguió.

—Vamos a ver si te he dejado calva. Has gritado como si así fuera. Podemos comprar una peluca. Cambiar tu imagen.

—Deja de bromear, me has arrancado un montón de pelo.

—El taxi nos llevará a casa de tu abuela, pero paremos antes en el hotel. Y, si es necesario, también en una peluquería. Dicen que Tánger es un Little Paris.

La llegada a casa de Fátima acalla la charla de Daniel sobre la majestuosidad de la comida bereber que probó quién sabe cuándo en Austria. Isabel no le ha prestado atención, ha ido mirando el paisaje por la ventana. Le es tan fácil desconectar del mundo... La empinada cuesta ofrece una preciosa vista del océano Atlántico y de Gibraltar a lo lejos. Respira hondo cuando sus nudillos llaman a la puerta. Una mujer grita al verla y huye hacia el interior moviendo las manos en alto. Al poco tiempo, otra mujer, diminuta y frágil, surge arrastrando los pies con pesadez.

Va vestida con una chilaba de color azul. Su rostro mantiene, a pesar de los años, la frescura de la ingenuidad, y es que ella, por dentro, sigue siendo la niña de dieciséis años que dejó su tierra antes de tiempo.

—Mi amada Isabel —dice con su voz melosa—. Mi amada Isabel —repite lentamente—. Mi amada Isabel. —Una letanía en la que insiste mientras abraza a su nieta.

La joven, necesitada de cariño, llora en sus brazos, un cristal roto al contacto de la piel, y llora, llora todo lo que ha guardado esos meses. Llora por su madre, por su padre, por su hermana, por su matrimonio, por estar en Tánger sola con su abuela, por verse obligada a refugiarse en ese extraño lugar. Llora por haberse dejado llevar tomando decisiones aventuradas. Llora lágrimas que necesitan salir.

—Bueno bueno —dice Fátima—, ya, cálmate. Dejemos a un lado tantas emociones. Imagino que estaréis cansados.

Isabel presenta a Daniel como un amigo que la acompaña. A Fátima le extraña que llegue sin su marido, pero no dice nada.

—¡Alana, Alana!

La mujer que les abrió la puerta regresa.

—Prepara comida para cuatro.

—¿Para cuatro?

—Sí. Hoy espero al cónsul de España. —Y volviéndose a Daniel e Isabel—: Cada dos semanas viene a almorzar, le encanta la comida *amazigh* de Alana.

Los ojos de Daniel se abren.

—De eso precisamente venía hablando en el coche, de la maravilla de la cocina bereber. Es refinada, especiada, con influencias del Mediterráneo, África y Oriente.

—Pues estás de suerte, muchacho, porque Alana cocina *amazigh*. Creo que hoy ha hecho tayín con ciruelas y sésamo. ¿Queréis un poquito de agua de rosas?

—Yaya —así la llamaba de niña—, me gustaría cambiarme, me he mareado en el barco y me vendría bien una ducha.

—Claro que sí, hija. Pero me temo que tendrás que darte un baño. La ducha ha dejado de funcionar y no hay nadie que la arregle.

Daniel pregunta si puede ir a la cocina con Alana para ver cómo prepara el almuerzo.

—Pídele permiso antes. No le gusta que nadie curiosee en sus fogones. Si ella te acepta, con gusto puedes quedarte por allí.

Cuando sale del baño, Isabel se encuentra con Fátima sentada a una mesa donde hay una tetera con *atai*, el té de hierbabuena con azúcar que a ella siempre le ha gustado.

—Yaya…

—Sí, hija.

—¿Has hablado con papá?

Un silencio da paso a un suspiro. Fátima esperaba la pregunta.

—Sí. No hace mucho recibí una carta. Está en Los Ángeles. Sufrió un accidente y tiene unos dolores terribles en la cadera. Me dijo que tenía pensado ir a Nueva York a visitar a un médico que le han recomendado, un tal Jacobson. Espera, te traigo una de sus cartas.

Isabel descubre en las palabras de su padre que está muy ocupado trabajando con Benjamin Siegel y la condesa Di Frasso. ¿De qué le suena ese nombre?

—Abuela, ¿no piensa volver?

—No lo sé. Ahora mismo, con la situación de España, no lo creo. Además, teme por su vida.

—¿Por qué? Su socio, el que lo persigue, es Ardwent y me casé con él en Inglaterra. Temo que haya hecho una tontería. Pero papá debería regresar y enfrentarse a las consecuencias. Ardwent no le hará nada.

—¿Por qué fuiste tan impulsiva? Perdóname, cariño, pero no lo entiendo.

—Es un matrimonio absurdo. Ni siquiera dormimos en la misma habitación. Se mostró cariñoso conmigo, cuida de mamá y pagó nuestras deudas. No tenemos dinero, yaya, y Ardwent nos ayuda.

—¿No te ha tocado?

—No.

—Isabel, aún puedes enmendar tu error. Hoy, cuando venga el cónsul, pregúntale si puedes anular tu matrimonio. Tal vez él tenga relación con el cónsul inglés, y de alguna manera el trámite consista en una anulación y no en un divorcio. ¿Y Daniel? ¿Por qué ha venido contigo?

—No quería viajar sola. Lo conocí hace unos días en Málaga.

—¿Cómo en Málaga? He leído que la ciudad fue atacada por las tropas nacionales.

Isabel rompe a llorar de nuevo. Le cuenta a su abuela el horror vivido. La muerte de Lola. Su cuerpo se convulsiona con el llanto y Fátima la abraza.

—Gracias por venir, Isabel. No pienses en nada. Aquí estás a salvo.

—La verdad, no sé por qué no vine antes.

Con calma, Isabel se pone el caftán rosa que su abuela le ha regalado. Deja el pelo suelto sobre los hombros, se mira en el espejo. El color vuelve a sus mejillas. La tranquilidad de haber tomado la decisión de divorciarse ha cambiado algo dentro de su alma. Su belleza se ha multiplicado en una hora. Daniel abre los ojos al verla. Su corazón se acelera. El entusiasmo de aprender la receta del tayín se le ha olvidado. Acepta el vaso de té que Fátima le ofrece.

—¿Cómo lo has pasado en la cocina?

—Bien bien. —No puede hablar, tiene los ojos y el pensamiento puestos en Isabel.

En la puerta se oyen ruidos, Alana anuncia que ha llegado José Prieto.

Los tres reciben al invitado en la sala de visitas. Este se sorprende al ver a tanta gente, normalmente almuerzan solos Fátima y él.

—Cónsul, déjame presentarte a mi nieta Isabel y a su amigo Daniel Thneleb. Acaban de llegar de Gibraltar.

Invariablemente, empiezan a hablar de la guerra que sacude a España.

—Lo que no puedo entender —dice Fátima modulando la voz para no ofender a su invitado— es que ahora haya dos oficinas de correos, dos representantes, dos bandos, que los españoles que antes vivían juntos ahora se hayan dividido también en Tánger. Los republicanos en el Zoco Chico, en el café Fuentes, en el España, en el Madrid. Mientras los nacionales se han hecho con el Casino.

—Fátima, así estamos. Yo me siento amenazado por el doctor Amieva, el director del Hospital Español. Imagino que sabe que vengo aquí de vez en cuando. Te aviso porque ha ordenado que me sigan.

—Yo no estoy con ningún bando, tengo amigos republicanos y nacionales. Estaría bueno que no pudiera invitar a mi casa a quien yo quiera.

—La guerra es un gran monstruo que se está tragando a la humanidad —expresa Isabel—. No sabe de identidad, de nacionalidad, de vecindario, de raza.

Daniel la contempla sorprendido.

—Me parece que el viaje empieza a sentarte bien.

Ella achina los ojos, sonríe y calla. Él se queda completamente desconcertado.

Alana anuncia que la mesa está servida. Isabel les pide que no hablen de la guerra. El almuerzo es una degustación de platillos bereberes: ensaladas, tayín, postre de almendras y agua de rosas para acompañar. Al terminar, el cónsul agradece la comida y se despide disculpándose, debe regresar a su oficina. Isabel le pregunta si tiene poder para firmar divorcios. Él le recomienda que vaya a su oficina para tratar su caso. No está seguro de que pueda ayudarla. Fátima se retira a descansar y Daniel invita a Isabel a dar un paseo por la playa.

—Háblame de ti. ¿Dónde creciste? ¿A qué te dedicas? —Isabel salpica el paseo de curiosidad.

—Por cada pregunta que responda, tú tienes que hacer lo mismo y responder a una mía.

—Me parece justo.

—Nací en Viena, mi pasión por la pintura me permitió conseguir una beca de estudios en la Escuela de Arte cuando Hitler llegó al poder, y mi padre, que siempre tuvo miedo del antisemitismo, decidió que nos mudáramos a Inglaterra. Ellos se fueron y yo me marché un año a Berlín, la situación era cada vez más insultante para los judíos y yo no soy un hombre al que le guste callarse, así que decidí irme a Londres. Mi carrera como pintor quedó frustrada y ahora hago caricaturas para varios periódicos. Por eso fui a Gibraltar, para dibujar sobre la guerra.

—No puedo entender que puedas encontrar un lado cómico a esta matanza.

—Creo que te tomas la vida demasiado en serio. Nunca te relajas, hay que saber reírse. Mis dibujos son una sátira de la realidad.

—¿Tú te tomas alguna vez a ti mismo en serio?

—Cuando es absolutamente necesario.

—¿Por qué te fuiste a Berlín?

—Conocí a una mujer.

—¿Cómo era?

—Mira, hemos llegado. —Señala la playa y agarra su mano, enlaza sus dedos.

Isabel es esa mano, esos dedos. Se sientan sobre la arena. Al otro lado del mar se ve España. «Tan fácil ha sido para nosotros lo que resulta imposible para otros», piensa Isabel agradecida.

Llevan una semana juntos, paseando, conversando, visitando las tiendas de Tánger, conociéndose poco a poco. Una tarde, cuando vuelven en taxi al hotel tras visitar a Fátima, Daniel hace ademán de bajarse y de pronto se queda quieto, pálido, reacciona rápidamente empujando a Isabel contra el asiento con un *Fuck!* Allí, bajando de otro vehículo, está Ardwent. «¿Qué demonios hace aquí?», piensa Daniel.

—Vámonos, vámonos —le grita al conductor, que acelera demasiado provocando que todo el mundo los mire.

Ardwent se da la vuelta con el alboroto y ve a la pareja que va en el asiento de atrás del coche; cree distinguir a Isabel. No lo tiene claro. ¿Será ella? Y en ese caso, ¿quién es el hombre que la acompaña?

En recepción pregunta si tienen una habitación. Cada vez está más seguro de que era ella. Deja las maletas en su cuarto, busca la dirección del consulado español y, sin perder un instante, se lanza a buscar a su mujer por Tánger. No sabe dónde vive Fátima.

En el coche, Isabel se sorprende con la reacción de Daniel pero, al mirar hacia el hotel, también ha visto a Ardwent. El pulso se le ha acelerado, los nervios la traicionan.

—¿A qué ha venido a Tánger? ¿Crees que debería hablar con él? ¿Me está persiguiendo? Si me había dicho que no quería venir…, me vuelve loca. Como se entere de que vas diciendo que tú y yo estamos casados, me puede mandar detener por adúltera.

—Está histérica.

—No. No. No —contesta Daniel apresurado—. Aproveche-

121

mos que está aquí para preparar los papeles del divorcio. Acuérdate de lo que te dijo el cónsul. Vayamos a verlo. No le hemos dicho a nadie nada.

—Buena idea. Venga, vamos.

El trayecto se hace complicado entre las callejuelas pensadas para peatones y no para coches, así que deciden bajarse del taxi y caminar hasta el consulado. Apenas les faltan unos metros cuando ven llegar a Ardwent, que, con paso decidido, se acerca a ellos.

—Isabel, qué sorpresa, me pareció verte en la puerta de mi hotel.

—Vengo de casa de mi abuela —miente ella—. Me alegro de encontrarte, Ardwent, tenemos que hablar. ¿A qué has venido a Tánger?

—He venido a visitarte porque en Gibraltar no te avisé de que me embarco hacia Sudáfrica y necesito aclarar ciertas cosas entre nosotros antes de mi partida.

—Ardwent, está muy claro lo nuestro. Lo estuvo desde el principio, cuando me explicaste tu interés por el diamante. Entiendo perfectamente lo que quieres. Ya posees un tercio de él, a mí déjame tranquila. No sé lo que pretendes con esta visita.

Daniel ha dado dos pasos atrás; les da espacio sin perder de vista a Isabel. Ella se lo agradece.

—¿Y este quién es? ¿Tu amante? —dice Ardwent en tono gracioso.

No siente celos, sino desprecio por esta mujer que es como su padre, traiciona a la primera ocasión que se le presenta. ¿Qué esperaba de la hija de Alfonso? Es una joven maleducada a quien le ha dado su apellido.

—Isabel, debería darte vergüenza estar casada y andar así, tan suelta, con un desconocido. Podría denunciarte, lo sabes.

—¿Quién te crees que eres para insultarme? Hazlo, sería muy fácil demostrar la mentira.

Él sonríe. ¿Cómo puede seguir siendo tan ingenua?

Daniel interviene con tono grave, tranquilo:

—Perdona que me meta pero, ya que me mencionas, te informo de que Isabel no es mi amante. Sin embargo, estoy dispuesto a que lo sea en el momento en que ella lo desee. Y créeme que voy a hacer lo que esté en mi mano para conseguirlo.

—Dejemos esta conversación tan desagradable. No me interesa nada. Nada. Por mí, haced lo que queráis, pero no quiero ver mi nombre arrastrado. Altercados como este no conducen a nada. Nuestro matrimonio es de otra naturaleza.

—Ardwent, voy a ver a un abogado y te mandaré los papeles de divorcio al hotel. Creo que eso es lo que debemos hacer.

—Haz lo que te plazca, pero permíteme recordarte que no pienso darte el divorcio hasta tener el diamante y a tu padre. Entre tú y yo, entre tu familia y yo, las cosas no se arreglan con una firma. He venido a despedirme, a informarte, pero entiendo que estás muy ocupada. Tal vez cuando vuelva, si Daniel tiene suerte, te encuentre más calmada. —El insulto se pega al aire de Tánger.

14

Alfonso se sienta y se levanta del sillón, no aguanta el dolor de la cadera. Su amiga Dorothy le ha organizado una cita con un famoso doctor que acaba de llegar a América huyendo de Alemania y que, según la condesa, receta pastillas mágicas que pueden ayudarlo a paliar ese suplicio. Se ha acostumbrado a beber desde la mañana, intenta adormecer un estado anímico provocado por esa punzada constante. Su humor ha cambiado tanto que sus amigos lo evitan, incluso Dorothy, que generosamente le ha regalado un billete de avión a Nueva York para que acuda a la consulta del doctor Jacobson.

Antes de afeitarse se sirve su primera copa de whisky. La deja sobre el retrete después de darle un largo trago. El espejo devuelve una imagen que poco tiene que ver con el hombre huido de España hace casi dos años. La línea del pelo ha retrocedido, la mandíbula ha desaparecido entre la grasa. Pero qué más da eso, le preocupa ver en el reflejo su mirada: extraña, absurdamente desconectada. El precio de la soledad se paga a plazos con pedazos de alma. Y ahora no puede reconocerse, coge el vaso de whisky y bebe, se sienta en el retrete. El dolor le recuerda a qué ha venido. Se levanta. Para un hombre acostumbrado a esconder sus inseguridades con juegos de macho fálico, ya a caballo, ya en una mesa de la ruleta, ya al volante de su coche, verse en el espejo con ojeras de inseguridad supone una sacudida doble. El tercer trago le anestesia el cuerpo. Sin embargo, la congoja, ese nudo intragable, permanece en la nube etílica. Termina de afeitarse, se viste. Con los zapatos lustrados y el pelo chorreando colonia, Alfonso pasea por las calles de Manhattan seguro de robar muchas miradas a gente ajena a la tristeza de ese apuesto caballero, más feo y viejo de lo que fue, pero, aún, inagotablemente atractivo.

Jacobson vive en la calle 72 con la Tercera, en el mismo edificio donde ha abierto su consulta, un lugar adecuado para su clientela. En poco tiempo, su consulta ha dejado de estar compuesta por un extravagante grupo de intelectuales vanguardistas para convertirse en parroquia intersocial y multicultural donde sus fieles se multiplican convertidos por el poder de las pastillas. Jacobson está considerado un experto en hacer sentirse bien a sus pacientes, es el protegido de la escritora Anaïs Nin, quien lo ayudó a salir de París e instalarse en Nueva York. Alfonso ha averiguado que por sus manos han pasado los directores Billy Wilder y Cecil B. DeMille, los dramaturgos Henry Miller y Tennessee Williams, el banquero Nelson Rockefeller, la cantante Maria Callas, Ingrid Bergman y Leonard Bernstein. A Alfonso le gusta tanto sentirse importante, aunque sea por figurar en una lista de prestigio, que decide formar parte de su clientela, más por elitismo que por creer que puede ayudarlo.

—Buenos días, ¿puede rellenar este formulario? —Una enfermera vestida de blanco, desde la cofia a los zapatos, lo recibe nada más entrar en el pequeño consultorio.

—¿Puedo fumar?

—No. El doctor prefiere que sus pacientes no fumen durante el tiempo que están aquí. Le atenderá en unos minutos.

El lugar apesta a una extraña fórmula entre alcohol, cloroformo y quién sabe qué otros mejunjes.

—Tal y como huele aquí, el tabaco no debería molestarle.

—No tiene nada que ver con el olor. Cálmese, ya verá como pronto se siente mejor. Los pacientes ven desaparecer su dolor tras su primera cita. Eso es lo importante —dice la enfermera repitiendo el discurso aprendido.

Jacobson es bajito, de apariencia frágil, con unas gafas redondas sobre su prominente nariz, que llama la atención sobre el resto de su fisonomía. Alfonso trata de no mirársela aunque no puede evitarlo, pues sentado, la nariz queda frente a sus ojos.

—Hola —dice saludando a esa gran nariz directamente. Aún aturdido por el alcohol.

—Pase por aquí —lo invita Jacobson descubriendo su cojera—. Veo que tiene un problema en la cadera. ¿Tuvo un accidente? ¿De qué tipo?

125

—Me dispararon —se limita a contestar Alfonso guardándose las explicaciones.

Acostumbrado a tratar con miembros de la mafia, el médico ni se inmuta. Continúa preguntando y anotando a lápiz en un cuadernillo negro.

—Entiendo. Desnúdese, por favor. Déjeme ver. ¿Le operaron?

—Sí, claro. Según me dijeron los cirujanos, al extraer la bala tuvieron que limar parte del hueso.

Jacobson asiente con la cabeza, las gafas oscilan sobre la nariz, vuelve a colocarlas en su lugar. Se pone unos guantes y empieza a mezclar varios líquidos en un tubo de cristal.

—Digo yo que no tendrá miedo a una inyección.

—Doctor, usted comprenderá que le pregunte. ¿Qué tiene ese mejunje que piensa inyectarme?

—No se preocupe. En la mezcla hay metanfetaminas, sangre de cabra y oveja, vitaminas, enzimas, placenta de animales y una cantidad de hormonas. Llevo mucho tiempo experimentando con fórmulas para eliminar el dolor de mis pacientes, tal vez no los cure, pero los ayudo a vivir con sus problemas.

—¿Es adictivo?

—Lo único adictivo en mis medicamentos es permitir que mis pacientes vean la vida con alegría. No puedo arreglarle su cojera, pero puedo ayudarle a que su mente no se altere, y eso, amigo mío, hará que se sienta mejor. Es algo que he estudiado junto a Carl Jung.

A Jacobson le gusta soltar nombres de celebridades internacionales para darse importancia.

—Parece fuertecillo.

—Nada que no sea legal.

Alfonso le deja hacer, no le importa que la fórmula sea un cóctel de drogas y productos extraños. Ya lo tiene todo perdido. No siente nada cuando se lo inyecta.

Sale de allí igual que ha entrado, anestesiado, pero a poco que avanza unas calles empieza a experimentar una euforia desconocida. Su estado de ánimo es otro cuando llega al hotel Waldorf y le pide a la recepcionista que le comunique con un número que recupera de su memoria. Dos minutos después la voz de Elizabeth al otro lado del auricular dice:

126

—*Hello, hello.*

—Betsy…

—…

—Elizabeth, ¿estás ahí? Háblame, por favor.

—…

Él la puede oír respirar sin decir nada. La voz de la telefonista se cuela:

—Creo que hemos perdido la llamada, ¿quiere que vuelva a marcar?

—¿Alfonso? —La voz de su mujer suena débil.

—Sí. Betsy, cariño, soy yo. Perdóname que haya tardado tanto en llamar, no tenía fuerzas. Me he portado como un desalmado.

—¿Qué ha cambiado?

—Me puede más el deseo de llamarte, te extraño, no deseo seguir viviendo como lo hago. ¿Cómo estás? ¿Y las niñas? Quería pedirte que vinieras a Nueva York, suplicarte que volvamos a ser una familia.

Ella no responde a su demanda.

—Betsy.

—Sí, aquí estoy.

—Pensé que te había perdido.

—Sí. Lo has hecho.

—Ven a Nueva York, por favor.

—¿Por qué debería hacerlo? Tú puedes viajar a Londres.

—Elizabeth, la situación en Europa es terrible. Todo el mundo habla de Hitler y su deseo de ir a la guerra. En España se matan unos a otros, no hay nada que hacer en Europa. Desearía teneros aquí, conmigo. Es más seguro.

—Pensaba que vivías en Los Ángeles.

—Sí. Allí he conseguido trabajo, asesorando a grandes apostadores en las carreras de caballos. Pero estoy seguro de que encontraría algo aquí si vosotras decidís venir.

—¿Corredor de apuestas?

—Betsy, por favor.

—Bueno. Llámame mañana. Lo pensaré. Buenas noches, Alfonso.

—Buenas noches, Betsy. Te quiero.

Ella no cuelga rápidamente, un nuevo silencio asoma desde

127

el auricular. Él sí lo hace, su euforia galopante le exige salir de ese cubículo agobiante.

Por primera vez desde que conoció a Alfonso, Elizabeth nota un vacío, una imperceptible sensación de viudedad que la obliga a mirar en su interior.

Harta de esperar a Elvira, Fátima sale de su habitación de hotel en París sin rumbo fijo. Llevan dos días allí y ha pasado gran parte del tiempo sola. Ha disfrutado de la exposición de Picasso, aún recuerda las extrañas esculturas del artista, las pinturas sobre la guerra. Por mandato de su compañera de viaje tiene que permanecer en su habitación para cuando ella la necesite. Elvira ha ido a jugar al casino, donde no dejan entrar a Fátima porque no tiene edad. La avenida Hoche es amplia, con hermosos edificios que invitan a la contemplación, París se muestra inmensamente atractiva a esa hora, entre la tarde y la noche. Le divierte observar con disimulo a los parisinos, tienen una actitud altiva que no ha encontrado en ninguna otra ciudad. Espera no perderse aunque le da igual. Camina y camina, absorta en la magnitud del entorno. Una ráfaga de aire frío le advierte que ha llegado cerca del río. Gira a la izquierda y ve Notre Dame, la conoce solo de postales y fotos. No se acerca. Se sienta en un banco y enciende un cigarrillo. París no se parece a Londres, ni a Madrid ni a Málaga; París no se parece a ningún otro lugar.

Toma una decisión. Ya ha estado pensándolo, tanto que tiene la dirección en un papel que guarda en el bolsillo de su chaqueta. Ve un taxi y lo para. Desde el espejo retrovisor advierte la sonrisa mellada del conductor. Unos minutos más tarde abre la puerta de madera de un patio. Jan le dijo que atravesara el patio y subiera por la escalera más a la izquierda hasta el segundo piso. Desde el rellano llega el olor a cloroformo, inconfundible. Se asoma y pregunta por el nombre que le dio su amiga. Un hombre bajito, con gafas redondas sale a su encuentro.

—Me han dicho que se dedica a hacer tatuajes. Me gustaría hacerme uno en la pierna. Donde no se vea.

—¿En el muslo? Una jovencita atrevida.

—¿Me lo hace o no?

—¿Tienes dinero? ¿Qué quieres: una flor, una mariposa, un símbolo?

—Un diamante. Aquí tiene el dibujo y el dinero.

—¿Se puede saber dónde estabas? —Con ese grito, Elvira le da la bienvenida.

—Aburrida, me fui a dar un paseo. Pensé que ibas a venir más tarde —se excusa Fátima.

—Te dije que debías seguir mis reglas.

—No soy una esclava.

—Nadie te está maltratando. Tengo que ir a una fiesta y necesito que me acompañes. Vístete rápido, nos vamos en diez minutos.

Elvira se mete en el dormitorio de la suite dando un portazo. Fátima no entiende sus cambios de humor. No se va a vestir. No la va a acompañar. Regresará a Londres. ¿Quién se cree que es?

Con cierto temor Fátima llama a la puerta del dormitorio.

—Sí. ¿Ya estás lista?

—No. Elvira, quería decirte que no cuentes conmigo para la fiesta ni para ir a Cannes. Vuelvo a mi casa.

—Pero pero... discúlpame, Fátima, no debería haberte gritado —le pide tras abrirle la puerta—. Piénsatelo un día más. Ven conmigo a la fiesta y ya mañana lo hablamos. Si decides irte, te compraré el billete.

Elvira le ha ocultado sus verdaderos planes: el motivo de su nerviosismo se debe, principalmente, a su trabajo para los ingleses. Lleva varios meses pasando información al servicio secreto británico y teme haber comprometido a Fátima al llevarla con ella. Tiene que convencerla de que vaya a la fiesta. Será más fácil protegerla si se mantiene a su lado.

El convite lo ha organizado Elsa Maxwell, la mujer detrás de las mejores recepciones de Nueva York, Londres, París, Biarritz y Cannes. Robusta y poco agraciada, su ingenio y simpatía la han convertido en la anfitriona más solicitada por la alta sociedad internacional. El dinero no la motiva tanto como rodearse de artistas, de genios, de jefes de Estado. El *Almanaque de Gotha* es su guía de teléfonos particular. Elvira sabe que allí estarán

129

muchos alemanes de los que últimamente se dejan ver por París. La exposición de Picasso ha sido un gran acontecimiento social. A duras penas ha logrado convencer a Fátima, y ambas llaman la atención de Elsa en cuanto entran por la puerta.

—Elvira, qué alegría que hayas podido venir. ¿Quién es la joven que te acompaña?

—Fátima de la Mata, hija de Alfonso y Elizabeth.

—Se parece mucho a su madre. Encantada de conocerte. Ven, te voy a presentar a unos amigos de tu familia. Su hijo, aunque algo excéntrico por sus ideas, es divertidísimo.

Elvira no dice nada cuando Elsa se lleva a Fátima del brazo. A su regreso, la Maxwell le pregunta:

—Espero no haberme equivocado. No parecía que fuera tu pareja.

—No, no te has equivocado. Fátima me acompaña en mi viaje. Vamos a Cannes.

—Ahhh, sí. Yo estaré por allí en dos o tres días. Estoy organizando una fiesta para mi amiga la condesa Di Frasso.

—Precisamente vamos a ver a Dorothy.

Elvira no le quita ojo a Fátima, detalle que no le pasa por alto a Elsa.

—Me ha dicho un siquiatra que mi análisis sería rápido porque hay dos cosas que me liberan de las complicaciones de la vida: no me interesan ni el sexo ni el dinero.

Elvira se vuelve hacia ella tratando de dar sentido a las palabras de su amiga, que continúa hablando:

—Jamás he tenido una experiencia sexual en mi vida, ni la he querido. Sé que el sexo mueve el mundo, que las mujeres están destinadas a casarse y tener hijos para alimentar sus necesidades emotivas, el sexo es la manifestación natural del amor. Yo siento un peculiar orgullo que incluso previene mi curiosidad por saber lo que es el sexo y me evita permitir que alguien me conozca tan íntimamente. Me fascinan las pasiones ajenas; de hecho, ayudo a que se conviertan en realidad para muchos de mis amigos.

La última frase la dice mirándola directamente a los ojos y en el momento oportuno desvía la mirada hasta Fátima.

—Olvídalo. Ella está confundida. Creo que sigue enfadada con su padre. Es un trauma que debe superar. No me interesa enamorarme de alguien que jamás va a saber corresponderme. Cuando apuesto, me gusta ganar, o al menos tener esa posibilidad. No juego a perder.

Elvira prefiere confundir a esta chismosa con la idea de un falso enamoramiento. Así nadie sospechará de ninguna de las dos.

—Yo amo el amor, pero no amo a ningún amante. Siento un bloqueo físico que me hace rechazar cualquier aspecto del matrimonio. Tal vez Fátima…

—No —corta Elvira—. Ella es apasionada. Creo que es un falso idealismo lo que la previene de los hombres. Tal vez espera poco de ellos. No lo sé. Pero estoy segura de que si llega el adecuado, no será capaz de resistirse.

—Vivimos bajo un clima moral en el que el sexo se ha convertido prácticamente en una obsesión. Me aturde cómo las mujeres saltan de una almohada a un cojín sin la delicadeza de la discriminación. Yo he visto demasiada infelicidad en los matrimonios de amigos míos como para estar segura de que la música y la risa son los mejores sustitutos de los maridos y los amantes.

—Jajaja. Brindemos por eso —propone Elvira.

—Brindemos. Como Freud me dijo una vez: «Por la única mujer que no sufre de neurosis». Y créeme que tuve que buscar en el diccionario porque en aquel momento no sabía de lo que me hablaba.

Elvira disfruta de la compañía de Elsa, que ha conseguido con su conversación desviar sus sentimientos. Le confiesa que Fátima desea regresar mañana a Londres, que no quiere ir a Cannes, pero que Dorothy desearía verla y entregarle una carta de su padre.

—Las mejores fiestas las dan aquellos que no tienen mucho dinero. No les queda más remedio que dar rienda suelta a su imaginación para sustituir lo que el dinero puede comprar. Cuando he organizado fiestas en las que el licor y la comida no podían ser el centro de atención, contaba con amigos como Rubinstein, Milstein o Melchior y Coward para entretenernos. He estudiado sobre la comida y el vino con el único propósito de divertir a mi audiencia. Por eso me contratan hoteles, ciudades, anfitriones de todo tipo para organizar sus eventos. Pensarás que no tiene nada que ver con lo que me has dicho de Fátima; sin

131

embargo, Elvira, usa tu imaginación. No te des por vencida antes de tiempo.

—Te considero una amiga, Elsa, por ello me tomo la libertad de pedirte consejo.

—Dime.

—¿Cómo puede una mujer competir con un hombre por los amores de alguien completamente indefinido?

—No lo sé. A los hombres hoy en día les interesan las mujeres como diversión. El golf, las regatas. Viven en una constante competición por ganar el trofeo de turno, su vida es una carrera.

—A veces me pregunto si estaré haciéndome mayor para tanto juego.

—Tal vez, o tal vez Fátima es tan introvertida que le es imposible mantener una relación.

—Tampoco yo me he prestado a escucharla. Algo me provoca esta joven que me lleva a tratarla con antipatía. Quiero estar con ella, pero a su lado la maltrato.

—Es el atractivo del enigma, el muro que ha construido a su alrededor puede ser por frustración, eso provoca rechazo. Tal vez quiera estar sola con su realidad. Deja de atormentarte. Perdóname, acaba de entrar el príncipe Esterházy de Hungría y debo atenderlo.

Elvira se pierde entre los invitados sin dejar de observar a Fátima, que baila animada de la mano del hijo excéntrico que la han presentado.

El teléfono sigue en su sitio, no se ha movido desde que la compañía lo puso allí contratado por Alfonso, pero Elizabeth lo mira como si fuera a salir corriendo en el momento más insospechado. Al verla quieta en la silla frente al aparato, su madre le pregunta:

—¿Qué haces?

Nana no sabe qué esperar de las reacciones de su hija. Con ella hay que estar siempre en alerta. En el colegio, a los seis años, saltó desde el columpio y, por demostrar que había saltado más lejos que uno de sus compañeros, se quedó quieta para que vieran la marca. El columpio, al regresar, le pegó en la cara rompiéndole el labio. Siempre le había dado disgustos, como cuando decidió casarse con el indeseable Alfonso de la Mata, dejar Gibraltar y marcharse a vivir a Málaga.

—Acaba de llamar Alfonso. —Nana lamenta su suspiro—. Sí, ya sé que no te gusta la idea de que regrese. Pero… ¿y si te digo que me ha pedido que me vaya con él a Nueva York?

—De ninguna manera. No lo voy a permitir. —Nana se equivoca de nuevo al escoger las palabras para hablar con Elizabeth, lo recuerda demasiado tarde.

—¿Quién crees que eres para decirme lo que tengo o no tengo que hacer? Es mi marido, y eso está por encima de todo.

—Incluso de tus hijas. —Ahora sí ha escogido bien la frase.

—Incluso de mis hijas. Ellas van por libre, ¿por qué no he de pensar en mí?

—Ellas han tomado sus decisiones pensando en ti. Tratando de liberarte. ¿Por qué se habría casado Isabel con ese hombre si no hubiera sido por ti?

—Tratas de hacerme sentir culpable. Isabel no me consultó. ¿Qué tengo yo que ver con eso?

—¿Acaso le hubieras respondido? Decidiste esconderte en tu dolor, abandonándolas, igual que su padre. Si te marchas, lo haces de nuevo. No lo vuelvas a hacer. Ya tienen bastante con su padre.

Elizabeth rompe a llorar. La enfermera, que ha oído el enfrentamiento, se acerca.

—Sí sí, llévatela. A ver si el aire le enfría la pasión por Alfonso. —Nana está fuera de sí.

Los paseos con Ruth y los ejercicios de Contrología que la obliga a hacer han cambiado el cuerpo de Elizabeth. Esa nueva técnica de respiración le fortalece los músculos, pero de alguna manera también la mente.

—Creo, Ruth, que ya no voy a permitir que nadie decida por mí.

—La culpa es un sentimiento inútil. No puedo entender que la religión católica ponga tanto énfasis en la culpa. Vivís con temor, siempre a la defensiva. A veces las críticas nos enseñan, si sabemos escucharlas.

—Estoy segura de que tienes razón. Aunque confieso que no tengo ni idea de lo que me quieres decir. Vayamos a hacer ejercicio, me cambia el estado de ánimo. Llamó Alfonso, me dijo que fuera a verlo a Nueva York.

—Y tú, ¿qué quieres hacer? —A Ruth le brillan chispas en los ojos.

La enfermera siempre ha querido ir a Nueva York; su ídolo, Joseph Pilates, creador de la Contrología, tiene un estudio allí. Tiene que convencer a Elizabeth para que se mude y la lleve con ella. Pero lo primero que tiene que hacer es hablar con Ardwent.

—Dime, Ruth, ¿por qué decidiste venir a Cirencester?

—Londres no era para mí. Allí trabajé de comadrona, me tocó atender muchos partos en los barrios pobres. Sufrí un ataque de nervios cuando un bebe murió por asfixia. Las religiosas de la orden donde nos alojábamos las enfermeras me recomendaron venir a Cirencester a descansar. Aquí, gracias a una emigrante judía alemana, descubrí la Contrología.

—Yo también quiero cambiar de vida. Me estoy ahogando en este pueblo. En un matrimonio donde no cuento, en una familia que me evita.

—No voy a permitir que nada te suceda. Mis pacientes son mi prioridad.

—De verdad, Ruth, no pienso volver a dejar que nadie decida por mí. ¿Me acompañarías a Nueva York? Si elijo irme.

—Claro que sí. Estoy segura de que es una buena idea cambiar de aires, siempre podemos volver —dice la enfermera mientras se encaminan al cuarto de las niñas convertido desde hace semanas en sala de Contrología.

134

15

Con las piernas abiertas y la boca de Daniel entre ellas, Isabel ha perdido la capacidad de razonar. De su boca surgen aullidos. Desconocidos, intensos, animales. Un ser entregado a ese hocico hundido en ella.

—Y ahora, mi musa, mi mosaico, mi ídolo, mi *belle juive*, mi Judith, mi Salomé, mi disoluta y atractiva pecadora, mi perversa y deliciosa Isabel, ahora, date la vuelta.

Daniel ha descubierto que los orgasmos de Isabel se perpetúan cuando la sodomiza; sus gritos se vuelven guturales, consistentes, definitivos. No era una perra, era una loba.

—Mi Dánae —le dice manifestando sus pensamientos.

—¿Quién?

El orgasmo vuela alejándose cuando ella conjuga mente y cuerpo.

—Dánae. Dánae. Dios, estaba tan cerca.

Isabel no se preocupa en atender lo que Daniel repara por sí mismo.

—¿Quién es Dánae?

—El símbolo mítico del amor divino. Mmmmm…

—Mmmmm… ¿Dánae?

—Fue encerrada en una torre de bronce por su padre el rey Argos. Zeus la llenó del oro de los dioses y de entre sus piernas brotó Perseo. Déjame pintarte, Isabel.

La admiración que siente Daniel por ella se suma a la pasión y, aunque no desea amarla, aunque sabe que se despreciará por ello, la ama. De forma intensa, sublime, como se aman las cosas esenciales, a las personas importantes que se atreven a pasearse por la vida de alguien arrebatando el orden establecido. A Daniel, más inescrutable que nunca, más distante que nunca, hasta ahora le habían interesado las mujeres por placer, disfrutaba un tiempo de ellas y terminaba cansándose; su peor patología era evitar los sentimientos. Todo estalla en su interior cuando se trata de Isabel. Le da la vuelta, acariciándola, su erección vuelve y tomándola por sorpresa entra en ella, violentamente; ella grita, de placer, dolor, sorpresa, y ese instinto animal que se despierta al sentirlo. Terminan como lobos, sudando, lamiéndose, aullando. Ella medio dormida.

Fátima está lista, su maleta en la mano, su abrigo puesto y el sombrero con visera que se ha comprado inspirado en su admirada Marlene Dietrich. Ha aprovechado su estancia en París para renovar su vestuario gracias a la generosidad de Elvira. Estrena un traje de chaqueta con una blusa negra. Sabe que el pantalón aún despierta suspicacias entre buena parte de la sociedad, pero le da lo mismo. Su indumentaria es seria, funcional. Acaricia su muslo aún dolorido, le provoca placer el rastro del diamante grabado en su piel.

136

—Eres una veleta. ¿No quieres volver a cambiar de opinión?

—Mi madre ha decidido ir a buscar a mi padre a Nueva York y yo quiero ir con ella. El motivo de mi viaje era precisamente saber de él. Tienes que entenderme.

—No me parece muy seguro. Podrías venir conmigo a Cannes y luego volamos juntas a Londres.

—Gracias, déjame hablar con mi madre y te contesto. Entiendo que te di mi palabra. Trataré de ganar tiempo.

El teléfono suena en el dormitorio. Elvira contesta con fingida alegría.

—Fátima, es para ti.

—¿Para mí?

—Sí, un momento, ¿Nueva York?

Elvira advierte cómo su corazón se hunde al oír el nombre de esa ciudad. La premonición que precede a la tragedia. Ya rehecha, escucha lo que responde Fátima a Elizabeth.

—No me parece una buena idea, mamá.

Elvira respira. Su corazón se mastica en esa conversación mientras a Fátima su madre la insta a regresar a Londres cuanto antes.

—¿Alguna novedad?

—No.

Elvira se retira al cuarto del baño. Respira intensamente. Deberían ir a comer algo antes del vuelo. Cuando regresa a la habitación, encuentra a Fátima lista para marcharse.

—Me voy, Elvira. No hace falta que vayas a Cannes. Mi padre ha llamado a mi madre. Tenemos billete para viajar a Nueva York en dos semanas. Debo marcharme cuanto antes.

Su mandíbula se contrae. «¡Mierda! —escucha en su cabeza—. Mierda mierda mierda…» Y, sin embargo, otra cosa sale de su boca:

—Suerte, Fátima. Ahora mismo llamo al conductor.

Alfonso lleva dos días sin dormir esperando la respuesta de su esposa. Ahora la tiene. Sus músculos pierden tensión, el sueño sustituye a la paranoia, no se desviste cuando cuelga el teléfono. La conversación entre ellos ha sido breve, han quedado en volver a hablar por la mañana. Recuerda las palabras de Elizabeth: «En un mes estaremos en Nueva York».

«Gracias, amor. ¿Vienes con las niñas?»

«No. Isabel quiere quedarse en Tánger. Prefiere a tu madre que a ti o a mí. Fátima regresa de París en unos días. Ella y Ruth, mi enfermera, me acompañarán.»

«Estaré esperando ansioso. Te amo.»

No se ha atrevido a decirle que le ha surgido un viaje con Benjamin a las islas Caimán justo cuando ellas llegan. Está seguro de que su mujer entenderá su ausencia. Deja que el peso de su cuerpo caiga sobre la cama. Rebota un par de veces sobre el colchón antes de entrar en un profundo sueño.

Desde la primera vez que estuvieron juntos, Isabel ha mostrado cierta inclinación a darse la vuelta. Esta vez Daniel no la deja, espera su reacción manteniéndola entre sus piernas con la espalda sobre la cama.

—Déjame hacer.

—Me gusta más por detrás.

—¿Por qué?

—No lo sé.

—Eras virgen cuando te conocí, no tiene ningún sentido que desde el primer día te dieras la vuelta.

—Así fue cómo vi a mi madre con mi padre. Ella parecía disfrutar, él también.

Daniel, como hombre que se ha educado en la Alemania de Weimar, sabe que el sexo doma la mente antes que el placer los sentimientos.

—Quiero proponerte algo.

—¿Un juego?

—Sí. Todos los pintores nos enamoramos de nuestras musas. Tú eres mi musa. Necesito que representes muchos personajes, los que yo te vaya proponiendo. Quiero que te metas en ellos cuando yo te lo diga, no puedes ser tú, no puedes controlar tu cuerpo, no puedes tener un orgasmo, no puedes correrte. ¿Quieres jugar?

—Sí.

—Si en algún momento quieres parar, simplemente di «Klimt». Es mi pintor favorito. Nuestro comodín en el juego.

Esa tarde Daniel la viste con una enagua que deja sus pechos al descubierto.

—Misteriosa Salomé. Colócate esa gargantilla en el cuello.

Isabel, con manos temblorosas, se agacha a recoger un collar negro que parece inocente sobre la madera del suelo. Daniel abre la ventana. La ráfaga de viento frío choca contra sus pechos endureciendo sus pezones. Al ponerse la gargantilla y llevar sus brazos hacia atrás, Isabel es consciente de ellos. El rubor sube por su rostro, el frío se pega a sus muslos.

—Ponte junto a la ventana.

—¿Cómo?

—Salomé. No preguntes. —Y azota sus nalgas—. Te gusta provocar. Ponte junto a la ventana. Date la vuelta hacia la calle. Mira a los hombres que pasan. Pon tus brazos en cruz y abre las piernas.

Sus pechos se muestran a la vista de cualquiera. Daniel le dice que se recoja el pelo y suba los brazos. Ella lo hace.

Con sus brazos en alto, las piernas abiertas, los pezones cara a la calle, una calle que aún no ha puesto los ojos en ella, pero que ella ve, siente un precoz orgasmo surgiendo. Frota una pierna contra otra. Daniel le susurra al oído que tiene prohibido estimularse. Un viejo en una casa lejana la descubre. Se baja los pantalones con la boca abierta, saca la lengua y se lleva su mano al sexo, moviéndolo. A Isabel le repugna, pero a Salomé no, ahora es Salomé. Verlo la humedece. Los transeúntes pasan por la acera ignorantes de su desnudez. El viejo ha llegado al clímax. Se sube el pantalón. A Isabel le provoca placer su exhibicionismo, su desnudez frente al desconocido. Daniel sube su enagua por encima de sus nalgas. Su intimidad frente al mundo. Sus dedos invaden su clítoris. El viejo continúa mirando la escena.

—Recuerda que debes contenerte.

Con una mano le pellizca incesantemente los pezones, la otra sigue manipulando su clítoris. Ella siente vergüenza, dolor y placer al mismo tiempo.

—¿Quieres parar? —pregunta él.

—No —dice ella mientras una triunfante sonrisa sale de sus labios.

Con la cabeza cortada de Holofernes la mujer fatal gana, Daniel susurra la historia de Salomé. El orgasmo sube y baja entre sus piernas, ella intenta detenerlo.

—¡No puedo más, no puedo más! —grita.

Con un movimiento él la apoya contra la cama, las rodillas en el suelo. La posee por detrás, pero sin sodomizarla. Ella explota en el más sublime orgasmo nunca soñado. No sabe si era Salomé o Isabel o las dos o ninguna. Es una mujer plena, llena de Daniel, que respira a su lado entrecortadamente. El hombre aplaude a lo lejos.

—Jamás pensé que sería capaz de dejar escapar tanto semen. Provocas al salvaje que me habita. Si me dejo domesticar, es porque te quiero y eso me da miedo. Cuando se domestica a alguien, no hay lugar para abandonos. Prométeme que nunca me dejarás.

—A mí me fascina amarte.

—Mañana serás Eva o Pandora. ¿A quién prefieres?

—¿Cuál es la diferencia entre ellas?

—Ninguna. A las tres os puede la curiosidad…

Ella se queda pensando en quién quiere ser.

$\mathcal{A}$ Fátima le sorprende la rapidez con que su madre asume las responsabilidades del viaje. Se han encontrado en Londres, adonde Elizabeth ha ido a hablar con sus abogados. «Un asunto privado», le ha dicho. Incluso Ruth le ha preguntado qué trama su madre, pero ella no confía su secreto a la enfermera. ¿Es la simple ansiedad por ver a su marido? Imagina que sí, vive obsesionada con ese hombre. Ya en la cubierta del barco, el frío no consigue aplacar sus pensamientos. Las emociones han quedado atrás, en Inglaterra, en España, en Tánger, en Francia. Un inmenso océano se muestra ante sus ojos, se ha embarcado en una aventura en pos de un futuro distinto. Un futuro que ella piensa crear con su madre, lejos de su hermana Isabel.

—¿Un cigarrillo?

El desconocido se lo ofrece con manos temblorosas.

—Es el primer día que puedo levantarme de la cama y lo único que quiero es fumar. Si me ve mi mujer, me mata. Sufro cuando toso, pero más aún cuando no fumo, y no me gusta hacerlo solo.

—Se lo acepto, gracias. ¿De dónde es usted?

—De Irlanda. Mi hijo se fue a Estados Unidos hace unos años, a Chicago, y no le ha ido nada mal. Vamos a verlo. Nos ha invitado a mi mujer y a mí. De otro modo, tendríamos que ir allí abajo, con los pobres —dice señalando la zona de los pasajeros de segunda clase—. Usted es inglesa, ¿verdad?

—Soy de Gibraltar, mi abuela es británica. Mi padre es español y vive en Nueva York. Mi madre y yo vamos a reunirnos con él.

Υ

Fuman en silencio. Terminan y se despiden discretamente. Al día siguiente Fátima vuelve al mismo sitio tras el almuerzo, esperando encontrar al fumador. Sí, allí está.

—¿Me invita a un cigarrillo?

—Faltaría más. Podríamos convertirlo en una costumbre hasta que lleguemos.

—Yo lo agradecería más que usted, porque no tengo tabaco.

—Con mucho gusto le regalo este paquete. Yo puedo comprar tabaco y liarlos en mi habitación. Ayer estaba poco habladora.

—No soy buena conversando. Cada vez peor.

—¿Le cuesta hablar?

—No. En realidad, lo que me cuesta es decir las cosas que la gente espera escuchar.

—A veces la vida es más sencilla cuando uno no toma en cuenta los deseos ajenos.

—Supongo.

—Mark, mi hijo, tampoco es muy sociable. Haríais buenas migas.

—No creo que vaya a Chicago, pero me encantaría conocerlo. —Le aburre aparentar interés. Tal vez el precio del cigarrillo sea excesivo.

—Mire, mírele en esta foto. ¿A que es atractivo?

Fátima ve a un joven corpulento, muy rubio, de piel pálida, sonriendo a lomos de un caballo. Tiene la misma cara de su padre.

—Se le ve saludable.

—Sí. Le gusta la naturaleza. En Irlanda teníamos una granja. La he vendido; según Mark, la vida en Chicago es agradable. Ha comprado una casa cerca de un lago y quiere que me dedique a hacer queso. Ya veremos. ¿Qué planes tiene cuando llegue a Nueva York?

—Quiero trabajar. Voy a necesitar hacerlo. No nos sobra el dinero, mi hermana no nos quiere ayudar. —No sabe por qué ha dicho eso, le ha salido sin pensar.

—¿Su hermana viaja con ustedes?

—No. Ella está encantada en Marruecos. Es una egoísta. No importa. Hemos conseguido arreglarnos gracias a mi abuela. Creo que fue ella fue quien pagó los pasajes.

—Habla con rencor.

—No gano ni pierdo emocionándome. Me costó entender su traición, que me negara ayuda cuando la llamé para suplicársela.

—Vuelvo a repetir que el rencor es mal consejero.

—Sin embargo, a mí me alimenta.

El desconocido la deja allí pensando en Isabel. En la última conversación que tuvieron días antes de embarcar, Fátima le rogó que vendiera el diamante. Su hermana tuvo la sangre fría de ir sola al banco de su abuela para guardar el Ojo del Ídolo. Ahora era el momento de venderlo y, sin embargo, Isabel le dijo que antes había que hablar con papá. Y que Ardwent estaba en Sudáfrica y no podía arriesgarse a venderlo sin su consentimiento, que le tenía miedo, que ir a Nueva York le parecía una idea terrible, que si estaba lejos, que si no iban a volver nunca. Acababa de hipotecar su futuro por su familia y ahora se iban a Nueva York. No, el diamante no se vendía, y ella se quedaba en Tánger con Daniel. Sube su falda y con dos dedos acaricia el tatuaje, el frío cruza entre sus piernas. La solidez de sus músculos le recuerda al Ojo del Ídolo, Fátima no esconde una carcajada ante la idea que cruza su mente.

Cuando desembarcan en Manhattan, el coche de Matthew McAllister las está esperando. Fue un buen amigo del padre de Elizabeth y padrino de esta. Fátima busca a su padre por todos lados. Ruth ayuda a amontonar las maletas. Asombradas por no encontrar a Alfonso, deciden ir a la dirección del apartamento que él les ha dado. El conductor tuerce el gesto cuando se entera que el destino es Long Island.

Cuando aparcan en la puerta de un viejo edificio de piedra, un niño de unos ocho años que mira a través del escaparate sale de la panadería Wonderbread. Parece que hubiera estado esperándolas.

—¿Es usted Elizabeth?

—Sí, soy yo —responde sorprendida la recién llegada.

—Tengo esta carta para usted —dice mientras le entrega un pequeño sobre.

El niño se queda allí, con la mano extendida. El chófer le da veinte céntimos y le hace un ademán para que se vaya. Él sigue en el mismo lugar, curioso ante lo que esconde esa carta que ha guardado varios días. Desde que un vecino le diera un billete y una foto de Elizabeth.

Ella abre el sobre con prisa, sus ojos se humedecen. Comienza a estar harta de las locuras de Alfonso.

—¿Qué pasa, mamá? —La voz de Fátima es tranquila. Acostumbrada a las situaciones imposibles de su padre.

—Alfonso se ha marchado con la condesa Di Frasso y Benjamin Siegel a las islas Caimán en busca de un tesoro de piedras preciosas. Lo sigo al fin del mundo y, como siempre, me deja tirada. ¿Qué hacemos ahora?

—Mamá, en el sobre hay una llave. Debe de ser del apartamento. Deberíamos subir.

—No digas tonterías. Cómo nos vamos a quedar aquí. Esto es absurdo, ¡absurdo! —grita a pleno pulmón su madre.

—¿Yo?, ¿yo digo tonterías? ¿Qué esperas?, ¿que regresemos a Londres?

—Señoras, debo marcharme. Informaré a Míster McAllister de lo sucedido. Estoy seguro de que se prestará a ayudarlas. —El conductor está deseando desaparecer.

—No te preocupes, Elizabeth. Pronto encontraremos una solución. Lo importante ahora es subir y descansar —dice Ruth tratando de civilizar los ánimos de madre e hija.

El apartamento es amplio para Long Island, aunque diminuto para las costumbres de la familia De la Mata. Tiene dos habitaciones y dos cuartos de baño. Al descubrir la pintura de la pared desconchada, las cortinas sucias y la pequeña cocina americana en mitad de la sala, Elizabeth se derrumba. Llora inconsolable ante tanta miseria. El poco ánimo que ha sobrevivido a la travesía desaparece como un espejismo.

—Mamá, no está tan mal. Hay hasta ducha. Ven, mira. —Fátima trata de animarla. Sonríe, se acerca a ella y la abraza.

Quién le iba a decir que Fátima, su hija distante, iba a ser quien terminara cuidando de ella. Ruth aprovecha para avisar que tiene que bajar a hacer una llamada. Le urge contactar con Ardwent. El niño que les ha dado la carta sigue en la panadería y ella le pregunta dónde puede encontrar un teléfono.

—Seguro que si le paga algo a mi padre, le deja llamar desde la panadería.

Ruth le tira una moneda y consigue la comunicación.

—¿Quería hablar con el capitán Ardwent?

—Sí. Pero no se encuentra en estos momentos, ha salido de viaje ¿Quiere dejar algún mensaje?

—Dígale que Ruth ha llamado desde Nueva York. Volveré a llamar dentro de una semana.

Cuando regresan de su viaje por Casablanca, adonde han ido para escribir un reportaje para un periódico inglés, encuentran en el hotel de Tánger una carta para Isabel y un telegrama para Daniel.

—Es extraño que a los dos nos lleguen noticias al mismo tiempo. Pensé que el mundo se había olvidado de nosotros. Algo, por otra parte, que celebro encantada.

—El mundo en general nos ha olvidado, no así las personas a quienes les importamos. Mi padre, por ejemplo. ¿Quién te escribe a ti?

Isabel mira el remite y ve que es de Félix, su gestualidad revela afecto y a Daniel no se le escapa.

—¿Puedo saber lo que te escribe?

—Es breve, raro en él.

—Tanta vaguedad despierta más mi curiosidad. Yo te enseño el telegrama de mi padre y tú me muestras tu carta.

—Félix es un amigo, nada más.

Daniel le roba la misiva y en tono burlón lee su contenido.

—Obviamente este hombre siente algo por ti, no me dirás que es una mera amistad. Voy a leer mi telegrama, tal vez una amante me reclama desde un país remoto. —Los celos brotan por su boca.

El telegrama lo deja aturdido, sin habla. Isabel nunca ha visto a Daniel tan quieto, en silencio. Su mandíbula se contrae. Los músculos de su cuello se tensan.

—¿Qué ocurre?

—Hitler ha conquistado Checoslovaquia.

—Sí, bueno, eso lo hemos leído en el periódico.

—Mi madre estaba allí ayudando a mi tía con sus papeles para viajar a Londres. Tratando de evitar a los alemanes, han escapado a Polonia. Mi padre no sabe nada de ella y me pide que vaya a Inglaterra.

—Iré contigo.

—No. Este viaje debo hacerlo solo. Tal vez vaya a Austria o a la mismísima Polonia, pero debo encontrar a mi madre.

—Te matarán, los alemanes están maltratando a los judíos. No puedes ir, Daniel, así no ayudarás a tu madre.

—Por lo pronto, voy a viajar a Londres para estar al lado de mi padre. ¿Qué harías tú?

—¡Yo! Yo he dejado ir a mi madre a América y me he quedado contigo.

—Tú decidiste, nadie te pidió que te quedaras. Haces mal en tratar de manipular la situación. Puedes irte a Nueva York o a Cirencester cuando quieras, pero a Londres voy solo.

Isabel no da crédito a lo que oye. Las lágrimas surgen con fuerza. Maldito sea el mundo que no sabe olvidarse de ellos. Maldito sea este Daniel al que desconoce.

Elizabeth suele acompañar a Ruth a sus clases de Contrología en Manhattan, donde Joseph Pilates tiene su estudio. La enfermera ha conseguido trabajo como terapeuta tres días a la semana y uno de ellos puede llevar a su paciente. Fátima, gracias al amigo de Nana, se ha colocado como recepcionista en una compañía de bolsa. Esa tarde se atreve por primera vez a coger el metro. No puede llegar a su destino, el vendaval que azota Long Island obliga a los neoyorquinos a refugiarse en albergues y estaciones de tren. Fátima regresa sobre sus pasos y decide ir al estudio de Pilates en la calle 80; allí le dicen que su madre y Ruth se fueron pronto temiendo el ciclón que se avecina.

—No puedo llegar a casa, han cerrado el metro. No tengo dinero para un taxi. —Tampoco recuerda la dirección de Míster McAllister.

—Puedes quedarte aquí esta noche —le propone una de las asistentes de Míster Pilates—. Únicamente tengo un poco de té, pero al menos estarás a cubierto. Ten esta manta y esta bata. Cámbiate, vienes empapada.

—Gracias —responde Fátima, que siente más miedo que frío y no precisamente por ella, sino por su madre.

Una vez que la deja sola, la noche se hace eterna, el viento y la lluvia no cesan. En la radio que encuentra en el estudio hablan de un huracán en pleno Long Island. La situación es caótica. No hay luz, y la población se hacina en los albergues. Los bomberos no dan abasto. Fátima quiere llegar allí cuanto antes, pero ahora no puede moverse. Sin comida y con frío, llora hasta quedarse dormida sobre una de las camas donde se hacen los ejercicios. Cuando el sol aparece en el cielo, decide salir en busca de su madre. Antes de aventurarse hasta Long Island acude a dos hospitales y a tres albergues. Le explican que la línea de metro sigue cortada. Siente hambre, cansancio. Su último recurso es la casa de los McAllister. ¿Cómo encontrarla? Se le ocurre llamar por teléfono a Nana. Consigue que la recepcionista de un hotel se apiade de ella al escuchar su historia. Finalmente, su abuela localiza a sus amigos. El conductor viene a recogerla. Esa tarde la asistente de Pilates y la recepcionista reciben una gran propina de parte de Matthew McAllister.

Elizabeth se encuentra conmocionada en el suelo, no sabe qué la ha golpeado. Se levanta despacio, se toca con cuidado, descubre una herida en la frente. A su alrededor hay maderas, barro, agua, tejados desprendidos. Ve a otras personas heridas, inconscientes a su alrededor. Puede contar una docena. Es incapaz de reaccionar hasta que un hombre, también herido, se acerca a ella.

—¿Está usted bien? Venga con nosotros, vamos a un albergue.

—Pero mi hija... Y Ruth. Dios, no recuerdo nada. Iba camino a mi casa.

—Todos nos encontramos muy aturdidos, ha sido una pesadilla. Varios árboles cayeron de improviso. No se quede aquí, venga con nosotros.

Elizabeth se deja llevar y, apenas a unos metros, ve en el suelo a Ruth cubierta de hojas. El hombre no la deja acercarse.

—Ya no puede hacer nada por esa mujer. ¿La conoce?

—Sí, claro. Vino conmigo desde Inglaterra. No puedo dejarla ahí. Sería inhumano.

—En estos momentos lo que tiene que hacer es ponerse usted a salvo. Es peligroso quedarse aquí. Acaba de mencionar a su hija...

—Fátima, Dios mío, ¡no sé dónde está! Anoche no llegó. Salimos a buscarla.

—Seguramente haya pasado la noche a cubierto en la ciudad. O en el metro.

—¿Cómo voy a encontrarla?

—Venga conmigo, yo la ayudaré a buscarla.

En medio de ese apuro, Elizabeth recuerda el diamante. No le ha dicho a nadie que gracias a sus abogados pudo sacarlo del banco, robárselo a sus hijas. Alfonso le preguntó si Isabel le había dicho algo del diamante, y ella, que no sabía nada, averiguó con su madre que estaba en el banco de Londres. No le costó convencer al director del banco que la joya les pertenecía a ella y a su marido, y de que su hija había seguido sus instrucciones. Ahora el Ojo del Ídolo estaba bajo su colchón en el ruinoso apartamento de Long Island. Tiene que regresar allí.

—Necesito ir a mi casa, ¿me acompañaría? Por favor.

El hombre acepta.

Fátima recorre Manhattan con el chófer de los McAllister. Vuelve al estudio de Pilates, va a su trabajo y su madre no aparece. Agotada, regresa a casa de los amigos de Nana. Miranda, la mujer de Matthew, a quien ella recordaba mucho más joven, se conmueve al verla.

—Ay ay ay. Cómo vienes. Date un baño.

—No quería molestarles, pero no sé adónde ir ni cómo localizar a mi madre.

—Quédate aquí, no te preocupes de nada, voy a mandar al chófer a buscar a Elizabeth hasta debajo de las piedras. Ya verás cómo damos con ella.

Fátima se tranquiliza. Accede a ese baño, a esa sopa que humea en la cocina y empapa de aroma el aire. Luego, con la insultante facilidad de la juventud, se duerme, pero el sueño se ve quebrantado por el miedo.

Al día siguiente la angustia se convierte en un constante sobresalto. La fatiga aturde sus sentidos. Una llamada la saca de su desaliento:

—Fátima, corre. Es tu madre —le avisa Miranda.

—Mamá, estás viva. ¿Y Ruth?

—Ruth murió la noche del huracán. *Darling*, no sabía dónde estabas, Burt me encontró y me acompañó, me desvanecí por un golpe en la cabeza. Espérame ahí. Iré en cuanto me recupere un poco.

—¿Dónde estás?

—En un dispensario en Long Island. La situación es muy complicada. No vengas por aquí porque es un caos.

—Dios mío, este viaje se ha convertido en una verdadera pesadilla.

Elizabeth no dice nada ante la desesperación de su hija, no puede. Burt a su lado le pide que descanse. Ese hombre no se ha separado de ella ni un solo momento, y no sabe que fue hasta su apartamento solo para que ella recogiera el diamante, la acompañó y se quedó fuera. La piedra descansa tranquilamente en su bolsa, dentro del forro doble del abrigo que Elizabeth no se ha quitado en ningún momento.

17

*I*sabel ha leído en Tánger la noticia sobre un huracán que ha asolado Nueva York y trata incesantemente de hablar con su familia. La llamada se corta una y otra vez. Por fin consigue hablar con Fátima, que fue incapaz de ponerse en comunicación con ella. Long Island ha sido devastada y Ruth ha muerto, le cuenta; nada especial sobre su madre, y que su padre está de viaje. La egoísta de su hermana ha sido incapaz de escuchar su preocupación por Daniel, ni una simple palabra de cariño ha salido de su boca. Empieza a estar harta de preocuparse por ella.

Al otro lado del océano, Fátima no puede evitar golpear el auricular con fuerza contra la pared. Hablar con Isabel la exaspera. Ha intentado explicarle que su madre está en una clínica, que necesita reposo, mimos. Le ha dicho que siguen sin saber de su padre, que se ha aventurado en una extraña expedición en las islas Cocos. Al teléfono, Isabel ha llorado por Daniel, por su soledad, por su suerte. Maldita caprichosa. Ella buscando dónde vivir e Isabel lloriqueando por un amante.

Cuando Isabel llega a casa, su abuela la oye suspirar desde la silla de la sala.

—¿Qué te ocurre, hija?

—Sigo sin tener noticias de Daniel. He ido a correos esperando que hubiera mandado una carta, un telegrama. Ya han pasado varias semanas y no he recibido noticias suyas.

—Pues yo sí tengo noticias y no son precisamente buenas. Isabel, ayer se celebró una misa en Málaga en tu honor y por tu honor. Hay beatas en la ciudad preocupadas por tus desvaríos. Dicen que tienes un amante.

—¿Cómo?

—Sí. La famosa marquesa de Larios, aquella que me quiere

tanto, ha pagado misas para rezar por ti y salvarte del infierno. Dicen por allí que estás en Tánger viviendo en pecado. No hagas cosas buenas que parecen malas. No permitas que te devoren.

—¿Es esa marquesa la misma que rezaba para que tú te marcharas de Málaga? ¿La que no quería a una mora en la ciudad y ahora mantiene con contribuciones al ejército marroquí de Franco?

—La misma.

—No hace mucho vi a su marido aquí en Tánger, no tuvimos oportunidad de hablar.

Recuerda al hombre de la ventana. El padre de Carlos, el marido de la marquesa. No puede darle detalles a su abuela: ella desnuda en una habitación de hotel y él sacudiéndose excitado al verla.

—La guerra no ha cambiado las viejas costumbres.

—No, yaya. Parece que no. Creo que voy a ir a hablar con su hijo Carlos para pedirle explicaciones. Lo conocí no hace mucho en una cena.

150

En la oficina de Sir Douglas Harris le dan una mínima esperanza de encontrar con vida a su madre y Daniel se aferra a ella porque no tiene nada más. Tras la anexión nazi de Checoslovaquia, muchos judíos cruzan la frontera a Polonia para escapar de los alemanes; sin embargo, los espías británicos temen una alianza entre Hitler y Stalin para tomar Polonia, lo cual obligaría a los judíos a escapar de nuevo. Daniel necesita encontrar a su madre cuanto antes, nadie sabe de Martha Thneleb desde hace más de un mes y está desesperado.

—Tenemos noticias de que miles de judíos escapados de Alemania y Checoslovaquia se agolpan en barrios de Varsovia. Como Martha tiene pasaporte británico, eso la ayudará, lo importante es dar con ella.

—¿Reino Unido no tiene embajada en Varsovia?

—Sí. Pero créeme cuando te digo que se encuentran desbordados.

—Permítame ir allí.

—No. De ninguna manera. Ya se lo he comunicado a tu padre. A los judíos los alemanes les estampan una «J» en sus pasaportes y te encontrarías en una situación muy delicada. No quiero que, por imprudencia, Art te pierda a ti también. Deja que nuestro personal se encargue. Ya he hecho las llamadas oportunas.

Daniel agradece que Harris fuera el delegado del Gobierno británico en Austria en los años treinta. Art Thneleb atendía entonces una cafetería en Viena a la que Douglas iba todos los días. Incluso los Thneleb lo invitaron un par de veces a celebrar Yom Kipur, la festividad de la expiación. Años después, Harris ayudó a sus padres a instalarse en la capital inglesa. Siempre le ha parecido un hombre bondadoso, muy religioso.

Al abrir la puerta de su pequeño apartamento en King's Road, Daniel se encuentra con Art Thneleb llorando sobre un puñado de fotos. De golpe le han caído los ochenta años que hasta hace dos meses no aparentaba. Casado en segundas nupcias con su madre, Art llegó tarde a la paternidad, por lo que trata a su hijo con excesivo cariño, poca disciplina y mucha comunicación. Lo contrario que Martha, que se encargó de educar a Daniel con rigor. Una madre, a veces demasiado estricta, con quien Art se lleva treinta y dos años, una mujer a la que ambos adoran.

—¿Ves a esta niña de la esquina? Es Adele, con quien habíamos organizado tu matrimonio.

En las imágenes aparecen Martha y varios miembros de la familia materna, su prima segunda Adele entre ellos. Hace más de una década se peleó con su madre por ese motivo. Fue el día de su veintiún cumpleaños, cuando ella le dijo que había acordado casarlo con la hija de una prima suya. Adele acababa de cumplir quince.

«El matrimonio es una institución que hay que respetar. Yo sé lo que hago. Esta niña te traerá felicidad. Ella cuidará bien de ti. Será una buena esposa judía.»

«Pamplinas», le contestó Daniel, que no tenía intención alguna de seguir sus consejos.

«Daniel, si quieres verme orgullosa de ti, debes casarte con ella. Puedes vivir apasionadamente con quien quieras, ya sé que te pierden las faldas. Pero cásate con ella.»

«No, mamá. Déjate de tonterías, ya no vivimos en la Edad Media. No me casaré con Adele.»

Dando un portazo dejó su casa, dejó Austria y se marchó

151

a Berlín, siguiendo los pasos de una mujer mitad rusa mitad holandesa, veinte años mayor que él. Una tratante de piedras preciosas aficionada al juego y al sexo. A todas las clases de juegos y de sexo.

Esa relación le permitió descubrir lo que era una orgía, sucumbir a las drogas, perderse en los placeres. El Berlín de Weimar era una fiesta constante. Estudió en la Bauhaus, trabajó incontables horas de camarero y se empapó del mundo de los comerciantes de diamantes, olvidándose de la religión, de su madre, de esas tardes anodinas entre velas y rezos, saturadas de aburrimiento. Daniel vivió en Berlín lo que no pudo en Viena y lo hizo intensamente, como a él le gustaba. Sin embargo, ahora estaba en Londres rogando al cielo por encontrar a esa mujer a la que tanto amaba y de quien había escapado.

—Papá, no llores. He pensado en apuntarme al Ejército. La guerra está cerca, no me va a quedar más remedio que alistarme; si lo hago pronto, tal vez me manden a Polonia o a Checoslovaquia y así puedo encontrar a mamá. —Daniel habla a borbotones, sin pensar lo que dice.

—No sé, hijo. No quiero que te ocurra nada, pero hay tanto dolor y tanto odio en Alemania que creo importante que luches por nosotros, no por tu madre.

A Daniel le dejan pensativo esas palabras. No las esperaba. Marca el número de teléfono de Félix, el amigo de Isabel. Él no lo conoce, pero sabe que acaba de entrar a formar parte de un grupo de pilotos del Ejército británico. Ella ha sugerido que lo llame. Necesita más información antes de alistarse, no quiere precipitarse.

—Soy Daniel Thneleb, amigo de Isabel de la Mata. Ella me dio su número, estoy en Londres y quisiera conocerle. Tengo algo que consultarle. ¿Sería posible que nos encontráramos?

—Por supuesto. Cualquier amigo de Isabel es amigo mío. ¿El próximo domingo en el bar del hotel Ritz? ¿Le parece bien a las cuatro?

—Allí estaré. Pediré una mesa a mi nombre.

Hasta ahora no se ha atrevido a escribir a Isabel. Tiene poco que decirle, pero las noticias son buenas. Finalmente han encontrado a su madre: Martha está en Polonia. No pueden aún sacarla de allí, pero al menos está segura, lejos de Hitler y de los alemanes. Daniel no habría dudado en apuntarse al Ejército después de su entrevista con Félix, pero Sir Douglas Harris le ha convencido para trabajar con él. Su conocimiento de idiomas, su físico, su talento para dibujar, sus viajes por Gibraltar, Alemania y Tánger y su buena memoria lo convierten en un excelente candidato para la HUMINT, una nueva disciplina aplicada a los servicios secretos de inteligencia. Supondría formar parte de un ejército clandestino para el que, debido a sus apellidos judíos, necesitará una identidad distinta. A Daniel le hacen gracia esas siglas para definir la inteligencia humana.

—Inglaterra necesita descubrir a sus enemigos. Te encargarás de decirnos quiénes son antisemitas, todos aquellos que colaboran con los alemanes. Estás capacitado para hacerlo y podemos prepararte, recibirás entrenamiento sobre mensajes cifrados, lenguaje en morse y comunicación codificada. No te será difícil aprender.

Daniel acepta ser miembro de la sección D del servicio secreto británico con un simple apretón de manos.

Querida musa:

Acuérdate de que somos distintos, trágicos, vivos. Sé que no eres alguien que se deje amar fácilmente, por eso te amo. En estas semanas de ansiedad he descubierto, al alejarme de ti, que cada minuto pesa más en soledad. Vuelvo a decirte que te amo, mi Dánae. No sabía cuánto espacio ocupabas en mi vida hasta que lo tuve todo y me sentí vacío. Cada día sin ti te vuelvo a perder y me doy cuenta de que hay muchas formas de extrañar a una persona. Te huelo en mi vacío, te recuerdo, te toco e incluso puedo llegar a saborearte. A ti te pertenece mi café de la mañana y mi último suspiro en la noche. Ojalá no me olvides porque yo no sé olvidarte. No me preguntes por mi camino. De lo único que puedo escribir es de ti, mi musa. ¿Te acuerdas de la noche en Tánger descubriéndote frente al espejo? No dejo de pensar en tus muslos tensos, tu sexo abierto, tu mirada de sorpresa al encontrarte. Cuando revivo ese recuerdo tuyo me lo bebo a pinceladas.

El pintor de tu memoria

Isabel no puede ocultar su felicidad, camina dando saltos leyendo y releyendo la carta de Daniel. Piensa en sí misma ante el espejo, ese momento que vivió con su amado exhibiendo su sexo ante ese cristal que lo reflejaba en su esplendor. Brota ese conocido pálpito entre las piernas, es suyo y le pertenece a Daniel. Se ríe coqueta, consciente del rubor que le provoca el deseo. Guarda la carta evitando sus ansias. Tiene otra de Félix, pero aún no la ha abierto. Su tiempo es para Daniel. Ya en su casa abre la misiva de su amigo. Se sorprende al descubrir que los dos se han encontrado, Daniel no le ha dicho nada. También le cuenta el motivo de la reunión, las razones de Daniel para alistarse, la impresión de inmadurez que le ha causado a Félix. No parece sospechar lo que se esconde entre Daniel y ella. Y eso la alivia a Isabel sin motivo aparente. Tumbada en la cama, feliz, se pierde imaginando otro presente.

Alfonso camina despacio, el tiempo que ha pasado en alta mar le ha dejado secuelas en la cadera. Arrastra el pie al bajar del coche. Siente que no puede dar un paso más cuando llama al apartamento de Manhattan. Espera, apoyado con una mano sobre el marco de la puerta. Una mujer que vagamente le recuerda a la adolescente que fue su hija Fátima lo recibe y abraza.

—Papá…, qué sorpresa. No sabía si iba a volver a verte.

Alfonso advierte cierta ironía. La pierna lo está torturando, no puede distraerse.

—Fátima. Amor de mis amores. La niña más guapa del mundo. Dame un beso de esos sin los que no puedo vivir. Qué mayor estás, eres una mujer. ¿Y ese pelo corto? —Alfonso deja escapar un retintín de desaprobación.

Ella sonríe. Le gusta descubrir que su padre sigue tan zalamero como siempre, tan él. Es imposible mostrarse enfadada. Su madre corre desde su habitación al oír la voz de su marido.

—¿Alfonso?

Él la recibe con un tierno beso. Ella se sorprende al no sentir los cosquilleos habituales.

Los tres se sientan en el sofá.

—Fátima, ¿tendrás un whisky para atenuar el dolor de este viejo? Mi pierna me mata.

—¿Qué te ocurre?

—Nada, no te preocupes. Sigo en forma, aunque los achaques empiezan a ser constantes. Dejadme que os cuente mi viaje a Costa Rica. No lo vais a creer. Fátima, cariño, ese whisky con mucho hielo. Tengo dinero en mi cartera, baja a comprarlo, si lo necesitas.

Alfonso recita su odisea a bordo del Metha Nelson, barco pagado por Marino Bello, el padrastro de la actriz Jean Harlow, en el que han ido a las islas Cocos.

—Íbamos en busca de un tesoro de diamantes, rubíes y doblones de oro. Teníamos hasta un mapa.

—¿Y lo encontrasteis? —pregunta Elizabeth.

La ingenuidad de su madre hace sonreír a Fátima.

—No. El capitán se amotinó, el FBI le hizo creer que íbamos a traer a Buchalter, un mafioso al que persigue la Justicia y que vive en una de esas islas. Desde luego, la condesa es única, hace lo que sea por Benjamin Siegel. Ella lo pagó todo. El caso es que nunca encontramos nada. Al final, una tormenta nos hizo regresar. Dorothy y Benjamin se han marchado a Las Vegas, donde ella está preparando otro negocio que, por supuesto, es idea de él.

—¿Tan lucrativo como la aventura en Costa Rica? —Otra vez Fátima muestra su ironía.

—No, hija. Esperemos que sea mejor. Por la cuenta que nos trae. Bueno, necesito descansar. Me voy a la cama. Fátima, tráeme ese whisky.

Se levanta y pasa la mano por la cara de Elizabeth. Ella no ha olvidado esa caricia, el significado de la suavidad y firmeza de sus manos. Andando detrás de su marido advierte:

—Alfonso, no me pidas que te siga, tengo muchas cosas que hacer.

—Querida, lo único que usted debe hacer es lo que ordena su marido. No sea grosera, veo que lleva mucho tiempo sin doma. Sígame, despacio. Que no la oiga yo hacer ruido, sígame sin decir nada.

Elizabeth se pierde tras Alfonso, con la cabeza baja y el paso suave. Fátima entorpece la sumisión de su madre.

—Papá, ¿cómo nos has encontrado?

—Fátima, Fátima, Fátima. Tu madre y yo siempre sabremos cómo encontrarte a ti y a Isabel. Además, los McAllister también son mis amigos. Los llamé y me dijeron que habíais ocupado uno de sus apartamentos. Yo no me atreví a pedírselo cuando alquilé el de Long Island, pero así es mejor. ¿Acaso tengo dinero para mantener esta mansión?

Elizabeth no confiesa que ha sido ella quien ha alquilado el apartamento con el dinero que ha obtenido por vender el diamante a McAllister.

Su padre regresa invulnerable, como siempre. A Fátima le avergüenza que hable de ese modo. ¿Por qué se aprovecha de los demás? Lo extraño, lo verdaderamente raro es sentir, por primera vez en mucho tiempo, estar a salvo. Al menos, ella lo está. Su madre no tanto: ha perdido la devoción ciega hacia Alfonso y ahora lo sigue a regañadientes, mordiéndose los labios, consciente de la sesión a la que habrá de someterse.

Por la mañana suenan golpes en la puerta, Elizabeth le pide a Alfonso que vaya a abrir, pero descubre que está sola. Y su hija ha vuelto al trabajo. Se ata el cinturón de la bata, se pone las zapatillas y se atusa con cuidado el pelo. Antes de abrir, aprueba su imagen en el espejo. Luego observa por la mirilla. Descubre a un hombre con una gabardina gris, un gorro gris y una colilla en la boca.

—¿Quién es?

—La Policía. Abra la puerta, por favor, señora De la Mata.

18

*L*o primero que hace Alfonso al salir de casa es acudir a la consulta del médico que le prepara sus inyecciones. Cada vez las necesita con más frecuencia. El viaje resultó ser una tortura, aunque se llevó un buen cargamento de pastillas.

—Jacobson, ¿no me estará usted convirtiendo en un adicto a sus drogas?

—Es una medicación diseñada para aliviar el dolor. No me negará que la fórmula que le preparo altera por completo su situación.

—Precisamente. Me encuentro en sus manos, ni siquiera puedo alejarme de usted. En estas semanas fuera de Nueva York lo que más he echado de menos han sido estas visitas a su consulta.

—Puedo enseñarle cómo pincharse y prepararle unas dosis si vuelve a viajar. No hay necesidad de que padezca dolor.

—Espero no tener que marcharme de Nueva York en mucho tiempo. Gracias, *doc.*

Alfonso reserva una mesa en el restaurante del hotel Waldorf, quiere almorzar con su mujer y su hija. Le emociona pensar que vuelven a ser una familia. Echa de menos a Isabel. Con el dinero que Benjamin Siegel le ha pagado, la va a invitar a visitarlos. Se acuerda entonces de que debe llamar al mafioso.

—Alfonso, estaba a punto de mandarte a buscar —le dice la voz al otro lado del auricular—. Espero que hayas saludado a tu mujer como se merece. Prepara las maletas, salimos para Roma en tres semanas.

—Lo que tú digas, Ben. ¿Con qué motivo?

—Ya te lo contaré. En unos días llego a Nueva York. ¿Dónde puedo encontrarte?

—Dejaré mi dirección a Ramón, el camarero puertorriqueño del Waldorf.

Un clic le advierte que está solo en el auricular. Siegel ni siquiera se despide.

Le molesta tener que marcharse cuando acaba de llegar, pero nada le enfada desde que está con su mujer y tiene las inyecciones. Benjamin le proporciona trabajo y lo ha convertido en el protector de la condesa. Mueve la pierna arriba y abajo. No la siente. «Estas inyecciones son sensacionales.» Mientras las espera le pide a Ramón que le sirva un whisky. De lejos, ve llegar a Elizabeth con su vestido de gasa bajo el abrigo y el pelo cortado en una media melena que destaca sus altos pómulos. Desde que ha llegado a Nueva York ha perdido peso, se ve pálida, delgada, pero al mismo tiempo fuerte. Exhibe una seguridad desconcertante.

—Impresionante. Quizás ahora entienda tu pasión por ese Joseph Pilates.

—Alfonso, me hace bien. Los ejercicios de respiración me alivian. ¿Por qué no me acompañas esta tarde? Por cierto, ¿quiénes son los hombres con quienes te fuiste de viaje? No me has contado nada. ¿Debería sentir celos de la condesa?

—No digas tonterías. Dorothy está enamorada de Benjamin. Gracias a él, podemos mantenernos. Acaba de llamarme y vamos a viajar a Roma, tenemos un asunto entre manos.

—Sinceramente, estoy cansada de tus cuentos. Te marchaste con una corista y aún estoy esperando explicaciones. No me has pedido perdón ni a mí ni a tus hijas.

—¿Qué te pasa? Te has vuelto una neurótica. A mí no me hables así.

—No, ¿cómo que no? Lo sé. Sé que te has dedicado a engañarme. Pero empiezo a cansarme de la vida que nos das. Vine hasta aquí y ni siquiera fuiste a recibirnos. Acabas de llegar y ya hablas de marcharte.

—¿Se puede saber qué mosca te ha picado? Creo que eso del Pilates te sienta fatal. Debería prohibírtelo. Este negocio me da dinero, nos da dinero.

—Tantas cosas deberías…

—¡No me hables así! —Alfonso grita de forma agresiva.

A Elizabeth le sorprende la reacción de su marido, que, desde que han vuelto a verse, padece extraños cambios de humor.

—Yo os dejo, tengo una cita —dice Fátima, que se ha mantenido alejada pero escuchándolos.

—¿Con quién? —Alfonso se muestra irritado también con ella.

Fátima no les ha dicho nada a sus padres. Tiene intención de estudiar Arte y para eso necesita dinero, pero no quiere pedírselo a ellos y aprovecha las horas libres de su trabajo como recepcionista para hacer traducciones de español. Esa tarde tiene una cita en la Universidad de Columbia.

—Una amiga del trabajo quiere enseñarme un vestido para ir a una boda y no está segura de haber elegido bien —miente Fátima.

—Cuando termines, a eso de las seis, podemos encontrarnos en la esquina de la Quinta y la 59 y os invito al teatro.

—Claro. Allí estaré. —Le da un beso a su padre en la mejilla.

Le dedica un ademán a su madre y sale a la calle. Siente que, injustamente, vuelve a ser arisca con su madre porque no admite su sumisión.

Alfonso se aburre en la clase de Pilates. «Es saludable para su cadera, le proporcionará movilidad», se impacienta Joseph. «Ya tengo solución a mi cadera y no incluye tumbarme a levantar la pierna.» La actitud que adopta es infantil y Joseph le pide que no regrese, le irrita que no se tome en serio sus ejercicios. Elizabeth sufre el bochorno del enfrentamiento entre su marido y su admirado profesor.

—Hay un bar a dos calles de aquí llamado El Trébol. Allí te espero —dice Alfonso deseando escabullirse. Sabe que los amigos de Benjamin juegan al póquer en ese local y quiere relajarse.

—Elizabeth, si no puedes concentrarte en lo que haces, creo que deberías irte con él —le advierte Joseph harto de tanta conversación.

—Yo prefiero terminar la clase —contesta ella ruborizándose.

Alfonso sale vacilante, no le ha gustado que su mujer lo haya cambiado por una estúpida clase de ejercicios. No puede entender su pasión por el Pilates; en realidad, siente celos. Elizabeth parece otra, más esbelta, más decidida, se dedica a cuidar de su hija como no lo había hecho nunca, ha plantado un rosal en la azotea, enseña inglés a inmigrantes y acude regularmente a Pilates como si se tratara de una religión.

—Oh, Betsy, qué poco espacio dejas en tu vida a la improvisación. —Se olvida de ella en cuanto tiene la baraja de cartas en la mano.

Alba recibe a Daniel en su casa de Londres con cierta suspicacia. Le hubiera gustado que Isabel se enamorara de Félix, pero, al parecer, este apuesto austriaco ha conquistado su corazón. Ha preparado un pastel de coco para dar la bienvenida al rival del hijo de su marido. Extraño compromiso doméstico con el que cumple un trámite. Siente curiosidad por saber de Isabel. ¿Será capaz de enamorarse? ¿Cómo la afectará? Es una joven sensible, con una enorme vida interior que Alba doblegó a su antojo. Quiere descubrir si Daniel ha conseguido desenmascarar a su niña.

—Pasa, pasa. Este es mi hijo Manuel. Paolo está trabajando y vendrá tarde. Me ha llamado Isabel y me ha dicho que estás en la ciudad porque tu madre ha desaparecido. Lo siento mucho. ¿Tu padre necesita algo? Puede contar con mi ayuda.

Alba no revela que preferiría no tener que ayudarlo en nada. Quiere a Félix como a un hijo, y Daniel representa un obstáculo. Se imagina convertida en familia de los De la Mata.

—Y dime, ¿cómo está Isabel? ¿Te ha hablado de mí? ¿De sus padres? ¿O tal vez de Fátima? —La voz de Alba se vuelve ronca.

—Sí. De todos, Isabel me ha hablado de todos —contesta Daniel sin dar demasiadas explicaciones—. Me vas a disculpar, no puedo quedarme mucho tiempo, acabo de enterarme de que mi madre ha muerto en Polonia. Una pulmonía. Hicimos lo posible por traerla a Londres, pero su estado de salud lo impedía. Ya no hay nada que pueda hacer por ella. He venido a pedirte si puedes atender a mi padre cuando yo salga de la ciudad por trabajo.

Alba se presta a hacerlo tras llegar a un acuerdo económico con Daniel. Empuja el pastel de coco hacia el centro de la mesa como si con el dulce aliviara el dolor del amante de Isabel. Él observa a esta mujer de la que tanto le ha hablado Isabel. Robusta y morena, tiene unos ojos negros incisivos, las manos limpias, el pelo recogido en un moño, la piel aceituna destaca bajo su delantal de grandes flores azules.

—Gracias —responde ante el ofrecimiento del pastel, que

acepta, aunque no quiere comer. Sus ojos vidriosos revelan el dolor que guardan—. Mi trabajo me impide dar explicaciones a Isabel de lo que hago. Te agradecería que le escribieras. Que le dijeras que parto mañana y no sé cuándo estaré de vuelta. Dile que la echo de menos. En medio de esta inestabilidad, que alguien quiera confiar y poner su vida en espera por otro es extraordinario. Ojalá lo haga. Ella es, para mí, lo único que tiene sentido en estos momentos.

—¿Y por qué no te vas a Tánger?

—Evitar lo que ocurre en el mundo no me va a dar la paz que necesito para vivir junto a Isabel. Por eso le pido que me espere.

—Si es que la muerte no le sale al encuentro y ella se queda vistiendo santos. Ya la escribo yo a mi niña de tu parte, no te preocupes. ¿Sigue esculpiendo? Es una joven muy despistada. A veces puede pasarse horas con los ojos en blanco.

—Sí, afortunadamente yo no dejo de hablar cuando ella crea.

Alba explora pistas pero no encuentra ninguna sospechosa. Ese talante de la antigua *nanny* de Isabel distrae a Daniel de camino a su reunión con Douglas Harris, sobre el que no acierta a comprender por qué lo ha contratado para una insólita misión en Roma.

—Vas a encontrarte con Elvira Chadlier. Es una colaboradora nuestra. Está invitada a una recepción de Mussolini en casa del conde Di Frasso. El FBI nos ha enviado un informe sobre el mafioso Benjamin Siegel: al parecer, se ha asociado a la condesa y ambos tienen intención de vender al dictador italiano una poderosa bomba que han probado en Las Vegas. Tenemos indicios de que varios mandos del Ejército alemán estarán presentes. Elvira ha conseguido invitaciones para el cuerpo diplomático del Vaticano. Tú la acompañarás a la cena. Pronto recibirás instrucciones.

—¿Tengo que ir a una cena de gala?

—Así es. Te has revelado como un gran codificador y hablas muchos idiomas. Necesitamos tu ayuda.

En el barco de vuelta a Tánger tras una larga travesía, Ardwent recuerda su reciente periplo africano. «Estados Unidos e Inglaterra nos han prohibido surtir desde esas minas a Alemania. Le sugiero que vaya al Congo», le dijeron sus contactos. A

Ardwent no le extrañó la explicación: «Son los mismos dueños en ambos lugares, pero en el país centroafricano la situación es tan caótica que es más fácil llegar a un acuerdo sin que se enteren los diplomáticos y espías americanos».

—¿Qué vamos a hacer con este negro? —le pregunta el Belga sacándolo de su ensimismamiento—. Deberíamos tirarlo por la borda.

—No. Tengo otros planes, quiero aprovechar la situación desesperada de Gnome para acabar con Isabel. Pienso matar, nunca mejor dicho, dos pájaros de un tiro. Vamos a hacer un trato con él, primero lo comprometemos con un trabajo en Tánger y luego te encargas de tirarlo al mar. Las autoridades británicas tienen que verlo vagando por la ciudad para que lo culpen de la muerte de Isabel y achaquen la suya a un suicidio.

—¿No te sirvo yo?

—De ninguna manera, si te cogen llegarían a mí.

—¿Cómo sabes que el negro no te va a delatar? ¿O que va a matar a Isabel?

—Tenemos el rubí que robó de las minas, podríamos acusarlo y devolverlo a nuestros contactos en el Congo. Por el bien de su familia, es mejor que no hable. Basta con atemorizarlo amenazando a su mujer y a sus hijos.

—¿Y después de Tánger?

—Desaparecemos. Vamos a Roma, a ver a nuestro contacto alemán.

Isabel camina hacia el Casino Español. Desde hace varias semanas siente menos angustia al salir de casa. Esta noche ha aceptado la invitación de Carlos, el hijo de la famosa marquesa que tanto ha rezado por ella. Una pequeña venganza que le tiene preparada a la madre. Carlos es apuesto, se dedica a montar a caballo y a vivir como un galán profesional de una ciudad a otra. Sus padres han conseguido mantenerlo alejado de la guerra. No pueden ni imaginar que ha perdido la cabeza por Isabel de la Mata.

Al doblar una calle, una enorme mano le tapa la boca y la empuja dentro de un portal. Un fuerte golpe en la sien la deja inconsciente.

ϒ

—¿Dónde está Isabel de la Mata? —pregunta Carlos en la recepción del Casino sorprendido de que no aparezca.

—No lo sé. Tenía entendido que hoy venía a trabajar, pero no lo ha hecho. Tal vez se ha sentido indispuesta —le dice el conserje, un hombre siempre dispuesto a lo que le pida Carlos a cambio de sus generosas propinas.

Decide ir a casa de Fátima a buscarla. La abuela se asusta al enterarse de que no ha aparecido por el Casino.

—Se marchó a eso de las siete de la tarde.

—Creo que deberíamos denunciar su desaparición.

—Tal vez está con ese tal Félix que ha venido a buscarla. Llévame al hotel España. Me ha dicho que está allí alojado.

Encuentran a Félix en el bar tomándose un whisky.

—Perdona que te moleste. ¿Has visto a Isabel? No ha aparecido en su trabajo y estoy preocupada —le aborda Fátima.

—No. He tratado de encontrarla, pero nadie sabe dónde está.

—Me temo que ha desaparecido —interviene Carlos y ve que Fátima se ha puesto a temblar—. Señora, debería marcharse a casa. Le diré a mi chófer que la lleve. Si Félix quiere acompañarme, iremos a las autoridades. Le avisaremos de cualquier cosa que descubramos.

Moviendo la cabeza, ella accede. No sin antes hacer una referencia a Ardwent:

—Puede ser cosa de su marido.

—¿Su marido? —preguntan ambos al mismo tiempo.

163

19

—¿*Q*ué es lo más importante para ti: sexo, religión, poder, dinero, amor, honor…?, ¿qué?

—Jamás me he planteado esa cuestión. Hasta hace muy poco habría contestado que sexo, desde que conocí a Isabel mis sentimientos pesan tanto como mi razón. Supongo que a mis treinta y dos años debería tener mis prioridades más claras, pero no es así. También sé que el amor lo tengo al alcance de la mano y le he dado la espalda. Quién sabe si por miedo o por rechazo.

Elvira se recuesta en el sillón. Daniel es muy atractivo.

—A mí lo único que me atormenta es el aburrimiento. Las emociones son adictivas. El amor es tan pasajero como el sexo y a la larga necesita una buena dosis de resistencia para convertirse en soportable. El amor siempre te deja cicatrices.

—Brindemos por el sexo.

—Más que brindar, hagámoslo.

Elvira se deshace de los tirantes de su vestido. No lleva ropa interior. Desnuda, se acerca a Daniel, que la mira con deseo. Es una mujer felina, bella, sensual. Hace tiempo que sus brazos no rodean un cuerpo tan perverso como este y lo echa de menos. Deja el vaso sobre la mesa para acariciarle la piel, los pechos, los pezones, las piernas, las nalgas. Parece hecha para acariciar. Experta en el embrujo de su cuerpo, Elvira desnuda a Daniel esperando redimir las horas de tedio de ese largo día. Le resulta conmovedor que reniegue del amor por Isabel al encontrarse con su piel. Extravagante, ordena dos *mousses* de chocolate al servicio de habitaciones. Las recibe así como está, desnuda. A Daniel le divierte la cara de sorpresa del camarero. Elvira no espera a que este se marche. Con dos dedos unta el chocolate en sus pechos.

—¿Quieres probar?

El joven camarero está atónito, sin dejar de mirarla, incapaz de reaccionar.

—Yo sí —dice Daniel y con la lengua prueba el chocolate del pezón izquierdo.

Ella se ofrece de nuevo al camarero, que esta vez no duda. Se acerca, agarra el pecho derecho entre las dos manos y se lo lleva glotón a la boca. Elvira lanza un gemido. Daniel le da una propina y lo despacha cerrando la puerta. No quiere intrusos con quien compartir este festín. Esa ofrenda generosa de ella al camarero ha desatado su lujuria. Rabioso y perdido, se entrega frenético.

Con la mano izquierda toca el bolsillo interior de su chaqueta. Sí, allí está el estuche con las seis dosis de vitaminas que ha traído de Nueva York. Las lleva siempre encima. Benjamin lo ha citado en el bar. Juntos irán a Villa Madama, la mansión de los condes Di Frasso, donde esa noche van a cenar con Mussolini. No entiende la relación entre la condesa y el mafioso ni por qué el conde la consiente. Le preocupa la demostración de la bomba que tienen preparada. El dictador ha pagado cincuenta mil dólares por adelantado y está entusiasmado con las noticias que le dieron de las pruebas en Las Vegas. Alfonso se ha enterado de que miembros del Ejército alemán van a estar presentes.

—Espero que no sea cierto —lo tranquiliza Benjamin cuando se encuentran—. Odio a los nazis, Dorothy lo sabe. Si me encuentro con alguno de ellos, no dudes que le voy a meter una bala en la cabeza. Si esos tipos piensan que voy a venderles la bomba para seguir matando a judíos, están muy equivocados. Italia no es Alemania.

—Sinceramente, no creo que sea buena idea que estemos aquí. Italianos y alemanes se asociaron con Franco.

—No seas gallina, Alfonso. La operación nos dejará dinero y eso es lo que tú necesitas. ¿O me equivoco? ¿Aún llevas tu coctelito en el bolsillo? Ponte uno y vámonos.

Ardwent está nervioso, no sabe si el Belga anda jugando con él. No se fían uno del otro. Isabel y Gnome se han convertido en prisioneros secuestrados en Casablanca. Ardwent ha tenido que viajar a Roma con urgencia por motivos que desconoce. Ha recibido un telegrama desde Alemania donde le piden que atienda a una reunión social y lleve los diamantes que le han dado en las minas de Forminière, en el Congo. Ha querido matar a Isabel, pero el Belga se lo ha impedido, quiere parte del dinero de la venta del Ojo del Ídolo. Maldito sea el día en que, estando borracho, le habló de la piedra. Su mujer ahora vale más viva, al menos durante un tiempo. El Belga no puede viajar a Roma, las autoridades italianas le han denegado el visado, y retener a Isabel es su seguro para que Ardwent regrese.

—Cuando vuelvas con el dinero, decidimos qué hacemos con ella.

—No te dejes encontrar.

—De eso no debes preocuparte.

Elizabeth está cortando los tallos del rosal de la azotea. Oye pisadas y se da la vuelta.

—Elizabeth, ¿has pensado lo que te dije?

—Sí. Me voy contigo, Burt.

Él sonríe. Han estado viéndose a escondidas, él fue quien sugirió la entrevista con el policía. Ella lo evitó hasta que un día en un café se rindió a ese hombre que le ofrece amor y un futuro a su lado. Le ha pedido que se casen, que olvide a su familia y empiece de nuevo. La aterroriza dejar a Fátima sola, pero esta ya hace su vida sin dar explicaciones. No echará de menos a su madre. Ha hablado con Matthew McAllister, y le ha prometido cuidar de su hija. Le ha contado su propia historia a su padrino: las incontables horas de amor sumiso con Alfonso, el desagradable baile de Londres, las infidelidades. Asqueado, él le ha recomendado que se divorcie. A sus ojos, Alfonso es un depravado. No se atreverá a denunciar el abandono ni el adulterio de su mujer. Que lo denuncie, ya se encargará él de defenderla. Que se vaya, le ha dicho Matthew. Elizabeth quiere empezar junto a Burt, un hombre que la protege, la mima, la escucha, que se sienta con ella a cuidar sus plantas, que la acaricia cuando la besa, que la trata con un inmenso amor y respeto. Su padrino ha sido generoso. Elizabeth llora cuando cierra la puerta.

20

*S*e muerde los bordes de las uñas por miedo, hasta arrancarse la piel. Ha perdido la noción del tiempo. Lleva horas en ese cubículo donde solo la acompaña el silencioso rezo de un hombre sentado en una esquina. Al principio no podía distinguir más que sus ojos, pero ahora que se ha acostumbrado a la oscuridad entrevé su perfil. Es un mastodonte que tiembla como ella. Ha intentado hablarle en inglés y en español. Ni la ha mirado. Isabel sigue con su manía de amortiguar el miedo con el dolor: la adquirió a los trece años y, a pesar de los muchos intentos de su madre, que le untaba los dedos con extraños ungüentos, a cada cual más repugnante, no consigue desprenderse de ella. El dolor y su propia sangre en la boca calman su ansiedad. Vuelve a intentar hablar con el hombre, ahora en francés. Él la mira, parece que la ha entendido.

—Gnome.

—Isabel.

Le pregunta si sabe por qué están allí.

—Ardwent es la única respuesta.

El dolor en sus manos mitiga el terror que la invade a oleadas cuando oye el nombre de su marido.

Vuelve a preguntar, esta vez la respuesta es aún más clara: del Congo, Gnome viene del Congo, y ella no sabe por qué están los dos secuestrados.

—¿Que mi madre ha desaparecido? ¿De qué habla? —Fátima grita desconsolada intentando entender la huida de Elizabeth, que para el detective que tiene enfrente es un mero trámite.

—Señorita, cálmese y escuche. Su madre lleva tiempo suministrando información al FBI sobre los mafiosos para los que trabaja su padre. Escapar ha sido la única posibilidad para seguir en los Estados Unidos sin que la descubrieran. Los informes que hemos recibido de su padre son muchos y no precisamente favorables. Elizabeth nos informó del viaje de Benjamín Siegel a Italia y de su intención de vender una bomba a Mussolini. Hay varios agentes sobre su pista.

—¿Por qué la protegen de mí? ¿Por qué tuvo que marcharse?

—Eso fue decisión suya.

—Fátima, yo te responderé algunas preguntas —interviene Míster McAllister, callado hasta entonces.

—¿Cree que van a intentar matarme a mí?

—No. Sin embargo, es una buena idea que no se aleje de la ciudad y nos mantenga informados si advierte cualquier detalle fuera de lo común. Necesitaré su dirección por si tenemos que ponernos en contacto.

Con la cabeza entre las manos, aturdida, Fátima oye sin escuchar el proceso que debe seguir.

168

—Estaré en casa —se despide, a pesar de que no sabe cuánto tiempo puede continuar en el apartamento prestado.

McAllister la deja ir. «¿Dónde está la grandeza en esa forma de vivir?», piensa Fátima mientras camina en dirección al que considera su hogar. Sacude el miedo con una actitud rebelde: «Desde este momento mi tiempo es mío. Libre de culpa, libre de sentimientos».

Pasea por Manhattan recibiendo las prisas ajenas, el hambre, el odio religioso, la podredumbre de días sin aseo en cuerpos abandonados. La única prisa que acepta es la suya y la tolera, simplemente porque no le queda más remedio.

Alfonso muestra su gran humor durante toda la velada. Es un maestro en el arte de entretener. Se atreve incluso con un divertido juego de magia. A los postres, Mussolini lleva a sus invitados al jardín. Daniel ha conocido a Alfonso de la Mata hace unos minutos. Elvira los acaba de presentar, a Daniel bajo el nombre operativo de John Lie, y Alfonso no conoce su verdadera identidad ni su relación con Isabel.

—Con ese nombre, cualquiera diría que usted es un espía —le ha dicho Alfonso.

—Nunca me atrevería a mantener ese nombre si así fuera —le ha respondido Daniel.

Entre ellos se ha despertado cierta camaradería. Daniel trata de resultarle simpático, aunque no acierta a entender qué hace allí el padre de la mujer a la que ama.

—Elvira, escoges bien a tus amantes. John parece hecho a tu medida —bromea Alfonso.

—No lo dudes —dice ella guiñando un ojo.

Daniel, convertido en John, tensa el gesto. Cómo iba él a imaginar...

La condesa se acerca a Alfonso y le pide por favor que mantenga a raya a Benjamin.

—Está enfurecido con la presencia de los alemanes —se queja Dorothy—. Dice que quiere matarlos.

—No te preocupes.

Daniel no había coincidido con Alfonso antes porque durante la cena ha estado llenando de tierra los conductos de la bomba que tienen previsto hacer estallar en un recinto habilitado en el jardín de Villa Madama. Elvira ha sabido bien cómo cubrir sus pasos. Daniel ve entrar a un nuevo invitado y cree reconocerlo.

—No puede ser. Ardwent. ¿Qué hace aquí? —Se escabulle entre el grupo hasta quedarse solo en una sala contigua. «No me ha visto, no me ha visto», se dice con el corazón latiéndole deprisa.

En silencio espera que Elvira lo busque. Pero ella está entretenida con la condesa.

Daniel ha sido la primera persona a la que ha identificado Ardwent en la fiesta, pero este solo tiene ojos para Alfonso. ¿Qué hacen los dos aquí? ¿Habrán venido juntos? Trata de encontrar al almirante Canaris, que es su contacto, pero no lo ve por ningún lado. Uno de los militares alemanes se acerca a él.

—¿Herr Ardwent?

—Sí.

—La persona con quien usted iba a entrevistarse no ha podido venir. Debe reunirse con nosotros. Acompáñenos a esa habitación, por favor.

Daniel, al oír pasos, se esconde tras un sofá. Quieto como una estatua, apenas respira.

—¿Y bien? ¿Qué ha pasado con Canaris?

—Mi nombre es Joseph Goebbels. Necesito la información de su viaje. Olvídese de su contacto. A partir de ahora, estoy a cargo.

Ardwent aprieta las manos detrás de su espalda hasta ponerse blancos los nudillos. No le gusta que le hablen así. No se fía de ese Goebbels.

A Daniel le falta el aire en los pulmones.

—He establecido una ruta segura para los diamantes industriales desde las minas del Congo hasta Etiopía. Habría que hacer mapas. La policía está comprada.

—Cuénteme los detalles.

Un golpe en la puerta los obliga a salir. Mussolini reclama la presencia de los invitados.

Ardwent acecha a los alemanes, no entiende la presencia de Alfonso en la cena ni cómo Daniel ha llegado hasta aquí. ¿Dónde está ahora? Lo ha perdido de vista.

—Esta va a ser una noche inolvidable gracias a la condesa —dice el dictador italiano.

—Estoy seguro de ello —contesta Ardwent, que va directo hacia su exsocio.

Alfonso lo ve venir.

Expectante ante la demostración de la nueva arma, el Duce ha hecho venir a todos sus ministros. Uno por uno lo saludan. Lo aplauden. Orgulloso, se agacha para detonar el botón del explosivo: un ruido ahogado y un montón de humo son la prueba del fracaso. Es el hazmerreír de los alemanes. Mussolini se vuelve indignado hacia el conde.

—Esto es un agravio. Me van a restituir mi capital. Las cosas no se quedan así. Desde este momento, esta villa es mía y a los condes únicamente les pertenecen las cuadras.

Benjamin Siegel ve a los alemanes gesticulando con la condesa. Teme por Dorothy. Se ha preocupado por conocer sus nombres: Hermann Göring y Joseph Goebbels. Él es un judío valiente que quiere apagar la arrogancia alemana de un balazo. Del bolsillo saca su pistola.

La condesa grita, Siegel dispara contra Göring errando el

tiro. Alfonso se abalanza sobre el mafioso. Tienen que salir de allí. Ardwent intenta agarrar a Alfonso, pero Daniel, que aparece por sorpresa, lo golpea con tanta fuerza que lo tira al suelo. El resto de los invitados gritan presos de pánico. Elvira pide un coche con urgencia. Benjamin, Alfonso y Daniel huyen mientras Dorothy pide calma y teme por la vida de su marido. Mussolini acusa a los alemanes de imprudentes y exige que lo acompañen. Unos y otros se confunden. Goebbels se arrepiente de no llevar escolta.

—Teníais que haberme dejado acabar con esos dos alemanes. Le habría hecho un favor al mundo —dice Siegel con la vena de la sien hinchada por la rabia.

—Benjamin, piensa en Dorothy, estás aquí por ella. Acaba de perder su casa. ¿También quieres que pierda la vida? —Alfonso trata de apaciguar a su amigo.

—Por aquí, por aquí —dice Daniel, que tiene preparada la huida, aunque no contaba con que fueran a ser tantos.

Ardwent no piensa dejar escapar a Alfonso. Lleva mucho tiempo esperando esta oportunidad. Corre hasta su coche. Esta vez Alfonso va a pagar su engaño. Arranca su vehículo y acelera para dar alcance a ese extraño grupo de tres hombres y una mujer que han desbaratado sus planes con los alemanes. ¿Qué estará tramando Alfonso?

171

—Podéis iros.

Isabel no entiende al hombre pelirrojo que está en la puerta. Escondida en su rincón, incluso teme huir.

—Ya me has oído. ¡Fuera fuera!

Despacio, Isabel sale a la calle, donde la luz lastima sus ojos. En francés le pide a Gnome que la siga.

Gnome agarra la mano de Isabel, ve sus heridas y cree que la han torturado. Desgraciados. La conduce a su lado sin rumbo, sin saber ni dónde están. Los dos caminan aturdidos por las calles estrechas de una ciudad que no identifican.

El Belga ha dejado libres a Isabel y a Gnome en cuanto su contacto le ha dicho que Ardwent ha hablado con Goebbels. Lleva meses intentando despistar a los espías alemanes para que no consigan partidas de diamantes industriales en otras rutas, es una desesperada carrera contra el tiempo. Se ha vendido por dinero a los ingleses engañando a Ardwent y a Canaris con su doble juego, aunque el almirante alemán ha desaparecido misteriosamente.

Los diamantes del Congo saldrán hacia Tánger, pero nunca llegarán. El MI6 ya sabe quiénes son los traidores que venden diamantes a los alemanes. Ardwent será quien pague las consecuencias; aun así, el Belga no deja de pensar en el Ojo del Ídolo.

21

Gnome está preocupado por Isabel, indefensa entre la gente. Él tiene hambre, lleva varios días alimentándose con la papilla de maíz que les daba el Belga y necesita comer. Ve una plaza con varios bancos.

—Ven. Aquí, espera aquí —le dice sacando punta a su rústico francés.

El tiempo corre a otra velocidad mientras está sentada en el banco. Se distrae mirando a una niña que mete virutas de paja dentro de una tela sin color. Cuando la llena, forma una pelota y ata la boca del saco con una pequeña cuerda. Termina abrazándola y susurrando algo que Isabel no consigue entender. Ese montón de paja se ha convertido en un juguete que, gracias a la imaginación, tiene alma. Se acuerda de su pasión por plasmar sus emociones en barro. Jamás dotó de alma a sus esculturas. Pierde el hilo de ese pensamiento cuando su estómago ruge. «¿Dónde estará Gnome? ¿Me habrá abandonado aquí?»

—Ven, Isabel. —Él aparece sigiloso.

—¿Dónde me llevas?

Le enseña unas monedas.

—¿Las has robado?

Gnome niega con la cabeza, aunque eso es lo que ha hecho. Lleva toda su vida robando y mintiendo, de otra forma no hubiera podido sobrevivir. Llegan al mercado y se detienen en un puesto de comida. Es Isabel quien elige por los dos, luego regresan al mismo banco del parque a comer. Ella aprovecha para averiguar más cosas sobre él.

—Fui guía de Ardwent en las minas del Congo —explica Gnome en su rústico francés y sin dejar de masticar—. En mi país la situación es muy difícil, fui de polizón hasta Tánger para cruzar a Europa, muchos extranjeros hablan bien de la vida allí. En el Congo soy el mejor guía de la ruta a las minas. —Deja su comida sobre el banco, mete la mano en el bolsillo y saca un papel arrugado donde guarda una piedra.

Isabel emite un extraño grito:

—¡Un rubí! Qué preciosidad. ¿También lo robaste? —Empieza a conocer la naturaleza de Gnome.

Él asiente.

—¿Tú nunca has robado?

—Debes tener cuidado. Hay gente que mata por una piedra como esa.

—Lo sé. En el Congo mueren muchos en las minas. Disparan al que intenta robar. Por eso me fui, iban a descubrir que me llevé este rubí. No podía pasar más tiempo allí. Y a ti, ¿por qué quiere matarte Ardwent?

—Estoy casada con él. Soy dueña de un diamante que está deseando vender. ¿Cómo has conseguido que el Belga no te quite esa piedra?

—Sí, sí me la robó, pero luego él siempre la llevaba encima y la recuperé en un descuido. Es un estúpido. Pero no hablemos aquí de estas cosas, busquemos un sitio donde descansar y decidir cómo regresar, si es que seguimos juntos.

Isabel no demuestra ninguna prisa por volver a su casa y él no conoce a nadie; sin embargo, son una pareja demasiado extraña como para quedarse en esa ciudad. Llaman mucho la atención.

—Es peligroso dormir a la intemperie —sugiere Gnome—. ¿No tienes familia?

—Supongo que mi abuela me está buscando, pero no quiero regresar a Tánger. No quiero que Ardwent me localice. Tal vez si la llamo, la ponga en peligro.

—Ardwent se marchó a Roma. Le oí hablar en francés con el Belga, y aunque no sé dónde está Roma, es allí donde dijo que iría. Tampoco sé dónde estamos nosotros.

Siguen caminando y al poco tiempo Isabel, que estuvo en Casablanca no hace mucho con Daniel, descubre un lugar que le sirve para identificar la ciudad. Aliviada, agarra la mano de Gnome.

—Ya sé lo que vamos a hacer.

Decide ir a visitar a uno de los dueños del hotel donde se alojaron: un irlandés que quedó encantado con el reportaje de Daniel en un periódico inglés.

La estación de tren está abarrotada. Alfonso y Daniel tratan de abrirse paso entre los transeúntes, y Ardwent los sigue de lejos. Pero Alfonso lo sabe y ha sugerido que se dividan: Benjamin ha preferido quedarse con Elvira en el coche, y Daniel, tratando de proteger al padre de Isabel, ha decidido acompañarlo. Alfonso agradece no tener que ir solo. Antes de subir al primer tren que ven en el andén, preguntan cuál es su destino, les dicen que Niza pero, sin pasaporte, deben bajarse en el último pueblo italiano, a siete kilómetros de la frontera con Francia. Los dos se suben pensando en lo fácil que será pasar andando al país vecino y desde allí huir a Inglaterra. Ardwent llega por los pelos al último vagón y sujeta la pistola para que no se le caiga.

—No, Alfonso, esta vez no te vas a escapar —murmura lo suficiente alto como para ser oído por varios pasajeros.

Daniel ha visto a Ardwent subirse al tren. No entiende por qué se esfuerza en perseguirlos. Avanzan despacio hacia el primer vagón, repleto de gente. No se atreverá a dispararles aquí dentro.

La última parada del tren en Italia es Ventimiglia, la máquina ruge bordeando la costa. Daniel está pendiente de Ardwent; este, de Alfonso, y este a su vez, de sus ampollas de cristal. En Génova hacen amago de bajarse, pero al ver acercarse a Ardwent por el andén, se quedan en el tren.

—Lo mejor será que nos separemos, vemos a quién persigue Ardwent, y el otro se mantiene detrás para protegerlo —dice Daniel temiendo revelar su identidad.

—¿Por qué habría de perseguirte a ti? —pregunta Alfonso dejando claro que él es el objetivo del holandés. Tiene clara la maniobra de Ardwent y no le interesa desvelar sus motivos.

—Seguramente Ventimiglia no es una localidad muy grande, encontrémonos en la oficina de correos más cercana a la estación. No importa el tiempo; nos esperaremos el uno al otro.

El tren va entrando en la estación. El ruido de los frenos dispara los nervios de Alfonso, que a punto está de caerse en el pasillo del vagón.

—Tranquilízate —le pide Daniel, que empieza a darse cuenta que el padre de Isabel está metido en un lío.

—No creo que pueda. La verdad, ese tipo parece peligroso.

—Las manos le sudan, se lleva una al cuello de su camisa y lo abre, siente que se ahoga.

Tratan de apearse mezclados con los pasajeros.

Ardwent está esperándolos. Levanta la pistola y apunta a Alfonso. Una mujer lo ve y grita despavorida, la multitud empuja, Ardwent cae al suelo al mismo tiempo que aprieta el gatillo, no es buen tirador y la bala acaba en el costado de Daniel, que siente el dolor en su bajo vientre. Ardwent trata de disparar de nuevo pero oye los silbidos de la Policía y huye agachado entre la gente. Alfonso encuentra a Daniel tendido en el suelo.

—¿Crees que puedes andar? Debemos salir de aquí, no podemos dejar que nos detenga la Policía y nos pida explicaciones. Seguimos en Italia y no quiero volver a caer en manos de Mussolini, de los nazis o de Ardwent.

—Sí sí. Vamos —dice Daniel taponando con su mano ensangrentada la herida.

Al salir de la estación, un hombre se acerca al verlos tan elegantemente vestidos, no aprecia que Daniel va herido. Es un conductor que ejerce de taxista en sus ratos libres.

—¿Quieren que les lleve a algún lugar?

—Sí, por favor. ¿Podría llevarnos a Mentón?

—A Francia.

—Sí. Tenemos dinero, pero no pasaportes.

El hombre se lo piensa. Necesita el dinero, su mujer y sus hijos lo necesitan. Podría llevarlos por la montaña, su casa está cerca. Conoce caminos para cruzar de un país a otro evitando a la Policía de aduanas.

—Muy bien. Pero tendrán que darme doscientos francos.

—Aquí tiene cien, el resto cuando lleguemos —le contesta Alfonso preocupado por la palidez de Daniel.

Ya en el coche, explica la situación del otro pasajero. Asustado, el conductor está a punto de echarlos, pero al observar al joven por el espejo le invade la compasión.

—No puedo llevarlo a un hospital, harían muchas preguntas. Vamos a mi casa, en el pueblo hay un veterinario que puede ayudarnos.

El bar del hotel Pierre es deprimente, oscuro, tétrico, pero a Fátima no le interesa la decoración del local, solo quiere saciar su soledad con un vaso de ginebra. Un hombre de unos treinta años se acerca por detrás y con voz seductora le dice:

—Nunca la había visto por aquí.

—Nunca había venido. —Fátima no levanta los ojos del vaso.

—Eso no quiere decir que no la conozca. Usted trabaja de recepcionista, ¿no es así? Jamás me olvido de una cara bonita.

Ella le ofrece una mirada vacua con los ojos vidriosos.

—Sí, me llamo Fátima.

Vuelca su cascada de recuerdos y una imagen cae de pronto, se acuerda de ese hombre, ha pasado por su oficina.

—Serge Rubinstein —se presenta el desconocido—. ¿Llora por un novio? ¿Tal vez un amante?

—No. Acabo de enterarme de que mi madre me ha abandonado —responde cortante.

—Lo siento muchísimo. Yo he perdido a mi padre, aunque tal vez no sea lo mismo. —Pero su empatía se agota en el momento de empezar—. Yo siempre tuve la fortuna de saberme apreciado.

Fátima está a punto de llorar. Ese sujeto ha venido a arañarle las heridas.

—Señorita, permítame que la invite a cenar, aquí mismo, en el restaurante del hotel. Nada personal, simplemente para hacernos compañía.

—Cenar con un completo desconocido en un día como hoy es lo único que podría aceptar.

Fátima confirma que para ella es más fácil hablar con extraños. Necesita desahogarse, lo hace. No busca compañía ni comer, lo único que quiere es mitigar esa invasión de tristeza que carga en el estómago.

22

*L*a cena es más amena de lo que había anticipado. Serge es un hombre de conversación fácil que va al grano. Y va despellejando cada costra de Fátima. Le gusta frecuentar la invasión de intimidades, le entretiene el juego de cazar ratones. Ella entiende a la perfección ese lenguaje franco, ha visto de largo sus intenciones. Bah. Ella no picará.

—¿Has pensado en lo que vas a hacer ahora?

—No, aún no. Tenía ganas de estudiar. Sin embargo, no me da el dinero para mantenerme y comenzar mi carrera.

—Espera, no estoy seguro de que seas mayor de edad para beber. El hotel es de un amigo mío, lo último que quiere son problemas con la Policía, hemos mojado la Ley Seca, pero no tentemos a la suerte.

—Tengo un documento falso que miente sobre mi edad, ya he cumplido los dieciocho —alardea de su mayoría recién cumplida.

—Eso me tranquiliza —dice él soltando una carcajada—. Por casualidad, ¿hablas español? Anda, bebe un refresco.

—Sí, hablo español. ¿Cómo lo has adivinado? Prefiero seguir con la ginebra.

—Tu acento y tus rasgos. Vengo de Inglaterra y en tu inglés británico hay un marcado deje español.

—Nací en España, aunque mis abuelos son de Gibraltar.

—Tengo un negocio con unos empresarios mexicanos y necesito un intérprete de confianza. ¿Crees que serías capaz de traducir la conversación?

—Sí. Ayudaba a mi madre dando clases de inglés a extranjeros procedentes de México y Cuba. ¿Qué clase de negocios?

—Petróleo, principalmente. Pero no preguntes demasiado, uno busca discreción, no averiguación. —Serge analiza las reacciones de la joven—. ¿Tienes un lugar para dormir?

—Estoy en el apartamento de unos amigos de mi madre, aunque no sé cuánto tiempo me permitirán continuar allí.

—¿Cómo puedo encontrarte?

—Prefiero, si no te importa, ser yo quien se ponga en contacto. Supongo que aquí en el hotel, que es donde te alojas, sabrán localizarte.

—Sí —contesta Serge dubitativo—. En ese caso, espero una respuesta mañana mismo.

—Pronto tendrás noticias mías.

Rubinstein es un hombre alto, muy peinado, huele a perfume caro, a mucho perfume, es apuesto, educado y galante. La acompaña hasta la puerta del hotel y hace un guiño al taxista. Paga el trayecto y, sin que Fátima lo perciba, le dice al conductor que regrese con la dirección.

Por la mañana, la joven descubre un gran ramo de violetas en la puerta de su casa. Las flores vienen con una nota firmada por Serge Rubinstein:

«Penosa tarea la tuya escaparte de mí. Quiero aprender español».

Ella ríe, sin alegría. Le distrae haber despertado interés en un hombre como él, piensa que acabará como su padre si alienta esas amistades. Lo prefiere, mejor defenderse entre la mala hierba que ser víctima de las circunstancias, como Isabel. El teléfono la sobresalta.

—¿Señorita De la Mata? Soy el detective que trabaja en el caso de sus padres. ¿Podemos vernos?

—Sí. ¿Dónde?

—Haga el favor de pasarse hoy antes de las cuatro por mi despacho.

—Así lo haré. —Cuelga extrañada.

Se viste cavilando sobre los tratos de Elizabeth con el FBI: «Supone una gran valentía la actitud de mi madre, denunciar al hombre que la sometía, escapar de sus riendas, huir en pos de otra cabalgadura. Pero para mí es doloroso, jodidamente doloroso. No has pensado en mí y, si lo has hecho, con cuánta simpleza, madre, ¡con cuánta simpleza!».

ϒ

A Daniel se le hace eterno el viaje hasta la casa del veterinario. Intenta no dejarse vencer por el dolor. Siente la bala pegada entre la carne y el hueso. Evita que su sangre se derrame apretando ya con ambas manos, antes calientes, ahora secas.

—Aguante, estamos muy cerca —lo anima Alfonso asustado.

Efectivamente, unos minutos después Daniel está tumbado sobre una mesa de metal. El taxista los ha llevado hasta la casa de un hombre callado que al ver al herido no hace preguntas. Se lava las manos y le pide a Alfonso que se quede a ayudarlo. Con cuidado observa la herida.

—Podemos arreglarlo, creo.

Tiembla el taxista en la puerta con su boina entre las manos, sin estirar las piernas, la espalda curva. Viste una chaqueta roída, los mofletes colorados por el sol. Este hombre no se pasa las horas en el taxi.

El efecto del anestésico suministrado empieza a hacer efecto y Daniel habla en el sueño:

—Isabel. Isabel —repite una y otra vez.

Alfonso se sorprende al oír el nombre de su hija. Le parece una casualidad increíble. Se olvida del taxista, del veterinario, de Mussolini, de la condesa. Católico supersticioso, lo interpreta como un mensaje divino. Un mensaje del espíritu para que regrese a ella, aunque ni por un instante piensa que se trate de su Isabel. «Voy a ir a Tánger, tengo que verla antes de regresar a Estados Unidos. Tal vez se encuentre en un apuro.»

—Páseme esas tenazas, ¿no me oye?, páseme las tenazas.

El taxista le acerca las pinzas al veterinario, contento de poder ayudar.

—Pero, hombre, ¿está usted despierto? ¿Le ocurre algo?

Alfonso percibe incómodo su desorientación.

—Nada, es el cansancio, son los nervios.

—Pues tranquilidad y esmero, no queremos dar explicaciones de un muerto. —El veterinario parece malhumorado.

Alfonso se aplica en salvar la vida de Daniel Thneleb.

ϒ

El detective la espera sentado tras su mesa. Todo es gris en él, desde su indumentaria hasta esa postura desganada. Recibe a Fátima con un saludo también gris:

—Buenas tardes. Pensaba que ya no vendría.

Fátima ha dado varias vueltas a la manzana antes de entrar. Es cierto, ella misma no sabía si iba a aparecer. Pero no quiere convertirse en objeto de las sospechas de alguien tan fácil de olvidar.

—He recibido cierta información sobre su encuentro ayer con Serge Rubinstein. Un hombre a quien nosotros llevamos investigando desde hace tiempo.

—¿Me están siguiendo?

—Escúcheme con atención, no sea tan tonta, por favor. Ayer estuvo cenando en el hotel Pierre, del que es dueño el millonario Jean Paul Getty. Rubinstein es su mano ejecutora en ciertos negocios. A usted, con sus antecedentes familiares, no le interesa involucrarse con esas personas. Recuerde que su padre también está siendo investigado.

—¿Quién es usted para decidir lo que a mí me conviene? A Míster Rubinstein lo conozco porque trabajo de recepcionista en una empresa de bolsa de la que él es cliente. —«He estado rápida», se aplaude la ocurrencia mentalmente.

—Era, señorita, era. Esa empresa de la que habla lo ha denunciado por una estafa de un millón de dólares. Serge es un ruso que escapó de joven de la Revolución con un puñado de joyas de su padre, que era asesor de Rasputín. En Inglaterra trabajó en el Schroeder Bank y hace unos meses se mudó a Nueva York, donde se ha puesto a las órdenes de Getty. De hecho, su amistad con él podría servirnos de gran ayuda, aunque no deja de ser perjudicial para su padre.

—Y todo eso…

—Serge Rubinstein y Jean Paul Getty son socios de Carlton P. Fuller, a cargo del banco Schroeder, que es el banco personal de Hitler y la Alemania nazi.

—Me habla de cosas que no entiendo.

—Se lo resumo. Señorita, el FBI tiene bastante información sobre su padre y sus amigos de la mafia judía. ¿Quiere involucrarse con sus enemigos o con sus amigos?

—Delira. Mi padre no tiene nada que ver con la mafia, y

181

yo lo único que hice ayer fue conocer a alguien que se mostró amable conmigo tras la desaparición de mi madre. Usted, sin embargo, me parece un desalmado. Me acusa, acusa a mi padre y, no contento con eso, me involucra en un complot donde hay hasta presidentes de Gobierno. ¿Le falta un tornillo? Cuando su información sea coherente, cuando vaya a decirme dónde puedo encontrar a mi madre, llámeme. De lo contrario, déjeme en paz. Por lo que me ha dicho, mi padre no es amigo de la Policía.

—Lo digo por su bien.

—Olvídese de mí. ¿Va a detenerme?

—Su madre se ha marchado con su amante a Filadelfia. Usted se ha quedado sola. Le estoy ofreciendo una salida a su situación. Y no, no tengo intención de detenerla, por ahora. Tal vez debería investigar su situación con el Departamento de Inmigración. Ellos puede que sí quieran detenerla. Y en ese caso, compórtese conmigo con más amabilidad.

Fátima se detiene en seco. Los pensamientos cruzan a gran velocidad. Inmóvil, respira hondo. El detective del FBI repite la frase más despacio, disfrutando del ardor que causan sus palabras:

—Su madre se ha marchado con su amante. ¿No sabía que tenía un amante? Pues sí, consiguió la ciudadanía después de revelarnos que su padre viajaba a Roma a vender una bomba a Mussolini. Usted no merece los padres que tiene. Le estoy ofreciendo un trato ventajoso: trabaje para nosotros. Simplemente tiene que estrechar su amistad con Serge y contarnos lo que ve.

—Déjeme en paz —contesta con mucha menos convicción.

Sale furiosa a la calle. Lo que ayer quería hoy se ha esfumado, el presente es distinto, el aire es huraño, intratable. Pero por más áspera que sea la situación, sabrá adaptarse. «Los caballos indóciles suelen terminar siendo los más obedientes. Seré un camaleón en mitad de la jungla de asfalto.» El doble símil le causa agrado. Burlar es un arte necesario, lo aprenderá. Acomodarse a su vida, sin familia, le da menos miedo hoy que ayer. Sus resolutivos pasos la dirigen hasta el hotel Pierre, donde Serge aguarda su respuesta. Lo encuentra en una mesa hablando con una mujer que le presenta como la señora Mohle.

—Los dos únicos inquilinos perpetuos del hotel —dice ella

con gestos desorbitados. Una actriz de vodevil de altas exclamaciones actuando para un público raquítico.

—Quiere decir que no somos huéspedes de paso. ¿Qué te trae por aquí? —le pregunta Serge a Fátima.

—Simplemente aceptar tu propuesta de trabajo.

—Yo os dejo. Tengo una mañana desastrosamente complicada. Espero que volvamos a vernos, querida. —Al irse, Mohle hace una reverencia.

—Me alegro de que hayas tomado esa decisión. Eres una mujer que demuestra entereza. Ahora tengo una reunión, pero vuelve a eso de las seis, para explicarte lo que necesitamos de ti. Y aprovecharemos para cenar. ¿Tienes dinero?

—A las seis estaré aquí. Gracias, no necesito nada.

La frustración de la espera, de la inagotable angustia por tener noticias. Por que las noticias sean las que desea. Ese constante titubear, el ir y venir de su cabeza, la extenuante domesticidad de los caprichos malcriados desde niña. Isabel vive en el dilema entre querer irse y quedarse por Daniel, entre aguantar y desesperarse. Permanecer en Tánger es absurdo, peligroso. Oír la historia de Gnome, su mujer y sus dos hijos que agonizan en su país, faltos de los mínimos recursos, es un bálsamo para sus heridas. «La vida es una completa lotería donde dependes del lugar en el que caes. Tal vez ha llegado la hora de regresar a Inglaterra, o de marcharme a Nueva York con mi madre y mi hermana, volver a mi vida anterior a Daniel. Ya me he cansado de estar de paso en pos de un sueño. Pero... ¿y Daniel? ¿Acaso el mundo, cualquier lugar, cualquier persona, está ya impregnado de Daniel?» Sus sentimientos la acosaron hasta en la cueva que Ardwent había reservado para ella. «Maldita duda, maldito deseo, maldito amor, maldito miedo.» Si consiguiera imponerse al menos a su propia mente... «Dios, si tan solo pudiera dormir sin recordar...».

183

23

*E*l año nuevo se acerca. La nieve cae con fuerza en Nueva York. El frío ralentiza las rutinas, no así a Fátima, que, con cuidado, da los últimos toques a su maquillaje. Serge le ha pedido que vaya a la reunión vestida de forma elegante.

«Recuerda que es un grupo de hombres de negocios. Tú no vienes de mujer de compañía, nada de escotes, evitemos problemas con los mexicanos», le ha advertido.

Está nerviosa, se ha tomado una infusión y aun así la ansiedad la consume. Serge le ha dicho que a la reunión acuden Jean Paul Getty y el general Almazán, candidato a las elecciones para la presidencia de México. Al final, el detective tenía razón. Ella hará de intérprete porque Almazán no habla inglés y los otros no entienden español. Las manos le sudan cuando aprieta el pulsador del ascensor. Está incómoda con las medias, nunca consigue subírselas por completo, le quedan mal ajustadas, inconformes entre los muslos, donde las ligas alimentan una desazón por el terror que siente a cometer un error. ¿Ha calculado las consecuencias? Intenta subírselas sin romperlas, pero las manos le sudan demasiado y se escurren. Se mira en el espejo del ascensor, la imagen que devuelve le parece desaliñada. No es la misma de hace una hora. La seguridad con que salió de casa cruje, rota la confianza. ¿Y si alguno de esos importantes hombres de negocios descubriera sus miedos por llevar mal las medias? Llega a la suite donde se celebra la reunión. Un mayordomo espera en la puerta.

Ella lo sigue a través de un largo pasillo, estrecho y con grandes luces amarillas pegadas a la pared, como enormes ojos espías. Es un decorado horrendo. El mayordomo toca apenas con los nudillos la puerta de una habitación.

«Es enorme», piensa Fátima cuando la puerta se abre.

—Entra, Fátima, gracias por venir —la recibe Serge.

Están los dos solos. Él quiere contarle con detenimiento los temas que van a tratar. Ella le pide permiso para ir al cuarto de baño.

—Está allí a la derecha. ¿Quieres un café o un té?

—Nada, gracias.

Los nervios la traicionarían si tomara algo. En el baño se libera de las medias, las tira al cubo de la basura, acaricia el tatuaje del diamante. Recobra la compostura. Vuelve a mirarse en el espejo. Esta vez le gusta lo que ve. Sale con más color en las mejillas.

La reunión girará en torno al petróleo de México. Serge quiere ponerla en antecedentes:

—Lázaro Cárdenas ha expropiado la explotación a las empresas británicas y estadounidenses. Como consecuencia, esos dos países han impuesto un embargo al petróleo de México. Pero Cárdenas no ha cedido. Gracias a los contactos de Míster Getty en Alemania, tiene la oportunidad de vender el petróleo mexicano al Gobierno de Hitler. Getty recibirá a cambio una enorme comisión. Pero tú de esto no puedes decir absolutamente nada. Las palabras se pagan con la vida. Firma este contrato de confidencialidad. Como verás, la suma por tu trabajo es muy generosa. —Rubinstein observa a Fátima, que a duras penas puede disimular el tumulto que la invade—. Tranquilízate. No puedo darte nada. Luego, tal vez, cuanto terminemos.

—Estoy bien.

Solo piensa en la cantidad, van a pagarle quinientos dólares. Calibra si va a meterse en líos. Desde recepción avisan que sus invitados están ya en el ascensor.

Almazán llega escoltado por una guardia pretoriana. A Fátima le tiemblan las piernas, teme incluso olvidarse del vocabulario español. Sin embargo, reacciona con entereza, demuestra ser una joven muy articulada, locuaz, efervescente para descifrar en uno y otro idioma las ideas que asoman en las palabras, no solo traduce, interpreta los pensamientos que en inglés y español recorren la habitación. Cuando Almazán se despide, impresionado por su trabajo, ella queda a solas con Serge.

—Has estado soberbia. Gracias. Te has ganado cada centavo.

Vaya éxito. Ahora debo irme, pero esta noche te paso a buscar por tu casa.

Agotada por lo que ha escuchado, Fátima regresa a su apartamento, se tumba en la cama. Ha descubierto que el mundo está al borde de la guerra, que hay mucha gente sacando provecho de esa situación y que a ella podrían asesinarla esa misma tarde si decide contar algo. Al menos, puede fijarlo en su cabeza, repetírselo para no olvidarlo. Suena el teléfono.

—Hola, te has marchado muy deprisa. Ya he terminado. ¿Vienes a tomarte conmigo un suero de la verdad?

—¿Eso qué es?

—Un dry martini en el bar del hotel. Vístete sexi, olvídate de esas medias, que has dejado olvidadas en el baño, y de esa falda tableada de hoy. Enseña piel. Te sentirás mejor. Hay que descargar tensión. —Serge se empeña en decirle cómo debe comportarse, vestirse.

Le intriga que se haya fijado en ella. ¿Qué sabrá él lo que siente cuando lleva escote?

—En media hora estaré allí.

—Recuerda, sexi.

Antes de salir del portal advierte una sombra. Se detiene, un hombre sale a su encuentro.

—Acompáñeme. Creo, señorita, que usted tiene información para mí. —Sin esperar respuesta la empuja dentro de un automóvil—. ¿De qué trató la reunión de Rubinstein con los mexicanos?

—¿Por qué habría de decírselo? No puedo hablar de nada. ¿Cómo lo sabe usted?

—No lo sabía, lo sospechaba. Acaba de confirmármelo. Empiece a hablar porque de otro modo, usted y su padre terminarán en la cárcel. Si coopera, es probable que muy pronto consiga su ciudadanía americana.

—No le debo nada. Si quiere llevarme a la cárcel por hacer de intérprete en una reunión, hágalo.

—Señorita, desde el momento que aceptó ese trabajo con la mafia, se puso en peligro. Pero creo adivinar que eso es algo más que natural en su familia. —El detective del FBI suelta la garra que la detiene.

—Déjeme pensar. Yo me pondré en contacto con usted.

Es una manera de ganar tiempo, necesita encontrar una salida porque ese tipo no parece dispuesto a dejarla tranquila. El taxista que la trajo tras su primer encuentro con Serge aparece para recogerla. Los mira. Enciende un cigarrillo y espera apoyando los codos en el volante. El detective, que lo ve, la deja libre.

Cuando Daniel despierta, se encuentra solo en un cuarto pintado en color amarillo. Le llama la atención una muñeca en una esquina. No reconoce el lugar. Trata de moverse, pero un dolor agudo se lo impide. Gruñe. Como por arte de magia, una mujer aparece en la puerta.

—Ya despertó. Nos tenía preocupados. Lleva dieciocho horas inconsciente. ¿Quiere un poco de agua?

—Sí. —Apenas puede hablar. Tiene la boca seca—. Sí, por favor.

—No trate de moverse. Ayer le operaron. Sería peligroso que se le abriera la herida. Entienda que quien le curó le cosió como pudo. Yo más bien diría que le remendó.

—Esperemos que el roto no se deshaga.

—Si es capaz de bromear, es que se encuentra mejor. Ahora mismo le traigo el agua.

Tratando de ordenar sus pensamientos, Daniel reconstruye la cena en Villa Madama, las carreras para huir, el tren, Ardwent..., de pronto se acuerda de Alfonso. ¿Dónde estará? La mujer regresa con una sonrisa maravillosa. Es alta, muy delgada, de cara afilada, los ojos grandes, la piel casi traslúcida. El pelo recogido con un pañuelo. Una bata sobre su vestido de algodón. En ella la sencillez cobra elegancia. Contagia alegría con su simpatía.

—A ver, dígame, ¿qué ha hecho para que alguien quiera dispararle?

—Creo que me dieron a mí cuando apuntaban a otro.

La mujer se ríe con una limpia y sonora carcajada.

—Eso de estar en el lugar equivocado con la persona equivocada le ha salido a usted caro.

—Tal vez sí me quería matar a mí, y el tipo tiene muy, muy mala puntería.

—Vaya, un enfermo con gran sentido del humor. Si sigue así, no me va a importar atenderle. —Y le explica su traslado y operación.

—¿Sabe usted dónde está el hombre que me acompañaba?

—Se marchó. Ha dejado una carta.

—¿Bromea?

—No. Tenía mucha prisa por irse.

Del bolsillo saca un papel doblado que, por la cara de ella, entiende que ya ha leído.

Daniel, tengo que salir urgentemente para Tánger. No puedo esperar. He hablado con la familia del taxista, ellos se quedan a tu cuidado. Les he dejado dinero por si te lleva tiempo reponerte. Espero que te mejores. Saludos, Alfonso.

—Es cierto lo que dice. Ese hombre nos pagó doscientos dólares. Antoine, mi marido, lo llevó hasta Niza esta mañana.

—¿Habla usted inglés? —Hasta ese momento han estado hablando en francés.

—Sí, un poquito. No se preocupe. Descanse. Ahora mismo lo que necesita es reposo.

Del jardín llegan las voces de unos niños llamando a su madre. La mujer, que aún no se ha presentado, cae en la cuenta:

—Por cierto, me llamo Livinia, y esos que gritan son mis hijos.

—Encantado. Yo, Daniel. Y no tengo hijos.

Ya está en el pasillo cuando él ha respondido y vuelve a soltar una carcajada. «Esta mujer es sensacional», piensa Daniel agradecido.

Alfonso planea marcharse de Francia, de Europa. No puede volver a encontrarse con Ardwent. Sabe que debería haber esperado a que Daniel se recuperase, pero no quiere arriesgarse. Antoine se ha ofrecido a llevarlo hasta Niza, un puerto desde donde puede cruzar a Tánger sin papeles. Eso va a hacer. Le dará la mitad del dinero que guarda. Desde que viaja con Benjamin, carga con grandes cantidades para evitarse problemas. En Tánger su madre lo ayudará.

ϒ

Maldiciendo su mala suerte, Ardwent golpea la cama del hostal al que ha ido a parar en mitad de la noche. Su obsesión por Alfonso lo ha llevado casi hasta la frontera con Francia cuando debería seguir en Roma. Decide comunicarse con el consulado alemán más cercano para establecer contacto con Hermann Göring. Tiene que volver a verlo. No puede permitirse perder el que ha sido el negocio de su vida. Un dos por cierto de la venta de los diamantes irá directamente a una cuenta suya en Zúrich. Debería darle las gracias al Belga como se merece. Sin embargo, la aparición de Alfonso se ha vuelto un obstáculo, una perturbación, ahora más que nunca desea acabar con Isabel para apoderarse del Ojo del Ídolo, así le hará pagar a su padre.

En el restaurante, frente a Serge, Fátima intenta relajarse.

—No me gustan que me digan cómo tengo que vestirme. Serge, me divierte tu juego de seducción, pero yo preferiría que me vieras de igual a igual. Una empleada tuya a la que necesitas, aunque en realidad no sea así. Supongo que tú, que tienes más experiencia, no intentarás aprovecharte, o sí, pero no voy a seguir si no recibo respeto. Mi situación no es tan desesperada. La complicidad termina en el abuso. Creo que el dry martini resulta efectivo.

—¿Para decir la verdad? Alabo la disciplina con que te comportas, pero no tientes demasiado a la suerte. A mí, los retos cuanto más difíciles, más me gustan. Además, tú sabes cosas de mí que no me conviene que se sepan. Hago simplemente lo que es mejor para mí. ¿Sabes?, podría acusarte de la muerte del detective. El taxista regresó, lo encontró por casualidad y lo atropelló.

—¿Cómo? Yo también puedo acudir a la Policía. Puedes matarme, pero mi padrino es lo bastante importante para darte un quebradero de cabeza. Soy ingenua, no estúpida.

—Jovencita, no me amenaces. —Serge le aprieta el codo hasta hacerla daño—. No se trata de entender, es cuestión de aceptar, y yo no soy conformista. No soy un hombre a quien se provoca.

Una hermosa camarera se acerca con dos nuevos dry martinis.

189

—Carrie, me están dando calabazas. ¿Te vendrás conmigo cuando termines tu turno?

Fátima lo mira entre sorprendida y curiosa.

Carrie se incomoda, nunca ha aceptado sus invitaciones, tiene prisa por regresar a la barra. Le repugna ese Rubinstein, otras camareras le han contado historias, un hombre generoso pero exigente. Serge se levanta, coge a la camarera por la cintura, le da la vuelta hacia él y le suelta una bofetada. Fátima salta en su asiento.

—Eres una insolente, Carrie. Si te hablo, contestas. ¿Entiendes? Ya puedes irte.

La camarera asiente sin hablar, con lágrimas en los ojos. Huye con la bandeja hacia el bar, donde sabe que su jefe la va a regañar por haber molestado a uno de sus mejores clientes. Es muy probable que pierda su trabajo.

—¿Por qué le has pegado?

—Tiene que aprender. Me debe a mí su empleo. Es muy orgullosa. Quién se cree que es para despreciarme. La altivez hay que saber guardarla para otras ocasiones.

—Pero no ha dicho ni ha hecho nada.

—Hay que saber entender lo que no se dice. ¿Tú estás dispuesta a seguir con esto?

—Serge, te repito que estoy aquí para colaborar. Soy tu subordinada, pero no te pertenezco. ¿Golpeas a todo el que trabaja para ti? Puedes pegarme o matarme, ya me has avisado; sin embargo, no sé qué ganarías con eso. Puedo ser valiosa en otros aspectos de tus negocios. ¿Qué gano hablando de lo que sé?

—Mide lo que dices y cómo te comportas. Imagino que la muerte del detective puede levantar sospechas a tu alrededor. Solo espero que no se te ocurra contarle a nadie lo que oyes conmigo. Te mataría, a ti y a tu gente, no me costaría mucho.

Fátima graba la escena. Alerta como un gato. Entiende que para sobrevivir en Nueva York va a necesitar no gastar las vidas que le den. Pasea despacio hasta su casa. Baja por la Segunda Avenida mirando los reflejos en los escaparates, por si alguien la sigue. Es una sombra, un envoltorio humano de ropas que vagabundea hacia su cobijo. Es extraño vivir solo, pensar solo, articular solo palabras en la cabeza que no llegan a la boca. Piensa en su madre, estará en brazos de Burt en Filadelfia. Unos años atrás eran una familia en Málaga. El vanidoso azar no hace prisioneros, ahora son cabos sueltos poblando el mundo, restos del naufragio de un apellido. Traductora de un mafioso, podría ser considerada miembro de la mafia, encarcelada. La carcajada resuena en la inmensa avenida, una mujer la mira, ella baja los ojos castigada por la vergüenza. «La locura —piensa—, también es saludable.»

Agotada del viaje, sucia y hambrienta, Isabel llega a Tánger. Su abuela grita al verla entrar en la casa:

—¡Isabel, hija! ¡Qué alegría! Dios ha escuchado mis plegarias. Cuéntame, ¿qué te ha pasado? ¿Quién es este hombre que viene contigo? ¿Te ha hecho daño?

—Yaya, cálmate, por favor. Voy a explicarte. —Y le cuenta que fueron secuestrados por Ardwent y la ayuda que le ha prestado Gnome.

—Bienvenido sea entonces. ¿Qué necesitas, hija? Hay que llamar a esos jóvenes que andan como locos buscándote.

—¿Quiénes, abuela? —Al oír «jóvenes», en plural, el corazón salta en su pecho. Tal vez sea Daniel.

—Carlos, el hijo de la marquesa, y un tal Félix que vino desde Inglaterra para verte.

—¿Félix está en Tánger? ¿Sabes dónde se aloja?

—En el mismo hotel en el que estuvo Daniel. Avisaré para que venga a verte. Pero ahora debes darte un baño, comer algo y descansar. Lo mismo... ¿Cómo has dicho que te llamabas?

—Gnome —dice él admirado con los exagerados movimientos de Fátima.

—Háblale en francés.

—Bueno, pues hablaremos por señas porque mi francés es terrible. Hala, hala, a bañarse, que vuestro olor no se puede aguantar.

191

24

*F*élix sigue siendo el mismo hombre atento, considerado, pero muestra una frialdad que antes no tenía. Han quedado para verse de nuevo en el Zoco, cerca del hotel España. Isabel ha pasado el último día del año en casa de su abuela reponiéndose de su secuestro. No tenía ganas de salir ni de celebraciones. Carlos, el hijo de la marquesa, ha venido a visitarla para invitarla al cotillón del Casino, pero ella ha preferido cenar a solas con Gnome y su abuela.

—Sigues igual de distraída que cuando te caíste de la bicicleta —bromea Félix.

—Siempre lo he sido, perdona.

—Me voy a quedar pocos días en Tánger, debo regresar porque se acaba mi permiso. Tal vez te parezca raro, pero me gustaría que vinieras conmigo a Inglaterra. Allí estarías más segura. Yo podría protegerte, Alba desea que te quedes con ella. Me ha pedido que te diga que regreses. —En realidad, ha llegado con una misión a Tánger.

—Gracias, Félix. Tengo mucho que pensar. Me he pasado mi vida amarrada a alguien, primero a Alba, luego a Ardwent y ahora a Daniel. Tal vez regrese, así visitaría a Nana en Cirencester. Estoy muy confundida. Con mucha ansiedad, no me siento preparada. Al menos, no todavía. Echo de menos a Alba, ¿cómo está?

—Quiere que vayas, Tánger le parece poco segura para ti en estos momentos. Parece feliz con mi padre, a pesar de la diferencia de edad. Yo dudé de sus intenciones, pero me ha demostrado que es una gran persona. Te quiere como a una hija.

—Félix.

—¿Sí?

—¿Fue a verte Daniel?

Isabel lleva mascullando esa pregunta desde que su abuela le dijo que había venido a Tánger.

—Sí. Pensé que él te había escrito.

Félix sabe que Daniel ya no está en Inglaterra, pero no puede revelárselo a su amiga, pues Alba le ha advertido que podría suponer un problema para ella. Él quiere que no siga dando alas a un amor imposible, un amor que ella misma reconoce que le impide ser libre.

—¿Sabes?, solo aquellos que no tienen nada que perder son libres. ¿Es seria vuestra relación?

—No lo sé. Lo que siento por Daniel no lo había sentido nunca.

—Cuando lo conocí, me pareció un insensato. Nuestro encuentro fue muy breve. Me preguntó por ti…, por el Ejército.

—¿Qué te dijo de mí?

—Estaba interesado en saber cualquier cosa. Isabel, recuerda que la guerra en Europa es una posibilidad, Daniel tiene obligaciones.

—Creo que fue a ver a Alba, ¿te contó algo ella?

—No —miente él con tristeza.

—Lo sé, lo sé. El presente es lo único que tenemos.

—Exactamente. Celebremos que estamos aquí, juntos y vivos. El primer día de 1939.

—Eso merece un vaso de ginebra y un buen plato de lentejas.

—Isabel no quiere perder la tradición familiar.

—Acepto encantado.

193

—Sinceramente, Isabel, quizá Daniel no sea el hombre adecuado.

—Félix, yo no sé de dónde sacas eso. Daniel es un hombre que trata, como todos nosotros, de encontrar su camino.

—Es indeciso, intrépido. Va a ciegas dejándose llevar por sus impulsos.

—Apenas lo conoces. ¿Cuántas veces lo has visto?, ¿una?, ¿dos? ¿Por qué lo juzgas con tanta rapidez?

—Soy bueno a la hora de reconocer el carácter de los demás.

—Félix se siente a la defensiva.

—Te desconozco. Hay una arrogancia en ti que antes no existía.

—No te enfades, Isabel. Creo que Daniel puede herirte, mucho más de lo que crees. Su forma de ser, tan volátil, hiere a quienes lo quieren. ¿Qué sabes de sus deseos o ambiciones?

—Dime, ¿en tu vida no ha aparecido una mujer que despierte tu interés?

—Tú, pero no haces más que hablarme de Daniel.

Félix es incapaz de estar con nadie Ha convertido a Isabel en un ideal. Su obsesión por encontrar a la pareja que vive en sus deseos, ha hecho de él un onanista. Torpe a la hora de acabar sus orgasmos con una mujer, termina siempre masturbándose ante ellas. Su padre le dice que la culpa es de su madre, que la perfección no existe, pero él se niega a creer que en el mundo no haya una mujer a su medida. Isabel se acerca mucho a su idea de excelencia, pudo enamorarse de ella. Hasta que Daniel la pervirtió. Está decidido a ayudarla porque no quiere ver su autodestrucción, pero ya no puede aceptarla de la misma forma. Se ha dado cuenta de que ella tampoco le merece.

—¿En qué piensas? Te has quedado callado.

—En ti. En el rumbo que diste a tu vida casándote con Ardwent.

—¿Tú nunca te equivocas?

—Yo, antes de tomar una decisión como esa, mido las consecuencias de mis actos. Tal vez Daniel y tú estéis hechos a la medida.

—Félix, creo que me insultas. ¿Has venido a eso?

—No no. Sabes que te aprecio. ¿Por qué te empeñas en esta vida mustia en Tánger?

—No es mustia. España está en guerra. Nadie puede elegir su camino a menos que tenga poder o dinero.

—Podrías ir con tu hermana y tus padres a Estados Unidos.

—Sí, aunque mi instinto me dice…. ¿Por qué he de defenderme cuando hablo contigo?

—¿Tu instinto? ¿Eso es lo que hace que te quedes en Tánger? Escúchate. Hablas con tan poca madurez...

—Supongo que a ti eso te sobra. —Isabel empieza a irritarse, quiere dejar a Félix nadando en su petulancia.

—Brindemos por aceptarnos como somos.

—Sí, brindemos. —Isabel bebe un sorbo de su ginebra.

El hijo de una de las mujeres que trabajan en casa de su abuela Fátima, llega corriendo a su mesa del Casino. Está sin aliento, pero contento de encontrarla, se ganará sus buenos duros.

—Seño, seño, su papá está en casa. Acaba de llegar en barco.

Isabel se levanta.

—Espérame y nos vamos juntos —le dice al niño—. Félix, mañana me paso por el hotel.

—¿Te acompaño?

—No, no hace falta. —Sale apresurada del patio tras recoger su chal.

Isabel vuelve a fallarle. Ha venido desde Londres para verla y ella lo ofende con esa huida. Esa noche se entregará de nuevo a sí mismo.

$\mathcal{A}$ Alfonso no le da tiempo a abrir los brazos, Isabel se le abalanza en cuanto lo ve. Riéndose de ella por su brusquedad, el padre consigue zafarse.

—Déjame que te mire, te he echado tanto de menos que quiero verte.

A Isabel le encanta la sensación de seguridad que le brinda ese pecho. Puede ser la niña que fue hace tan poco tiempo. Tanta es la emoción que no habla, simplemente solloza.

—Hija, ¿qué tienes?

—Nada, papá, no te esperaba. Es una sorpresa muy grande.

—Te he dejado demasiado tiempo sola, ¿verdad? Perdóname, cariño, perdóname por haberte descuidado. Ya estoy aquí. Cuéntame de ti.

Fátima reza de alegría, da gracias por tener a su hijo en casa. Isabel no para de hablar: su matrimonio con Ardwent, su amistad con Daniel, su secuestro, su trabajo en el Casino. Alfonso trata de disimular la angustia que esas noticias le causan, bebe un whisky en silencio. En los pormenores de esos dos años que Isabel ha pasado prácticamente sola está grabada su irresponsabilidad. Ha cambiado, tiene ojeras, está más flaca, y hay una sensatez impensable en la joven que dejó cuando huyó. Le conmueve su entereza, su alegría al verlo cuando él sabe que no merece tanta admiración. Trata de calmar la ansiedad del cuerpo herido que le pide una inyección.

—Hija, ¿qué te parece si me dejas descansar un poco? He pasado muchas horas en el barco sin dormir. Luego te cuento mi aventura en Roma, donde por cierto me encontré con Ardwent. Me persiguió y me disparó, me salvé por los pelos.

—¿Cómo? Pero ¿qué hacia Ardwent allí?

—Eso es lo que quiero averiguar.

—Tras el secuestro, desapareció. Fue su compinche quien me dejó ir.

—¿Quién era su socio? ¿Lo reconocerías?

—Nunca vi su cara. Tan solo pude oírlo. Recuerdo a una mujer preguntando por el Belga. Nada más. Cuéntame qué pasó en Italia.

Alfonso le resume su peripecia desde la velada en Villa Madama, con la persecución de Ardwent y cómo este terminó hiriendo a un agente inglés llamado John.

—Papá, ¿qué tiene eso que ver con los diamantes?

—¿Con los diamantes?

—Sí. Es lo único que Ardwent persigue. Estoy casi segura de que mi secuestro y su viaje a Sudáfrica están relacionados.

—¿Por qué dices eso?

—Yo no fui la única secuestrada, Ardwent tenía intención de echarme al mar junto a un polizón congoleño, sus planes se truncaron cuando tuvo que salir de viaje. Venía de las minas de diamantes; Gnome, el congoleño, fue su guía.

—¿Tienes el contacto del polizón?

—Está viviendo cerca de la medina. Le he conseguido trabajo como lavaplatos en el Casino.

—Manda a buscarlo. Debemos averiguar qué trama Ardwent. Ahora, hija, déjame descansar.

Una vez en su habitación, Alfonso cierra la puerta con llave. Saca el estuche con dos jeringuillas y dos botes de cristal. Hasta ahora las dosis han sido pequeñas, ese día decide administrarse algo más, pero sin acabar sus reservas. Se hace un torniquete en el brazo con una pequeña goma y saca una jeringuilla. Es zurdo, tiene más facilidad para pincharse en la vena del brazo derecho. Con cuidado va inyectando la magia en su cuerpo. Es así como le gusta llamar a la droga. La efervescencia es inmediata. Empieza a cantar mientras se ducha.

Tumbada en la cama, Isabel se siente víctima de las circunstancias. «Daniel ha preferido huir antes de enfrentar la posibilidad de una vida conmigo. No lo entiendo, no entiendo que se entregue a una causa que no le corresponde. ¿Qué tiene él que ver con Inglaterra?». Deja que el cansancio envuelva sus últimos pensamientos. Y se duerme con la tristeza agitándola.

197

ϒ

Esa noche, lejos de su madre y de Isabel, Alfonso disfruta de la conversación con Dalia, su hija Emily y el escritor Paul Bowles, que ha llegado de visita a Tánger. Dalia ha traído una tabla de güija que arrastra por todo el mundo con devoción y los obliga a todos a participar en una sesión. «El ambiente es propicio», dice, como si necesitara una atmósfera especial para hablar con los espíritus.

Un camarero se acerca ofreciendo una bandeja con pasteles marroquíes. Ninguno de los presentes quiere comer.

—Tráeme un whisky con hielo, pero no lo sirvas. La botella y un vaso corto cargado de hielo hasta arriba. No me gusta el whisky aguado. —Alfonso está imponente con el traje de alpaca negro que Fátima guarda para él en un armario.

—¿Os parece si dejamos que el misterio del desierto invada esta estancia? —Dalia baja la voz—: Yo advierto una presencia.

Su hija Emily se contorsiona dentro de su sari naranja. Es una joven muy bella que, sin embargo, podría pasar por hombre. Junto a Alfonso se sienta un egipcio enorme, de unos cincuenta años, simpático, sofisticado, que habla un inglés británico aprendido en Eton y saca una *shisha*, la tradicional pipa mora de agua.

—Alfonso, ¿qué te parece el *staff* de mi pipa? Me lo han hecho con un barro especial para que el kif se mantenga a baja temperatura. Pruébalo, es de las montañas del Rif.

Inhalando profundamente, Alfonso siente el efecto del cáñamo índico: el vértigo da paso a una enajenación completa. Todos prueban el hachís del Egipcio. Los ha invitado a su casa, han compartido comida y bebida, han fumado de su pipa, pero no saben cómo se llama y para ellos es el Egipcio sin más.

Alrededor de una mesa cuadrada, los tres hombres y las dos mujeres se toman de las manos para empezar la sesión de güija.

—¿Realmente crees en espíritus? —pregunta Alfonso con una sonora carcajada—. Creo que la sugestión influye en los demás. Es pura psicología, no un fenómeno paranormal.

—Si crees en la güija, sabes que los espíritus contestan a nuestras preguntas. —Dalia se pone seria.

—Vamos, que es como un teléfono que nos comunica con los espíritus.

—Alfonso, no seas descortés con mis invitados. En América creen que *güija* quiere decir «buena suerte» en egipcio, aunque no es así, pero yo les sigo la corriente —le susurra su anfitrión.

El silencio es opaco. Con el alcohol ardiendo en las venas, los sentidos están exacerbados por el efecto de las drogas. Alfonso se pone en pie y da un puñetazo sobre la güija, la hace pedazos.

—¡No me gusta que se burlen de mí! —grita—. Dalia, esto es una tomadura de pelo.

Sale deprisa de esa casa. La fría madrugada le recuerda que es invierno. Tiene la nariz helada, también las orejas. Se sube el cuello de la chaqueta. Camina sin rumbo. Sus pasos lo llevan hasta la Zona Internacional, le han hablado del bar Dean, frecuentado por extranjeros de cualquier calaña; desde oficiales pretenciosos hasta banqueros fugitivos. Diplomáticos, espías, drogadictos, traficantes y mujeres de precipicio pueblan la escena de un local que tras la barra dirige el dueño, Peter. A Alfonso se le ilumina la cara al verlo. No esperaba que su amigo Dom Kimfull fuera el famoso Peter del bar Dean. Para él es Dom, el barman del hotel El Minzah. Un bandido de la noche que lo mismo vende heroína que organiza una orgía para un sofisticado grupo de viejos franceses. Dos mujeres rubias beben absenta en una mesa. Dom abre sus brazos al ver entrar a su viejo compañero de juergas nocturnas.

—Nunca es largo el camino que dirige sus pasos hasta la casa de su amigo. Bienvenido, Alfonso.

—No sabía que el Dean era tuyo.

—Algo habré hecho bien para que alguien como tú se interese en venir aquí.

—Una buena colección de charlatanes me trajo hasta ti.

—Colecciono mentirosos, galanes románticos, adictos y todas las bellezas que llegan a Tánger.

—Apúntame a mí también.

—¿Hasta cuándo estarás en la ciudad?

—Aún no lo sé.

—¿Qué te trae por Tánger?

—Tengo mucho que contarte. Sírveme un whisky con hielo.

—Lo que quieras. Incluso si buscas algo más fuerte.

—¿Más fuerte?

199

—Esta es una ciudad sin ley. Veremos qué ocurre con Europa si, como dicen, acabamos en guerra todos.

Peter ha visto los ojos vidriosos de Alfonso, la escualidez de su rostro. Ha pasado demasiado tiempo trabajando tras la barra como para no descubrir los rasgos de la droga en sus aficionados. Un nuevo cliente es dinero en su bolsillo, amigo o no amigo.

—Empecemos por ese whisky… ¿Alguna vez has probado el opio?

27

*L*a campiña francesa en los Alpes le parece a Daniel un lugar hermoso, el azul intenso de ese cielo frío le hace sentirse bien. Le gusta sentarse cada mañana sobre una roca en lo alto de un cerro. Tarda media hora en subir, a buen paso, libre de pensamientos; disfruta de los olores, los colores y el ruido del viento, los pájaros y el rumor lejano del río. Lleva casi un mes viviendo en casa de Livinia y Antoine Lecande, que le han abierto las puertas de su intimidad. Con ellos disfruta de animadas conversaciones y de la música que Livinia interpreta al piano cuando ha acostado a sus hijos. Daniel se pierde en los recuerdos a través de la melodía, incapaz de tomar la decisión que lo saque de su encrucijada.

Pero no puede quedarse aquí para siempre. El día anterior una noticia lo dejó preocupado: los alemanes están echando a los judíos del país. Los Lecande son muy religiosos, temen que el antisemitismo invada Europa, no sería nada nuevo para Livinia, que huyó de Rusia hace unos años perseguida por los bolcheviques, llegó a París, donde trabajó como bailarina del Ballet Ruso, pero aquella vida ajetreada no era para ella y en un viaje a Mónaco conoció a Antoine, se enamoraron y se quedó a vivir en el sur de Francia. Sus dos hijos son tan entrañables como ellos; la mayor, Sylvie, tiene ocho años, el pequeño apenas uno. Entre ambos, Livinia tuvo dos abortos, según le contó una tarde de confidencias a Daniel frente a un delicioso vino rosado de la cosecha particular de unos vecinos. Él también ha hablado de su vida, de su madre, de Isabel, de sus dudas, de su rabia por lo que está ocurriendo en Alemania. Antoine le ha recomendado visitar a un rabino amigo suyo que vive en Besalú, Gerona, en el norte de España. Pero con Franco dirigiendo el país vecino, la idea no le parece muy atractiva. Así que continúa adoptado en casa de sus nuevos amigos, donde ha dejado de ser un fugitivo para convertirse en uno más de la familia: comparte juegos infantiles, vinos, rezos y alguna que otra polca.

—Voy a llevar a un cliente cerca de Niza, volveré mañana —anuncia Antoine ese día—. No me gusta dejar a Livinia y a los niños solos.

—Te iba a decir que te acompañaba, pero si lo prefieres, me quedo con ellos.

—Sí. Últimamente la frontera se ha convertido en un ir y venir de gente buscando refugio.

—No tienes ni que pedirlo, me quedo encantado.

—Gracias, Daniel.

Antoine termina su café, recoge lo que cree va a necesitar, se despide de su mujer y sus hijos y emprende camino. Livinia levanta la mano con tristeza cuando sale el coche.

—Me desespera estar ocioso, dime en qué puedo ayudarte —le propone Daniel.

—Pues mira, ayer se rompió la puerta del granero, traté de repararla con una red de mimbre, pero está picoteada y se han escapado dos gallinas.

Daniel necesita una serie de herramientas y baja al pueblo a comprarlas. Su padre le ha mandado dinero y quiere telegrafiarle, además necesita escribir a Míster Harris. No puede quedarse cruzado de manos, viendo lo que está pasando en su país. Con una vieja bicicleta, Daniel se enfunda en la chaqueta de piel que le ha prestado Antonie, pedalea con ganas, sintiendo el corazón punzando al palpitar, ya no es un hombre convaleciente. Lo primero que hace al llegar a Roquebrune-Cap-Martin es acudir a correos a poner un telegrama: «Recuperado en Ventimiglia, John Smith». Las coordenadas que envía son confusas, no quiere que lo encuentren. Todavía no.

El mar Mediterráneo se muestra grandioso y Roquebrune es una villa impresionante con sus estrechas calles de piedra, sus pasadizos, sus fuentes, sus plazas. Pero esa belleza no consigue animarlo, compra los clavos que necesita y regresa pedaleando con insistencia.

Livinia está en la cocina preparando una sopa de verduras, Sylvie juega con una muñeca de trapo, el bebé duerme en su cuna. Daniel toma un trago de la limonada que le ofrece su anfitriona.

—Daniel, ¿tú crees que debemos marcharnos? Los judíos están siendo expulsados de Alemania, Hitler parece decidido a conquistar Polonia y Ucrania, Italia y España son sus aliados. Tengo dos primas en Estados Unidos que pueden ayudarnos a conseguir el visado. Pero Antoine dice que nunca dejará Francia, que esta es su casa.

—Creo que las cosas no van a llegar tan lejos. Yo también me he acordado hoy de mi prima Adele, la chiquilla con la que mis padres quisieron casarme. Debe estar perdida en Polonia, sufriendo el odio de los nazis. Pero no van a conquistar Francia. Aquí estáis seguros.

—Pero aquí también nos juzgan por nuestra religión, en el colegio a Sylvie la sientan con el grupo de niños judíos.

—Sigo pensando que Francia no es Alemania. La emigración está provocando una situación incómoda. No te preocupes demasiado.

—Y tú, ¿por qué no vuelves?

—¿Adónde? ¿A Tánger? Allí está mi españolita maravillosa, pero no tengo nada que ofrecerle. Antes necesito saber lo que quiero en estas circunstancias.

—Daniel, me parece que estás siendo muy dramático. —Livinia mira por la ventana. Su hija corre detrás de un cerdito pequeño—. Míralos, felices. El mundo no debería cambiar. Pero tú puedes compartir tus dudas con Isabel, dejar que ella decida si quiere acompañarte en la vida cambiando su religión. ¿Es posible?

—¿Cómo le voy a pedir eso? Ella es católica.

—Me has dicho que su madre es inglesa y su abuela árabe. No creo que la religión sea un impedimento. Perdona que te lo diga, creo que eres tú quien tiene el problema.

—Tal vez. No puedo dejar de pensar en Isabel, no quiero renunciar a ella.

—Daniel, escapa de ese dilema. Te empeñas en buscar razones para echar por tierra tu felicidad.

—¿Sabes?, me gustaría vivir como vosotros, en una casa en la montaña escuchando la vida, pintando, con mi familia, y sí, si no fuera por esta maldita responsabilidad que siento desde la muerte de mi madre, me casaría con Isabel en este instante.

—Tu madre sería feliz al verte feliz.

—Ya. Pero también me debo a Adele. Si hubiera hecho caso a mi madre, hoy sería mi esposa… y no habría terminado así.

—No sabes si sigue viva.

—No, eso es lo que quiero averiguar.

Daniel se levanta de la silla entumecido, necesita estirar las piernas. Sale al jardín y, como un niño, corretea detrás del cerdito que Sylvie ha dejado para jugar con una muñeca.

28

—¿Me acompañas a dar un paseo por la playa?

Isabel tiene ganas de conversar con su padre. Desde que ha llegado han hablado poco y siempre con las emociones a flor de piel.

—Claro, hija, dame un minuto. Mamá, ¿ha llamado Fátima?

—No —contesta su madre sorprendida por el tono cargado de miedo de su hijo—. ¿Ocurre algo?

—No, nada. Ayer fue una noche complicada. Tuve un sueño muy extraño.

Alfonso sube a coger una chaqueta y baja con su hija la empinada ladera que conduce a la bahía, casi al trote. Isabel mira al suelo para no tropezarse con los adoquines rotos. Su padre le cuenta que de joven se aprendió de memoria esos adoquines para andar erguido. Sigue siendo un niño grande, insustancial a veces, pero su entusiasmo contagia alegría.

—Papá, cuando te fuiste me dejaste un diamante. Yo no sabía que tú te dedicabas a ese negocio. Luego descubrí que Ardwent te perseguía. ¿Dónde lo conociste? ¿Cómo llegó el Ojo del Ídolo a tus manos?

—Vaya, hija, cuántas preguntas.

—Necesito respuestas, no evasivas. Quiero entender cómo hemos llegado a esta situación.

—Si te refieres a aquella mujer que conocí en París, no he vuelto a saber nada de ella desde que la perdí en Nueva York.

—Ardwent, papá, Ardwent.

—Ardwent mandó a dos tipos a buscarme, yo logré escapar. Huí a Los Ángeles, donde descubrí que las actrices de Hollywood son el mejor reclamo publicitario para vender los diamantes. Ardwent es un reconocido comprador de diamantes con contactos en las principales firmas, de los pocos que puede comprarlos al exclusivo sindicato de minas de Sudáfrica. No sé cómo, averiguó que yo poseía el Ojo del Ídolo y vino a hacerme una oferta. Mi situación económica no era buena, así que escuché su propuesta. En un instante de locura me llevé la bolsa de diamantes que Ardwent me mostró. Él salió para hablar por teléfono y yo escapé con todo, con lo suyo y con lo mío. Para él fue una contrariedad, nada que no pueda reparar.

—Pero él me aseguró que erais amigos en París.

—Sí, mientras estuvo tratando de convencerme para que le vendiera el Ojo del Ídolo. Es un diamante único que mi padre compró para mi madre. Ella me lo dio cuando vine a verla. Podía solucionar mis problemas. Por cierto, ¿dónde está?

—En un banco de Inglaterra. Para retirarlo se necesitan la firma del director, que es amigo de Nana, y la mía.

—¿Quieres decir que lo puedes sacar? Entonces, tenemos que hablar con Ardwent y llegar a un acuerdo. Podríamos hacer negocio con él vendiendo diamantes en Tánger.

—¡Papá! ¡Ha intentado matarme!

—Hija, en los negocios las amistades cambian según apunta la veleta del dinero. Creo que a Ardwent le va a interesar mi propuesta. Lo más importante ahora es hablar con Gnome sobre los detalles del viaje de Ardwent al Congo. Los diamantes son una parte fundamental en la fabricación de armamento y los líderes de todos los países están lo suficientemente desesperados como para pagar cantidades absurdas por ellos.

—Me sigue pareciendo una locura.

Padre e hija encuentran un rincón de la playa junto a una barca varada que los resguarda del viento.

—De niño, solía sentarme en el despacho de mi padre y le veía estudiar los brillantes. Tenía una lupa con la que escrutaba el interior de cada gema. Era un cirujano de la luz, analizaba cómo entraba y cómo salía, puntuaba su estructura y me explicaba con mucha calma cómo mirar en las entrañas de las piedras. Los brillantes son un símbolo de poder, de eternidad, por ellos han caído civilizaciones. Durante miles de años fue el secreto mejor guardado de los reyes. Las piedras como el Ojo del Ídolo o el Pasha provienen de las minas de la India. Pero la avaricia humana las ha arrasado.

—Creo que la abuela tiene todavía algún brillante, me gustaría que me enseñaras lo que sabes.

—Lo esencial es que los diamantes se cuantifican en quilates, cada uno equivale a doscientos miligramos. La palabra inglesa es *carat* y proviene del griego *keration*, que designaba la semilla del *carob*, nuestro algarrobo, que en la Antigüedad se usaba como medida de peso. Cada quilate se divide en cien partes llamadas «puntos». Hay que tener buen ojo para distinguir los colores, la pureza, los diferentes cortes, y además, instinto de comerciante. Es un negocio arriesgado y fascinante. Tengo un amigo que vende piezas sin montar, él nos puede ayudar con tu primera lección.

Isabel lo abraza impulsivamente.

—Hija, echo tanto de menos a tu madre y a tu hermana... ¿Por qué no te vienes conmigo a Nueva York?

—Pero ¿no acabas de decirme que tienes intención de quedarte un tiempo en Tánger?

—Espero regresar en un par de meses y me gustaría que vinieras.

—Tal vez. No lo sé. Volver a ser una familia me parece algo muy convencional para nosotros.

Su padre se ríe.

—Creo que tus dudas son por amor. Estás obsesionada con Daniel.

—No estoy obsesionada.

—Date un tiempo. Se te pasará.

—No quiero que se me pase. Deseo volver a ver a Daniel, que me explique por qué ha desaparecido. —No puede evitar llorar.

—Vámonos a la ciudad. Un té y la visita a un joyero alegran el alma a cualquier mujer.

Su padre vuelve a contagiarla de alegría. A Alfonso le puede la tristeza de su hija. Suben de regreso a casa y se encuentran con la visita de Gnome, que responde a la llamada de Isabel.

—Me alegro de que hayas venido —lo saluda Alfonso en un perfecto francés—. Me gustaría hablar contigo y que me contestaras sinceramente.

—Depende de lo que tenga que implicar en la respuesta.

—Vamos al Zoco a ver a un joyero, ¿nos acompañas?

—Claro.

—Quería saber tu opinión sobre Ardwent.

—Un hombre arrogante, pero en él la arrogancia es virtud.

—Estoy de acuerdo. ¿Cómo lo conociste?

—Fue a Tshikapa a reunirse con el delegado de DeBeers en la ciudad. Yo trabajaba en las minas de Forminière, y el Belga, su socio, me contrató para hacer de guía. Mi madre se preocupó de enseñarme francés, servía en la casa del representante de Sabena, la aerolínea belga. Ella es una mujer lista que me enseñó mucho, sir.

—¿Vive todavía?

—Sí, aunque mi marcha ha llevado la desgracia a mi familia. Ahora ellos viven escondidos. Estoy tratando de reunir dinero para sacarlos de allí.

Gnome le enseña el rubí que robó en su país y siempre lleva encima, en un saquito atado a la cintura. Le pregunta a Alfonso si puede ayudarlo a venderlo. Alfonso silba. Isabel siente un gusanillo, descubre que no se fía de su padre. Con los nervios en tensión, este sube a su cuarto, se inyecta su reserva y baja. La caminata le ha dejado dolorido.

Los tres salen rumbo a la casa del joyero. Pasan por la mezquita de la Alcazaba y su minarete octogonal, atraviesan la puerta de los Azotes, que los tangerinos conocen como Bab-el-Assa.

—Isabel, mira qué espectáculo. —Alfonso señala el semicírculo perfecto que trazan la Punta Malabata, el monte Hacho en Ceuta y el Jebel Musa en Gibraltar.

Su hija no presta mucha atención, concentrada en evitar a los comerciantes que cargan con sus mercancías en dirección al Zoco Grande. Por las estrechas callejuelas llegan hasta el barrio de la Fuente Nueva, donde encuentran su destino en la calle Siaghin, conocida como la Calle de los Joyeros.

Alfonso llama a la puerta. Pronto un hombre vestido con chilaba, zaragüelles y bonete los recibe sorprendido.

—Hola, Salabath —saluda Alfonso con el clásico tintineo que añade a su voz cuando trata de ser excesivamente educado.

—¿Alfonso? No has pedido cita. Una extraña forma de aparecer. —Salabath mira al curioso séquito formado por una mujer joven y un enorme hombre negro.

—Perdona mi falta. Llegué hace unos días y descubrí que mi hija había sido secuestrada por Ardwent. Sé que lo conoces y yo ando buscando respuestas. Además, mi amigo del Congo tiene una piedra que quiere vender. Te sorprenderá su belleza.

El bereber no quiere problemas en una calle donde los susurros se disfrazan de disparates avivados por el viento.

—Entra, entra. Ellos pueden esperar en mi salita. Ven a mi despacho.

—Gnome y mi hija Isabel fueron víctimas de Ardwent y tienen derecho a escuchar lo que digas.

Salabath hace un gesto de desagrado. Es un hombre de maneras exquisitas, acostumbrado a tratar con clientes europeos, y no quiere incumplir las buenas costumbres. Ofrece té a sus inesperados invitados. Con dos palmadas, una mujer recibe la orden y en unos minutos disfrutan de un exquisito brebaje de menta y rosas.

—¿Viste a Ardwent cuando estuvo aquí? —Alfonso va al grano.

—Vino a verme porque quería averiguar sobre los alemanes en la ciudad. Le preocupaba que lo persiguieran. Me dijo que tenía previsto viajar a Sudáfrica.

—Nunca llegó allí. Fue directamente al Congo.

—Lo cual quiere decir que no anda buscando diamantes de calidad. De sobra sabemos que los brillantes de las minas del Congo pueden venderse por toneladas y no por quilates, tienen demasiado carbón. Deberías tratar de localizar a su socio, un tipo joven que siempre lo acompaña.

—El Belga —dice Gnome.

—Exacto. Así fue como me lo presentó. Siento no poder decirte nada más. El encuentro fue muy breve.

—¿Tienes alguna joya que puedas enseñarnos?

—Claro. ¿Estás interesado en comprar?

—Mi hija Isabel quiere ver alguna gema sin montar.

—En ese caso, se la enseñaré a ella —dice sin fiarse demasiado—. Pero tenemos que hablar de esos *borts* que Ardwent fue a buscar. Los alemanes los están pagando a 26 dólares el quilate, a pesar de su baja calidad, y eso es treinta veces su precio en el mercado. Hitler parece desesperado.

—Enséñale a mi hija esa gema y luego conversamos.

209

Isabel sigue a Salabath hasta su despacho, donde abre un cofre de terciopelo con el logotipo de Cartier. Saca una cajita de marfil donde una piedra brilla con una intensidad que deslumbra.

—El deslumbramiento que acaba de provocarte es el que debes buscar siempre. Cuanto más fulgor encuentres, mejor se cotizará. Una mujer que escucha es tan valiosa como un caro diamante. Podría ofrecerte trabajo y enseñarte. Los joyeros necesitamos aprendices. El último que tuve está en la cárcel.

—Creo que puedo aprender mucho a tu lado —contesta ella, mientras él asiente con la cabeza y sonríe.

Regresan a la salita. Salabath encuentra sobre un papel arrugado que Alfonso ha puesto en la mesa el mejor rubí que ha visto en su vida.

—¿De dónde ha salido esto?

—De las minas del Congo, de Forminière, donde tú dices que solo hay carbón —responde Alfonso orgulloso de la reacción que ha provocado.

—Me gusta equivocarme. Hablemos de negocios. ¿Más té?

29

*L*a nieve nubla su vista. El frío la obliga a esconderse tras la bufanda de lana que utiliza para cubrir su cabeza y su cuello. Siente los pies congelados, mojados dentro de sus botas. Camina con rapidez por la calle Warwick hasta llegar al portal de su casa en la esquina con Spring. Un vecino abre la puerta y ella se cuela en el portal sin molestarse en saludar. «¿Cómo he podido equivocarme de esa manera? ¿Es la confianza un estado que hay que evitar a toda costa? Ayer trabajaba en una empresa y tenía dinero ahorrado, hoy me han echado del trabajo por mi amistad con Serge Rubinstein. ¿Quién lo habrá contado en mi oficina?» Recorre mentalmente las últimas horas, desde que recibió la llamada de su jefe.

Ha sido simple, quirúrgico, su jefe ha tenido la habilidad de cortar la relación con un bisturí legal. Fátima ha perdido todo el dinero que le debían por el simple hecho de no ser ciudadana estadounidense y mantener una relación con un supuesto estafador. La desaparición de su madre la ha dejado en un extraño limbo con el Departamento de Inmigración. Su jefe ha jurado mantener la boca cerrada a cambio de que firme un papel renunciando a cualquier indemnización. A ella no le ha quedado más remedio, de otro modo hubiera terminado deportada. Al duelo por la huida de su madre se suma la rabia, la incertidumbre de un camino inesperado. Decide rendirse, dejarse llevar. Entonces descubre un sobre que alguien ha debido pasar por debajo de la puerta. Es una invitación para cenar en casa de los amigos de su abuela, los McAllister, la pareja que tan generosamente los alojó tras el huracán. Ha intentado vivir sola, no ha llamado a su padre, ni a su hermana ni a sus abuelas. Guarda el dolor dentro de sí misma como si solo a ella le perteneciera. Decide aceptar la invitación, se presentará sin excusas, aparentando normalidad.

Le cuesta esperar hasta la hora de la cena, lleva todo el día sin probar bocado. El poco dinero que le queda de la traducción lo guarda para pagar el recibo de la luz. Quiere dejar de trabajar a las órdenes de Serge, ha estado evitándolo. Elige un vestido de terciopelo, unas botas gruesas de piel, se anuda un pañuelo en la cabeza, se pone el abrigo, una bufanda y los guantes. Cuenta las monedas que necesita para el metro, ida y vuelta. Con suerte, se quedará a dormir. Así podrá cenar y desayunar.

Es martes y a las seis de la tarde el metro está lleno de gente que regresa del trabajo. Fátima encuentra una esquina donde pasar desapercibida. No le gustan los extraños, le da miedo ese tren bajo tierra, su ruido, es tan veloz que casi la tira al suelo cuando frena. Va contando las estaciones, ocho hasta su destino en la parte alta de Manhattan. La casa de los McAllister queda apenas a un par de calles de la estación.

Cuando llega, toca el timbre vehementemente. Una mujer abre la puerta.

—¿Te ocurre algo? Si no es urgente, no hay necesidad de alterar una casa con esa forma de llamar.

—Nada, el frío.

—Bueno, bueno, niña. Dame tu abrigo y pasa a la sala, los señores están esperándote.

El abrazo de Miranda McAllister es siempre cariñoso.

—Fátima, qué alegría que hayas venido. No estábamos seguros de que aceptaras la invitación con tan poca antelación pero, dadas las circunstancias, y tras la huida de tu madre…

—¿Qué circunstancias? —pregunta la joven sin preámbulos.

—No perdamos las costumbres. ¿Quieres un vaso de brandi para entrar en calor?

—No, preferiría un gin-tonic.

—Muy bien. ¿Has tenido noticias de Elizabeth?

—No, ninguna. No me ha llamado ni me ha escrito. —Está convencida de que ellos, como dueños del apartamento en el que vive, la van a poner de patitas en la calle.

—¿Sabes que estamos aquí para lo que necesites? —pregunta Miranda.

—Sí. Muchas gracias. Perdón que haya dejado pasar el tiempo, pero necesitaba aclimatarme.

—Siento que te vieras obligada a imponerte esa soledad.

Fátima advierte cierta suspicacia en el reproche de Matthew.

—Mi madre estaba deseando deshacerse de mí. He tenido bastante en lo que pensar. Y temo que he sido indiscreta con mis problemas.

—Querida, Nana ha enviado, a través de un banquero íntimo amigo de su marido, un valioso anillo de esmeraldas para vender y cubrir tus necesidades durante un tiempo —le informa Matthew—. Gracias a Isabel, ha averiguado que Alfonso está en Tánger y teme por vuestra precaria situación, ella no sabe que tu madre se ha marchado.

La cena es exquisita. Rosbif, sopa de almendras y pastel de manzana. Fátima se ríe de los chismes que cuentan los McAllister. Son bastante cotillas a la hora de revelar intimidades ajenas. Saltan de una persona a otra hasta terminar hablando de una conocida aristócrata.

—¿Cómo es posible que una dama como la condesa de Mahlo haya caído ciega de pasión por un rufián como ese? Serge Rubinstein es un patán.

Fátima se sorprende al oír el nombre de la dama, el del hombre lo conoce bien. Demasiado bien.

—El aburrimiento puede ser un argumento terrible para los que quieren atrapar el momento como viene —dice Miranda.

—*Carpe diem* —responde Matthew, que se levanta incómodo.

Lo que empezó como una conversación divertida acaba con el nombre de la mujer que durante un tiempo fue su amante. Miranda lo sabe y no pierde ocasión de recordárselo.

—Mira cómo ha reaccionado nuestra invitada al escuchar el apellido del mafioso más famoso de Nueva York. Hablemos de otra cosa —dice Matthew.

Fátima percibe la distancia entre ellos.

—Me gustaría poder quedarme más tiempo, pero se hace tarde y no me gusta viajar en el metro sola —advierte tratando de escabullirse.

—Déjame que te acompañe. —Matthew se muestra decidido a ir hasta su casa y ella no se lo impide.

—Muchas gracias, ha sido una velada muy agradable. —Miranda vuelve a abrazarla.

Ya en el coche, Matthew le pregunta ansioso:

—Cuéntame la verdad, Fátima. ¿Qué te pasa?

—La Policía me persigue por mis papeles y no tengo dinero.

—Para el coche de inmediato —ordena Míster McAllister al conductor—. Creo que deberíamos hablar en mi despacho. Da la vuelta, regresamos.

Fátima agacha la cabeza.

—La soledad nos obliga a comportarnos de forma absurda. Un brandi resulta muy necesario en estos momentos.

«Este hombre lo arregla todo con coñac.» Hundida en su abrigo, el tiempo se detiene en ese despacho oscuro, iluminado por la única bombilla de una lámpara de mesa. El dolor arrecia, la huida de su madre toma otra forma al compartirla y es incapaz de reprimir el llanto.

—Escúchame bien, Fátima. Mañana enviaré un telegrama a tu abuela. Necesitas ponerte en contacto con tu padre, con tu familia en Tánger. Puedes quedarte a vivir con nosotros hasta que encuentres un trabajo. De ninguna manera vamos a abandonarte. —Le rodea los hombros con un brazo—. Prometí que cuidaría de ti. He pedido que te preparen una habitación. Hablaré con Miranda esta misma noche para evitarte preguntas. Mañana quiero que me des el teléfono del detective que está a cargo del caso.

—La Policía me pidió discreción. El detective apareció muerto. —Por supuesto, no le dice que ella tuvo que ver con su muerte.

—¿Cómo no me has avisado de que estabas envuelta en una situación tan peligrosa? Probablemente tu padre tiene algo que ver.

—No, no, no. Papá es tan víctima como nosotras. Déjeme explicarle. No le he llamado porque no puedo hablar desde mi casa y temo que alguien me esté siguiendo.

—¡Fátima! No puedes continuar así. Hija, te has expuesto demasiado.

El cariño y la ternura hacen mella en su ánimo acepta quedarse a dormir al amparo que le ofrece el padrino de su madre.

Al día siguiente, un policía de paisano los visita en el despacho de Míster McAllister. Fátima teme que Serge se entere. Las noticias viajan deprisa cuando las mueve el dinero.

—Creemos que su madre se encuentra en New Heaven con Burt Artois. Ha cambiado su nombre por el de Elizabeth Artois. Aquí tienen su teléfono. Por lo que he deducido, imagino que no se han casado, porque entonces habría cometido un delito. Prefiero desentenderme de un drama familiar que no nos incumbe.

Fátima pide a Matthew que no llame a Elizabeth todavía. Que la deje pensar. Si su madre no quiere que la encuentren, deben respetar su decisión. McAllister, aturdido ante el abandono, le ofrece adoptarla para conseguirle la ciudadanía americana.

215

30

*F*átima camina con júbilo por Central Park South, acaba de recibir su permiso de residencia en Estados Unidos y ha cometido la osadía de cambiarse el nombre: ahora es Miranda Virós. Ha adoptado el nombre y el apellido francés de soltera de la mujer que le ha dado asilo en su nueva patria. Una cortesía hacia los McAllister, que han conseguido que el Servicio de Inmigración la reconozca como hija suya, pues hasta los veintiuno no se es mayor de edad en este país. Aún falta un trámite burocrático para que le entreguen el pasaporte, que ya está aprobado.

Matthew sonríe. Él y su mujer están felices de haberla adoptado cuando ya ha cumplido los diecinueve. Han vuelto a alquilar su viejo apartamento y han dispuesto dos habitaciones para ella en su casa. Así han contribuido a que la chica acabe con la maldición de la familia De la Mata tras convertirse en Fátima Miranda Virós McAllister, la heredera de su fortuna.

Durante su paseo, ella piensa que lo primero que hará será encontrar la manera de recuperar el Ojo del Ídolo: hablar con su hermana y pagarle su parte, tiene que sacarlo del banco británico donde lo guarda. La piedra es tan suya como de Isabel, y no va a permitir que se la roben. Toca disimuladamente el tatuaje en su muslo, ignorando que Míster McAllister es ahora el dueño del Ojo del Ídolo.

Sentada sobre una alfombra, Isabel abre el cofre de terciopelo donde Petrochio, el comerciante italiano socio de Salabath, ha guardado el rubí de Gnome.

—Mira, Isabel, qué maravilla. Esta esmeralda ha llegado a

mis manos a través de un vendedor angustiado —explica Petrochio—. Europa es un mercado al por mayor.

Los judíos viajan desde Alemania y Austria con joyas escondidas las malvenden cuando llegan a Tánger para conseguir pasajes a Estados Unidos o a Australia. El sufrimiento de unos se convierte en beneficio de otros. A Salabath no le gusta ese mercado, desprecia a Hitler y su política antisemita. Se ha hecho famoso por tratar de ayudar a refugiados. Isabel lo admira por su sentido de la justicia.

—Petrochio, le contaba a mi nueva asistente cómo fueron descubiertos los primeros diamantes por el médico portugués García de Orta, en las orillas del reino de Golcondés. De esas tierras provienen el Kohn-Ihoor, el Regen o el Ojo del Ídolo.

Isabel da un respingo que no pasa inadvertido a Salabath. Una misteriosa sonrisa aparece en su rostro.

—Debes saber, querida, que en el siglo XIII el suministro de diamantes venía de la India, en caravanas que atravesaban Arabia, y los mercaderes judíos de Venecia los compraban a cambio de oro y plata. Los judíos de Europa se dedicaban al préstamo de dinero y a vender, reparar y valorar las gemas orientales. Se especializaron en cortar y pulirlas, en montar joyas y organizar su comercio. En el siglo XVI, cuando los portugueses establecieron una ruta marítima hasta la India, los judíos sefardíes se hicieron cargo del negocio del diamante. Su lugar de entrada a Europa se mudó a Lisboa, donde se establecieron factorías, y también en Bélgica, concretamente en Amberes. Tras su expulsión por la Inquisición, los diamantes se convirtieron en su seguro de vida porque eran lo suficientemente pequeños como para esconderlos dentro del cuerpo a modo de salvoconducto durante la huida. Cuando en el siglo XVII se creó la Compañía Neerlandesa de las Indias Orientales, Ámsterdam reemplazó a Lisboa como puerto de entrada. Más tarde los ingleses se hicieron con el mercado de diamantes gracias al descubrimiento de las minas de África. A Inglaterra se importan todos los brillantes sin cortar y, para seleccionar y evaluar cada uno, se constituyeron organizaciones de expertos, los conocidos como Judíos Cortadores. Son unas pocas familias, los Isaac en Suecia, los Lippold en Hamburgo o los Oppenheimer en Viena...

217

—Espera un momento —le pide Isabel—. ¿Me estás diciendo que el mercado de diamantes está controlado por unas pocas familias?

—Claro, hija. Ernest Oppenheimer procede de una extensa familia judía alemana que ha trabajado en el sindicato de diamantes. Él empezó como oficinista en la compañía Dunkelsbuhler de Londres clasificando piedras bajo la supervisión de su hermano. Fue entonces cuando se obsesionó con las minas.

—¿Las compró?

—Él supo entender que la compañía DeBeers, tras la Primera Guerra Mundial, no podía mantener su enfrentamiento con Minas Consolidadas de África del Sur, así que ofreció a DeBeers los diamantes de Namibia, que eran suyos, a cambio de una participación en sus acciones. En 1927 ya controlaba el monopolio, luego fue nombrado presidente de DeBeers y Caballero del Imperio británico.

—¿Fue un judío alemán quien regaló el imperio de los diamantes a Inglaterra?

218

—No podía ser de otro modo. Él quería controlar de principio a fin ese mercado en todo el planeta: la producción, la manufacturación, la venta y exportación de cada piedra. Y consolidó los grandes monopolios de las minas dentro de DeBeers.

—Un negocio redondo.

—Sí y no. En la Gran Depresión la producción de DeBeers cayó de dos millones de quilates en 1930 a menos de 14.000 en tres años. Tuvo que cerrar muchas minas y hasta hace un año tenía acumulados más de cuarenta millones de quilates sin vender. Pero su imperio ha vuelto a florecer con la guerra, gracias a las minas del Congo. Cuando la compañía alemana Krupp desarrolló una aleación de carburo impregnada con polvo de diamante muy útil en la producción de automóviles, aviones y maquinaria pesada, el mercado se revitalizó. Hoy en día, aunque esa aleación ya no se utiliza, los diamantes son un elemento indispensable en la industria de producción masiva. Ya nadie tira al mar los cristales más pobres, los *borts*. Oppenheimer controla las minas de Forminière, de donde es Gnome, que son las que dictan la política actual del mercado y donde ni siquiera los estadounidenses pueden meter mano. Así que la gran preocupación de los británicos es Amberes, allí hay una enorme producción de polvo de diamante y más pronto que tarde Hitler buscará conquistar ese territorio.

—Yo prefiero el relato mitológico sobre el origen de los diamantes. Ese que cuenta que fueron formados por Júpiter después de volver de piedra a un hombre llamado Diamante de Creta, por negarse a olvidarse de él —dice Salabath, que teme que los comentarios de Petrochio perjudiquen su negocio—. ¿Quieres un poco de té, Petrochio?

—Por favor, un té rojo como el color de este rubí. Dime, ¿crees que podríamos vendérselo a ese oficial alemán que anda en amores con la bailarina española? Gnome recibiría una importante suma de dinero.

—¿A quién? —pregunta Isabel incapaz de aguantarse.

—Vosotros dos no servís para el trabajo que hacéis. La discreción es una virtud. Ya no puedo cambiar a este viejo anticuario italiano, pero tú, Isabel, Isabel, Isabel. Muérdete la lengua antes de preguntar. —Salabath les hace reír.

—Eres demasiado rígido, amigo mío. Yo te lo cuento, niña, aunque por tu bien me voy a ahorrar los nombres. Si consigues adivinar de quién hablo, por seguridad no lo repitas.

—Eso, como Isabel no está ya metida en suficientes líos, vamos a crearle uno nuevo con el chisme de la bailarina y el alemán.

—Qué tontería. Un lío por un simple chisme —dice ella un tanto ansiosa.

—Imagino que en el Casino habrás conocido a los tres o cuatro oficiales alemanes que siempre están juntos en un grupo —continúa el italiano.

—Sí, claro.

—Entre ellos hay uno muy atractivo, alto, moreno.

—Hans. No recuerdo su apellido.

—Hans Siering. Un joven ambicioso y con buenos contactos en Berlín. Pertenece a las SS. Y llevaba varios meses de idilio con una aristócrata española que pasa mucho tiempo en Tánger, pero conoció a la bailarina y la abandonó. Eso creo.

—¿La aristócrata está casada?

—Sí. Es mucho más joven que su marido. Pero aun así, le lleva una década a Hans. A esa devota mujer de la aristocracia la pasión le ha arrebatado el sentido común —dice Petrochio muerto de risa—. Más de una vez se ha dejado ver con Hans en lugares poco recomendables, no sé si me entiendes.

—¿Su hijo lo sabe?

—Isabel. —Salabath se pone serio—. Si conoces a la familia, debes mantener el secreto. La prudencia es una gran virtud.

—Como te decía —Petrochio sigue embalado—, Hans la ha dejado porque se ha enamorado de una bailarina de flamenco que conoció en el Casino. A ella no le interesa nada él, pero le tira de la cuerda por si algo cae.

—Es fascinante el cinismo con el que voy a tener que trabajar, confieso que me encanta la idea —dice Isabel—. Nada como engañar a los oficiales alemanes.

—¿Qué te parecería organizar una cita con Hans y le presentamos el rubí? —Salabath mira a Isabel directamente.

—Por supuesto. Entiendo que no debo dejar que sepa que conozco a la bailarina destinataria de la gema, pero, al mismo tiempo y con audacia, debo compararla.

—No no. Eso sería una imprudencia, deja que él te lo cuente si quiere. Saca a relucir algún detalle al describir el rubí, nada más. Deberías encontrarte en el Casino con Hans cuando ella actúe.

—Salabath, no puedo perder más tiempo —advierte Petrochio—. Tengo una cita y quiero pasar a ver a otro mercader. Cuida el rubí y aquí te dejo la bolsa de polvo de diamantes para Hans. Acuérdate, 26 dólares el quilate.

Con una exagerada reverencia, Petrochio desaparece.

—¿Cómo me ha encontrado? —Daniel está sorprendido. Acepta el cigarrillo del desconocido, no le cabe duda de que pertenece a la oficina del servicio secreto británico.

—¿Me acompaña a dar un paseo? —requiere el agente con severidad—. Hay cierta urgencia en Londres por su regreso. El embajador del Vaticano avisó de que usted había salido con Alfonso de la Mata de casa de la condesa. De la Mata cogió hace semanas un ferri de Niza a Tánger. Sabíamos que usted se encontraba en esta zona. Llevo días por los alrededores y varios vecinos hablan del huésped extranjero herido que el veterinario atendió en su casa. Y además, pone telegramas a Inglaterra.

—No sé si estoy preparado para regresar.

—Uno nunca se siente lo suficiente preparado para correr riesgos. Pero la situación de Europa es delicada y usted tiene cierta información que podría servirnos de mucha ayuda.

—Déjeme al menos despedirme de mis anfitriones.

—Por supuesto. Hoy mismo envío un cable a Londres diciendo que le he localizado. Mañana pasaré a buscarle.

Daniel se queda solo fumando el cigarrillo. No entiende por qué los ingleses llevan gabardinas en el sur de Francia. Ese hombre y su estúpida gabardina vienen a robarle su paz. Enojado, se sube a la bici y pedalea con energía, malhumorado, hasta la casa de los Lecande.

31

*E*n el eco de los brazos de Daniel el universo desaparece. Isabel recuerda, en ese estado entre la consciencia y la somnolencia, las caricias sobre su cuerpo. Vuela con sus fantasmas quedando a la deriva, contorsionista entre las sábanas de un descanso que no llega. Hasta que oye un ruido.

—¿Papá? —pregunta buscando la luz a tientas. y sale de su habitación atándose el cinturón de la bata—. Papá, ¿eres tú?

Se encuentra con el cuerpo de su padre en la escalera y grita asustada. Acuden su abuela y los sirvientes. Dos de ellos llevan a Alfonso hasta su cuarto. Como un saco pesado, vacío de vida. Fátima corre al teléfono para avisar al médico. Isabel busca desesperada el pulso y la respiración de su padre, muy débiles. Lo llama y él no la oye. Fátima adivina la dolencia de su hijo, son ya veinte años de lucha contra sus malos hábitos.

—Es un desmayo, pronto volverá en sí.

—¿Cómo lo sabes? ¿Le ha pasado antes?

—Sí, es una subida de azúcar. —Una mentira piadosa que le evitará mucho dolor a su nieta—. El médico llegará enseguida. Tu padre necesita dormir.

Isabel se sienta en el pequeño sofá junto a su padre. Cuando Alfonso abre los ojos a las diez de la mañana, es incapaz de recordar cómo ha llegado hasta aquí.

—Ayer te caíste y quedaste inconsciente. El médico dijo que habías sufrido una subida de azúcar.

—¿Subida de azúcar? —Alfonso adivina que su madre tiene algo que ver con ese diagnóstico—. Por cierto, ¿has organizado la reunión que te pedí con Hans, Petrochio y Salabath? Es urgente. —Solo piensa en el negocio de brillantes. Sin dinero, con deudas y acumulando vicios, necesita dar un golpe.

—Sí, te estuve esperando después de cenar para decirte que es dentro de dos días, el lunes, en la casa que Petrochio acaba de alquilar muy cerca de donde vive Salabath.

—Muy bien, hija. Estoy agotado. Necesito una taza grande de café y un desayuno consistente.

—Ahora mismo. —Isabel le da un beso en la mejilla y bajito le dice—: Ayer me asustaste mucho, papá.

—Lo siento, cariño. Me falta tu madre para cuidar de mí. Deberíamos llamarla, a ver cómo están ella y Fátima.

—Papá, hay otra cosa de la que quiero hablarte. Recibí carta de Daniel, me dice que viene. ¿Te importa si me quedo con él?

—No, hija, tu lugar está aquí conmigo.

—Eres muy extraño, por un lado no te importan los convencionalismos sociales y por otro abusas de ellos. Te da igual mi relación con Daniel y, sin embargo, te preocupa lo que digan de mí.

—Isabel, no me hables así. Ya te he dicho que no voy a consentir esa actitud. No estás educada de esa manera.

—Sinceramente, papá, no estoy educada de ninguna manera.

Isabel sale del cuarto herida y orgullosa. Alfonso gruñe, quiere deshacerse del dolor que le golpea la cabeza. No va a permitir que su hija sea motivo de rezos. Si quiere estar con Daniel, que se esconda. ¿Dónde ha ido a parar esa época en que las mujeres hacían siempre lo que decían los hombres? Debería haber sido más duro con ella.

Hans trata de llamar la atención de Isabel en el coche que los lleva al Casino:

—Estás muy callada, tal vez sea mejor que te devuelva a tu casa.

—Perdona —reacciona ella. Necesita que la reunión sea un éxito—. Mi padre me tiene preocupada. ¿Sabes que ayer se cayó en las escaleras?

—¿Se encuentra bien? ¿Necesitas algo?

—No no. Fue una caída sin importancia. Se golpeó la cabeza pero no es grave. Y me confirmó que irá el lunes a la reunión con Salabath.

—Tengo muchas ganas de ver esa preciosidad de la que hablas.

—Es del color rojo más intenso que he visto jamás.

—¿Alguna vez te has parado a pensar que cada país tiene un color que lo identifica? El verde es Francia, el naranja es Tánger, el gris es Alemania, el rojo es España, al menos para mí. ¿Qué te parece si vamos al café Hafa antes de cenar a tomarnos un té de menta y te lo cuento?

—Me encantaría. —Le gusta ese local al oeste de la ciudad, un pequeño café sobre un acantilado desde donde, en los días claros, se puede ver la costa de España.

El atardecer juega a marcharse entre el cielo y el mar, Isabel siente la morriña posarse en su garganta y amenaza lágrimas. Hans es un completo extraño, la llave para abrir una puerta, pero no tienen nada en común.

—Estaba pensando en que tú y yo somos dos desconocidos, pero nos une la soledad de estar enamorados de alguien que realmente no nos quiere —la sorprende Hans.

—Pasas de no decir nada a decir demasiado. No sé quién te ha contado cosas de mí, pero… Obviamente, la piedra que quieres comprar es para alguien especial. —Isabel duda de su franqueza frente al oficial de las SS—. Una no puede evitar escuchar rumores.

—Eres una chiquilla deslenguada. Te advierto que no me gusta que se hable de mí. Ese Salabath es un perro. Es cierto que tengo amores con una dama, pero ella no puede ir con esa piedra por el mundo.

—No subestimes nunca a una mujer.

—No están los tiempos para pasearse con piedras preciosas y sería una imbecilidad por mi parte gastarme una fortuna en alguien que tiene muy poco interés en mí. O digamos que no el suficiente.

—Ese es un regalo que no se da a cambio de amor, sino por amor.

—No. Es un regalo que precisamente se da a cambio de una buena dosis de amor. Termina tu té, vayamos al Casino. Hoy actúa Carlota Ortega, te la voy a presentar. Si le doy el rubí, se lo queda y tal vez no la vuelva a ver.

Isabel sabe que tiene la oportunidad de vender el rubí de Gnome, que debe perseverar. Hans quiere adueñarse de una pasión y esa piedra puede ayudar a conseguirlo. Ella puede llevarse una estimable comisión. Saborea la ansiedad del triunfo, jamás se había sentido así antes.

Carlota ya está sobre el escenario cuando ellos llegan. El camarero les ofrece una mesa en una esquina. Lo suficientemente cerca como para que la artista se percate de su presencia. Baila un garrotín con una bata de cola blanca y un sombrero cordobés. En una de las vueltas, Isabel adivina que la bailarina fisgonea a la acompañante de Hans e intenta despertar sus celos. Descarada, Isabel flirtea abiertamente con el alemán, que enseguida entiende el juego y lo sigue divertido. Cuando termina su número, Carlota se acerca a la mesa. Tiene la melena ensortijada, grandes ojos rasgados bajo dos altas cejas, la boca grande, de labios llenos, y una figura envidiable moldeada por tantas horas de baile.

—Carlota, esta es Isabel, una amiga española. —Hans mueve una silla para ella.

—Tánger está lleno de paisanos. Lástima que no tenga tiempo de socializar, pasado mañana salgo de *tournée* a Nueva York con la compañía de Carmen Amaya.

—¿A Nueva York? Mi madre y mi hermana viven allí. —La tristeza vuelve al rostro de Isabel.

—Uy, no te pongas así. ¿Quieres que les lleve una carta? Con mucho gusto lo hago.

—Si no te importa, te daré una carta y un par de regalos para ellas. Me ha impresionado tu elegancia al bailar. Tu braceo es precioso.

—Ella es preciosa —dice Hans—. No sabía que te marchabas tan pronto.

—Hoy hemos recibido un cable invitándonos a la gira y es mucho dinero. Las hermanas Ortega vamos a ir con Carmen.

—Entonces, espero que mañana me dediques algo de tu tiempo. Tengo un regalo muy especial para ti que quiero entregarte.

—Brindemos —dice Carlota.

—Por el amor —dice Isabel haciendo números en su cabeza.

32

*C*ubre su cabeza con un pañuelo, Salabath le ha pedido que lo haga. Lo acompañarán en la reunión dos conocidos joyeros sirios acostumbrados a la tradición de su país. Isabel se ha puesto la chilaba rosa que le regaló su abuela hace unos meses.

—Aplaudo tu elección de vestuario, hija —la elogia Alfonso—. Eres muy hábil.

Ella, aún enfadada por el desencuentro del fin de semana, se encoge de hombros.

226

—Venga ya. No me tengas rencor. Perdóname, fui brusco pero es que no me gustó nada lo que me preguntaste.

—Pues dime eso, en lugar de herirme con tus palabras. Me hiciste sentir como una mujer de la calle.

—¿Qué forma de hablar es esa, Isabel? Te hace falta pasar un tiempo con tu madre. Si sigues así, te mandaré con ella. Entiende que soy tu padre.

Confundido por la actitud de su hija, regresa a su habitación. Fátima sale a su encuentro.

—No la acoses, déjala. Está preocupada por la carta que recibió de Daniel. Cualquier cosa la va a entender como una agresión.

—No voy a consentir que vaya a dormir con ese Daniel a un hotel ni que él venga aquí. Mi hija no es una cualquiera. Hasta ahí podíamos llegar. Además, lo poco que sé de él me hace pensar que no es un hombre de fiar. Me han contado cosas que hizo en Gibraltar que a Isabel no le gustarían. Tiene fama de mujeriego.

—Esperemos a que venga.

—No, madre. Solo faltaba que te hicieras cómplice de sus tonterías. De verdad, no entiendo qué está pasando con las mujeres de esta familia. Me voy a vestir.

Besa a su madre en la mejilla y huye molesto y nervioso. «Necesito algo para relajarme», piensa mientras se prepara.

Padre e hija llegan por separado a la reunión. Isabel primero, después de pasar por el hotel de Carlota, y Alfonso porque necesita dar un rodeo para calmar la euforia de su último pinchazo.

Sentada junto a Hans, Isabel le explica su encuentro con Carlota:

—He mandado de regalo a mi madre dos hermosos fulares de seda para las noches frías de Nueva York. Carlota se ha puesto muy contenta cuando le he regalado uno a ella también —dice con una ingenuidad seductora.

—¿No te ha preguntado por mí?

—Me dio la impresión de que tenía prisa. ¿No la has visto antes de que se fuera?

—Estuve con ella después de acompañarte a tu casa. Siempre que se marcha me quedo nervioso. Es tan ocurrente, tan alegre, tiene tanta energía que hace que el tiempo vuele a su lado. Cuando no está conmigo, la ansiedad me vuelve violento. Volverá cuando termine la gira por Nueva York.

La confidencia deja a Isabel pensativa.

—Isabel —Salabath reclama su atención—, ¿quieres una taza de té de menta?

—Sí, por favor.

—Antes de hablar sobre nuestro futuro negocio me gustaría que Salabath nos contara la historia del Briolette, el diamante más antiguo del mundo —pide Alfonso.

Salabath, que conoce la astucia de su amigo para seducir a su público, comienza a explicar cómo en el siglo XII Leonor de Aquitania, la primera reina de Francia, se llevó ese diamante a Inglaterra cuando se convirtió también en la reina de ese país. Su hijo, Ricardo Corazón de León, lo portaba en la Tercera Cruzada contra los musulmanes. Luego la piedra desapareció durante siglos y volvió a verse alrededor del cuello de Diana de Poitiers, amante del rey Enrique II de Francia, en uno de los retratos que le hicieron en Fontainebleau.

—Todo eso son fábulas que se inventan los joyeros para crear una imagen mística de las piedras —le interrumpe Petrochio—. Dinos la verdad.

227

—¿Y ese Briolette es un diamante valioso?—A Hans le pica la curiosidad.

—Su valor es excepcional, todos los diamantes de extraordinaria calidad tienen un corte briolette. Este tipo de corte revela más del interior de la piedra que ningún otro, ya que hace que la presencia de carbón sea muy obvia. Estoy seguro de que es el diamante más puro que existe, aunque, como bien dice Petrochio, puede que la historia no sea más que un cuento.

—Dígame una cosa, Salabath. ¿Cómo sabe usted tanto de diamantes y cómo conoce a Alfonso? —pregunta Hans.

Consciente de que se juega la confianza del oficial alemán, Salabath confiesa que su padre, Selim Habib, fue un comerciante de joyas sirio afincado en París, muy amigo del padre de Alfonso.

—Selim fue quien vendió el Ojo del Ídolo a mi padre. —Alfonso no puede evitar una punzada de orgullo.

Isabel abre los ojos al descubrir que la amistad de Salabath y su padre viene de lejos. La puerta de la casa se abre y Gnome entra mostrando su corpulencia como un pavo real. Ha elegido una chilaba blanca que resalta mucho sobre su piel.

228

—Es un experto en las minas del Congo —le explica Isabel en voz baja a Hans—, nos puede ser de gran ayuda.

Alfonso presenta al recién llegado, que ya exhibe un rudimentario español, y enseguida va al grano:

—Gnome, amigo, ¿cómo podemos comprar grandes cantidades de diamantes industriales en tu país?

—El *bort* se consigue sobornando a la Policía.

La noche anterior Gnome ha estado ensayando con Alfonso cada detalle de esta conversación.

—¿Sobornos a la Policía?

—Claro. Los jefes de Policía de mi país son quienes establecen el comercio de contrabando, sin su colaboración no hay nada que hacer.

—Estamos hablando de dinero.

—¿Hay algo más de lo que se pueda hablar en estos días? —interviene Petrochio y su forma de gesticular provoca la hilaridad general.

El ambiente se relaja, momento que aprovecha Alfonso para volver a llenar su vaso.

—Yo creo que habría que evitar la ruta a través del Atlántico y viajar por el interior con la ayuda de un grupo de hombres del desierto.

—Esos diamantes industriales son el objetivo tanto de los aliados como del Eje —le explica el joyero a Hans—. Necesitan millones de toneladas para construir los motores de los aviones, los torpedos, la artillería… Solo los diamantes sirven para los cables de radar, porque solo ellos consiguen el equilibrio de los sistemas de guía de los submarinos y aviones. Sin ellos se detiene la máquina de guerra, por eso DeBeers controla el suministro. Y el mercado negro se ha convertido en un hervidero. Entenderá que se lo expongamos con franqueza; cuanto más claro le hablemos, mejor se lo explicará a sus superiores.

—¿Cuándo podrían salir y establecer esa ruta?

—En una semana podríamos estar en camino. En menos de un mes, de regreso con el primer cargamento. Obviamente, tenemos que ser discretos y cuidadosos.

Cuatro pares de ojos miran a Isabel.

—¿Me miran porque soy mujer o porque no confían en mí?

—No te ofendas, hija. Claro que confiamos en ti. —En el tono de su padre hay una velada súplica de silencio.

Ella acepta el aviso y calla, irritada por no poder defenderse.

—Yo voy a comunicar a mis superiores el resultado de esta reunión. Imagino que entienden a lo que se comprometen y lo que ocurre cuando no se cumple con Alemania. —Como nadie responde, Hans continúa—: Salabath, ¿puedo hablar con usted en privado?

Casi en la puerta, se le acerca y le devuelve el cofre con el rubí.

—No se lo puedo comprar, la persona a quien iba destinado prefirió devolvérmelo y entonces ya no lo quiero.

—Ningún problema. Esta misma tarde le reembolso su dinero. —A Salabath le exaspera que alguien se vuelva atrás en una transacción; no debe fiarse del alemán. Teme por el rumbo que toman los acontecimientos a partir de ese simple gesto. Vivía más tranquilo con sus compradores habituales, pero lo hace por ayudar a Alfonso.

—Muy bien, así da gusto. —Hans le da una palmada en el hombro y bromea—: Por un momento pensé que iba a tener que dispararle para que aceptara la piedra.

—Deje la violencia para otro momento. Ya sabemos cómo se las gasta la Policía alemana. —No se acobarda al responder pero se ha quedado lívido. Despide al alemán y regresa aturdido y sombrío con el resto del grupo, que se muestra animado por el resultado del encuentro.

—Tenemos que decidir quién va al Congo y quién se queda vigilando a Hans. Yo puedo ir: hablo inglés, francés y árabe y no se me dan mal los negocios —le propone Alfonso.

—Pero… ¿crees que puedes aguantar el viaje? —A su creciente desconfianza se añade el aspecto físico de su amigo.

Lo ve delgado; la camisa, demasiado grande alrededor del cuello, le da un aspecto desaliñado; el tamaño de su cabeza parece desproporcionado con el resto de su cuerpo, ahora tan raquítico; las ojeras delatan sus gustos noctámbulos. Salabath sabe de las adicciones de Alfonso en el pasado y teme que sea algo recurrente. Durante años ha rechazado ser su socio, a pesar del cariño que le tiene, por eso se siente en deuda con él, y por lo bien que su padre trató siempre a su familia.

—Este viaje es precisamente lo que necesito para sentirme mejor. Me estoy muriendo de aburrimiento. Gnome vendrá conmigo. Vosotros os quedaréis aquí vigilando. Dame dos hombres de tu confianza para que nos acompañen. El resto déjalo a mi cargo. Isabel, estoy muy orgulloso de ti. Sin tu colaboración no habríamos conseguido esta reunión.

Ella sonríe. Aún enfurruñada.

—¿Qué sabes de Hans? —le pregunta Salabath a ella.

—Poco, muy poco. Pertenece a una familia burguesa.

—He oído decir que es un oportunista. Vayamos con cuidado, desconfío de los oportunistas y de los conversos. —Salabath reaviva su ira—. Desde este momento mide tus palabras con unos y con otros porque la vida de tu padre puede estar en juego tanto como la tuya o la mía.

Isabel asiente muy seria. Salabath añade que un colega suyo tiene un amigo alemán en la ciudad de Tetuán que podría investigar sobre Hans. El rezo de la tarde invita a la despedida.

De regreso a su casa, Isabel encuentra un telegrama en la mesa de la entrada donde su abuela deja la correspondencia. Viene con sello de Londres, pero va destinado a su padre. «¿Qué le querrá contar Daniel? ¿Tal vez que pretende casarse conmigo?»

La falsa esperanza le provoca expectativas absurdas: «Si voy a dar un beso a mi yaya antes de tocar el sobre, seguro que es de Daniel». La encuentra tumbada en una butaca, las manos sobre el regazo, dormitando, no sabe cuándo ha perdido el vigor que la hacía ir de un lado a otro. La abraza, la besa.

—¡Ya has llegado! Tienes un telegrama.

Esa es la señal, su abuela se la ha dado: por supuesto es de Daniel. Regresa a la entrada casi corriendo, abre el sobre y las letras la golpean una detrás de otra: Elizabeth ha huido. Ha abandonado su casa de Nueva York con un hombre al que ha conocido de casualidad y quiere el divorcio. «¿Cómo hace eso? —se cuestiona sin pensar si su madre tiene o no derecho a enamorarse de nuevo—. Tengo que hablar con Nana en Londres.» Surge la Isabel práctica.

El telegrama viene firmado por el tío de su madre, Lord Vard. ¿Quién se lo habría dicho a él? «Papá no puede ver esto. Acabará con su viaje antes de marcharse. No, no lo verá. Yo me encargo. ¿Por qué no ha llamado Fátima? ¿Dónde está? ¿Qué le ha pasado a mi madre?» Corre escaleras arriba, vuelve a bajar. Busca a su abuela. Una avalancha de angustia le vuelca el estómago. Las alarmas desembocan en abatimiento. Es lúgubre ese nuevo miedo.

231

33

Caminando despacio, Alfonso da un rodeo hasta el bar del hotel Internacional. La gente habla a media voz de la posible guerra con Alemania. A él le da lo mismo, el conflicto bélico puede ser una enorme oportunidad de hacer negocio. El whisky le tranquiliza, otro tipo de ansiedad se le despierta en el paladar. Ir a casa ahora lo agobiaría, no quiere ver a Fátima, seguro que lo espera con un sermón por su última borrachera. Y su hija Isabel se ha vuelto mustia, ñoña. Esa noche necesita una mujer a su lado, hace tiempo que no sabe nada de Elizabeth y no se ha atrevido a llamarla porque la última vez que estuvieron juntos se comportó de una forma singular, algo lunática. Él le ha mandado cuatro telegramas, ha dejado recados en su casa, ha escrito incluso a su madre en Inglaterra. Le toca a ella dar señales de vida. Paga y sale a la calle, el aire es frío. Dirige sus pasos al bar Dean, donde su amigo Peter sale a recibirlo:

—Alfonso, por fin apareces. Hace unos días estuvo un francés por aquí preguntando por ti. No sabía cómo localizarte.

—He estado muy ocupado. ¿Quién era el tipo?

—No lo sé. Solo dijo que volvería. ¿Qué quieres tomar?

—Lo de siempre. Y me hace falta compañía, no sé si me entiendes.

Peter le sirve un whisky con hielo en vaso corto, se va a la trastienda y regresa con un papel.

—En esta dirección vas a encontrar lo que buscas.

Un hombre se acerca y le golpea en el hombro.

—¿Alfonso de la Mata?

Se vuelve. Frente a él, un tipo que habla con acento francés y carga con la maldición del pelo rojo.

—Su amigo John, a quien creo que conoció en Italia, me ha pedido que le busque.

—¿John? ¿John está aquí?

—Llegará en un par de días a lo sumo. Me encargó preguntarle si ha sabido algo de Ardwent.

—No sabemos nada, ni mi hija ni yo.

El Belga se tensa ante la mención de la joven a la que tuvo secuestrada en Casablanca.

—A John le urge conocer el paradero de Ardwent.

—No entiendo tanta prisa... —Alfonso imagina que tiene que ver con los alemanes y los diamantes—. No sé dónde está. No puedo ayudarle.

—¿Nos avisará si sabe algo?

—Sí. Y ahora déjeme en paz.

Al Belga le incomoda la brusquedad de Alfonso. Peter sirve otra copa a su amigo.

—Alfonso, si estás cansado, en casa de Sarah te tratarán como mereces.

Hora de relajarse. Apura el vaso y asiente. Le pesan los hombros, la cabeza, las piernas. El Belga lo ve salir casi arrastrando los pies.

—Se le ve agotado —le comenta a Peter.

—Necesitará dormir. Todos tenemos días malos. —Al barman no le gusta hablar de sus clientes, mucho menos con un forastero.

Con burlona sonrisa, el Belga apunta mentalmente el nombre de esa mujer a cuya casa se dirige Alfonso.

Está a dos calles, no le cuesta encontrarla, llega y llama a la puerta. Una mujer mayor, de unos cincuenta años, aparece con un chal sobre la cabeza. Con una breve indicación lo invita a entrar y le pide que espere. Al poco aparece Sarah, y los muslos más famosos de Tánger se transparentan a través del fino tejido que hace las veces de camisón. El deseo se despierta en Alfonso a pesar de su cansancio: quiere pellizcarla, palparla, frotarse con fuerza contra ella hasta saciarse.

—Me avisó Peter de que ibas a venir.

—Pero si acaba de darme la dirección...

—Me lo dijo hace unos días. Ya sabía que me necesitarías.

—Estoy cansado.

—Esa no es manera de venir a ver a una mujer como yo.

Y le ofrece un trago, pero Alfonso no quiere beber más. Sarah le indica que pase a una habitación mientras ella prepara una pipa que llena de hachís. Con mimo, la enciende. Alfonso se tumba en la cama. Ella le susurra la historia de un demonio que despierta en las noches frías de primavera, cuando los espíritus de los muertos vuelven y advierten a los vivos que se escondan del diablo. Él inhala fuerte. Lo último que quiere es una historia de fantasmas.

—¿De dónde eres? —la invita a conversar de algo más mundano.

—Nací en Melilla. ¿Y tú?

—Yo nací en Málaga, pero a veces pienso que mi sangre árabe pesa más que la española.

—Cada uno acaba siendo del lugar donde pierde el alma.

—Así piensan los indígenas.

—Eres un clasista.

Sarah vuelve a poner hachís en la pipa. Alfonso cierra los ojos. Cuando despierta, se encuentra con la mujer a su lado, desnuda, los pechos descubiertos. Lleva su mano hasta ellos y los acaricia. El calor que desprenden lo invita a seguir. Los pezones se vuelven duros bajos sus dedos. No puede resistirse a besarlos. Su lengua describe un círculo. Ella murmura en sueños. Él sigue insistiendo, los muerde. Sarah despierta entre quejidos.

—Me gustan las mujeres sumisas.

—Sí, señor —contesta ella entendiendo.

Él pellizca con fuerza uno de sus pezones mientras mantiene el otro entre sus dientes. Sin poder contenerse, después de tanto tiempo sin una mujer entre sus brazos, le da la vuelta.

—Ponte sobre manos y rodillas —ordena con voz enérgica.

—Sí, señor.

La arrastra hasta el borde de la cama, donde él permanece de pie. Con fuerza la empala mientras con la otra mano acaricia el clítoris. Ella no puede contenerse, recibe el orgasmo y lo grita. Hacía tiempo que un hombre no conseguía de Sarah un orgasmo, últimamente había tenido que conformase con sus masturbaciones. Los últimos que pasaron por su cama eran viejos sin fuerza, jóvenes sin experiencia o bravucones impotentes.

—Me gustan tus caderas, Sarah —es lo último que dice Alfonso antes de su orgasmo.

Ella vuelve a encender la pipa. Él fuma mientras descansa. Se siente mejor aunque desea dormir. Se abraza a esa mujer desconocida de pechos hermosos.

Isabel duerme junto a su abuela. Fátima le ha dado un té y sujeta la cabeza de su nieta en el regazo. ¿Cómo puede aguantar esta familia tanto sufrimiento? ¿Acaso la maldición del diamante es cierta? Ella no es supersticiosa, pero desde que su marido compró el Ojo del Ídolo no han dejado de ocurrir desgracias. Tal vez deberían venderlo, deshacerse de esa piedra para siempre. Siente pena por Nana, sola en Inglaterra sin saber de Elizabeth, su única hija. ¿Cómo se tomará Alfonso el abandono? Incapaz de dormir, se levanta a rezar. Es algo que no ha hecho en años, pero lo necesita. El amanecer despierta a lo lejos, ella extiende una pequeña alfombra y se pone de rodillas. A pesar del tiempo que pasó en España, jamás se convirtió al catolicismo, nunca quiso entregarse por completo a la religión de su marido, a su cultura. Es verdad que pudo hacer más para integrarse en sus costumbres, aquella marquesa tenía razón cuando la culpaba de inadaptada. Lo que no puede perdonarle es que la acusara de ser una salvaje. «Ella sí que es una salvaje, capaz de animar a las tropas moras contra sus propios compatriotas, todo por mantener el poder. Hipócrita.» Fátima distrae su tristeza en el odio que siempre le ha provocado la marquesa.

A Nana le despierta el teléfono, quiere levantarse y no puede. Desde que ha llegado su hermano se pasa días enteros en la cama. Los malditos calmantes. ¿Dónde está Elizabeth? Recuerda su alejamiento en las semanas previas al viaje. El llanto vuelve a sus ojos. Lord Vard la oye moverse. Deja que el teléfono suene sin contestar, ocupado como está en buscar las joyas de su hermana por la casa.

Míster McAllister, preocupado por no tener noticias de su ahijada, ha escrito a Isabel pidiéndole que mande a Alba a visitar a Nana. Esa misma tarde Alba y su marido se han puesto en camino desde Londres a Cirencester. Cuando llegan y entran por la cocina, encuentran la casa revuelta. Sobre la mesa del comedor se apilan cubiertos de plata, candelabros, bandejas, cuadros y varios collares de perlas.

—Deben estar haciendo inventario —es lo primero que se le ocurre a Alba.

Paolo no lo cree. En ese momento aparece Lord Vard.

—¿Se puede saber qué hacen aquí? Voy a llamar inmediatamente a la Policía.

—Sí, creo que debería hacerlo —dice Félix, que entra por la puerta principal prevenido por Alba.

—Calma calma. —Su padre trata de apaciguarlo—. Estamos aquí porque Isabel ha llamado varias veces a Nana y no contesta el teléfono. Su hija y sus nietas están preocupadas por ella.

—No me hagan reír. Su hija está viviendo con su amante en Long Beach, ¿acaso no lo saben?, y sus nietas no se interesan por ella. Mi hermana está conmocionada por la negligencia de todas. Déjenla tranquila conmigo. Yo la estoy cuidando.

—¿Y qué hacen estas cosas aquí? Voy a verla. —Alba se dirige hacia las escaleras.

—¿Quién es usted para entrar sin permiso? —Lord Vard le corta el paso.

—Durante muchos años cuidé de ella y de su hija. Usted nunca apareció. Que sea ella quien nos diga que nos marchemos.

—Es más importante aparecer cuando alguien de la familia está mal. Mi hermana no necesita su mísero interés. Seguro que quieren verla muerta para heredarla.

—¿Y qué van a heredar las niñas cuando haya limpiado usted la casa? —Alba deja brotar su cólera.

—Reconozca que quiere llevarse lo que no le pertenece. —Félix también sube la voz.

—Si viene la Policía, puedo acusarles a ustedes de entrar a robar. ¿A quién van a creer, a unos gitanos españoles o a un lord inglés?

—Le puedo asegurar que no va a salirse con la suya. —Alba no se arredra.

Mientras Félix habla con Lord Vard, ella aprovecha un descuido para escabullirse hasta el cuarto de Nana. La encuentra aturdida, débil y desorientada.

—Elizabeth, Elizabeth —repite la anciana.

—Señora, soy Alba. Su nieta Isabel me ha pedido que venga a verla.

—¿Isabel? ¿Dónde está?

—En Tánger. He venido a cuidarla. ¿Quiere un poco de agua?

—Sí, por favor. Llama al médico, llevo días en la cama durmiendo. Creo que mi hermano no quiere que me levante.

Alba sale de la habitación y marca el teléfono de la Policía. Tiene que convencer a Paolo de quedarse en Cirencester, al menos hasta que regresen Isabel o Fátima. No pueden dejar a Nana sola. Alba vuelve a hacerse cargo de la familia De la Mata.

34

*E*n el barco de Dakar a Punta Negra, Alfonso piensa en la fría despedida que ha tenido con su hija, justo antes de embarcarse en la hazaña de viajar al corazón de África en busca de unos diamantes que podrían cambiar su quebrantada economía. Le gusta la aventura, creer en una esperanza por ínfima que sea, siente la adrenalina brotar por sus poros. No ha tomado una gota de alcohol en el trayecto, primero porque no ha tenido oportunidad, segundo porque viaja con musulmanes a quienes no quiere ofender. Gnome vegeta en cubierta, le recuerda a esos osos que duermen en el invierno, es capaz de quedarse horas seguidas meditando en la misma posición, nunca dice lo que piensa, aunque es cierto que ha dejado claro que él no va a pasar la frontera por el control de pasaportes:

«Sí, ya sé que me habéis sacado un pasaporte marroquí. Unos cuantos francos os habrá costado. Pero yo soy como los buenos pisteros, sé qué huella debo seguir para llegar a mi casa», dijo en la última reunión en casa de Salabath.

El aire frío de marzo y el bravo oleaje obligan a Alfonso a refugiarse en el mohoso camarote donde duermen en literas con los marineros del carguero. Gentileza del capitán por un favor que le debe desde hace tiempo a Petrochio. La vuelta con los brillantes será más complicada pues Salabath ha decidido que utilicen la carretera transahariana que sube desde Casablanca. A Alfonso le parece que está muy concurrida de policías franceses y alemanes, hubiera preferido el avión, pero Salabath teme que les descubran las piedras:

«Es mucho más fácil pagarle a un gendarme de Dakar que a uno de Casablanca, sé de lo que hablo. Dos coches escoltados por los hombres del desierto es más seguro».

Quedan varios días hasta llegar a Punta Negra, desde allí deben coger un tren a Leopoldville, luego un barco hasta Port-Franqui y otro tren hasta las minas de Luluabourg. Gnome le ha convencido de que esa fue la ruta exacta de Ardwent.

Ya en la aduana, Alfonso y los dos sirios que lo acompañan muestran sus pasaportes. Un gendarme, con un extraño acento francés, les pregunta qué han venido a hacer al Congo.

—Viajamos a Luluabourg.

—Mmm, a las minas. ¿Son tratantes?

—No exactamente. Venimos a reunirnos con Míster Bruhn.

La mención del apellido de uno de los hombres más poderosos del país, por su relación con el rey Leopoldo, impresiona al policía.

—¿Cuánto tiempo estarán?

—De una semana a diez días.

Estampa el sello en los pasaportes y les da la bienvenida.

El trayecto hasta el hotel lo hacen los tres en silencio, intranquilos por Gnome, que ha cruzado la frontera por su cuenta. No les ha dicho cómo para no implicarlos. Ya en su habitación, Alfonso va a servirse una copa de whisky pero se arrepiente. «No, hoy no. Hoy voy a esperar a Gnome sereno, por si necesita mi ayuda.» Anda en círculos, las manos en la espalda, abstraído. Dos horas después el enorme negro aparece con las botas llenas de barro y sudado.

—No hay nadie que conozca el Congo como yo —alardea.

—Eres muy exagerado, el policía no nos ha puesto ninguna pega al oír el nombre de Bruhn.

—¿Y arriesgarme a que alguien dude de que soy marroquí? Entre nosotros nos conocemos bien, a mí se me nota demasiado que nací en el Congo. Vayamos a comer algo, estoy hambriento.

Alfonso le pide que deje de sacudirse el barro de las botas en el suelo de la habitación.

—Sal al pasillo, hombre, vas a llenarlo todo de arena. Esto no es una cuadra.

En el Country Diplomatic Club de Tánger, Isabel almuerza con Carlos, tienen una conversación muy amena sobre unos amigos de Gibraltar.

—Mi madre estudió en el Loreto Convent, con niñas de la alta sociedad de Sudáfrica, Fez y Tánger. Siempre dijo que en la Roca vivió los años más felices de su vida. Tocaba el arpa y le encantaba compartir las historias de la infancia. El otro día vino a visitarnos una amiga suya. Es extraño decirlo, pero mi padre es el único que no sabe de su desaparición.

El hijo de la marquesa la escucha escrupuloso, serio. La inestabilidad familiar no resta belleza a Isabel. Está preciosa con su conjunto de falda y chaqueta en tonos crema y una blusa rosa. Lleva un broche azul en la solapa y como están en un restaurante donde hay muchos hombres árabes, ha tapado su melena con un pañuelo. Admira a esa mujer por su capacidad para entender la importancia de los detalles. Será una magnífica esposa. Carlos sonríe sin escuchar sus palabras.

El teléfono suena en la casa de los McAllister en Nueva York.

—¿Fátima Miranda?

—Sí.

—Soy Serge. Te llamo porque hace unos días dejé recado de que vinieras a verme. Es urgente que nos reunamos.

—Nadie me avisó —miente ella, que ha estado evitándolo porque quiere dedicar su tiempo al estudio.

—¿Puedes pasarte por el restaurante El Trébol esta noche? ¿A eso de las ocho?

—Allí nos vemos. —Cuelga con una mueca de desagrado. «Qué diablos, ha llegado la hora de deshacerme de Serge.»

Vuelve a sonar el teléfono. Es la voz de una mujer.

—Hola. Soy Carlota Ortega. Traigo unos regalos desde Tánger para la señorita De La Mata y para su madre. ¿Cuándo puedo llevárselos?

Le parece una broma de mal gusto.

—Haga el favor de quedárselos. —Y vuelve a colgar bruscamente.

Carlota se molesta con esa mujer. Hacer un favor y que la traten así. No quiere quedarse con esos fulares. En su cultura, regalar pañuelos es sinónimo de mala suerte; todo se rompe, familias, amistades, parejas, por el regalo de un pañuelo, por muy grande que sea. Quiere triunfar en Nueva York y es supersticiosa. Decide buscar la dirección de los McAllister preguntando a la telefonista. Se encargará de llevarlos personalmente. «Estamos como para que nos caiga una ruina, qué malaje tiene esta gachí.»

Miranda se queda preocupada por la reunión con Serge. Una ducha le alivia la tensión. Cuando sale, la señora McAllister le dice:

—Han dejado este paquete para ti.

Aún con el pelo mojado, deshace el papel celofán que envuelve dos maravillosos fulares de seda. Los esconde en el fondo de un cajón. Pero los vuelve a sacar. Le recuerdan a su abuela Fátima, son preciosos. Uno en tonos verdes y otro anaranjado. Descubre en su textura la calidad del trabajo de hilo. Se arropa con el verde y se mira al espejo. Vestida con una toalla blanca bajo el fular, el tono de su piel se enciende. Echa de menos su casa, el cariño, el olor, la comida. «¡Al carajo la nostalgia! Ahora mismo necesito tener control, no quiero a nadie metiendo las narices en mis asuntos.» Tira sobre la cama el fular, que acaba deslizándose hasta el suelo. Se agacha a recogerlo y pierde la toalla. Desnuda, ve el tatuaje. Del armario saca unos pantalones color crema, una blusa de seda de un tono similar y se pone el fular al cuello. Es Miranda, y ha nacido en Nueva York.

241

35

*E*n el avión de Lisboa a Tánger, Daniel se pregunta si debería haber avisado a Isabel de su llegada. «Tal vez ella merece saber que voy, lo mismo ha salido de la ciudad, o se ha cansado de esperarme. Quizás entre nosotros no quede ya nada, entre tanto odio como nos rodea. No no, Isabel se alegrará de verme…» Intenta dormir, aunque cada vez le cuesta más. La última noche que consiguió diez horas de sueño seguidas fue en casa de los Lecande, todavía convaleciente. «¿Qué dirá Alfonso al verme?» No pega ojo en ese ir y venir de pensamientos fugaces.

Saca del bolsillo un papel que le ha dado su padre en estos días que ha estado con él en Londres. Es el Tefilat Ha'-Dérej, la oración del viajero, su madre solía entregársela cuando visitaba de joven a sus primos en la campiña austriaca. *Y'hi ratzon milfanekha Adonai Eloheinu.* Comienza a orar en hebreo con la torpeza de quien no ha practicado en mucho tiempo, hasta que la azafata anuncia que están llegando a Tánger.

Nada parece haber cambiado en la ciudad: el clima húmedo es el mismo, la suciedad se amontona en las esquinas por el viento, los niños corretean en las pequeñas calles o persiguen a los recién llegados ofreciendo cargar sus maletas a cambio de una moneda. Daniel sabe que dar algo significa tener al niño colgado de su sombra. Ha acordado con Míster Harris que se encontrará en el hotel con un interlocutor al que desconoce. Douglas le ha recordado la urgencia de esa reunión, sabedor de los intereses amorosos de Daniel en Tánger, y le ha advertido que no se distraiga.

En el *lobby* lo espera un sujeto de mediana edad que se identifica con un pañuelo rojo en la solapa. Es un tipo atractivo, aunque su traje de lino arrugado y sus puños contraídos delatan su inseguridad. Daniel se extraña de descubrir a un hombre tan poco discreto en el equipo de Douglas Harris.

—¿John?

—Sí, soy yo. Tú debes ser el Belga.

—No perdamos tiempo en presentaciones, salgamos.

—Como quieras. Pero espera que me cambie, tardo un minuto. —El gesto hosco del Belga incomoda a Daniel, que va a recepción, donde le dan la llave de una habitación en el segundo piso.

Es amplia, elegantemente decorada, y tiene una cama con dosel. Inmediatamente imagina a Isabel atada a las columnas de madera. Desnuda. Sacude la cabeza, entra en el baño y se da una ducha rápida, se viste y baja a encontrarse con el Belga. Lo encuentra sentado cómodamente en un sillón.

—Ya estoy aquí. Parece que se te ha ido un poco del nerviosismo con que me recibiste, ahora nadie nos mira.

Al Belga empieza a disgustarle la arrogancia de ese sujeto. Con un gesto le pide su coche al conserje, que le entrega un Buick blanco muy llamativo.

—Lo tuyo no es la discreción. Podríamos ir andando.

—¿Al Club Diplomático?

—Pensé que el Club Diplomático estaba reservado a socios británicos.

—Precisamente. Es un lugar extraño donde amigos y enemigos conviven cívicamente tratando de adivinarse las intenciones No se estilan los enfrentamientos.

—Jamás he ido.

—Te pondré en antecedentes por el camino. Hemos descubierto que los alemanes están organizándose. Ayer mismo recibimos un cable de la embajada del Congo donde nos aseguran que un grupo de traficantes está en sus minas comprando una gran partida de diamantes. Y no hace mucho hubo una reunión en Tánger entre el jefe de la Gestapo y varios comerciantes de joyas.

—¿Quién está a cargo de la Policía alemana en Tánger?

—Un tal Hans. Suele pasar mucho tiempo en el Casino.

—Los alemanes siempre rodeados de españoles. ¿Cuánto tiempo llevas en Tánger?

—Regresé hace dos semanas. Supongo que te han contado que trabajé a las órdenes de Ardwent por disposición de Míster Harris. No he vuelto a verlo desde que se marchó, ni tampoco a Isabel de la Mata. Espero que no me tengas en cuenta que la secuestrara, John, fue solo para evitar sospechas. Me han informado de la amistad que os une. No te voy a negar que la he visto paseando por la ciudad, pero no me he encontrado con Gnome, el negro que escapó con ella. Podría reconocerme.

Daniel no sabía que el Belga fuera quien ayudó a Ardwent en el secuestro de Isabel. Trata de atar cabos y, sin embargo, hay piezas que no encajan.

—¿Dónde tenía que ir Ardwent? —pregunta fingiendo no saber.

—A Roma, a encontrarse con un general alemán. Él es uno de los mejores comerciantes de brillantes del mercado, un hombre a quien mueve el dinero y el poder, pero también su pasión por las piedras preciosas... Su *vendetta* personal contra Isabel y su padre, por culpa de un diamante, parece haber trastocado sus planes. Estuve esperando que regresara.

—Sería importante averiguar si él ha viajado al Congo.

—En eso estamos. Si regresa a Tánger, no debería vernos juntos, John.

244

El Belga parece saber mucho de él y, sin embargo, le llama John. Odia sentirse en desventaja. Mira a su alrededor descubriendo un paisaje verde inesperado. Siguen sin conversar hasta que divisan el edificio del Club Diplomático. En el lujoso establecimiento un ujier busca su nombre en la lista de invitados de los socios, donde en efecto aparecen «Míster John y acompañante». Sonríe con disimulo y les indica el camino a través de una sala que conduce a otra con mesas de madera en el centro y cojines junto a las paredes, donde algunos hombres árabes están sentados fumando en *hookah*. John y el Belga eligen una mesa cercana a la barra, los recibe el barman mientras sirve una bebida a dos británicos que se han quedado callados, mirándolos. Daniel no los conoce, uno viste con un traje de chaqueta impropio del calor de la ciudad, debe de ser recién llegado. El otro lleva un elegante conjunto de lino. Es este último quien mueve levemente la cabeza arriba y abajo. Ellos piden té de menta para combatir la humedad. El club parece extrañamente vacío y Daniel pregunta al camarero si normalmente hay tan poca gente.

—Hoy es un día especial, las mujeres de los socios celebran una comida con motivo de la boda de los Beacon.

—¿Mujeres? Pensaba que no podían entrar —se extraña el Belga.

—El restaurante puede reservarse para eventos especiales.

Daniel ve pasar a un grupo de mujeres por delante de la puerta y le parece distinguir a Isabel entre ellas. Se levanta rápido y corre hacia allí. Ellas avanzan por un largo pasillo, la melena negra de una es inconfundible.

—¿Isabel? —Carraspea y vuelve a preguntar más fuerte—: ¿Isabel?

Recibe su nombre como un impacto de bala. Sus rodillas tiemblan. Se da la vuelta sabiendo que va a encontrar a Daniel. Frente a ella está el hombre al que ama, al que durante tantos meses ha esperado, en carne y hueso. ¿Por qué no la ha llamado? ¿Por qué no ha ido a verla? Le hiere su presencia.

—Imagino que es una sorpresa encontrarme aquí. Acabo de llegar, no llevo ni tres horas en Tánger —le susurra él con la boca seca—. No me ha dado tiempo de ir a buscarte.

—Al parecer, tampoco has podido avisarme.

¿Por qué le contesta de forma huraña? Estaba deseando que viniera, y ahora se comporta como una novia celosa. Las demás mujeres, curiosas y sorprendidas por la reacción de ambos, los rodean. Tanta expectación obliga a Daniel a agarrarla de la mano para apartarla.

—Isabel, estoy en una reunión.

El Belga se asoma por la puerta. Al verla, se echa hacia atrás. Es una reacción de la que se arrepiente de inmediato: Daniel se ha dado cuenta y ella no lo habría reconocido.

—Daniel, yo también estoy ocupada. Por lo visto, nuestras vidas están llenas de cosas más importantes que nosotros. —Isabel vuelve a mostrar su lado más inseguro—. Cuando tengas tiempo, ven a verme a casa y, si no puedes, lo entiendo.

—Isabel, lo único que quiero es abrazarte, besarte. En parte he venido por ti, pero no puedo descuidar mis responsabilidades.

—¿Que son…?

—Ahora no es el momento. Esta noche cenamos juntos. ¿Quieres?

Isabel asiente con la cabeza y se aleja tras el grupo de mujeres. Vuelve a mirarlo y le hace un cariñoso gesto de despedida.

36

Miranda, como ahora se llama, se ha convertido en una apasionada de la pintura, especialmente de los artistas de principio de siglo, Picasso y Monet son sus favoritos. También disfruta con los clásicos flamencos, le conmueven los retratos holandeses del xv. Míster McAllister es su mentor, con él asiste a exposiciones, a clubes privados, a casas de amigos, a subastas. Ese mercado consigue hechizarla, le sorprende la pasión con la que se mueven los admiradores de los artistas, el toma y daca entre el arte y el negocio. Su vida en Nueva York ya es otra. Las noticias que llegan de Europa son terribles, Alemania acaba de invadir Polonia. Inglaterra y Francia están a punto de declarar la guerra. ¿Qué ocurrirá si Estados Unidos se suma al conflicto? Ese parece ser el único tema de conversación en la ciudad.

Nana continúa en Cirencester, donde Alba cuida de ella... Isabel, su abuela Fátima y su padre siguen en Tánger. Piensa en el cuadro de Picasso *La marquesa*. Lo ha visto en una foto. Es una pintura que evoca la guerra en España, el cinismo de las clases aristocráticas, el fanatismo y el dolor. El pintor ha elegido su ciudad para mostrar su repulsa a la guerra. El conflicto lo aleja para siempre de su país.

Miranda ha recuperado la pasión de su madre por el Pilates, se ejercita cada día tomando clases en el mismo estudio al que ella iba. Joseph Pilates le ha enseñado la importancia de aprender a respirar, de controlar cada movimiento de su cuerpo. Y ella ha desarrollado una enorme habilidad para mantener a raya sus emociones. Siente cierta conexión con la madre perdida cuando hace Pilates, además su complexión ha ido recuperando el tono, sus músculos parecen tener una memoria rápida, se ha adaptado sin problemas al entrenamiento y ahora ya no puede o no quiere vivir sin practicarlo. Serge no ha permitido que lo abandonara, él continua formando parte de su pequeño círculo, ella colabora como traductora cuando él hace negocios con los mexicanos y a cambio le ha presentado a varios marchantes. La última vez que se vieron en el restaurante El Trébol le habló de sus estudios, de su pasión por el arte. El la invitó a asistir a la subasta de un Matisse, ella no dejó de pensar en el Ojo del Ídolo durante la velada. En realidad, no ha dejado de pensar en el diamante desde que lo tuvo entre sus manos. No se duerme sin acariciar el tatuaje de su muslo.

Isabel trata de convencer a su abuela para que permita a Daniel alojarse en la habitación de invitados.

—De ninguna manera. Tu padre me mataría.

—Podría ser un invitado tuyo. ¿Por qué habría de ser un problema?

—Las tonterías que dices, Isabel. —Fátima ya ha bajado la guardia—. Puede quedarse una semana hasta que llegue tu padre. Dejó claro que no quería a Daniel en la casa.

—Papá no llegará antes de un mes. Gracias, abuela.

Corre hasta la pensión donde duerme Daniel. Él está harto de cambiar de hotel. El que le reservó la embajada británica era demasiado lujoso para su mermada economía; luego se instaló en una pensión que abandonó cuando encontró su ropa revuelta, y ahora está en otra recomendada por Salabath, pero el colchón está tan lleno de chinches que tiene el cuerpo entero mordido de picaduras. A Isabel la acompaña Matt, el mastín que compró Alfonso para cuidar de ella. Le gusta pasearlo por la playa, han hecho buenas migas en el tiempo que llevan juntos. Daniel la recibe en el portal con la maleta en la mano. Juntos caminan al ritmo que marca Matt hasta la casa de Fátima. Llegan con la ropa pegada por el calor.

—Pero… ¡si estáis sudando! ¡Os va a dar algo! Alaya, trae té de menta para que se refresquen y prepara el almuerzo. Daniel, eres bienvenido a mi hogar.

—Señora, le agradezco mucho su hospitalidad, y no se preocupe, soy el primero que respeta a su nieta. Acepto su invitación porque me resulta imposible alquilar una habitación asequible.

247

—Mira, en eso puedo ayudarte. Una amiga mía tiene un apuro económico y su casa es hermosa, muy cerquita de aquí, frente a la playa. Tal vez ella pueda alojarte por un precio adecuado. Os haréis un favor los dos y yo podré dormir tranquila.

.Desde el porche, Isabel se fija en lo atractivo que le parece Daniel. Ha cambiado. Lleva un traje marrón con un sombrero de paja, fuma un puro pequeño que lo impregna de ese olor inconfundible a tabaco. Sonríe al ver sus pantalones, le quedan cortos y le asoman ligeramente los calcetines. Coqueto, siempre los elige de colores, en esta ocasión de un rosa llamativo.

—He comprado chocolate —dice él aprovechando que están solos.

Isabel descubre en el brillo de los ojos al Daniel que conoció en Gibraltar. El perverso, irreverente y jovial. Le gusta.

—Ven. —Agarra su mano mientras alegremente tira de ella hacia el camino que conduce a la playa.

Como una chiquilla se deja guiar. Cuando repara en la bolsa que cuelga de su espalda, se pregunta qué traerá. Por un sendero llegan hasta una choza rojiza. Daniel saca una llave y abre la puerta.

—El dueño de la pensión me ofreció pasar aquí un par de días si no conseguía quedarme contigo, supongo que para compensar las malas condiciones de su alojamiento. No he querido decir nada a tu abuela por temor a que me eche de su casa. Es demasiado frío.

Isabel se queda impresionada al ver que se ha preocupado de decorar el chamizo.

—Ayer pasé todo el día rastrillando la habitación.

Esta empieza a iluminarse según Daniel enciende las pequeñas velas ordenadas. En el centro, varias mantas cubren el suelo, sobre una mesa muy bajita hay una tetera, él saca un termo y llena de té de menta dos vasitos.

—Hoy vas a saborear de verdad el chocolate. Conmigo. De mí.

Perpleja, observa cómo extrae varias tabletas de la mochila. Cada una de ellas viene cubierta por un papel de un color diferente.

—Mi madre, que tenía una de las mejores pastelerías de Viena, conocía los poderes del cacao. En Berlín aprendí algo que estoy seguro desconoces. Siempre me he preguntado por este experimento que voy a hacer contigo.

Abre una de las tabletas y le ofrece un trozo grande a Isabel que le llena la boca. Cuando consigue deshacerlo, antes de tragar, él se acerca y la besa. Ella siente la lengua de Daniel rodear la suya, esa pasta húmeda, amarga y dulce compartida, él le limpia los dientes, se lo arranca a lametazos del paladar. La lengua de Daniel busca experta en sus concavidades. Apenas puede mantener el equilibrio, intoxicada de chocolate, de Daniel; la excitación se apodera de su cuerpo. Cuando él la deja, de sus labios escurre saliva negra.

—Muerde más. Déjame taparte los ojos con un pañuelo.

—Esto es un juego de niños. —Ella ríe.

—No creo que ningún niño juegue a esto. —Daniel hunde otra vez su lengua en ella. Repite la danza, una y otra vez, vuelve a ofrecerle chocolate, que ella acepta entregada, él lo hurta a besos, llenándose del que ella deshace en la boca. Los labios de Daniel beben la saliva que chorrea por su cara.

Cuanto más chocolate saborea, más excitada se siente. Él no la toca, salvo con su boca. Un pasatiempo lujurioso, adicción para unos sentidos caprichosos por el sabor del cacao.

—Una tortura deliciosa, ¿verdad? Y acabamos de empezar. ¿Qué vas a hacer hoy?

—No lo sé… —Isabel miente. Ha quedado con Hans pero, como le prometió a su padre, no piensa decirle a nadie, ni siquiera a Daniel, que tiene una cita con el jefe de la Gestapo en Tánger—. ¿Tú?

—Voy a ir a la ciudad. Necesito enviar unas fotografías a mi periódico. —Daniel tampoco ha contado que está ayudando al servicio de inteligencia británico en su lucha contra el contrabando de diamantes. El Belga lo espera en el *lobby* del hotel Intercontinental—. ¿Quieres que almorcemos juntos?

—Es que una amiga está organizando una cena benéfica en favor de la Cruz Roja y da un almuerzo para coordinar los detalles. Pero por la noche iré a casa y, si quieres, paseamos a Matt por la playa.

—Me parece un plan estupendo. Nos veremos aquí.

Salen del chamizo repletos de energía.

Caminando hacia el Casino, Isabel se encuentra con el hijo de la marquesa malagueña que tanto se preocupa por ella.

—Hola, Carlos, hace tiempo que no te veía.

—Ayer mismo te saludé por la calle y ni me contestaste.

—¿Ayer?

—Sí, ibas con tu perro y ese amigo tuyo inglés, ¿cómo se llama?

—Daniel. Con Matt no me da tiempo de mirar a mi alrededor, siempre va tirando de mí.

—Pues me pareció que la distracción se debía a Daniel y no a Matt —replica con un revelador tono de reproche—. Por cierto, ha llegado a Tánger Mercedes Formica contando historias terribles de lo que vivieron en Málaga nuestros amigos. Estará en el almuerzo de la Cruz Roja. ¿Piensas asistir?

—Sí, tengo intención de ir, pero antes debo acudir a una cita. Y discúlpame por no saludarte, de verdad que no te vi.

—No te preocupes. Daniel se irá y yo estaré aquí.

—¿Qué quieres decir?

—Nada nada. ¿Dónde vas?, ¿te acompaño?

250

—Voy a un recado de mi abuela. No hace falta.

—Bueno, ya nos veremos, Isabel. —Carlos no deja de mirarla mientras ella se aleja.

Tras colocarse el pañuelo que lleva al cuello sobre la cabeza, la joven llama a la puerta de la casa de Salabath. Dentro se encuentra con Hans, que recorre la habitación de un lado a otro.

—Isabel, por fin llegas. Es urgente que localice a tu padre, desde hace diez días no tenemos noticias suyas.

—Tranquilízate, Hans. La travesía es muy larga y las comunicaciones desde el Congo no son fáciles. Estoy segura de que pronto sabremos algo.

—Por su bien y por el mío…, espero que así sea. Hay mucha gente poniéndose nerviosa y no son precisamente pacientes. ¿Dónde está Salabath? Me dicen que se ha marchado de Tánger.

—Es un hombre de negocios, siempre está de un lado a otro. —Isabel quiere calmar a Hans, que parece muy frustrado. A ella le extraña que Salabath se haya marchado sin avisar, pero no lo dice—. ¿Qué te parece si vamos a tomar un té mirando al Mediterráneo?

—¿Acaso crees que un vaso de té soluciona el problema que tenemos? En fin, vayamos.

Daniel se ha aventurado demasiado en la medina y se ha perdido entre sus callejuelas. Por una esquina ve aparecer a un oficial alemán y se mete rápidamente en un portal. No acierta a ver a su acompañante, pero le oye decir cuando pasan por su lado:

—Tu padre estaría orgulloso de ti.

Cuando se atreve a mirar, la pareja ha desaparecido de su vista. Vuelve sobre sus pasos tratando de orientarse hasta llegar al hotel Intercontinental.

Cansado, aburrido de dar vueltas sin rumbo fijo, enciende un cigarrillo y se sienta en un café. En ese momento aparece el Belga.

—Por fin te encuentro, John. ¿Dónde te habías metido?

—Me he perdido. Acabo de cruzarme con un alemán paseando con alguien a quien no he podido ver. Llevaba el uniforme de la Gestapo.

—Podría ser Hans, el jefe de la Policía alemana en Tánger. ¿Sabes que ese hombre está enamorado de una bailarina española? Carlota Ortega. Una mujer guapísima. Daniel, tal vez tengamos que salir pronto de viaje a encontrarnos con los hombres que suministran diamantes a los alemanes. Uno de ellos nos ha informado de que vienen en camino.

—A Marruecos.

—Sí, pero no será en Tánger, ni Fez ni Casablanca. Me temo que tendrás que estar disponible en cualquier momento.

Daniel entiende que va a tener que mentir a Isabel, necesita protegerla, y cuanto menos sepa mejor.

Mercedes Formica no deja de hablar de los «paseos» que sus amigos sufrieron a manos de los rojos, de cómo las mujeres velaban la agonía de los heridos hasta que morían sin que nadie les prestase ayuda, de las vejaciones a los muertos. Llega un punto en el que Isabel no puede callarse más:

—Hay que aprender a curar los agravios. Es terrible lo que cuentas, pero la crueldad de la que hablas se ha sufrido en ambos lados. Jamás pensé que los españoles fueran capaces de odiarse tanto, ¿acaso no somos iguales sin importar la nacionalidad, las ideas o la religión?

—Los falangistas no son como los rojos. —Formica resiste en la defensa de los que considera «los suyos».

—Tal vez no lo hayas visto todavía, pero su incapacidad para comunicarse los vuelve iguales. Es tan mezquino ser de un bando como de otro si lo único que deseas es la muerte de tu contrincante. Ninguno se salva.

—Me niego a generalizar. ¿Crees que hay que mantenerse al margen? ¿Vivir negando lo que ocurre? Eso nos ha llevado donde estamos.

—Tanto rezar y no poner en práctica lo que se reza me parece tan cínico como luchar por la igualdad cuando no se ve iguales a los que antes tuvieron más. Desprecio tanto el fundamentalismo como a los conversos que tratan de demostrar cruelmente que han cambiado. Ya no creo en nada, bueno, me atrevo a creer en el amor, en la necesidad de imaginar para vivir, en el poder de superación. —Isabel se sorprende a sí misma expresando sus ideas. Los demás la miran como un bicho raro—. Me declaro enemiga de la soberbia, adversaria de pisotear las ideas de otros porque no concuerdan con las mías. El misterio de la existencia humana es una búsqueda profunda de identidad, de libertad. La agresividad es un fenómeno psicológico, no elemental.

—Opino que Tánger es demasiado libertino, te ha cambiado —arremete Formica contra ella.

—Afortunadamente. —Isabel decide volver a las formalidades—: ¿Hasta cuándo estarás aquí? Me gustaría ver a tu madre.

Elizabeth estudió con la progenitora de Mercedes, una mujer a quien siempre admiró por su coraje, especialmente después de su divorcio y posterior abandono del marido, que la dejó sin dinero tras enamorarse de una alemana.

—Unas semanas. Quiero volver pronto a Sevilla. Y a mi madre también le gustaría ver a la tuya, siempre cuenta sus aventuras con ella en el colegio de Gibraltar.

Isabel calla, las lágrimas aparecen en sus ojos.

—Lo siento. —Mercedes, tan acostumbrada a la muerte, lo primero que piensa es que Elizabeth ha muerto—. Mi madre lo va a sentir mucho.

—No no. No sabemos dónde se encuentra. Me encantaría recibiros en casa de mi abuela. Su cocinera prepara unos biscuits ingleses sensacionales.

—Prometo que pasaremos a veros antes de regresar a España. —Mercedes la abraza conmovida por el dolor de su amiga.

Carlos la invita a un vaso de gin. Ella se lo agradece, es tan atento siempre...

Alfonso ha decidido no volver a Tánger. El primer viaje ha sido todo un éxito, los diamantes han sido entregados en un puesto alemán, Bugdur, en la carretera que va de Tánger a Rabat. Desde la capital de Marruecos vuelan a Casablanca, donde Salabath les ha organizado una cita con un banquero amigo suyo. Dividen los beneficios en las cuentas que cada uno ha abierto a nombre de distintas empresas ficticias. Gnome prefiere quedarse con el dinero. El momento es dulce, el afán por aprovechar las circunstancias de la guerra los obliga a viajar de vuelta a Rabat para embarcarse por segunda vez hacia el Congo. Antes de subir al barco se enteran de que los alemanes han invadido Polonia.

—¿Has oído la noticia? —Alfonso intenta explicársela a Gnome.

El congoleño no acierta a entender la sorpresa de Alfonso pues está acostumbrado a que los europeos entren en un país apoderándose de todo.

—¿Cuántos viajes quieres hacer al Congo? —Gnome vuelve a lo que le interesa.

—Puede que no signifique mucho para ti, pero tal vez estemos contribuyendo a la matanza de judíos.

—¿Te sientes culpable ahora que ya tienes el dinero en el banco?

Alfonso no se atreve a contestarle. Es un sinvergüenza y lo sabe. Mira a Gnome: con el cuerpo esparcido por cubierta, parece una estrella de mar, sin tensión, sin aparente preocupación. Alfonso intuye que reserva su energía para cuando pueda necesitarla. En unos días podrá ver a su familia en el Congo, así lo han acordado.

ϒ

El olor a sangre es insoportable. Alfonso siente el vacío del asco en su estómago. Huye fuera de la cueva; la luz sacude sus ojos. Han pasado horas buscando los cuerpos de los hijos y la mujer de Gnome. En el corazón de la gruta, tal y como les dijo un joven del pueblo, ha sido asesinada, desmembrada a golpes, la familia de su amigo.

—Sabía que si descubrían que había sido yo el que robó el rubí los matarían. Alguien debió delatarme. —Gnome habla aturdido por el dolor—. ¿Qué pecado cometieron ellos? Ninguno. Alfonso, no quiero volver nunca más al Congo. Esta será la última vez que te ayudo. Se acabó.

—¿Cómo van a saber que estás metido en el negocio de los diamantes? ¿Cómo? ¡Es imposible! Nadie sabe tu nombre. Esto no tiene nada que ver con nosotros.

—No, pero estoy seguro de que han descubierto que fui yo quien robó el rubí en las minas. La gente habla. De otro modo, no se explica que hubiera escapado. Por eso quería sacar a mis hijos y a mi mujer de aquí cuanto antes. He llegado demasiado tarde. Te lo dije la última vez que vinimos, me pediste que esperara. Con el dinero ahorrado iba a comprarles su billete a la libertad.

—No sabes por qué ocurrió. Salgamos de aquí.

—No seas cobarde. Demos sepultura a mi familia.

Alfonso se coloca un pañuelo sobre la boca y vuelve a la gruta para ayudar a Gnome a sacar, uno a uno, a sus muertos y despedirlos con dignidad.

37

*E*s penosa la travesía hacia Larache debido al temporal. Daniel se tiene que apoyar en las barras de cubierta para no resbalar. El Belga, a su lado, hace verdaderos esfuerzos por contener la náusea.

Daniel se fija en el hermoso cielo plagado de estrellas. Le hubiera gustado compartir este espectáculo con Isabel, abrazar la cálida tersura de sus hombros. Tal vez ha llegado el momento de sentar la cabeza y pedir a la mujer a la que ama que se case con él.

Los primeros colores del amanecer asoman cuando el barco hace su entrada en el puerto de esa milenaria ciudad marroquí. El capitán les indica el bar del puerto donde han quedado, y Daniel y el Belga saltan a tierra con celeridad.

—¿Va a estar por aquí? —le pregunta Daniel al capitán.

—Sí. No me gusta navegar con tormenta. Les espero. Dense prisa.

El local es tienda, bar y puesto de correos. Tres mesas de madera medio podridas por la sal, acompañadas por cinco taburetes. Un hombre los recibe en el marco donde debería estar una puerta, aunque solo hay una tela colgada con clavos.

—Sentémonos a esperar —dice el Belga. Arrastra los pies, aún mareado.

Daniel pide un café y un vaso con whisky.

—No servimos alcohol —contesta molesto el dueño, que sigue apoyado contra el marco.

Pide entonces un té de menta. El hombre se retira a una habitación contigua.

A los pocos minutos entra un enorme negro sudoroso que recorre con la mirada el local. Su sorpresa es comparable a la que se lleva Daniel.

—¿Gnome? ¿Qué haces aquí?

—¿Daniel? ¿Tú con el Belga? ¿Nadie te ha dicho que fue él quien ayudó a secuestrarnos? Aunque, la verdad, gracias a su ayuda pudimos escapar. Imagino que si estáis juntos, es que trabajáis los dos para los ingleses. Escuchad. Esta tarde vamos a encontrarnos en las afueras con los alemanes para llevarles los diamantes. No os dejéis ver hasta que nos hayamos ido. No quiero poner en peligro la vida de Alfonso. La cita es a las cinco.

—¿Alfonso? ¿El padre de Isabel está implicado en el tráfico de diamantes?

—Tengo prisa. Sí, Alfonso acaba de establecer una ruta, pero empieza a arrepentirse. Necesitaba el dinero. Trata de no ser severo en tus juicios, Daniel.

Le hierve la sangre. Cómo puede ser el padre de Isabel tan insensible, tan ambicioso.

Cuando Gnome se retira, Daniel y el Belga planean su estrategia.

—No sabemos cuántos policías llevarán los alemanes... ¿Sabes disparar? —Daniel niega con la cabeza—. De todas maneras, te voy a dar una pistola, utilízala sin miedo si lo necesitas. Sobre todo, no cierres los ojos cuando apuntes. Que no te tiemble el pulso. Debemos llegar antes y escondernos para espiarlos.

Al dueño del bar le piden un cuarto donde descansar un par de horas y les alquila una destartalada habitación en el primer piso con un jergón en el suelo. Daniel prefiere dormir al raso. Hace un bulto con su suéter para apoyar la cabeza. Sabe que no va a pegar ojo, pero al menos intentará descansar. Es incapaz de desprenderse de su antipatía por Alfonso.

Siguiendo las instrucciones del tendero, Daniel y el Belga llegan a la medina en apenas quince minutos. Son las tres y media. Su sorpresa es mayúscula cuando en una calle estrecha ven aparecer frente a ellos a Hans Siering con cuatro policías de la Gestapo. De un portal a la derecha salen Alfonso y Gnome. Un disparo cruza la calle. Hans ha disparado directamente contra Alfonso. Al descubrir a los ingleses, Hans deduce que ha sido traicionado y ha atacado a quien considera el culpable. Gnome tiene tiempo de dar un paso atrás, ponerse en cuclillas y cubrirse la cabeza con las manos. Daniel se asoma y ve a Alfonso tirado en el suelo. El Belga saca su pistola, apunta y dispara hiriendo a Hans en una pierna.

—Mierda, nunca había fallado. ¡Maldito mareo! Cúbrete, Daniel.

Los alemanes salpican la callejuela de balas que rebotan en las paredes. Hans, tendido sobre los adoquines, pide en alemán que lo lleven al hospital y que llamen a la Policía española. En un instante el grupo desaparece. Gnome llora junto a Alfonso, malherido, que saca de su bolsillo un diamante.

—Dáselo a Isabel, por favor, dáselo a Isabel —le pide Alfonso a Daniel, a quien ha reconocido como el hombre que se hacía llamar John Lie y gritó el nombre de su hija en la mesa del veterinario francés. El mismo del que Isabel guarda una foto en su mesilla.

—Tenemos que irnos, si viene la Policía española, nos acusarán de disparar a los alemanes. Gnome, ¿tienes los diamantes?

—Los tiene Alfonso. No vamos a dejarlo aquí. ¡Vamos!

Entre los tres cargan con el moribundo y lo alzan en volandas. Daniel y el Belga lo arrastran como si estuviera borracho, intentando disimular. Gnome vigila a su alrededor. Aceleran el paso hasta el puerto. Al verlos llegar, el capitán marroquí se niega a dejarlos embarcar.

—No quiero líos con la Policía.

—Te pagaremos bien.

—Si los llevo y se muere, deben tirar el cuerpo en el mar. A Tánger no entro con él. La cárcel no está hecha para los marinos.

Daniel y el Belga miran a Gnome, que asiente con la cabeza. Apenas han navegado un par de millas cuando Alfonso deja de respirar. Gnome lo abraza contra su pecho. Ese viaje se ha convertido en una pesadilla, la muerte lo persigue. Atribuye su desgracia a los diamantes. Convencido de la maldición que encierran esas piedras, saca la bolsita del forro de la gabardina de Alfonso, la abre y a puñados los arroja al mar. El Belga le grita y se abalanza contra él.

—Para, Gnome. ¡Estás loco!

—¡Malditos, son diamantes malditos! —grita más fuerte Gnome, que con su envergadura y sus músculos intimida a los otros, incapaces de acercarse.

En su locura supersticiosa, el congoleño se aproxima al Belga. Si él no hubiera aparecido en el Congo, él aún seguiría allí, su familia estaría viva, y también Alfonso. El Belga desenfunda su arma.

—¡No tires un solo diamante más si no quieres que te vuele la tapa del cerebro, negro idiota! —le grita.

Gnome piensa en el diamante que Alfonso le ha regalado a Daniel y por un instante se olvida del Belga.

—Devuélveme la piedra —le reclama a Daniel y va hacia él amenazante.

—Detente, no voy a titubear en dispararte si continúas con esta locura. —El Belga vuelve a apuntarle.

—¡Vas a tener que hacerlo! —grita Gnome agarrando por el cuello a Daniel.

El Belga no hace nada. Pero dos disparos atraviesan a bocajarro el pecho del gigante congoleño. Daniel ha descargado su pistola. Siente chorrear la sangre caliente de Gnome sobre su propia camisa. El diamante se desliza sobre la cubierta y Daniel intenta atraparlo antes de que caiga al mar, dejando que la cabeza de Gnome golpee contra el suelo. El marinero grita improperios, preocupado por su pobre y destartalada embarcación.

—Veo que tienes tanto interés como yo en esa joya —le susurra el Belga a Daniel, seguro del deseo de Gnome por morir.

La lluvia empieza a caer. Con el oleaje golpeando fuerte, el capitán anuncia que van a recalar en una bahía cercana hasta que pase la tormenta. Daniel y el Belga se tumban sobre la cubierta, ateridos, tras haber tirado por la borda a Gnome y a Alfonso.

—Sospecho que los alemanes van a estar esperándonos cuando lleguemos a Tánger. ¿Crees que deberíamos separarnos? —pregunta el Belga.

—De ninguna manera. Vamos a ir a informarle a Isabel de la muerte de su padre, y de allí al consulado británico —responde Daniel.

—¿Y los diamantes?

—Les contaremos lo ocurrido.

—¿Que un loco los ha tirado al mar? Nadie nos creerá. ¡Mírate, llevas uno en el bolsillo!

—¡Qué demonios quieres que hagamos! Este diamante le pertenece a Isabel y pienso dárselo a ella.

258

El capitán lo mira en silencio. Ya ha visto de lo que es capaz ese hombre y quiere llegar vivo a Tánger.

No dan las siete cuando el teléfono suena en casa de Salabath. Su amigo Petrochio le cuenta el tiroteo en Larache: Hans ha matado a Alfonso y él está en el hospital esperando a que llegue el médico alemán que va a operarlo. Los diamantes han desaparecido y la Gestapo trata de averiguar quién ha dado el soplo. Un doble agente alemán acaba de informar en el cuartel de la Guardia Civil.

—Me ha avisado un amigo. Márchate de Tánger. Vete a Argelia. Allí estarás más seguro.

Salabath cuelga y llama a uno de sus hijos para que vaya corriendo a casa de Isabel. Cuando el niño está llegando, ve que en dos coches de la Policía española se llevan esposadas a Fátima y a Isabel. El pequeño regresa casi volando para informar a su padre, pero su madre le dice que ha tenido que salir con urgencia de viaje.

259

38

—*T*iene que marcharse de aquí. Acaban de detener a Fátima y a Isabel. El vecindario entero habla de ello —le insta Alaya a Daniel, que acaba de entrar por la puerta de la cocina acompañado de un hombre con el pelo rojo.

—¿Sabe por qué las han detenido?

—No, será algo relacionado con su padre. Usted puede traer problemas a la señora. Puedo intentar conseguirle una motocicleta. Debe salir de Tánger.

—Si la dejo ayudarme, se meterá en un lío.

—Daniel, deja que nos ayude —interviene el Belga—. Ahora mismo no podemos comunicarnos con la embajada británica. No quiero enfrentarme a la Policía alemana.

—Pero podemos acudir a los diplomáticos británicos.

—No, no en Tánger. Demonios, Daniel, hazme caso. No traemos los diamantes y nos acusan de asesinato.

—¿Asesinato? —Alaya los mira asustada.

—Nosotros no… —Daniel se calla—. Es mejor que no sepa nada, Alaya. Por su bien. No tenemos dinero. ¿Puede prestarnos algo? Dele esta piedra a Isabel, ella le pagará esto.

Alaya se asusta ante el diamante depositado en su mano. El Belga lo acecha con codicia.

—La señora Fátima tiene dinero en la casa. Puedo traérselo. Ahora mismo hablo con mi sobrino, él les prestará su moto. Lo importante es que salgan de la ciudad cuanto antes.

Alaya prepara una bolsa con viandas, saca parte del dinero y llama para gestionar la compra de la moto. Pero se pone al teléfono su cuñada, ávida de noticias sobre la detención de Fátima. Alaya elude ese asunto, pero no puede ocultarle la urgencia de la moto. Odia a las mujeres como su cuñada, glotonas de chismes.

No dan las tres cuando el sobrino de Alaya llega con la moto y dos bidones de gasolina. No llama, la deja bajo una lona y se marcha corriendo. Alaya avisa a Daniel y al Belga. Les servirá para llegar hasta Tetuán, pero para alcanzar Fez deberán buscar otra forma de transporte.

Los hombres salen evitando las calles principales. Deciden envolverse con periódicos y atarse uno a otro, para que el que va de paquete pueda descansar mientras el otro conduce. El Belga, que tapa su cabeza con un pañuelo blanco, conoce el camino. En cuanto salen de Tánger ven un coche por la carretera y se esconden detrás de unos arbustos. Es una patrulla de la Policía motorizada del desierto. Deducen que si acaban de pasar en sentido contrario, tienen la ruta libre durante un tramo. Están seguros de que si se encuentran con los alemanes, no los pararán. Parecen dos pobres marroquíes llenos de polvo y periódicos.

Míster McAllister se sorprende al recibir una llamada desde el consulado británico en Tánger. La señora Nelly Gentille ha puesto una conferencia desde Tánger buscando a Elizabeth de la Mata. Asegura que es una amiga suya, pero él se muestra precavido.

—Es importante que se comunique urgentemente conmigo. Su hija Isabel y su suegra han sido detenidas por la Policía española en Tánger. Alguien debería ayudarlas. Su hijo está desaparecido. No lo encontramos, en Gibraltar me dieron este número de Nueva York.

—Elizabeth ahora mismo no está. Pero su hija pequeña vive con nosotros. Espere un momento, le paso con ella.

La joven ha llegado acelerada hasta el auricular. Se presenta a la desconocida y escucha cómo repite las terribles noticias sobre su familia.

—Querida, creo que tu madre debería personarse cuanto antes aquí. Tu abuela y tu hermana necesitan un abogado de garantía. Imagino cómo deben de estar sufriendo. Además, la Policía sospecha que tu padre podría haber sido asesinado...

—Señora, mi madre desapareció hace unos meses...

Matthew McAllister le arrebata el teléfono al ver su palidez.

Nelly se disculpa por su poca delicadeza, pero la justifica por la urgencia de la situación.

—Señor McAllister, Isabel ha sido acusada de tráfico de joyas. Según los rumores, Alfonso de la Mata servía de enlace en los negocios de los alemanes de esta ciudad. Y no lo tengo muy claro, pero supongo que su temeridad lo condujo a cruzarse en el camino de Mohamed ben Mizzian.

En cuanto Nelly menciona ese nombre, el diplomático del consulado en Tánger corta la llamada.

—¿Cómo se te ocurre mencionar a Mizzian por teléfono hablando con Estados Unidos? Nos vas a meter en un lío muy gordo.

—Necesitaba avisar a su familia.

—Mientras tu padre siga siendo el cónsul de Italia, estás a salvo. De otro modo, te juegas la vida. Nosotros no tenemos esa suerte. Si yo fuera tú, me iría a España o a Italia a pasar una temporada.

—Qué exagerado eres. Voy a dar una fiesta en casa dentro de unas semanas. Estás invitado, no debes preocuparte, no siento ningún temor.

McAllister llama a casa de su amiga en Cirencester y consigue hablar con Alba; concluyen que es mejor que Nana no se entere por el momento de lo sucedido. Él viajará con Miranda a Tánger e informará al consulado de Estados Unidos, tal vez puedan ayudarlo. Sin decirle nada a Miranda, saca el Ojo del Ídolo de la caja fuerte. A las pocas horas consigue ponerse en la lista de espera del vuelo de Pan Am con destino a Lisboa.

—Prepara tu maleta, hija, vamos al hotel de la compañía aérea, allí nos dirán cuándo podemos volar.

Pasan en el hotel un par de días hasta que Pan Am consigue dos asientos en el siguiente avión a la capital portuguesa. Tras veinticinco horas de vuelo cargadas de turbulencias, aterrizan en Lisboa, donde los espera un agregado de la embajada estadounidense, que ha reservado un camarote en primera clase para el siguiente barco hacia Tánger.

—¿No hay aviones? —pregunta Matthew agotado.

—Es más seguro el barco.

La pareja pasa un día en un hotel descansando. Navegan toda la noche atendidos por marineros ingleses y amanecen frente al muelle de Tánger. Allí los espera con su chófer Nelly Gentille, que se ha informado sobre su llegada en la embajada británica.

Antes de acercarse a Nelly, Miranda detiene a Matthew:

—Por favor, no reveles todavía mi nueva identidad. Mi hermana y mi abuela han sufrido demasiado. Ya les explicaré a su debido tiempo por qué me he cambiado el nombre. Pero tampoco me llames Fátima. Dime «hija mía» o algún apelativo cariñoso que se te ocurra, por favor.

—Desde mi experiencia te digo que es mejor vivir con verdades que guardando mentiras.

—Gracias. —Ella vuelve a su mutismo.

La presencia de Nelly en el puerto es una grata sorpresa para Míster McAllister: es una mujer de extraordinaria belleza. Acaba de cruzar el umbral de los cincuenta y cualquiera diría que tiene diez o hasta quince años menos. Su piel blanca contrasta con el traje de gasa rojo que viste. «Es exquisita, parece el boceto olvidado de un artista», piensa Matthew ignorando por un momento a Miranda y sus problemas.

Nelly les informa de que Isabel y su abuela continúan en el calabozo donde el comisario Barrera, a instancias de Hans Siering, jefe de la Gestapo en Tánger, las tiene detenidas.

La llegada de Matthew McAllister, de Nelly Gentille y de esa joven que parece un chico por su corta melena y sus pantalones, no altera al policía manchego, acostumbrado a negociar por dinero la suerte de sus detenidos. Ya se ha embolsado cinco mil pesetas por apresar a esas mujeres y tenerlas separadas en dos calabozos; lo mismo puede conseguir más por liberarlas.

263

39

Saltan del camión donde han llegado a Fez de polizones. No esperan a que se detenga. El conductor, distraído en su desesperado intento de controlar los frenos, ni se percata de la presencia de esos dos hombres que corren sin disimulo desde las entrañas de su carga hasta la esquina.

—Déjame llamar a mí —el Belga insiste en comunicarse personalmente con el consulado británico—, espérame aquí.

Daniel advierte cómo intenta deshacerse de él. No le da ni una moneda del dinero que le prestó Alaya. Durante el trayecto en moto a Tetuán, intentó meterle mano en el bolsillo. Tuvo que parar y darle un par de puñetazos. El Belga no hizo nada por defenderse y esa reacción pasiva aviva las sospechas de Daniel. No se fía. Sin embargo, debe comer, así que pacta con su acompañante sus próximos pasos.

—Nos vemos en ese bar en una hora —cede señalando un café.

Pasea sin rumbo por Fez, deleitándose de esa pasajera libertad. En un puesto de verdura compra un racimo de uvas. Regresa sobre sus pasos hasta el bar, allí pide un café y un pastel de arroz. Así lo encuentra el Belga cuando regresa. Está pálido, descompuesto.

—Quieren hacernos desaparecer. Nos culpan de la muerte de Alfonso, creen que nos hemos quedado con los diamantes. Tenemos que separarnos para que ni los alemanes ni los ingleses nos encuentren.

—¿Por qué? Hemos hecho lo que nos han pedido. La muerte de Alfonso no es culpa nuestra, ni la de Gnome, que se volvió loco. Voy a telefonear a Douglas, él lo entenderá.

—No no. No hables con él, hemos llamado demasiado la

atención, nadie nos cree. Al parecer, los alemanes se han hecho con un gran cargamento de diamantes y nos culpan a nosotros. Yo ya tengo un contacto en Fez que va a ayudarme. Siento no poder hacer mucho por ti. Entenderás que cada uno vaya por su lado. Será más fácil pasar desapercibidos. Podrías recuperar la piedra de Alfonso que le diste a Isabel y hacer negocio.

—Es de ella. No te preocupes, yo me he metido en este lío y lo solucionaré. Tú sigue el rumbo que desees.

—Yo quiero que me ayudes. —El Belga abre su chaqueta mostrándole la pistola en su cintura.

—¿Me amenazas?

—Estoy ayudándote. Viajarás más ligero. No me lo pongas difícil, Daniel, dame el dinero que tienes.

Daniel suelta su puño contra la mandíbula del Belga, que tropieza con el bordillo y cae. Rápido de reflejos, le apunta con el arma, pero no dispara. Algunos transeúntes, al ver la pistola, empiezan a gritar.

—Dame el dinero. No quiero matarte ni acabar en la cárcel por tu culpa, pero no dudes de que voy a disparar a cualquiera de estos idiotas que nos miran.

Daniel sabe que es capaz de hacer lo que dice y termina dándole lo que tiene. Con astucia ha escondido antes un par de billetes en los calcetines y ese termina siendo su único capital.

El Belga huye al encuentro de su amigo, mientras que Daniel dirige sus pasos hasta la primera sinagoga que se le aparece. Necesita paz y recogimiento. Huye del alboroto por calles pequeñas. El rabino le da la bienvenida, le gusta hablar con los extranjeros en busca de consuelo. Hasta aquí han llegado ya muchos huyendo. La historia que Daniel cuenta le preocupa, no se parece a las demás, decide ayudarlo por compasión.

—Debes tomar tus propias decisiones. ¿Por qué no vas a España? En Besalú tengo un amigo rabino que da clases de cábala, estoy seguro que un hombre como tú se beneficiaría de sus enseñanzas.

—Unos amigos de Francia me hablaron de él, qué casualidad.

—No creo en la casualidad. Tal vez Dios quiere que lo escuches. Hoy te quedarás conmigo, compartiremos comida y casa. Gracias a una red de amigos hebreos con los que estoy sacando a judíos de Alemania y Polonia, puedo intentar conseguirte pa-

265

peles falsos para ir a Europa, hasta entonces puedes quedarte escondido en la sinagoga.

Daniel se pregunta si no debería contactar con Sir Douglas Harris en lugar de seguir involucrando a más personas en su maldito lío. Está harto de buscar respuestas en vidas ajenas. «Eres tú quien debe decidir tu camino», escucha al rabino. Pero no le habla a él; un padre con su hijo han entrado a pedirle consejo. Su mujer ha quedado atrapada en Francia y ellos tienen la oportunidad de viajar a Australia. El niño llora.

A pocas calles de la sinagoga, el Belga entra en la habitación de un hotel, triunfante. Ardwent lo abraza. Los dos ríen a carcajadas. Su plan ha salido perfecto, han creado la ruta de los diamantes, tienen los contactos de Gnome, han matado a Alfonso, Isabel está en la cárcel, lejos de un Daniel aturdido, estúpidamente convencido de que no puede comunicarse con los ingleses y que tiene a los alemanes tras su pista.

—Lo mejor es que Daniel me ha entregado el dinero que le prestaron pensando que soy un vulgar ladrón.

—No puedo creer mi suerte. Brindemos por tu inteligencia, y recuérdame no ser nunca tu enemigo. —Ardwent lo besa en la boca.

—No te pongas tierno —protesta el Belga—. Tenemos una reunión que atender.

Llegan juntos a la cita. En una suite contigua a la suya los esperan Mohamed ben Mizzian y Ludwig Losbichler Gutjah, ansiosos por recibir las noticias que traen.

—¿Tienes un nombre para mí?

—Aún no sabemos quién fue el árabe que los ayudó, pero estamos sobre la pista —dice el Belga—. Daniel tampoco estaba al tanto. Isabel mantuvo en secreto su relación con el alemán. Obviamente, uno de esos adoradores de Bafomet.

—Maldita sea. Necesito saber quién se atreve a corretear en mi territorio.

—Estoy seguro de que no fue quien piensas. Si hubiera sido él, se habría marchado de Tánger —interviene Ludwig para calmar a Mizzian, pero consciente de que no debería meterse.

Ludwig es un hombre corpulento, de pelo color ceniza, muy

nervioso. Su pasiva agresividad la expresa transpirando, a su irritabilidad se unen temblores en las manos, que, sumados a su sobrepeso, lo han convertido en motivo de mofa de sus subordinados.

—Qué tengo que hacer, ¿buscar a todos los árabes que han salido de la ciudad en las últimas semanas? —estalla Mizzian.

—Dame unos días —pide el Belga—. Daniel no tiene con quien hablar y estoy seguro de que me llamará. Cuando lo haga, lo obligaré a hablar con Isabel.

—Tal vez es a ella a quien debamos visitar —Ardwent toma la palabra en voz muy baja—. Quiere que le firme el divorcio, a cambio puedo pedirle el nombre de sus colaboradores.

—¿Crees que los traicionará?

—Es una mujer débil. Seguro que depende del trato que reciba en comisaría. No sé si me explico.

—Perfectamente. —Mizzian se levanta y acude al teléfono. Vuelve dos minutos después con una extraña sonrisa en los labios—. Hecho. Ese comisario Barrera baila según caen las monedas a su alrededor.

—Vamos con el tema de los diamantes. —Ludwig quiere centrarse en su negocio, es el contacto de Hans en Tánger, la mano que ejecuta sus decisiones.

—Hablemos también del precio. Estoy cansado de hablar de porcentajes que no se concretan en nada. —Ardwent quiere aprovechar su posición de privilegio—. ¿De cuántos quilates hablamos?

—Necesitamos al menos nueve mil para el armamento del Ejército alemán.

—Por menos de un cinco por ciento, no muevo un dedo. Si los ingleses nos descubren, nos cuelgan.

La vista desde la villa de su abuela es hermosa. Ante sus ojos tiene el Estrecho, en el otro lado vive España, reconstruyéndose de la guerra. Tánger nunca ha tenido para ella la magia que su hermana siempre le ha encontrado, pero eso no quita para que reconozca que esta ciudad de Marruecos es singular. Sus edificios, sus cafés, las sucursales de las grandes tiendas de París, el crisol de lenguas y culturas. Míster McAllister la llama a su espalda.

—Miranda, debemos ir a comisaría, parece que ya las van a dejar salir. Me lo acaba de comunicar el abogado.

Tardan solo unos minutos en llegar al destartalado edificio donde el comisario Barrera los está esperando.

—Me temo que tenemos pruebas nuevas contra Isabel. Su abuela puede marcharse, pero ella debe permanecer retenida.

—¿Cómo? ¿Qué pruebas? No me venga con eso, por favor. No hay una sola prueba contra ella. —El abogado se irrita ante la actitud del policía español.

—Mire, yo no pongo las reglas. Hable con su cliente. Al parecer, Isabel traficaba con diamantes. Necesitamos interrogarla. Luego podrá salir si pagan la fianza.

—No, no y no. Hace una hora me avisaron de que podía salir. ¿Qué ha cambiado?

—Nuevas órdenes, nuevas pruebas.

—Por favor, sáquenla del calabozo. —La voz lastimera de la abuela Fátima, que es conducida hasta ellos, es un hilillo apenas audible—. Mi niña no puede seguir en ese agujero.

268

La anciana siente el peso del desánimo mientras arrastra los pies, la muerte de su hijo, el encierro, su nieta, aplastan su cuerpo contra el suelo. Incapaz de llevar sus hombros hacia atrás deja que caigan en torno a sus pechos secos, agrietados por la carga del dolor. Tiene los ojos heridos de tanto restregarlos para limpiarse las lágrimas, agredidos además por el polvo negro de la celda, que también le ha arañado la piel.

—Ay, abuela. —Su nieta pequeña la abraza con ternura.

Míster McAllister se lleva al abogado a un lado:

—Creo que deberíamos ir a ver al cónsul británico, está al tanto de la situación. Estoy perdiendo la paciencia con este policía.

—Bah, los ingleses no pintan nada aquí. No le dé el gusto a este idiota. Déjeme a mí. El perro sigue la correa que lo mueve. Hay que buscar una correa que tire más.

—¿Habéis llamado a Carlos, el amigo de Isabel? Él tiene contactos poderosos con los oficiales españoles —propone la abuela Fátima.

—Esa es la correa que nos faltaba.

—Vayamos a casa. Desde allí podremos organizarnos —les insta a todos Míster McAllister.

Cuando Carlos se entera de que Isabel está detenida, llama al delegado del Gobierno español en Tánger:

—No sabía que los alemanes mandaban en esta ciudad. Isabel de la Mata está en la cárcel por culpa de un comandante alemán, pero abusar de la debilidad de una mujer me parece terrible. El culpable era su padre, ella no. Yo me hago responsable de ella. ¿Puedes ayudarnos?

—Déjame ver qué puedo hacer.

—Al menos, que no la maltraten mientras esté en el calabozo.

—Te doy mi palabra.

Con dos órdenes completamente opuestas sobre la mesa, el comisario Barrera decide dejar libre a Isabel; sus jefes son los españoles, no los alemanes ni los marroquíes. Después de todo, ella ya ha pasado un mal rato y de eso se trataba. Unas horas más a oscuras en el calabozo, mientras acaba con el papeleo, serán suficientes.

En efecto, a Isabel el miedo le cala los huesos. Oye a su carcelero conversando con otro sobre su suerte. Empieza a pensar si se atreverán a torturarla, ha oído historias de detenidos a los que mantuvieron durante horas en agonía sin prestarles ayuda. Se mordisquea los dedos.

—A esta, que me la den para catarla antes de llevarla a su paseo —pide uno de los soldados cuando otro abre su celda.

—Vamos.

—¿Adónde? Déjame. ¡Nooo! —Isabel trata de resistirse, convencida de que van a matarla.

Entonces ve entrar a Carlos.

269

40

*I*sabel no habla, han pasado dos días desde que la llevaron a casa y no ha abierto la boca. Va de un lado a otro sin prestar atención. Cuando se encontró con su hermana apenas levantó los brazos para abrazarla. Fátima desea aliviarla, mas las palabras quedan inarticuladas, prietas en su garganta. Para Isabel la vida exterior es demasiado desafío, lo único que ocupa su cabeza es el soliloquio constante de preguntas: «¿Cómo ha muerto mi padre? ¿Por qué no ha regresado Gnome? ¿Dónde está Daniel? ¿Por qué me culpan a mí? ¿Acaso tuve algo que ver?». La falta de respuestas la aturde.

Alaya la coge del brazo y la lleva hacia su habitación, donde solo duerme Isabel porque Fátima ha elegido la de sus padres, mientras Míster McAllister se aloja en la de invitados.

—Ven aquí, niña, tengo que hablar contigo. El día que te detuvieron vino Daniel, me dijo que a tu padre lo había matado Hans. Estaba con otro hombre, muy raro, con el pelo rojo. Trajo para ti algo que le había dado tu padre, me hizo prometer que te lo daría. Ay, niña. No quiero repetir lo que me dijo.

—¿Por qué, Alaya? No tengas miedo, necesito saber qué te dijo Daniel.

Alaya desenvuelve un brillante de una servilleta. No es muy grande, pero su fulgor advierte a Isabel de su gran valor.

—Me dijo que Alfonso lo traía para ti. Mi niña, ese hombre quiere que lo esperes, pero tú deberías irte de aquí.

Su padre pensó en ella hasta el final, Daniel fue quien llevó hasta allí su último anhelo. Suenan las pisadas de Fátima.

—Gracias, y no les digas nada a mi hermana ni a mi abuela. Ellas no necesitan más complicaciones.

—No está bien esconder verdades.

—Alaya, haz lo que te digo, por favor. —La determinación de la joven da un color distinto a su voz, y la cocinera, acostumbrada a obedecer, asiente con la cabeza.

Minutos después Matt juega a su alrededor intentando llamar su atención e Isabel decide sacarlo a pasear por la playa. Le pone una correa al cuello y abre la puerta. Su hermana la llama al oírla salir.

—¿Adónde vas?

—A pasear, ¿quieres venir?

—Sí —responde. Tal vez sea el momento para contarle lo que ha ocurrido con su madre.

Los tres bajan por el sendero hasta la costa.

—¿Te acuerdas cuando veníamos aquí a jugar? Éramos unas niñas —comenta Isabel mientras le lanza a Matt una pelota sucia, roída por la erosión del salitre.

El perro va y viene sin temor a las olas.

—Isabel, en Nueva York me cambié el nombre. Ahora me llamo Miranda. Fátima Miranda Virós McAllister.

—¿Por qué?

—Me gustó la idea de reinventarme.

—Al menos, es un nombre original, no conozco a nadie que se llame así. ¿Y tú?

—No, yo tampoco —miente Miranda, sin pensar que su hermana ha sido más lista que ella—. Quería contarte lo que ocurrió con mamá. Deberíamos buscarla para que supiera del asesinato de papá.

—Bah, a ella no debe interesarle nada de lo que nos suceda. Primero intentó matarse y luego desapareció con el primer hombre que le hizo caso. Para mí no existe.

—No deberías ser tan cruel. Creo que papá la trató con mucha mezquindad. ¿Acaso no merece una segunda oportunidad?

—A mí eso me da igual, es su desprecio hacia nosotras lo que no puedo perdonarle. ¿Crees que cambiarte el nombre no fue consecuencia de su reacción? Entiendo que quieras desprenderte de nosotros. No te culpo. Solo espero que sepas decírselo con cariño a la abuela, al fin y al cabo has renunciado a su nombre.

—Me gusta escucharte. Por fin vuelves a hablar. Este Matt es maravilloso. ¿Quién te lo regaló?

271

—Papá se lo compró a un amigo mío, Carlos, que tiene varios de esta raza. Se los trajo aquí durante la guerra y no los ha vuelto a llevar a Málaga.

—Carlos ha estado muy pendiente de ti. Llama cada día y, aunque no lo sepas, por las noches se pasa a tomar una copa con Matthew. Creo que está enamorado de ti. Sin su ayuda, estarías todavía en la cárcel.

—No sé si seré capaz de volver a vivir sin miedo. Eso es lo que me tiene sin hablar. Me alegro de que me hayas traído a la playa y hayas visto la felicidad de Matt luchando contra el mar por su pelota. Necesito encontrar una forma de combatir el miedo.

—¿Por qué no te vienes conmigo a Nueva York? Vivir aquí no tiene mucho sentido, nada te ata a este lugar. Empieza de nuevo lejos de la guerra, de España.

—No puedo. Daniel me pidió que me casara con él. —De un bolsillo saca el diamante que carga desde que Alaya, a escondidas, se lo diera.

Su hermana silba al verlo.

—¿Cómo es posible que siempre que te veo saques un diamante del bolsillo? ¿Los produces? —Isabel ríe—. ¡Qué preciosidad! ¿De dónde lo has sacado? —Miranda lo coge entre sus dedos.

—Me lo regaló papá. Lo traía del Congo como regalo, lo mataron antes de llegar a dármelo y me lo entregó Daniel. No juegues, si se cae en la arena se puede perder. Dámelo.

—¿Sabía él que ibas a casarte? —Los celos atenazan la garganta de Miranda, que le devuelve el brillante.

—No, Daniel me pidió matrimonio a través de Alaya. Él tuvo que huir acosado por los alemanes. Daniel es un ser maravilloso. Me hubiera gustado presentártelo.

—¿Maravilloso? A veces pienso que eres tonta. Ese Daniel no es capaz de esperarte ni de sacarte de la cárcel, ni siquiera de escribirte, y te parece maravilloso. ¡Carlos es maravilloso! ¿Y dices que papá trajo esta piedra?

—Sí. El resto de los brillantes para los alemanes se perdieron. En el fondo, papá siempre fue un ingenuo, por eso murió.

—No entiendo por qué siempre pensaba en ti. No se le ocurrió pensar en mí.

272

—Por favor, no hables así. No creo que papá creyera que lo iban a matar. Sacar este brillante le costó la vida.

—Aun así, mira cómo te aferras a él. Lo miras y te acuerdas de él, de Daniel. Yo no tengo nada, ni de papá ni de mamá. Jamás me dejaron nada.

—No es cierto. Nos dejaron tierras en Málaga y, por cierto, Alba me mandó un telegrama desde Cirencester diciendo que había que pagar unos impuestos en España si queríamos mantenerlas. No creo que Nana esté en condiciones de hacerlo.

—Matthew solucionó todo eso a través de sus abogados. Los terrenos de Málaga están a nombre de las dos, igual que el Ojo del Ídolo en el banco de Londres.

—Con esa gema tenemos un problema. Ardwent no quiere darme el divorcio hasta que renuncie a mi parte de ella. Quiere quedársela. Me temo que si descubre la herencia de los terrenos de Málaga, querrá quedarse con ellos también. A algo vamos a tener que renunciar. He hablado con la abuela Fátima…

—De ninguna manera —su hermana la interrumpe enfadada—. ¿Por qué voy a tener que renunciar por tu estupidez a algo que me pertenece? Vamos a casa, que el sol empieza a pegar fuerte. Estoy deseando tomarme un vaso de limonada.

Cuando las ve entrar, su abuela sonríe por primera vez en días. Atareada con la preparación del funeral de su hijo es incapaz de sentir nada más que tristeza, pero al descubrir a sus nietas juntas puede recordar lo que significaba ser feliz.

El puente medieval de Besalú se muestra impresionante ante sus ojos. La niebla añade dramatismo a la escena: el cerro alto, la muralla, las nubes bajas. Jamás imaginó que una ciudad pudiera ser tan bella, tan tenebrosa y fascinante al mismo tiempo. Camina sin rumbo fijo, aunque tiene un nombre y una carta. Busca a Ben Bonal, el amigo del rabino Vidal Hasarfaty de Marruecos, pero como no hay sinagogas en España, porque desde la llegada de Franco al poder los judíos se han escondido o han huido por miedo a las represalias, no sabe dónde acudir. Los judíos, a quienes la República dio la bienvenida a través de su Comité de Ayuda, están ahora en peligro; si bien España dice que se mantiene neutral en Europa, su previa alianza con Hitler no le da mucha confianza. Daniel llama a la primera puerta que encuentra a su paso en ese laberinto de calles y pasadizos que es Besalú.

—Perdone que le moleste, estoy buscando la casa de Ben Bonal —le dice a la mujer que le abre. Su acento de extranjero no ayuda.

La mujer niega con la cabeza y cierra la puerta. Daniel sabe que muchos españoles se asustan si se trata de ayudar a forasteros. La desconfianza ha hecho mella en ellos. Esa ciudad medieval que en otra época tuvo el primer centro cabalístico de Europa, una filosofía tan generosa, vive ahora con temor. La ignorancia y el miedo suelen sacar lo peor de cada uno. Llama a otra puerta, un hombre deja entrever la cabeza. Al menos, le contesta:

—Baje usted por esa calle a la derecha, gire en la segunda esquina a la izquierda y siga hasta que vea una casa con un balcón medieval, gire entonces a la derecha y en la tercera casa de esa calle, lo encontrará. No vaya llamando de puerta en puerta, no es seguro para usted ni para quien busca. Buenos días.

Daniel sigue las instrucciones al pie de la letra. Un enorme portalón de madera le da la bienvenida. Lo golpea con los nudillos y oye la voz de una mujer al otro lado. Se identifica y entonces suena el chirrido poco elegante de las bisagras.

—Vengo de parte de su amigo, Vidal Hasarfaty.

—Pasa pasa. No digas más. Espera aquí. —Y se retira por un largo pasillo.

Aparece un hombre de mediana estatura con unas lentes redondas, el pelo ensortijado y la piel blanquísima, pareciera que nunca le ha dado la luz del sol.

—¿Qué trae a un amigo de Hasarfaty a mi casa? Seas bienvenido.

Daniel le pone al tanto de su periplo.

—Has llegado a tu casa. Compruebo emocionado que nos unen muchos amigos. Dios ha querido que encontraras tu camino hasta aquí. Pasa, por favor.

Daniel lo sigue hasta una espaciosa sala decorada con grandes muebles de madera e iluminada por un gran ventanal. El hombre le hace un gesto para que se siente en el sofá y sale por una puerta situada detrás de una mesa de una sola pieza de madrea para diez comensales. Regresa con dos vasos de limonada.

—Creo que te vendrá bien refrescarte si, como imagino, vienes andando desde la estación. Espero que puedas pasar unos días en mi compañía.

—No quisiera causarle ningún problema.

—No te preocupes. Mi fe y mi amor por las personas me invitan a creer que no nos ocurrirá nada. Cuéntame qué te ha traído hasta Besalú.

Cuando le explica a Ben que no tiene otro sitio adonde ir, este se muestra sorprendido:

—Tu historia es muy extraña. ¿Por qué habrían de perseguirte los ingleses? Deberías averiguar si realmente han decidido terminar su relación de trabajo contigo. Podría ser un simple malentendido.

—¿Y qué quiere que haga? ¿Me presento en el consulado británico a ver si me buscan?

—No seas tan dramático, Daniel. Tranquilo. Por lo pronto, estás aquí. Deja que pasen un par de semanas, hablemos, recemos y después ya veremos qué camino eliges.

275

41

*C*ansado se mete en la cama, casi a trompicones, los músculos de la espalda le duelen. «He debido coger frío en el barco.» Respira hondo mientras se estira. No le da tiempo a organizar sus pensamientos, cae rendido entre el calor de las sábanas planchadas unos minutos antes por la cocinera de Ben.

Cuando despierta no encuentra a su anfitrión. Le dicen que no regresará hasta el mediodía. Daniel se entretiene mirando los estantes de la biblioteca, le sorprende la cantidad de libros judíos que contiene. Entiende que ese hombre no tiene miedo. Escoge uno al azar, lo ojea y lo vuelve a dejar. Se pregunta si será prudente llamar a su padre, desea decirle que está bien en Besalú; sin embargo, teme que por su llamada le complique la vida al viejo. «¿A qué tengo miedo?»

Oye la puerta y, como un niño alegre cuando sabe que su madre ha regresado, Daniel va hasta la entrada esperando encontrarse con Ben. El hombre se quita el sombrero, el abrigo y le regala una gran sonrisa.

—Advierto que me esperabas. El aburrimiento es mala compañía. Ven conmigo. Hoy he averiguado quién puede ayudarte. Antes que nada, dime qué tal has pasado la mañana.

—Bah. Le doy vueltas a todo, a lo que pasa en Europa, a la forma en que abandoné a Isabel en Tánger. Pienso en morirme. Desde que vi morir a Alfonso y a Gnome no dejo de pensar en la muerte.

—Mantén la esperanza en la vida. Reflexiona en el presente.

—Eso hago, en este presente lleno de muerte. Ben, desde que perdí a mi madre no dejo de atormentarme con Adele. ¿Crees que debería buscarla?

—Por el simple hecho de que tu ayuda pueda salvarla, debes buscarla. La situación en Varsovia es muy complicada para los judíos. Durante la República tenía amigos que se dedicaban a traerlos a Barcelona. Aquí hay un grupo muy grande de refugiados, bueno, había. No sé qué habrá sido de ellos. ¿Sabes el apellido de Adele?

—No. Tendría que llamar a mi padre. Era hija de una prima de mi madre y no recuerdo el apellido de su marido.

—Eso es precisamente lo que he ido a arreglar esta mañana. Que puedas hablar con tu padre. Un amigo tiene teléfono en su casa. Me debe un favor, así que te va a permitir que telefonees mañana.

—Tengo que hacer dos llamadas; la otra sería al hombre que me contrató en el departamento de investigación británico. Es un viejo conocido de la familia de quien mi padre me puede dar su número personal.

—Está bien, siempre y cuando no vayamos a meter en un problema al dueño de la casa.

—No. Son dos números privados. Yo mismo le pagaré en cuanto pueda.

—Eso ahora es menos importante. Vayamos a almorzar. En la sobremesa quiero preguntarte un par de cosas. —Ben empuja con cariño a Daniel invitándolo a la mesa.

El almuerzo es delicioso: una sopa de ajo y unos huevos con arroz. El vino, rebajado con agua, le sabe a gloria a Daniel. Tratando de saborearlo, deja un poco en la copa que se lleva hasta la sala cuando Ben le hace un gesto para que lo acompañe mientras su mujer recoge. Ella no habla, en el día y medio que lleva aquí, Daniel no le ha oído decir ni una palabra.

—Ha hecho un voto de silencio hasta que acabe la guerra. Por todos aquellos que están sufriendo en los campos de concentración. —Ben mueve la cabeza arriba y abajo, aceptando el gesto de solidaridad—. Quería preguntarte por tu madre. Espero no ofenderte. Y por Isabel. No entiendo tu afán por pedir matrimonio a una mujer cuando estás buscando a otra.

—Mi madre murió. —Y añade un resumen de su peripecia y huida a Polonia—. Y creo que confunde mis intenciones hacia Adele. Sobre Isabel, no sé si me mintió deliberadamente o se vio obligada por las circunstancias, pero ella sabía a lo que se dedicaba su padre y no me dijo nada.

277

—¿Tú le contaste que trabajas para el servicio secreto británico?

—No, claro que no.

—Entonces estáis en la misma situación.

—Lo que tengo claro es que hoy me siento más fuerte que ayer, al menos estoy pensando con más claridad.

—Lee este artículo del rabino cabalista Yehuda Ashlag sobre la gente de Israel. Los cabalistas creemos que el egoísmo es la inclinación malvada del ser humano. Como verás, su solución sugiere que no deberíamos cambiar nuestra naturaleza individualista, pero sí cómo utilizamos nuestras habilidades personales. Deberíamos entregarlas a una causa común. Usa lo que Dios te ha dado para desarrollarte al máximo de una forma que ayudes a los demás. Si utilizamos nuestros deseos en favor de otros estaríamos construyendo el paraíso.

Pasa la tarde sumido en la lectura del artículo. Cuando termina, se queda inmerso en una extraña melancolía. Sigue con la mirada los movimientos de la esposa de Ben, que prepara la cena. ¿Cómo se vive sin hablar? Se ofrece a ayudar, pero ella lo rechaza con una sonrisa. Esa noche reza con Ben, algo que no ha hecho desde que era un niño y su madre le pedía que lo hiciera con ella.

—Dime, Ben, ¿es fácil estudiar la cábala en España?

—Los árabes y los judíos han influido tanto a este país... La edad de oro del judaísmo medieval tiene su momento álgido en la España árabe, con sus grandes filósofos y profetas. Aquí, en Cataluña, fue muy importante el libro de la Iluminación, se convirtió en fuente de inspiración para la filosofía mística occidental. La España árabe enseñó alquimia a los países del oeste de Europa, mira por ejemplo a Nicolas Flamel, que se inició en la ciencia hermética, de la cual la cábala forma parte, y la estudió en España antes de enseñársela al resto de Europa...

Daniel no sabe si es el vino lo que hace que su anfitrión hable y hable, pero hace rato que él se ha ido de la conversación. Tal vez es su soledad, la imposibilidad de comunicarse con otro ser humano.

—Isabel tiene sus raíces en Tánger... —Y ahora es él quien habla, de su amada, durante un buen rato—. Es maravillosa. Independiente, dinámica, cariñosa, con una energía y un valor que en ocasiones me sorprende. Además, es muy, muy hermosa.

—Adivino que no es judía.

—Le he pedido que se case conmigo.

—Bien hecho, el amor no conoce obstáculo. Si ella quiere, puede convertirse.

—Lo cierto es que la religión no ha tenido espacio en nuestro diálogo. Han ocurrido tantas cosas en tan poco tiempo que me doy cuenta ahora de lo poco que hemos hablado.

—Vivimos en época de guerra, los sentimientos obligan a tomar decisiones imprevistas. Mira la hora que es. Si mañana queremos levantarnos pronto, debemos irnos a descansar.

El día amanece soleado, pero las noticias son desalentadoras. En los titulares del periódico se lee que Alemania parece dispuesta a atacar al resto de sus países vecinos. Daniel apura a Ben en su desayuno para ir a llamar a su padre y a Míster Harris cuanto antes.

—Apenas dos días en casa y ya pareces un toro encerrado. Vamos, vamos pues.

—Ben, tu mujer. ¿Cómo se llama?

—Dihia. Perdona, no puedo hablar de ella en la casa. No quiere que nadie le hable ni se pronuncie su nombre. En la historia de nuestro pueblo, Dihia fue una líder militar y a ella no le gusta la relación de su nombre con la guerra. Mi mujer es buena, pero la muerte de nuestra hija la dejó algo trastornada.

—Parece una mujer muy creyente. Mi madre se habría llevado bien con ella. —Daniel se da cuenta de lo poco que Isabel tiene que ver con esas mujeres.

—Comparar es un acto egoísta, Daniel. No lo hagas. —De alguna manera, Ben ha adivinado sus pensamientos.

El paseo es breve, pronto llegan a una casa enorme, con un pórtico de piedra. Una mujer los invita a pasar a la cocina, donde les ofrece café y un pan caliente que acaba de hornear.

A los pocos minutos un hombre delgado, con la cara tan larga como las extremidades, aparece con gesto serio.

—Cuántas calamidades. Vamos de guerra en guerra, no hay quien aguante tanta desolación. Ben, esta misma tarde iré a rezar contigo. Necesito un poco de paz.

—Muy bien. Te espero hacia las cinco. Este es Daniel, tiene que hacer una llamada a Londres.

—Prometo ser breve. —Daniel apura su café.

—Me preocupa más lo que vayas a decir que el coste de la llamada. Aquí uno no puede fiarse de nadie. Modera tus palabras.

Daniel marca de memoria el teléfono de su padre. Art Thneleb casi sufre un infarto al oír la voz de su hijo.

—Te llevo buscando ni sé los días. Douglas se presentó aquí. Me dijo que le urge hablar contigo.

—¿Crees que debo fiarme?

—Claro que sí, hijo. Me contó que podrías haber caído en la trampa de un agente doble. De ninguna manera se habría atrevido a venir a casa si no estuviera genuinamente preocupado.

—¿Tienes un número donde pueda llamarlo?

—Me dejó su teléfono particular. Insistió en que lo llamaras a su casa. ¿Estás bien?

—Sí, padre. No puedo extenderme. Te mandaré pronto una carta contándote novedades, quería decirte que estoy vivo y que te quiero mucho.

—Yo también te quiero —le dice su padre entre sollozos—. Cuídate. Te extraño, hijo.

Con la emoción en la garganta, Daniel cuelga y marca inmediatamente el número de Sir Douglas Harris en Londres, allí es una hora menos. Hace unos meses que Franco cambió la hora para que el reloj marcara la misma que en aquellos países afines al régimen, es decir, Alemania e Italia.

En cuanto se identifica, solo con el nombre, percibe un susurro al otro lado y a Douglas, que reacciona:

—Espera un momento, no cuelgues. —Daniel oye un sonoro clic—. ¿Dónde estás? Pensábamos que te habíamos perdido...

—¿No le llamó el Belga para decirle lo que pasó en Tánger?

—Tampoco tenemos noticias suyas. Creemos que actúa como agente doble.

Daniel le explica su calvario desde Larache; omite a Gnome, los diamantes y sus sospechas sobre los británicos:

—En Fez, el Belga me aseguró que había llamado a su contacto en el MI6 y la situación era tan complicada que la única salida que teníamos era escondernos por separado.

—Tu historia es muy confusa. Y sé que la familia De la Mata, a la que tú pareces muy cercano, tiene problemas con la Policía española. ¿Ahora dónde estás?

—En un pueblo de Gerona. —Daniel prefiere no dar el nombre de la localidad.

—Muy bien. Ve a Barcelona, allí te encontrarás con el jefe de la delegación británica. Alguien te dará tus papeles por si quieres regresar a Inglaterra. Daniel, es un momento delicado. Necesitamos saber cuántas tropas alemanas y españolas hay en la frontera de los Pirineos. También necesitamos mapas de la zona. ¿Podrías ayudarme con eso?

—Lo intentaré. Mañana iré a encontrarme con su agente.

—Muy bien. Cuando estés con él, ponte en contacto conmigo de nuevo. Me alegro de tu regreso.

42

Cuando Fátima despierta, la casa sigue en silencio, apenas han dado las cinco y media de la mañana. Se levanta con la angustia que la acompaña desde la muerte de su hijo. Arrastra los pies hasta la cocina, donde prepara una taza de té de menta y baja al comedor a disfrutar del amanecer. Debe preparar el funeral de Alfonso pero no tiene ganas. Ha ido dejándolo pasar. No sabe si tiene sentido organizarlo. ¿Quién la va a acompañar? Él no tenía amigos en Tánger y los de ella la juzgan por su pasado y su presente. «Debo hacerlo por mí, por su memoria, por sus hijas. Aunque vayamos solo nosotras.» Fátima ha ido perdiendo su fe, pero aún cree en el poder del amor en la familia. Está tan cansada...

El día anterior supo de la detención de su amiga por alojar a Daniel. Un exalumno suyo también está en la cárcel por haberle vendido su moto, él fue quien dio el nombre de su amiga tras recibir una soberana paliza. El círculo parece estrecharse alrededor de Isabel, y ella está asustada. Sus vecinos y muchos de sus amigos la culpan en silencio porque otros pagan lo que ellas han hecho. Tal vez debería haber consentido menos a Alfonso, a su hijo siempre le faltó tomarse la vida más en serio, y de eso ella sí es culpable. Sería tan fácil entrar en ese inmenso océano y dejarse tragar por sus aguas, pero quién cuidaría de Isabel. No, no puede rendirse, ella nunca ha sido una mujer débil: cuando la caída es fuerte, más importante resulta levantarse. Suspira y decide darse un baño. Va a preparar el funeral de Alfonso. Hará una ceremonia católica, aún dará más que hablar a sus vecinos.

El tren a Barcelona recorre la vía tan despacio como si no quisiera llegar nunca. Daniel lleva un plano dibujado por un pastor del Pirineo gerundense amigo de Ben. En él aparecen los puestos fronterizos de la Guardia Civil, y Daniel lo guarda con celo dentro del forro de su chaqueta, aunque esta le da mucho calor y le hace sudar. Dihia ha descosido la prenda, pegado el plano y vuelto a coser el forro. Viste ropa prestada. Daniel adivina que Ben ha pedido el pantalón, la camisa, la chaqueta y los zapatos que lleva a varios amigos, pues su anfitrión es más bien pequeño. En su vagón no hay mucha gente, pero los que hay sienten la necesidad de viajar juntos. El tren silba anunciando su entrada en la estación de Francia. Le sorprende encontrar a un hombre sujetando un cartel con su nombre escrito, solo «Daniel», sin más. Adivina que Míster Harris responde con un conductor que lo espera en la capital catalana. Se acerca y lo saluda con acento inglés:

—No hace falta que me diga más. Sé quién es usted.

—¿Dónde vamos? —pregunta Daniel cuando arranca.

—Al hotel Ritz. Lo está esperando Míster O'Clay, Míster Aldon O'Clay.

A Daniel le sorprende ver en las calles barcelonesas a tantos policías, militares alemanes, miembros de la Benemérita, soldados españoles... Lo que más le preocupa es la presencia nazi en Barcelona, que resulta más que evidente.

—Debo advertirle que se presente a Míster O'Clay como John Lie. Nadie está seguro en el restaurante ni en los pasillos del Ritz. Un botones lo llevará hasta su mesa.

Daniel se apea tras admirar el hermoso edificio neoclásico de piedra blanca. Entra en él abrumado por su ostentación, que le impide apreciar las miradas de curiosidad que despierta. Entre las mujeres, por su atractivo físico; entre los clientes, porque un hombre con ese extraño atuendo sea aceptado en el restaurante del Ritz. Cuando el botones le indica la mesa de Míster O'Clay, este también se sorprende:

—¿John Lie? Indudablemente debemos mejorar la retribución de nuestros agentes.

—No he tenido tiempo de pasar por un sastre —contesta irritado Daniel.

—En las próximas semanas yo mismo me encargaré de abastecerle de lo que necesite. He sido informado de su situación, imagino que no es fácil sobrevivir a una escapada como la suya. Perdone mis palabras. No he pretendido ofenderle. Demos un paseo.

Salen juntos y echan a andar por la avenida José Antonio Primo de Rivera.

—Aquí estaremos lejos de oídos curiosos. Los nazis son unos expertos en el espionaje y la Policía española no se queda atrás. Toda precaución es poca en esta ciudad donde los asesinatos son continuos. Aquí los alemanes hacen negocios a sus anchas, y unos y otros juegan al ratón y al gato.

—Pensaba que España iba a mantenerse neutral, aunque imagino que Franco debe devolver antes la ayuda que ha recibido de los alemanes.

—Y de los británicos, no nos equivoquemos. Aunque sin duda, la influencia nazi es inmensa en Cataluña; creo que Barcelona es la ciudad extranjera no tomada por ellos que más alemanes ha recibido. Son cerca de veinte mil y la mayoría son activistas políticos en pro del régimen y, lo que es peor, son residentes con mucho dinero, una clase próspera que mantiene su lealtad a Hitler colaborando con los falangistas. Los españoles que necesitan dinero se dejan comprar para poder subsistir. —Aldon O'Clay se detiene a encender un cigarrillo—. He sido informado de que hablas bien alemán.

—Claro, soy austriaco.

—Podemos convertirte en un austriaco que quiere hacer negocio en Barcelona. ¿Qué te parecería invertir en el estraperlo de joyas? Parece ser un mercado que conoces.

—Preferiría convertirme en un traficante de coches. Creo que hay muchos en la frontera.

—Hola, John.

Por sorpresa, un hombre le da una palmada en la espalda. Daniel lo reconoce al instante: es el mismo tipo que fue a buscarlo a Francia, aunque no se acuerda de su nombre. Saluda a Míster O'Clay por su nombre de pila y siguen andando los tres con naturalidad.

—Albert, llámame Albert —repite dándose cuenta de la perplejidad de su interlocutor por no recordarlo—. Parece que vamos a trabajar juntos. ¿Tienes lugar dónde quedarte?

—No. Acabo de llegar a Barcelona.

—Hay una pensión en las Ramblas. Pensión Cádiz. —Saca

un papel y apunta la dirección—. Diles que eres amigo mío. Te darán un cuarto sin hacer muchas preguntas. Necesitas cortarte el pelo, en la misma calle hay una barbería, pide que te atienda Isidoro. Por la noche nos encontraremos en el Villa Rosa, haz como que no me conoces. Bueno, Aldon, nos vemos el lunes.

Míster O'Clay sonríe viendo marchar a Albert.

—Daniel, cuando quieras hablar conmigo, manda una nota al consultado, firma como «J» y yo sabré que es tuya. El chófer te llevará hasta la pensión. Espérame en el coche.

Daniel, que no ha abierto la boca mientras ambos le ordenan lo que debe hacer, decir, cómo vestir y dónde alojarse, ve que Aldon entra en un banco cercano. Lo espera fumando junto al vehículo hasta que regresa y se montan ambos.

—Toma, con esto tienes suficiente para comprar lo que necesitas para hacerte pasar por un hombre de clase media austriaco. Invéntate bien.

—Míster O'Clay, mi traje es muy humilde y, sin embargo, extremadamente valioso para usted. —Se quita la chaqueta y la deja doblada en el asiento—. Tenga cuidado con el forro. Es inimitable.

285

—Gracias. Mañana mismo mi chófer te llevará los papeles de tu nueva identidad. Cualquier cosa que necesites, contacta conmigo como hemos acordado. Albert estará cubriendo tus pasos, infórmale de lo que vayas averiguando. Yo me bajo aquí.

Daniel ve que están frente al hotel Colón.

43

*U*n cartel en el portal indica que la pensión Cádiz se encuentra en el primer piso. Alguien lo observa por la mirilla. Más pasos, una conversación tras la puerta y, finalmente, una mujer la abre.

—Diga usted.

—Me envía Albert, estoy buscando una habitación.

—¿Cuánto tiempo?

—Un par de meses, aunque no sabría decir exactamente el tiempo.

—¿Es usted policía? ¿Comunista? No queremos problemas con los nacionales.

—No, no. Soy un turista austriaco.

—¿Turista austriaco? Y yo, una figura del toreo —dice un hombre al fondo.

Daniel se ríe. No puede evitarlo. Ha sido un comentario fuera de tono y con mucha gracia.

—Déjale pasar, Pepita.

—Tú, Bartolo, te crees todo lo que te dicen.

—No, pero necesitamos llenar los cuartos y, que yo sepa, últimamente no tenemos muchos inquilinos. Los están matando a todos en el descampado.

Bartolo es bajito, pelo negro rizado y tez oscura. Daniel advierte su raza gitana. Viste con un traje hecho a medida, camisa almidonada, pañuelo de lunares al cuello. Le sorprende alguien tan bien vestido en la Barcelona de la posguerra. Pepita es robusta, de carácter grave, moño alto y delantal blanco. Sin duda, la mujer domina en la relación.

Es ella quien le pide un mes por adelantado.

Bartolo avisa que baja a tomar un café al bar de la esquina. Con el dinero ya en la mano, Pepita entrega a Daniel una llave.

—La habitación está al final del pasillo. El cuarto de baño es la tercera puerta a la izquierda. No use más de cinco minutos el agua caliente, que nos deja sin gota a los demás. En un rato le llevo toallas.

—Gracias. ¿Podría decirme si conoce la barbería de Isidoro?

—Está al salir a la izquierda, unos metros más allá. No tiene pérdida. —Mueve la cabeza arriba y abajo, parece estar de acuerdo con la idea de que Daniel vaya a rasurarse la barba.

Los golpes en la puerta de su habitación la despiertan.

—Isabel, levántate. Acaba de llegar Ardwent.

¿Ardwent en su casa? Debe sentirse muy seguro en Tánger si aparece por aquí. No está preparada para verlo.

—Ya voy. Entretenlo, bajaré en unos minutos. Tengo que arreglarme.

Sabe bien que a su marido las mujeres no le importan, pero recuerda que la elegancia es la gran debilidad de ese hombre educado, exquisito, manipulador y cruel que nunca se mancha las manos ni de polvo ni de sangre. Isabel disfruta a veces, antes de dormir, inventando escenarios en los que lo ve sufriendo, atormentado por su culpa, descuartizado incluso.

Elige una falda de tubo beige, una blusa blanca y unos zapatos de tacón que estilizan su espléndida figura. Se recoge el pelo y baja despacio las escaleras, empeñada en aparentar una calma que no siente.

Ardwent advierte el doble cambio de Isabel: físico, porque ha perdido peso, pero también anímico. Se ha despertado en ella un componente erótico que antes no tenía. Ya no es la niña ingenua de Londres, es una mujer que ha conocido el dolor y el amor con la misma intensidad, que guarda un misterio bajo la piel, vulnerable y enigmática a partes iguales.

—Hola, Leon. ¿A qué debemos la visita?

—Quería venir a darte el pésame por la muerte de tu padre.

—Gracias, aunque creo que tú eres el primero que la deseaba.

—Estás equivocada. Yo quería los diamantes, muerto no me sirve de nada. Ha dejado una deuda pendiente conmigo.

—Ah, ¿y vienes a que te la pague yo?

—Podríamos llegar a un acuerdo. Tus abogados insisten en que quieres el divorcio.

—¿Tú no?

—A mí me da igual. De hecho, estar casado contigo me da mucha más libertad.

—Eres asqueroso.

—Bueno bueno, no perdamos las formas. Véndeme el Ojo del Ídolo por un precio simbólico y saldamos nuestra deuda. Te firmo los papeles y cada uno por su lado.

—El Ojo del Ídolo me pertenece a mí y también a mi hermana. Además, no lo tengo aquí.

—Ella también es hija de Alfonso. La deuda que él tiene conmigo la podéis dividir entre las dos.

—Ninguna te debemos nada.

—Piénsatelo, habla con ella. Estaré una semana en el Intercontinental. Si para entonces no sé nada de ti, entenderé que no hemos llegado a un acuerdo y te denunciaré por adúltera. ¿Sabías que según el nuevo Gobierno de España las mujeres deben vivir con sus maridos?

—Vete de aquí. No me amenaces. Soy súbdita británica.

—Entonces deberías irte a vivir a Londres. Tánger no es lugar para una adúltera española.

—No vuelvas. Nunca.

—Tal vez debería quedarme con esta casa. Me gusta. Si tu abuela muere, la heredas tú, ¿verdad? Eso es lo mismo que decir que la heredo yo. Piénsate con sumo cuidado no darme el divorcio porque tienes mucho que perder, la próxima vez no seré tan generoso y tal vez, además del Ojo del Ídolo, te pida las tierras de Málaga y esta casa.

—Maldito seas.

Con la espalda apoyada en la barra del Villa Rosa, Daniel se fija en un animado grupo que en una mesa espera el primer cuadro flamenco de la noche. Cerrado durante los años de la guerra, es un local antiguo, de los pocos que quedan en Barcelona para que se reúnan los extranjeros, los amantes del flamenco, las rameras en busca de clientes y los insomnes. El Villa Rosa es un paraíso en la inhóspita rutina militar que vive España. Daniel viaja al pasado en su memoria: al Katakombe, el cabaret de Berlín donde la seducción reinaba a su antojo, igual que la libertad. Otro tiempo, otro lugar, ambos con ese aire espeso que provocan los cigarrillos y los puros. Pide un whisky con hielo. Abruptamente una mujer se sienta a su lado.

—¿Recién llegado?

—¿Se me nota mucho?

—Miras a tu alrededor como si lo fueras.

—Hace tiempo que no piso un lugar como este. Me recuerda a Alemania en otro tiempo.

—¿Eres alemán?

—No, austriaco.

—Viaje de negocios a Barcelona, imagino.

—Por placer uno no viene a España estos días.

—Bueno, eso es un decir. Ahora que me conoces, puedes convertir tu viaje en un placer. Hoy puedo llamarme Greta. ¿Te gusta?

—Greta es nombre alemán.

—El único que conozco. Por Greta Garbo, ¿sabes? ¿No has visto *Mata Hari* o *La reina Cristina*?

—*Mata Hari* era la cinta favorita de mi madre. ¿Te gusta el cine?

—Mucho, pero la guerra, como con tantas otras cosas, también ha terminado con el cine en España. Ahora únicamente nos van a permitir ver películas religiosas. Siempre he soñado con viajar a Hollywood, con ser artista. Mi madre me decía que era buena para el baile.

—Brindemos por ese pasado.

—Mejor por el presente. ¿Cómo te llamas?

—Johannes.

—Muy bien, Johannes, brindemos. ¿Dónde aprendiste a hablar español?

—He vivido en Gibraltar y Málaga, y soy bueno para los idiomas.

Ambos se vuelven hacia el escenario cuando anuncian la actuación del primer cuadro flamenco.

—Fíjese usted en aquella mujer, se llama Carlota Ortega, baila con mucho arte.

—¿Carlota Ortega?

—Sí. ¿Ha oído hablar de ella?

—Mucho.

En ese momento Albert entra por la puerta.

Isabel sujeta atropelladamente el brazo de su hermana, que hace un solitario sobre la mesa de la cocina.

—Tenemos que hacer algo, no puedo permitir que Ardwent me chantajee de esta manera.

—Es repugnante, pero muy listo. En qué mala hora te casaste con él.

—No es momento de reproches.

—Busquemos a Douglas, tal vez a él se le ocurra algo.

Sentados los tres en el jardín, lejos de la abuela, intentan encontrar una solución que termine con ese matrimonio.

—Míster McAllister, ¿cree usted que puede ayudarnos? Habrá alguna forma legal por la que pueda liberarme de esa correa legal que me ata a Ardwent.

—Cálmate, Isabel. Podríamos poner tus bienes a nombre de Miranda. Aunque, puede que te sorprenda con lo que voy a decirte, tú no eres la dueña del Ojo del Ídolo, sino yo. Me lo vendió tu madre.

—¿Cómo pudo vendérselo?

—Ella se lo llevó a Nueva York y decidió que la mejor forma para conseguir dinero era vender el diamante. Yo me presté a comprarlo. Podría venderlo, por el mismo precio que pagué, a tu familia, o a Ardwent. No sé me ocurre otra solución.

—No, no, no. Me niego —se interpone Miranda.

—Deja que Isabel hable. —Míster McAllister trata de calmar a su hija.

—Debo dárselo, es la única forma de no seguir unida a ese hombre.

—Voy a ir a hablar con mi abogado y con Carlos. Él está dispuesto a ayudarte. Puedes darme el diamante de tu padre a cambio del Ojo del Ídolo. Ya que estamos los tres juntos, quería informaros que pronto debo regresar a Nueva York. Miranda, dime si vienes conmigo para comprar el billete, y tú, Isabel, deberías pensar en salir de Tánger, no tienes a nadie que te proteja cuando nosotros nos vayamos.

—Está Carlos.

—Hermanita, no sabía cómo decírtelo pero la abuela ha recibido una llamada de Málaga exigiendo que termines tu amistad con Carlos —Miranda habla deprisa.

—¿Cómo? ¿Ha llamado la marquesa?

—Sí, ese bicho ha telefoneado para insultaros a la abuela y a ti. Ha amenazado con denunciarte a la Policía. Sabe de tu matrimonio con Ardwent. Debes irte de aquí.

—Creo que disfruta torturando a la abuela. Se lo diré a su hijo. Él es quien debe ponerla en su lugar —decide Isabel, y pregunta a Míster McAllister por Nelly, la amiga de su madre con la que él parece haber congeniado.

—Estoy tratando de convencerla de que se venga a Nueva York. No debería quedarse aquí, una mujer de mundo como ella, ahora que su padre ha regresado a Roma…

—¿Estás seguro de que quieres llevarla? —Miranda le habla con la naturalidad de una hija hacia su padre—. Creo que la presencia de Nelly puede alterar tu vida en la ciudad… —Alude a que ambos están traicionando a la otra Miranda, la esposa de Matthew.

—Ese es mi problema, no el tuyo. Por favor, respétame. El viernes Nelly da una cena y me ha pedido que os invite. Puedes traer a Carlos si quieres, Isabel. Van a ir muchos hombres poderosos de Tánger, puede que alguno conozca a Ardwent. Necesitamos averiguar sobre sus negocios y buscar aliados. Los militares alemanes no son muy permisivos con sus gustos, ya me entiendes.

44

*H*ace tiempo que Isabel no se maquilla. Se mira al espejo y el reflejo le cuenta una verdad inesperada: sus ojos sin luz. Carlos llegará pronto. Sonríe. Definitivamente, la vida es pura ironía. Su caftán rosa ha necesitado unos retoques de sisa porque le quedaba grande. Da una vuelta completa con él puesto. Está perfecta. Tal vez esta noche...

—Vamos, vamos, Miranda.

Míster McAllister tiene prisa. Desea acompañar a Nelly desde el momento en que abra la puerta a los invitados. El tiempo a su lado corre a otro paso. Un minuto con ella no es igual a un minuto con su mujer. El amor es absurdo, enamorarse pasados los setenta de alguien que no llega a los cincuenta le parece casi una aberración; sin embargo, ni puede ni quiere evitarlo. Siente vivo al adolescente que lo habita y da rienda suelta a sus emociones con agasajos que han debilitado a Nelly hasta entregarse a sus caricias. Ella, hija mimada de embajadores, separada de un príncipe del Atlas, quiere marcharse con él. Tánger, con la guerra, ha perdido su encanto. Busca una ciudad segura, con mar, con playa, con temperaturas apacibles. Han hablado de Los Ángeles, de Acapulco, de Honolulu. Nada han decidido todavía.

—Ya voy, ya voy.

Miranda lleva un caftán en tonos verdes con cinturón alto y una *shayla* del mismo color en la cabeza. Ambas hermanas lucen modelos distintos del traje tradicional de Marruecos.

—Fátima, Isabel, debo reconocer que estáis guapísimas —dice Matthew.

—Gracias —responden las dos mirándose divertidas.

La complicidad infantil asoma entre ellas. Carlos se ha servido un whisky durante la espera.

—No quiero entretenerme mucho —le advierte Matthew.

—Serán cinco minutos, no pretenderá llegar el primero. Es una falta de cortesía hacia Nelly.

Desconcertado, Matthew se da cuenta de que no debe dejarla en mal lugar mostrando demasiado interés. Finge preocuparse por los negocios de Carlos.

—Tienes razón. Sírveme uno a mí también. ¿Qué tal van las cosas en España? Creo que el país necesita ayuda.

—España es un solar derruido, amigo mío. Sin embargo, entre todos conseguiremos reconstruirlo.

—Para usted ha sido una suerte poder pasar la guerra en Tánger.

—Bueno, perdí un hermano en la guerra. Mi madre me mandó a Tánger a cuidar de sus bienes.

—No pretendía juzgarle. Cualquiera que ha sobrevivido a la guerra me parece un ser inteligente.

—Brindemos por sobrevivir.

Los cuatro llegan pasadas las nueve de la noche. La entrada del jardín está abierta de par en par. El olor a jazmín inunda el aire.

La decoración es excelente. «Cuántas velas», se admira Miranda. Dos hombres con el torso semidesnudo escoltan a los invitados hasta la puerta. Nelly les da la bienvenida con una sonrisa, pero su cortesía termina en el momento en que ve a Matthew.

—Pensé que ibas a venir antes —dice con un tono más afilado.

—Lo siento —casi susurra él—. Estos jóvenes me entretuvieron.

Disimuladamente acaricia su cintura, y ella, coqueta, sonríe. Isabel y Miranda se miran sorprendidas, Matthew parece haber perdido la cabeza.

Carlos parece incómodo pero, en su afán de apoderarse de Isabel, presenta a Miranda a varios amigos suyos. El desinterés de ella es absoluto. Un hombre corpulento, hinchado de grasa y alcohol, de aspecto desaliñado, se acerca y se presenta en inglés salpicado de acento alemán:

—Ludwig Losbichler Gutjah —dice dándoles la mano uno a uno—. Acabo de llegar a Tánger, conozco a poca gente en la ciudad.

Los tres, aturdidos ante la rotundidad con que menciona su nombre y su falta de tacto, se presentan divertidos.

Isabel es incapaz de evitar dar un salto de sorpresa al ver entrar a Ardwent con el Belga. Su marido se acerca a ella.

—Veo que ya conocéis a mi amigo Ludwig. Y aquí os presento a Adrian Otlet, a quien creo que conocéis como el Belga.

—Vámonos, Carlos, ya no quiero estar aquí —reacciona Isabel—. ¿Miranda?

—Isabel, por favor, disfrutemos de la noche. Ven conmigo. —Carlos trata de apaciguar su ánimo.

—No te preocupes, cariño, la casa es amplia y yo tampoco tengo ganas de verte. —Ardwent se muestra extrañamente femenino, acariciando la mejilla de su esposa con descaro.

Carlos no desea llamar la atención y contiene su desagrado.

—Vayamos a por una copa de *champagne*. —Es Ludwig quien los salva; se lleva a Miranda, a Isabel y a Carlos empujándolo con los dos brazos.

Ardwent se queda en compañía de Adrian. ¿Qué puede querer ese gordo con Isabel y Miranda? Ludwig sugiere ir a fumar a la terraza. Ardwent no deja de mirarlos. No, no le gusta que las hermanas De la Mata tengan contacto con un hombre que negocia obras de arte y joyas directamente con Berlín. Sin embargo, no tiene la suficiente confianza con él como para atajar esa situación.

—¿Cuánto tiempo llevas en Tánger? —le pregunta Ludwig a Miranda.

—Dos semanas. Mi padre murió y he venido a su funeral, a pasar un tiempo con mi abuela y mi hermana. Regreso en unos días a Nueva York.

—¿Vives en Nueva York? Qué interesante.

—Sí. Estoy en mi segundo curso de Historia del Arte en la Universidad de Columbia.

—Tal vez te interesaría colaborar conmigo. Me dedico a vender y comprar obras de arte en galerías. Las compro en Alemania e Italia y las vendo en Estados Unidos. Tengo varios representantes en Nueva York. Si estás interesada, podría ofrecerte trabajo.

—Claro, sería una oportunidad estupenda. Gracias a Matthew McAllister, tengo muchos contactos en la ciudad. ¿Usted está más interesado en vender o en comprar?

—En estos momentos, por la situación de Alemania, es más fácil vender. Mañana podríamos vernos en mi hotel para hablar con calma de negocios antes de tu marcha.

Bebe de su copa sin apartar la mirada de ella. Y sonríe. A Miranda la frialdad de Ludwig le parece en extremo atractiva. Acaba de encontrar a una mujer a su medida, aún con la enorme diferencia de edad que los separa.

—Tengo un almuerzo, pero por la tarde podría ir a visitarle. Me acompañará mi hermana, si no le parece mal. ¿En qué hotel está alojado?

—En el Villa de France, allí las espero a las cuatro. ¿Quieres bailar? Soy algo torpe pero me gusta intentarlo.

—Claro. Mi sentido del ritmo está también atrofiado, creo que haremos una buena pareja.

La carcajada de Ludwig llega a oídos de Ardwent, que ha ido acercándose sigilosamente y maldice que esa pareja se caiga en gracia.

En ese juego de espías, Isabel no quita ojo a su marido. Hasta el extremo de que no escucha a Carlos, que trata desesperadamente de conseguir su atención.

—¿Qué tienes? Estoy empezando a cansarme de tus desprecios.

—No no, perdona. No es desprecio, es preocupación. Hoy vino a verme Ardwent, me dijo que no me dará el divorcio a menos que le venda un diamante que heredé de mi padre. Además, ya que estamos con reproches, tu madre ha llamado a mi abuela para que dejemos de vernos. Ese es todavía un mayor desprecio.

—¿Y por qué no le vendes el diamante a Ardwent? Es una piedra, valiosa, pero una piedra al fin al cabo.

—No es eso, Carlos. Es por principios. Además, me he enterado de que ya no lo tengo yo. Mi madre lo vendió sin decírmelo. El Ojo del Ídolo es de un valor incalculable, y también pertenece a mi hermana y a mi abuela. Miranda me ha dicho que puedo poner a su nombre todo lo que tengo; sin embargo, eso no me ayuda a conseguir mi libertad.

—Perdona que te hable así, pero me parece una necedad por tu parte no venderle a Ardwent ese brillante. ¿Para qué lo quieres? Ahora mismo no puedes usarlo. Yo te puedo ayudar si lo necesitas.

—Ni siquiera lo tengo conmigo. No sé dónde lo tiene Matthew.

—Piénsalo, Isabel. Tal vez deshacerte de esa piedra sea la mejor oportunidad para conseguir tu libertad. Eso no tiene precio. Dame permiso para hablar con McAllister. Es un hombre de gran corazón, os quiere como hijas.

—Es injusto que Ardwent se salga con la suya. Aunque tal vez tengas razón.

—¿No te parece injusto que españoles, ingleses, americanos, italianos, alemanes, franceses, vivamos de fiesta en fiesta en Tánger y los marroquíes se mueran de hambre en las calles? Ellos, que son los verdaderos dueños de la ciudad. Tú tienes la oportunidad de decidir, ellos no. Eso sí es injusticia.

—Jamás pensé que tú pudieras hablar así.

—¿Por qué? ¿Crees que soy como mi madre? No me interpretes mal, nunca voy a renunciar a mi estatus ni a lo que heredé de mi padre, pero tampoco voy a mirar con superioridad a un indigente. Tal vez me crean cobarde por no querer pelear en la guerra, pero la única razón por la que me negué fue por no querer matar a nadie.

—En eso no te pareces a ella.

—¿A mi madre? ¿Acaso crees que ha matado a alguien?

—Solo ella conoce sus límites. Desde luego, su lengua no los tiene. Durante años le hizo la vida imposible a mi abuela, y ahora la sigue maltratando con sus críticas.

—Te pido que no me compares. Siento que os haya llamado.

—Eres un hombre honrado. Un idealista. Te empeñas en quererme de una forma que no puedo corresponder, y sin embargo, tu amistad es mi mayor tesoro. Bueno, uno de ellos, mi amor por Daniel y el Ojo del Ídolo son también mis tesoros.

—Aun así, no me doy por vencido. Daniel siempre está lejos de ti. ¿Quieres bailar?

—Sí, bailemos, olvidémonos del resto del mundo.

Carlos coge la mano de Isabel. Bailan cerca de Miranda y Ludwig, las hermanas se miran. Saborean esa trágica complicidad que creían perdida. Deliciosa calma inesperada.

Barcelona le aburre; sin noticias de Tánger ni de Londres, camina de un lado a otro llenando el tiempo. Tras una semana en la pensión Cádiz, de donde apenas ha salido los últimos días, Daniel avisa a Bartolo de que va a pasar el fin de semana fuera.

—¿Dónde? Se lo pregunto por si alguien le busca.

—Nadie va a venir a preguntar por mí. Me voy a Figueras. Regresaré el domingo por la noche o el lunes por la mañana. Dejo cerrada mi habitación.

—Muy bien. Pero no diga que se aloja aquí.

Mentir es ya parte de su existencia, la única verdad que conoce es su deseo de regresar a Besalú. Reencontrarse con Ben, con su paz y su paciencia. Despojarse del personaje, recuperar al hombre.

45

*C*uando Daniel llama a la casa de Ben siente la metamorfosis en su estado de ánimo. Se alegra de estar lejos del mundo cotidiano y extraño que tiene que vivir. Necesita las palabras de su amigo. Ben lo recibe con una sonrisa.

—Empiezo a acostumbrarme a tus apariciones sorpresa. Pasa pasa, Daniel. Bienvenido a tu casa.

—Gracias, Ben. Vine a devolverte la ropa que me prestaste y a pagarle la llamada a tu vecino.

—Bien hecho. Espero que tengas pensado acompañarme unos días. Cuéntame, ¿qué tal te fue en Barcelona? —Apenas se ha servido un vaso de brandi cuando suena el timbre.

—¿Esperas a alguien? —pregunta Daniel.

—No, pero tampoco te esperaba a ti. Está siendo una tarde más ocupada de lo que había previsto. —Despacio, con el paso cansino de la vejez, se levanta para abrir.

Su mujer se queda en la cocina preparando la cena.

—¡Daniel! —Ben lo llama desde fuera.

Preocupado, acude rápidamente a atender a su amigo. Se encuentra con un desconocido. Es alto, vestido con un elegante traje de chaqueta azul marino y un sombrero negro.

—Te presento a Míster Richard Rapley, vicecónsul inglés en Gerona. Amablemente ha venido a buscarte.

—¿A mí?

—Sí —responde Míster Rapley—. Ha surgido un asunto de extrema importancia en Londres y Míster Harris desea hablar con usted. Es imposible hacerlo por teléfono o cable. Me ha pedido que le pregunte si estaría dispuesto a viajar a Londres mañana por la mañana.

—¿Cómo? Con gran falta de recursos deben andar en el Foreing Office para llamarme a mí. ¿En qué puedo ayudar? —Daniel se asusta. Tal vez no deba creer a ese extraño.

—Hemos sido informados de que usted tuvo en Alemania durante varios años una relación con una súbdita holandesa.

—Sí, pero eso ¿cómo puede implicar que viaje a Londres?

—Se acuerda de aquella experimentada mujer que le enseñó el mundo fetichista del sexo.

—¿Habla usted holandés?

—Lo entiendo. ¿No me diga que los idiomas me van a convertir en el mejor miembro de su ejército de espías?

—Por favor, no bromee. No tenemos tiempo. Es de los pocos cualificados para descodificar mensajes y hablar seis idiomas.

—El humor es un buen remedio ante los momentos incómodos. Si cuenta seis, es porque incluye el hebreo en la lista, se lo agradezco.

—¿Estaría dispuesto a viajar a Londres mañana?

—Sí.

—Entonces debemos marcharnos inmediatamente a Barcelona.

—Pueden quedarse a cenar. La comida está casi lista. —Ben trata de contar con la compañía de su amigo al menos por un par de horas.

—Sí, por supuesto.

—¿Una copa de brandi?

—Por favor. El brandi es el verdadero aliado de los diplomáticos. —Los tres ríen—. Como verá, yo también sé bromear.

299

En el avión hacia la capital inglesa, Daniel piensa en su padre, tiene ganas de verlo y abrazarlo. De sentarse a conversar con él. La ansiedad empieza a conquistarlo cuando ve la costa en el horizonte. «Unos minutos más y estaré en Londres», se dice al avistar la ciudad a la que, sin saberlo, estaba deseando regresar. Apenas pasa por el Departamento de Inmigración, una pareja de hombres uniformados le indican que un coche lo espera para llevarle al club The City of London, en el 19 de la calle Old Broad. Daniel ha pasado muchas veces por delante, pero nunca ha podido entrar. «Members only», reza en la entrada. «La ocasión merece un trago», piensa. Ya dentro descubre en una mesa a Míster Harris junto a dos hombres.

—Bienvenido. Me alegro de verte. Te presento al mayor Dillon y a Berg Smit. Señores, John Lie es un miembro destacado de nuestra oficina en el Foreing Office y los acompañará en su viaje. Acaba de regresar de Tánger, donde ha estado investigando el tráfico de diamantes en Marruecos. —Los dos asienten con la cabeza. Volviéndose hacia el recién llegado, Harris explica pausadamente—: Los alemanes han empezado a bombardear los Países Bajos. Holanda y Bélgica pueden caer pronto en manos de los nazis. Sabemos que en los bancos de Ámsterdam hay cerca de medio millón de quilates en diamantes, el verdadero objetivo de Hitler. —Señala al más joven, de unos treinta años, rubio, con una sonrisa de dientes perfectos y unos ojos claros llenos de brillo—. Berg es hijo del dueño de J. K. Smit & Zones, una firma holandesa que durante cincuenta años ha jugado un papel dominante en el mercado de los diamantes. Y el mayor Dillon es uno de los mejores agentes de mi oficina, habla un perfecto holandés. La idea es que viajen los tres esta misma noche hasta la costa de Holanda, entren en Ámsterdam y aseguren que los diamantes viajan seguros a Londres, donde quedarán al cuidado del Gobierno británico.

—¿De cuánto tiempo hablamos? —pregunta Daniel, de nuevo transmutado en John.

—Es una misión de veinticuatro horas. Y desde ahora mismo no podrás ponerte en contacto con nadie que no pertenezca a esta operación. Ni familiares ni amigos.

Sin tiempo de prepararse, trata de que sus nuevos compañeros le pongan al corriente de la situación en Europa. Tras el almuerzo, Míster Harris les dice que tiene que marcharse. Esa noche conocerán al comandante del destructor HMS Walpole, que los llevará hasta el puerto de Ijmuiden.

—¿Puedo pedirle algo? —Daniel acompaña a Harris hasta la puerta.

—Sí, claro. Lo que quieras.

—Verá. Necesito que hable con mi padre, pregúntele por Adele. Dígale que necesito conocer su apellido. Vive en Polonia, es judía y me gustaría sacarla de allí, conseguirle papeles.

—Muy bien. Pero podemos esperar a que regreses, y tú y yo cenar con tu padre tranquilamente.

—En caso de que…

—Todo va a salir bien. Pero no te preocupes, yo me encargo. Espero verte en dos días cargado de diamantes.

La tarde la pasan en el hotel estudiando los planos del puerto, preparando el traslado de Ijmuiden a Ámsterdam.

—No contamos con apoyo en Holanda, me temo que tendremos que conseguir la logística. —El mayor Dillon mira a Daniel.

—Señor, ¿está diciendo que debemos robar un coche en Ijmuiden para llegar hasta la ciudad?

—Si no, tendremos que ir en autobús o pedir un conductor.

—Veinticuatro horas de improvisación.

—Señores, no se olviden de que mi padre sigue en Ámsterdam. Podemos movernos sin la ayuda de la oficina del servicio secreto británico. —Berg evita mirarlos.

Dillon recibe en el hotel una llamada. Cuando regresa, les informa de que ha llegado el coche que los trasladará al puerto de Londres.

La noche es clara, no excesivamente fría. En la cubierta del barco los espera el comandante.

—Partiremos en unos veinte minutos. Siento no poder ofrecerles un camarote a cada uno. El mío es el más cómodo y tiene dos literas. Allí podrán descansar. El tercero tendrá que dormir en la habitación de los oficiales. Les recomiendo que duerman, aunque sea un par de horas, al amanecer estaremos frente a la costa de Holanda.

Sentados los cuatro en la sala de operaciones del destructor, el comandante sale para hablar con dos miembros de su tripulación. Los hombres se sirven un whisky sin hablar. Cada uno inmerso en sus pensamientos.

El comandante vuelve y con voz profunda anuncia a sus invitados:

—El puerto de Ijmuiden está siendo bombardeado desde ayer, hay paracaidistas alemanes cayendo por todo el país. Tengan. —Les reparte un Colt a cada uno—. Aquí hay munición, por favor sean prudentes. No voy a poder internarme hasta dentro del puerto de abrigo, buscaré un fondeadero para no ser detectado por los alemanes. Les dejaré a las seis horas. Espero su regreso a las veinte horas.

Las bombas silban antes de estallar con su ruido ensordecedor. El silbido que las precede obliga a la multitud que se agolpa en el puerto a agacharse, buscar refugio o tumbarse en el suelo rezando para que no caiga cerca. Daniel, frente al embarcadero de Ijmuiden y desde la cubierta del Walpole, es testigo de la destrucción alemana. El mayor Dillon trata de llamar la atención de un bote de pescadores. Uno de ellos se acerca y se ofrece a llevarlos al puerto.

—¿Vienen a salvarnos? Los ingleses son nuestra esperanza. Los estábamos esperando —dice el pescador pensando que el destructor es una avanzadilla de la Marina británica.

—No. Solo somos tres. Tenemos que ir a la oficina del puerto con urgencia. Volveremos por la noche. ¿Nos traería luego de regreso al barco? —Dillon saca dinero.

—No me ofenda. Ustedes son ahora nuestros aliados, les serviré con mucho gusto.

Dillon guarda el fajo de billetes avergonzado. No están allí para salvar a nadie, solo viene a buscar diamantes.

Apenas han bajado del bote cuando ven a un agente de la Policía apuntándoles con una pistola.

—Están detenidos. Ustedes acaban de bajarse de aquel destructor, ¿verdad? Vengan conmigo. Estoy harto de paracaidistas y espías. —Los lleva al segundo piso del edificio de aduanas.

—Estas son nuestras credenciales. —Dillon saca unos papeles—. Berg Smit es ciudadano holandés, de la firma J. K. Smit & Zones. John Lie y yo pertenecemos a la oficina de seguridad británica, hemos sido enviados por el Ministerio de Economía de Guerra para sacar del país todos los diamantes de Ámsterdam. Tratamos de evitar que caigan en manos alemanas. Sus jefes deberían estar al tanto de nuestra llegada.

—Mis superiores me han avisado, sí. Nunca pensé que fueran solo tres personas. Me temo que no puedo ofrecerles ayuda logística. Como han visto, nos encontramos saturados por los miles de ciudadanos judíos que tratan de escapar. Pueden pedir ayuda a cualquiera que tenga coche. Mucha suerte.

Al salir, los tres, sin ningún disimulo, intentan abrir la puerta de cada vehículo que encuentran aparcado, todos están cerrados. Dentro del último, una mujer llora. Berg se acerca a ella.

—Señora, ¿podría ayudarnos?

Cuando ella levanta la cabeza, se sorprende al descubrir a una joven muy hermosa, de no más de veinte años, desconsolada.

—¿Qué le ocurre?

—He intentado comprar un billete para viajar a Londres y es imposible. Mi prometido murió ayer en el frente. Me da miedo caer en manos de los alemanes. —Su piel blanca, su pelo negro, sus ojos, su nariz afilada, su cuerpo menudo delatan su origen hebreo.

—Perdone si le parezco grosero, pero necesitamos urgentemente llegar a Ámsterdam y regresar esta tarde aquí. Soy Berg Smit, de la firma Smit & Zones. ¿Sería tan amable de prestarnos ayuda?

—Si adivina el valor de este diamante... —le muestra su anillo de compromiso—, sabré si dice la verdad.

—Me temo que no tiene mucho valor, es circonita.

—Efectivamente. Eso fue lo que me dijo Kurt, que con el tiempo me regalaría un diamante de verdad. —Las lágrimas vuelven a sus ojos—. No tengo nada que perder. Lo menos que puedo hacer es ayudarle. ¿Quiénes son sus amigos? No parecen holandeses. Mi nombre es Eva.

Durante el trayecto, Berg le advierte que su viaje puede ser accidentado.

—Hoy en Ámsterdam salir a la calle es peligroso —explica ella ante el acoso de las bombas alemanas—. ¿Dónde vamos?

—A la oficina de mi padre. ¿Quiere que conduzca yo?

—No, prefiero dirigir mi coche. He llegado hasta aquí y sé cómo salir.

Sentado con Dillon en la parte de atrás, Daniel avisa a Berg de que antes tienen que parar en casa de un hombre a quien llaman A.

—Tenemos prisa, ¿por qué debemos ir allí? Lo importante son los diamantes. —Berg desconfía de los planes del mayor Dillon.

—Órdenes son órdenes. Berg, serán solo unos minutos. Debemos recoger unos documentos.

Eva advierte que es el mayor quien realmente está al mando de esa misión. Lo mira por el espejo retrovisor. ¿Diamantes? ¡Van a buscar diamantes!

46

*E*n el umbral de su casa, Isabel se queda pensativa. Le da miedo salir a la calle. Desde que estuvo en la cárcel evita encontrarse con nadie. Por las tardes pasea a su perro en la playa cercana cuando sabe que está vacía. Cierra la puerta. «No, no puedo. No me interesa salir.» Se quita las gafas de sol y deja el bolso. «Dios mío, me he convertido en una mujer neurótica, incapaz de superar mis temores, en una aprensiva.» El calor, que desde hace unos días se ha instalado en Tánger, pasa de los cuarenta grados. Le duele el estómago, suda. Llama a Alaya y le pide que vaya a recoger un paquete que tienen preparado para ella en correos. Ha encargado a Alba en Londres que le mande sus utensilios de escultura. Miranda entra en su habitación.

304

—¿Qué haces? Yo voy a regresar a Nueva York en una semana y necesito irme sabiendo que estás menos deprimida.

—Y lo estoy. Pero me provoca ansiedad ver gente. Tal vez deba ir a un médico.

—Empiezas a parecerte mucho a mamá.

—Y tú a papá. ¿Es cierto que ayer fuiste a cenar de nuevo con Ludwig? Ese hombre es mucho mayor que tú.

—No pensarás que tengo una relación con él...

—Ya no sé qué pensar de nadie.

—En el hotel le dije muy claramente que yo no tenía ninguna intención de acostarme con alguien que puede proporcionarme un negocio. Además, me acompañó Nelly a verlo porque tú decidiste que no querías salir. No fui sola.

—Tienes una voluntad y una determinación que me sorprenden.

—Isabel, hay algo que no te he dicho. En Nueva York, cuando mamá escapó, me encontré perdida, sola, estuve incluso en un hospital porque tengo un problema de coagulación en la sangre.

—Papá tenía una enfermedad parecida.

—Sí, creo que la heredé. En aquellos momentos conocí a un hombre de poco fiar... De él aprendí, hasta el punto que decidí reinventarme. Tú deberías hacer lo mismo.

—¿Qué? ¿Cambiarme el nombre, esconderme de la Policía y huir? No. Yo quiero seguir siendo Isabel de la Mata. Me siento muy orgullosa de quién soy, de mis padres, de mis apellidos. De mis raíces. Siento que tú no hayas podido identificarte con esta familia.

—Estás siempre pendiente de lo que piensan los demás, a mí me interesa lo que es bueno para mí. Puedes quedarte metida entre estas paredes dejando que Ardwent te lo quite todo, seguir escondiéndote por mantener tus principios, soñando con un hombre que nunca está contigo. Yo no huyo, simplemente dejo a un lado el lastre de este apellido y me desentiendo de esa necesidad de amar que tienes tú. Creo que, desgraciadamente, ni tú te fías de mí ni yo de ti.

—Es a ti a quien le preocupa su estatus. Tú buscas poder, reconocimiento, y arañas donde puedes por conseguirlos. Pero ya te darás cuenta, ya. Y me buscarás. Ahora ni siquiera me ves como soy en realidad.

Ámsterdam es un desierto, sus calles vacías provocan miedo. Sin perder tiempo, han visitado la casa de A., un hombre del servicio diplomático británico que les ha dado un paquete. Lo guardan y siguen hacia su destino en las oficinas de J. K. Smit & Zones. Jonas Smit se sorprende al ver aparecer a su hijo con dos hombres y una mujer.

—Te hacía en Londres, Berg. ¿Cómo no me avisaste?

—Fue imposible. Las comunicaciones están comprometidas y el asunto es complicado. Venimos a proponerte algo.

—Sí. Lo adivino. Ayer mismo envié en un barco con un capitán amigo mío gran parte de mis diamantes.

—¿Puedes organizar una reunión con los directores del sindicato de diamantes aquí en Ámsterdam?

—Voy a pedirles que vengan de inmediato. Habrá que convencerlos. No será fácil que se desprendan de sus joyas, aunque el miedo a los alemanes…

El padre de Berg se presenta a Eva, John y el mayor Dillon.

—Estoy seguro de que en unos treinta minutos tendremos aquí a los hombres más importantes de Holanda en el mercado de diamantes —les dice y envía a varios asistentes en bicicleta a convocar a los miembros del sindicato.

—Tenemos que estar en el puerto de Ijmuiden a las ocho de la tarde con los diamantes, el comandante tiene orden de marcharse si no llegamos a tiempo. —El mayor Dillon también habla con Jonas con actitud militar.

—¿Quieren un café?

—Por favor —contesta Eva.

Mientras esperan, ella se fija en Daniel, sin duda es un hombre muy atractivo. A él le avergüenza la mirada de ella.

—¿Qué te hizo participar en esta misión? —le pregunta Eva.

—En parte el deber, en parte la indignación que siento por lo que están haciendo con los judíos.

—¿Eres judío?

—Sí. A veces pienso si las historias que se cuentan son ciertas o exageradas. Es imposible que traten a seres humanos con tanta crueldad.

—No sería la primera vez en la historia. Duele tu ingenuidad.

—¿Tienes pensado quedarte en Ámsterdam?

—Hace unos minutos deseaba tirarme al mar con mi coche. Estoy desesperada. Cualquier cosa es mejor que caer en manos de los alemanes.

—Entonces estrella tu coche en su dirección y al menos acabas con alguno.

—¿Hay que combatir la violencia con la violencia?

—No lo sé. Tampoco entiendo eso de ir diligentemente hacia la muerte. Hay rabinos pidiendo a los judíos que no luchen. ¿A ti te parece eso normal?

Eva recibe el café que le trae la secretaria. Ha ido ganando confianza y se siente parte del equipo. Daniel duda de que el mayor permita que Eva regrese con ellos a Inglaterra, aun sabiendo que ese es su deseo. Primero deben llegar al puerto con los diamantes, después lo demás.

—La verdad, no entiendo cómo ninguno de mis socios puede

dudar en colaborar. ¿Qué esperan? ¿Qué los alemanes les arrebaten los diamantes? Nosotros les estamos dando una oportunidad. ¿Qué tienen que pensar? Los alemanes no vienen con ninguna intención de negociar, nos lo van a quitar todo, como han hecho con los judíos en Alemania y en Noruega. —Jonas se irrita en el teléfono.

—Cálmate —le pide su hijo cuando cuelga—. Es una situación inesperada, muchos de ellos necesitan tiempo para meditar.

—Tiempo es precisamente lo que no tenemos. —El mayor habla haciendo una pausa entre cada palabra.

—Mi hijo se ha jugado la vida por ellos. Si los diamantes están en Londres, se los devolverán. Nosotros nos hacemos cargo. Esos brillantes en manos alemanas significan más muertes. —A Jonas le interrumpe su secretaria, que le advierte de otra llamada de teléfono.

Cuando el anfitrión sale, Eva mira a los demás.

—Nunca pensé que a mis veinte años, en la época en la que vivimos, en una civilización tan avanzada, iba a ser juzgada por mis creencias religiosas, por mi cultura. Estamos igual que en Egipto hace miles de años. Nada ha cambiado.

—Al menos, los hombres no tenemos que ir con falda —bromea Daniel.

Los tres ríen. El mayor siente vergüenza ante lo que dice Eva. Cuando Jonas regresa les informa que en un par de horas todos los tratantes de diamantes les traerán su mercancía. Ha logrado convencerlos uno por uno. El Amsterdamnsche Bank estará vacío de brillantes cuando lleguen los nazis.

—Y yo que pensaba que teníamos que robar el banco y forzar la caja fuerte… —La vena cómica de Daniel parece en forma.

—Deja esos robos para Hollywood. —Jonas le pide a su secretaria que prepare cajas pequeñas para transportar los diamantes en dos bolsas—. Cada caja debe tener anotada la cantidad y el nombre de su dueño. Es importante que esos diamantes regresen a su propietario o a sus familiares.

Mientras esperan, deciden encargar comida a un restaurante cercano. Están hambrientos. Dos horas después, Jonas regresa y avisa a su hijo de que ya pueden marcharse.

—¡Los tenemos todos! Que buen trabajo, padre —dice Berg abrazando a su progenitor.

307

—Hijo, ten mucho cuidado. —Se miran sin decir nada, no saben si van a volver a encontrarse.

Los tres hombres y la mujer salen de las oficinas cargados con dos enormes bolsas. En el reloj dan las seis y veinte de la tarde.

—Tenemos que darnos prisa, la carretera va a estar llena de judíos intentando escapar. —Berg se arrepiente de lo que ha dicho cuando Eva lo mira ofendida—. Perdóname. Admiro el sacrificio que todos estos hombres han hecho hoy. Renunciar a sus bienes sabiendo que su futuro está en manos de unos salvajes.

—Entregar los diamantes puede haber salvado muchas vidas. Pero es injusto, muy injusto —dice Eva sin evitar las lágrimas—. ¿Por qué deben salvar piedras y no vidas humanas?

Nadie responde a su pregunta.

Evitando la carretera principal, la conductora da un rodeo. «Mi novio y yo solíamos perdernos por aquí», confiesa recordando los momentos que pasó en esos bosques cuando no existía la idea de la guerra.

—Estás siendo de gran ayuda. Bendita seas, Eva —dice Berg.

Ella imagina la tristeza que le ha provocado dejar a sus padres en una ciudad atacada por el Ejército alemán. Al llegar al puerto, un policía holandés les da el alto. No pueden seguir adelante. El puerto de Ijmuiden ha sido destruido.

—Debemos pasar, el jefe de la Policía portuaria nos espera —Dillon toma la palabra con firmeza.

—No sé dónde se encuentra. Aquí no queda nadie. Van a encontrar una escena dantesca. Entren si quieren, pero el coche deben dejarlo. Es imposible avanzar por los muelles.

Cargando con las bolsas, caminan los quinientos metros que los separan del embarcadero. Cuando encuentran al pescador que iba a llevarlos descubren que está muerto dentro de su barca. Están rodeados de cuerpos. Hombres, mujeres y niños sin vida. Otros, los heridos, piden ayuda.

—¡Corre! —le dice Berg a Daniel cuando ve un remolcador con un hombre en cubierta.

Llegan hasta él y Berg apunta con su Colt a la cabeza de un marinero al que obliga a poner en marcha el remolcador para llevarlos hasta el destructor. Los tres hombres suben rápidamente. Eva queda atrás.

—Vamos —le dice Berg.

—¡Ven con nosotros! —le grita Daniel.

El mayor Dillon calla.

—No. Hoy he visto el sacrificio que han hecho esos hombres por nosotros. Somos los jóvenes los que tenemos que pelear junto a ellos. Me quedo en Holanda. Mejor que mueran cinco alemanes. —Y le guiña un ojo a Daniel.

—¿Qué le has dicho? ¿Por qué se queda? Hazla cambiar de opinión. Morirá. —Berg intenta convencer a Daniel.

—Es su decisión. —Daniel se da la vuelta y llora. Se pregunta si él mismo tendrá valor para una decisión tan dolorosa como esa. Sabe que ella tiene intención de morir matando.

—En marcha. Rumbo a Londres —dice el mayor, que mira su reloj y ve cómo las manecillas dan las veinte horas.

Daniel no puede dejar de mirar a Eva encogiéndose en el horizonte hasta perderse. «Hay que aprender a ser generoso. Si contribuimos con nuestras habilidades, habremos conseguido el paraíso.» El mensaje de Ben resuena en su cabeza.

47

*A*l salir de su cuarto, Miranda se encuentra con su abuela.

—¿Cómo está? —pregunta Fátima preocupada.

—Se va a cambiar para dar un paseo por la playa. No piensa más que en la escultura y en pasear con el perro.

—Déjala, es duro para ella enfrentar el duelo por su padre. Ven, hija. Ven un rato conmigo al jardín. Hace mucho que no hablamos tú y yo.

Miranda sigue a su abuela pensando que en una hora tiene que estar en el hotel donde ha quedado con Ludwig.

—Voy a hacer una llamada y bajo.

—No, hija, no quiero causarte un trastorno en tus planes.

—No lo haces, abuela. Es un momento. Yo también tengo ganas de sentarme contigo.

—Voy preparando un té de menta.

Cuando Miranda regresa, su abuela la espera con la humeante tetera. Mantiene la tradición de servir el té en la taza cuando todos los que van a tomarlo están sentados a la mesa.

—Dime, ¿qué planes tienes en Nueva York? Me preocupa que estés sola.

—Ay, abuela. Ya soy mayor de edad.

—Hay personas que no crecen nunca.

—Como papá. —Se miran. Miranda baja la mirada, consciente de haber herido a esa entrañable mujer a quien tanto ama—. Lo siento.

—Como papá, sí. Pero no lo digas con soberbia.

—Tengo intención de dedicarme a vender y comprar arte. Matthew me va a ayudar. Tal vez un día pueda organizar mi propia exposición. Quiero trabajar para algún museo.

—Es un hombre bueno ese McAllister, aunque ya he oído

que anda de amoríos con la amiga de tu madre. No voy a pre-ocuparme, pero no te olvides de mí ni de tu hermana. Te voy a pedir que nos escribas y nos llames con la frecuencia que puedas. ¿Me lo prometes? Hemos pasado mucho tiempo sin saber de ti.

—Te lo prometo, abuela. Siempre voy a estar pendiente de Isabel.

—Ella te necesita.

—Lo sé. Y tú, abuela, ¿cómo estás?

—Echo horriblemente de menos a tu padre, pero te tengo aquí a mi lado, y a Isabel. En vosotras y en este mar inmenso que me mira encuentro fuerzas para seguir. La vida es un movimiento constante, cuando paramos morimos, y yo no quiero parar. Tengo algo para ti. —Saca de un bolsillo de su falda un estuche de terciopelo verde. Cuando lo abre muestra una hermosa pulsera de brillantes—. Me la regaló tu abuelo. La compró en uno de sus viajes. Es para ti, Miranda.

—Gracias, es preciosa. —Se pone el brazalete de oro ribeteado con diamantes. Debe de costar una fortuna. No puede evitar hacer cálculos.

—No me has dicho que te habías cambiado el nombre. Fue Matthew quien se atrevió a contármelo.

—La verdad, abuela, me cuesta reconocértelo.

—Lo sé. Abrázame.

Klein, Adele Klein. Daniel le agradece a su padre que se acuerde de Adele, que no le haga preguntas indiscretas. Que lo haya querido y mimado durante el día y medio que ha pasado con él en Londres.

—¿Te vas hoy? ¿No puedes quedarte unos días?

—Con la guerra y la inestabilidad en Europa, Míster Harris me ha pedido que regrese a Barcelona. Están como locos por saber si Franco tiene intención de apoyar a Hitler. Siento no poder compartir más información contigo.

—No te preocupes, hijo. Lo entiendo. Aunque no quisiera que corras peligro.

—¿Estarías más tranquilo si me quedara aquí de brazos cruzados o me alistara en el Ejército? Padre, he hablado con la vecina. Su hija de trece años necesita ayuda con sus matemáticas. A ti se te dan muy bien. Le he dicho que le darías clases dos veces a la semana a cambio de que ella venga a atender la casa. Estaría encantada. ¿Te parece bien?

—No sé, no me gusta que me toquen mis cosas. Me las ordenan y luego no las encuentro. Yo puedo manejarme solo.

—No seas tozudo, por favor. Ellas también necesitan tu ayuda.

—Si ellas lo necesitan, lo haré. Ahora cuéntame de Isabel. ¿Cuándo piensas volver a verla?

—No lo sé. —Los músculos de su rostro se ponen rígidos. No quiere pensar en ella. La ama y se deshace por dentro al verla, pero no tiene tiempo de dejarse llevar por sus sentimientos—. El amor no cabe en mi situación actual.

—Tonterías. El amor es el motor que mueve a los seres humanos haya o no haya guerras.

—Eres muy romántico. Siempre lo has sido.

—Prométeme que no te convertirás en un cínico.

—No, no es cinismo, es la realidad. Por cierto, ¿tienes una foto de Adele? No me acuerdo bien de ella.

Art se levanta y regresa con una caja.

312

—Mira, aquí está, con tu madre, su tía y su madre. Era la niña más dulce que he visto en mi vida.

—Adele Klein. Le sienta bien el apellido, es muy bajita.

—Sí, la llamaban «la pequeña Klein» haciendo un juego de palabras. Todos los Klein de esa parte de la familia eran bajitos. Tuvieron que acostumbrarse a las bromas.

Ambos ríen y Daniel se levanta para abrazar al viejo. Es maravilloso estar con él.

En una calle periférica de la medina, Miranda se detiene, enciende un cigarrillo y fuma ante la mirada atónita de algunos transeúntes que por primera vez en su vida descubren a una mujer fumando. Hay quien quiere insultarla, pero la actitud desafiante de la joven los disuade. ¿Quién sabe qué amistades puede tener? Ella piensa que tal vez esté cometiendo un error al ir sola a buscar a Sarah, medita las consecuencias, pero quiere averiguar qué le ocurrió a su padre.

Nelly ha sido quien le ha puesto sobre la pista: los rumores, esos que giran y vuelan de una esquina a otra, sugieren que

Alfonso estuvo con Sarah la última noche que pasó en Tánger. Al tirar la colilla al suelo se lanza a buscarla, le han dicho que es conocida entre los extranjeros de la ciudad. «No tengas miedo —se dice—, no tengas miedo.» Y continúa avanzando entre las callejuelas hasta dar con la casa de una planta con un pomo rojo. Llama. Una mujer mayor abre y le pregunta:

—¿A quién busca?

—A Sarah. Dígale que la señorita De la Mata ha venido a verla. —Miranda usa el apellido paterno para identificarse como hija de Alfonso.

Los ojos vivos de la vieja la miran con extrañeza, no está acostumbrada a este tipo de visitas. La deja pasar, cierra la puerta y desaparece. Miranda advierte la ausencia de decoración en ese salón presidido por un sofá oscuro, gastado en los bordes. Sarah entra con el pelo suelto y una bata sobre los hombros, los pies en unas babuchas, hay prisas en su movimiento. Y Miranda entiende que ha llegado en mal momento. Es muy bella, se debe necesitar un físico como el suyo para ejercer su trabajo, aunque, como el sofá, haya perdido frescura.

—Isabel, no te esperaba. Deberías haberme avisado. Ahora no puedo atenderte. Vuelve en un rato, al caer la tarde. Me gustaría invitarte a cenar. En honor a tu padre.

—Sí, claro, vuelvo más tarde —balbucea Miranda. «¿Por qué me llama Isabel?», se extraña, pero no aclara el malentendido.

—Nunca pensé encontrarte en mi casa.

—¿Nos conoce?

—Tu padre hablaba mucho de vosotras. Nelly me avisó. Sí, no te extrañes. Somos amigas. Discúlpame, es un mal momento. Si quieres, puedes quedarte a tomar una taza de té. Sulema te atenderá.

Un rato después, Sarah la encuentra en su segunda taza de té, saboreando unas pastas de pistacho y absorta en un solitario.

—Lo del juego debe ser cosa de la familia.

—Sí, nos gustan los naipes —responde Miranda amable—. He venido a preguntarle por mi padre, no puedo quedarme a cenar. Mi abuela se preocuparía. Por cierto, no soy Isabel.

—Nelly me dijo que sería ella quien vendría. ¿Eres Fátima?

—Sarah, me gustaría averiguar qué ocurrió realmente en Larache.

313

—Ay, hija. Ya me gustaría ayudarte, pero no tengo idea. Tu padre venía a verme para escapar de sí mismo, a fumar hachís y desconectar. Me hablaba de vosotras, de Málaga, de su vida en Los Ángeles, de las inyecciones del doctor de Nueva York, pero nunca de sus negocios. Puedo tratar de preguntar por la ciudad. El hombre que lo envió aquí tal vez sepa con quién se veía o quiénes eran sus socios.

—No sabía que mi padre fumaba hachís ni que se inyectaba.

—Alfonso, me temo, era un hombre obsesivo, afectado por sus adicciones.

Miranda sale con prisa de casa de Sarah, Sulema la acompaña hasta el Intercontinental, donde ha quedado con Ludwig a las seis. En la puerta se despide de la sirvienta de Sarah y ve en una mesa del restaurante a Ardwent y al Belga junto a Ludwig. Los acompaña un hombre a quien no conoce. Los cuatros celebran la entrega de cuatrocientos mil quilates de diamantes en el puerto marroquí de Mohammedia, a pocos kilómetros de Casablanca, pero eso Miranda no lo sabe. Como tampoco que esa operación, tapada por la de Alfonso de la Mata, fue la que acabó costándole la vida a su padre y despistando a los espías ingleses.

314

—Miranda, déjame que te presente a Mohammed ben Mizzian, creo que a los demás ya los conoces. —Ludwig la invita a sentarse.

Ella mira a Ardwent y percibe su desagrado por su relación con el tratante alemán. Los hombres se levantan con cortesía y la joven pide un gin-tonic. Mizzian, ofendido ante una mujer bebiendo en el bar, se disculpa y se marcha. Ardwent le pregunta por su hermana.

—Está en casa —responde ella brevemente.

El Belga y Ardwent intercambian una mirada y sonríen. Miranda los mira con desprecio. Ludwig, que advierte la tensión entre ellos, da por terminada la reunión.

Mientras se retiran, Ardwent le dice al Belga:

—No podemos dejar que esos dos hagan negocios.

—Por favor, no seas histérica. Miranda es un caramelo. Lo único que quiere este gordo es montarla.

Pero hay algo disoluto en Miranda que incita a Ardwent a desconfiar de ella.

48

$\mathcal{M}$ientras lee el periódico en el tren a Gerona, Daniel siente tristeza. Nunca antes le había importado la política, mucho menos la española, pero Franco ha ordenado fusilar a Companys ese mismo día y no cree que los españoles puedan leer la noticia nunca. Los titulares, en cambio, hablan de los logros de los alemanes adueñándose de Europa. Siente asco y vergüenza. Deja a un lado el periódico, vuelve la cabeza hacia la naturaleza, hacia esos campos que han visto la tortura y el amor, hacia esos árboles erguidos frente al tiempo y la guerra. Saca una pluma del bolsillo y sobre la portada del periódico comienza a dibujar un árbol que ve a lo lejos. Hacía tiempo que no dibujaba.

—Tiene usted mucho talento —dice desde el otro lado del pasillo un hombre que no le ha quitado ojo en todo el trayecto.

—Gracias —contesta incómodo y regresa a su dibujo.

—¿Me dejaría leer su periódico? Hace tiempo que no me puedo permitir comprar uno.

Daniel se queda con la primera hoja, donde sigue dibujando, y le pasa el resto.

—Gracias. Las noticias han cambiado mucho desde la guerra. Ahora nos cuentan las veces que rezan los militares.

Daniel lo ignora y sigue a lo suyo. El hombre se concentra en la lectura.

Besalú lo recibe con el viento frío que baja desde la montaña, amortiguado por el sol ya tibio de la tarde. «Bienvenido a casa», piensa Daniel. Porque Besalú ya es su casa. El paseo hasta la casa de Ben Bonal calma su mal humor. Antes de llamar a la puerta oye voces infantiles al otro lado. Ben debe tener visitas. Le abre Dihia con su bella sonrisa.

En la sala encuentra a sus amigos franceses, la familia Lecande al completo ha cruzado la frontera y, aunque exhaustos, derrochan felicidad.

—¡Daniel! ¡Daniel!

Le incomoda que Livinia lo reciba con tanto ímpetu. Su marido Antoine observa con curiosidad su reacción.

—Qué sorpresa. ¿Cómo habéis podido llegar hasta aquí?

—Antoine consiguió que el cónsul español en Marsella, gracias a la presión del cónsul de México que nos otorgó visados para su país, nos diera un salvoconducto para pasar por los Pirineos. Otros muchos judíos que venían con nosotros no lo han conseguido. Desde que Hitler le pidió a Franco que fuera más estricto en la frontera, la huida se ha ido complicando.

—Imagino que la entrega de Lluís Companys tiene algo que ver con eso.

Ben asiente con la cabeza y Daniel se lamenta:

—Debéis marcharos cuanto antes, que tengáis un salvoconducto o un visado para México no garantiza vuestra seguridad en territorio español.

—Estamos tratando de que los niños se repongan del viaje. Tenemos que llegar a Lisboa, un amigo de un amigo nos va a proporcionar los billetes.

—¿Es de confianza?

—Sí, Daniel, es un judío haciendo lo imposible por ayudar a otros a escapar.

A Antoine empieza a molestarle que Daniel lo cuestione frente a su mujer. Ben, que se da cuenta, interrumpe la conversación:

—Tienes que perdonar a Daniel, no se fía de nadie. Vayamos a la biblioteca y dejemos a las mujeres preparar la comida.

A Livinia, que le hubiera gustado hablar más con Daniel, le molesta esa segregación, pero no dice nada. Coge a su hijo mientras que Dihia agarra la mano de Sylvie.

—Bueno, ¿qué nos cuentas de Pesí? —Antoine llama a Isabel con su correspondiente nombre judío.

—Sigue en Tánger. Cuando me marché de Francia, fui a verla. Me he prometido con ella en matrimonio.

—Hace unas semanas estabas más emocionado con la idea de casarte —comenta Ben.

—Sí, pero la distancia y las circunstancias me han hecho pensar si tal vez no me precipité.

—Ya, Daniel, deja de cuestionar cada cosa que haces. Estás igual que cuando llegaste a mi casa. Si la amas, qué te importa. —Antoine pierde la paciencia ante su actitud negativa.

—No lo entiendes. —Daniel sube el volumen de su voz—. Tú te has casado con una mujer judía, vas a tener hijos judíos. Yo no. Si me caso con Isabel, estaré traicionándome a mí mismo.

—Nunca pensé que eso te importara.

—Antes no me importaba. Ahora, maldita sea, empieza a torturarme.

—Tranquilo. Tal vez necesitas ir a verla, tal vez ella esté dispuesta a convertirse. —Ben trata de calmarlo.

—Soy incapaz de pensar así cuando lo único que veo a mi alrededor es una intolerable persecución contra nosotros. ¿Por qué? Por ser judíos. Es sencillamente despreciable, asqueroso.

—No sé qué te ha pasado, pero cuando te marchaste no estabas así. ¿Quieres tomar algo?

—Un whisky, por favor.

—Me temo que no tengo. Brandi o vino.

—Brandi. Gracias, Ben, y disculpa. Antoine, cuéntame, cómo habéis cruzado la montaña con los niños.

—No ha sido fácil, no. El frío, la sed, el hambre…, pero con la ayuda de Dios conseguimos llegar hasta aquí. Nos guio un pastor desde el otro lado. Un amigo de Ben a quien él había pagado generosamente.

—Si quieres, puedo pedir asistencia en el consulado británico para que lleguéis seguros hasta Lisboa.

—No hace falta. —Antoine sigue celoso por la admiración que Livinia ha mostrado por Daniel—. Creo que es mejor no involucrar a nadie más. La discreción es un tesoro y estoy seguro de que Manfred Katz tiene la situación bajo control.

—¿Manfred Katz? Su nombre me suena...

—No vuelvas a empezar, Daniel.

—Puedo averiguar quién es, al menos déjame que confirme si puedes fiarte.

—Vale, vale. Pero no vayas a asustarlo, te lo suplico. —A Antoine le molesta la insistencia de su amigo.

La pequeña Sylvie les avisa de que la cena está servida.

El fin de semana con sus amigos es un bálsamo para Daniel. Pasa el resto del sábado leyendo mientras los demás descansan.

En uno de los sillones de la biblioteca lo encuentra Livinia, que entra furtivamente a buscarlo.

—He estado intentando hablar contigo a solas desde que llegaste. ¿Cómo estás? Me dice Antoine que te ha encontrado algo alterado.

—Me parece tremendamente injusto que tengáis que huir de vuestro país.

—Si Antoine, que ama Francia tanto como a sus hijos, es capaz de hacer las paces con la idea de marcharse, tú debes encontrar esa paz también. Daniel, la voluntad de Dios no debe juzgarse.

—¿Voluntad de Dios? No me lo creo. Es la voluntad de los hombres. Ni el Dios de Hitler quiere que mueran tantos judíos ni el nuestro desea este castigo para nosotros.

—Ay, estoy asustada. Deseo llegar a Nueva York. Empezar de nuevo junto a mi hermana. Que mis hijos tengan un lugar donde crecer sin sentirse perseguidos.

Él se levanta, deja su vaso sobre la mesa y la abraza.

—Daniel… —ella susurra su nombre al oído.

Así están cuando entra Antoine. Ver a su mujer llorando en brazos de su amigo reaviva los celos que arrastra desde que Daniel dejó su casa, que se guarda cada vez que su mujer habla de ese hombre.

—¿Interrumpo?

Daniel salta hacia atrás al verlo, no sabe por qué pero le incomoda que su amigo los haya encontrado así.

Sylvie y su hermano llegan con Ben. Sin despedirse de nadie, Daniel se marcha por la mañana muy temprano. A hurtadillas.

—Daniel, Daniel. —Bartolo lo sacude para despertarlo.

—Qué pasa —dice entre sueños.

—Tienes una llamada. Dicen que es urgente.

—¿Qué hora es?

—Las ocho y media.

Daniel sigue a Bartolo por el pasillo de la pensión. Solo lleva puesto el pantalón de pijama, una mujer se asoma desde la puerta de la cocina al verlo pasar con el torso desnudo.

—¡Qué alegría por la mañana! —dice volviéndose hacia Pepita, que, riéndose, le da un manotazo.

La voz de Ben suena al otro lado del hilo telefónico:

—Esta tarde en la estación a las cuatro. Ha surgido la oportunidad de salir hoy mismo hacia Madrid y de allí a Lisboa. La familia Lecande se marcha a Nueva York.

—¿Tan pronto? ¿Cómo es posible que tengan ya los billetes? —A Daniel la duda se le convierte en sospecha.

—Antoine quería salir cuanto antes. Se marcharon temprano, ayer recibió un mensaje. Ve por favor, asegúrate de que no haya ningún incidente.

—Allí estaré.

Se despide de su amigo, vuelve a la cocina y suplica un café. La mujer que lo ha piropeado se presta a preparárselo. Mientras tanto, él se da una ducha rápida. Necesita ver a Albert cuanto antes, tal vez sepa algo sobre ese Manfred Katz. Media hora después sale de la pensión en dirección al bar donde Albert desayuna todas las mañanas. Con su cigarro en la mano, su cortado y el periódico, Albert parece un tipo muy vulgar. Nadie adivinaría que es uno de los hombres más valorados dentro del MI6 británico.

—Buenos días. —Albert dobla el periódico sorprendido—. Algo ocurre si vienes hasta aquí para buscarme. Ve al grano.

—¿Conoces a Manfred Katz?

—¿El judío? Sí. ¿Por qué?

—Dime si uno puede fiarse de él.

Albert sospecha que fue Daniel quien disparó a Hans. Conoce su historia, su persecución en Tánger. No confía en él. Demasiado voluble, demasiado impulsivo. «¿Y si este es de los que se toma la justicia por su mano?», le ha dicho a Míster O'Clay en la última reunión que han mantenido en el consulado británico. «Déjalo estar», le ha conminado Aldon O'Clay. Pero aunque Albert no ha dicho más, sigue sin fiarse de Daniel.

—¿Por qué quieres saber de Katz? —le pregunta.

—Una familia judía francesa acaba de cruzar los Pirineos, son amigos míos, viajan a Nueva York vía Lisboa. Esta misma tarde van a encontrarse con ese tal Katz. Él les va a dar los billetes de tren y los papeles que necesitan para atravesar España.

—Yo no me fiaría mucho de ese tipo, tiene amigos alemanes. Tantos que uno podría pensar que vende a los suyos.

—Nunca he oído de un judío con doble juego...

319

—Hay traidores de cualquier religión y raza. El dinero es una razón que no hace distingos. ¿Quieres que te acompañe? Sin hacer ruido, por si las moscas. Miramos desde lejos.

—Gracias —responde Daniel aliviado por una ayuda que no esperaba.

Pide otro café. La espera se hace eterna. Piensa en cómo podría avisar a Antoine, dar con él antes de que vayan a la estación. Por otra parte, su amigo no ha estado muy cordial desde que lo encontró abrazando a Livinia.

Albert lo mira mientras simula leer su periódico. «Definitivamente, este hombre esconde algo.»

Llegan con antelación a la estación de Francia. Albert se sienta en un banco y Daniel se queda de pie fumando un cigarrillo. Centrado en las manecillas del reloj, siente su corazón acelerarse: dan las cuatro, las cuatro y tres, y cuatro y cinco. A las cuatro y veinte los Lecande todavía no han aparecido. Mira a Albert con ansiedad. Este se lleva una mano al bolsillo y se queda pálido. Daniel gira la cabeza hacia la dirección a la que él mira. Su corazón pierde el pulso, queda detenido ante la imagen de la familia Lecande rodeada de agentes de la Gestapo. Ve a Albert sacar su Colt, se acerca a él y lo detiene.

—No. Eso mismo me ocurrió en Larache. Los alemanes acabarán disparándoles a ellos.

Daniel se pone en pie. Sylvie lo reconoce y lo saluda con la mano. Un policía le da un puntapié a la niña para que continúe. Livinia averigua con la mirada a quién ha saludado su hija. Daniel adivina a esa distancia esos tiernos ojos llenos de terror. No pueden enfrentarse a cinco policías de la Gestapo, a su lado también hay policías españoles.

Alrededor los viajeros siguen a lo suyo, nadie parece percatarse de los cuatro franceses rodeados por un séquito de alemanes. Daniel trata de acercarse y ve cómo Livinia niega con la cabeza, teme por sus hijos. Albert también lo detiene. Antoine trata de zafarse, empuja a uno de los policías y otro lo derriba de un puñetazo. Se levanta a trompicones con sangre saliendo de la boca. También ve a Daniel, sus ojos suplican ayuda. Un agente alemán sigue su mirada, descubre a Daniel y a Albert y le dice algo a un policía español de paisano, que se dirige hacia ellos.

—Vámonos. —Albert tira de Daniel, que permanece inmóvil.

320

—¿Documentación? —pide el policía que ya ha llegado a su lado.

Albert muestra sus papeles de diplomático británico.

—¿Qué hacen aquí?

—Esa mujer está a cargo de una niña que no es hija suya, es ciudadana británica.

—¿Puede demostrarlo?

—Por supuesto. En el consulado británico está su pasaporte. Mande venir a un inspector con nosotros. Queremos detener a esa mujer y a esos niños. —Daniel se marca un farol. Si no puede salvar a Antoine, al menos que se libren Livinia y sus dos hijos.

El policía vuelve con los alemanes y agarra a Sylvie del brazo. Antoine y Livinia no dicen nada, adivinan que Daniel está tratando de salvarla. La niña permanece inmóvil y el agente la zarandea. Su medalla mal abrochada cae al suelo. El policía español la recoge y se la guarda en el bolsillo.

—¿Dónde los llevan? ¿Cómo sabe que ese niño es suyo? —pregunta Daniel cuando le traen a Sylvie, mirando al grupo que se apresura a subir al tren.

—Eso no es de su incumbencia. Son judíos perseguidos. ¿Algún problema? Esta misma tarde iremos a comprobar el pasaporte de la niña. Si ha mentido, la pondremos en un tren con los demás.

—Allí le esperamos. ¿Dónde los llevan?

—Le he dicho que se marche de aquí. ¿No me ha oído? Tal vez debería unirse a ellos y así averigua su destino. —El policía es consciente de estar salvando a una niña.

—Vayamos al consulado —le suplica Albert.

—Para entonces estarán camino a Francia o muertos. —Daniel agarra con fuerza la mano de Sylvie, que evita mirar a sus padres para no llorar.

—Daniel, hazlo por esta niña, vamos.

La sonrisa que le dedica el policía español le repugna.

Daniel se angustia con el destino tan cruel de esa familia: Livinia, que lleva tantos años huyendo; Antoine, que es un hombre generoso y bueno, y el niño pequeño. «Dios se ha olvidado de todos ellos. Un Dios de misiones en busca de diamantes, incapaz de salvar a seres humanos», se dice. Él también se olvidará de Dios y se marchará con Isabel.

321

49

Con las manos sobre la arcilla, Isabel moldea el rostro del hombre al que ama. Sus ojos, su boca, sus pómulos, su frente, su nariz, la raíz de su pelo, el cuello. Lleva horas esculpiendo, el tiempo en su cuarto se ha detenido, como si un cartel de «prohibido el paso» lo hubiera dejado fuera. Su hermana entra para despedirse, regresa a Nueva York, donde tiene que volver a sus clases, a su rutina, a esa nueva empresa que pretende organizar con Ludwig.

—Siento no poder quedarme más contigo. ¿No te vienes?

—No, gracias. Sé que te vas preocupada, no lo estés. Mi sitio está aquí, con la abuela. Estoy segura de que Daniel vendrá pronto.

—Prométeme que vas a cuidarte. ¿Quieres venir al puerto?

—No. Detesto las multitudes.

—Te está quedando una bonita escultura. Es Daniel, ¿verdad? Realmente tienes talento. Estás sudando. ¿Quieres un vaso de limonada?

—No no. Quiero terminar.

—Bueno, acuérdate de pasear también a Nemo.

Han recogido otro perro de la calle y le han puesto Nemo, como el personaje de la novela favorita de su padre. Alfonso les leía y releía de pequeñas *Veinte mil leguas de viaje submarino*.

—Fátima o Miranda, o como quiera que te llames ahora, ¿por qué no te sinceras conmigo? Sé que no me aprecias, que en realidad estás dolida.

—¿Por qué dices eso? ¿Acaso no vine a cuidar de ti? Qué injusta eres, hermana.

—¿Te he defraudado?

—Isabel, creo que deberíamos callar lo que sentimos.

Su abuela asoma la cabeza.

—Hija —le dice a Miranda—, una mujer ha venido a verte, te espera en la cocina. Es mejor que no la vean en la casa.

—¿Quién es? —pregunta Isabel extrañada.

—Me traen unos regalos que compré —miente su hermana adivinando que se trata de la meretriz.

Baja ansiosa por conocer sus averiguaciones. La encuentra bebiendo un vaso de agua de menta. Se saludan brevemente y Sarah aparta a la joven lejos de Alaya.

—Escucha. He oído que el marido de tu hermana tuvo algo que ver con la muerte de tu padre.

—Ardwent.

—Sí. Fue él quien lo delató a la Policía. Estaban sobre su pista desde el principio. Lo utilizaron como cebo para pasar sus propios diamantes. Ten cuidado con Ludwig. Sé que es tu amigo, pero también tiene parte en el contrabando con Ardwent.

—Gracias —se limita a decir. No le parece casualidad que Ardwent esté involucrado. Él y su padre tenían cuentas pendientes.

—Estoy contenta de ayudarte, creo que ya habéis sufrido bastante. No puedo quedarme. Si descubro algo más, se lo diré a tu hermana.

—No, por favor. No le diga nada a Isabel. Aquí le dejo mi teléfono y mi dirección en Estados Unidos. Cualquier información que consiga, escríbame un telegrama. Le pagaré desde allí.

Sarah hace un gesto con la cabeza y desaparece sigilosamente.

323

En Barcelona, corriendo de una calle a otra, atravesando avenidas sin advertir el tráfico, Daniel, Albert y la pequeña Sylvie intentan llegar al consulado británico antes de que los descubran los detectives de la Secreta.

—Vamos, vamos, acelera, Daniel —implora Albert, pero el otro no puede ir más rápido con Sylvie en brazos.

—¿Estamos cerca? —pregunta la niña con su minúscula vocecilla.

—Sí, muy cerca —dice impaciente Daniel, poco acostumbrado a tratar con niños.

—Deberíamos haber cogido un coche.

Llegan al edificio de la Diagonal sin aliento. Se detienen para tomar aire. Daniel arregla el abrigo abierto de Sylvie. «Debería haber pensado en esto antes», se dice al verla tiritar.

—No te preocupes, estoy bien. —El tono de Sylvie le recuerda a Livinia.

Míster O'Clay se muestra irritado al verlos aparecer con una niña.

Albert le explica que necesitan un pasaporte británico para ella antes de que la Policía llegue para averiguar si realmente es inglesa.

—Eso se puede arreglar, lo que no entiendo es que vosotros dos os montéis una misión por vuestra cuenta.

—No es una misión, es un acto de humanidad —protesta Daniel.

—He recibido una llamada del inspector García que no he atendido. Imagino que tendrá que ver con este asunto.

—Lo siento —dice Daniel mirando al suelo—. Debemos también averiguar con urgencia el paradero de sus padres y su hermano.

—Hoy mismo me pondré en contacto con Míster Harris, a ver si hay alguna posibilidad de ayudarlos. Te voy a suplicar que no hagas nada contra Katz. Ya nos encargaremos nosotros. —Aldon O'Clay mira directamente a los ojos de Daniel y repite—: Daniel, tú no hagas nada, llevamos tiempo siguiendo los pasos de ese miserable. Cualquier acto contra él puede comprometer nuestra situación en la ciudad.

Daniel cae derrumbado en una silla. Está cansado de ver cómo muere gente a su alrededor. Míster O'Clay lo entiende: él mismo sufre la pérdida de sus amigos, agentes a los que aprecia y trata como si fueran parte de su familia.

—Pero no todo son malas noticias. Hemos encontrado a Adele, la mujer a la que buscabas. Está en el gueto de Varsovia, en Polonia. Allí tenemos un contacto. Es posible que consigamos sacarla pronto. No prometo nada, pero es posible. Iba a llamaros, necesito vuestra ayuda. El ministro está muy preocupado. Sabemos que Himmler va a venir en unos días a Barcelona y que Hitler se va a encontrar con Franco. Precisamos averiguar lo que sea sobre esa reunión. Si España se alía con el Eje, la posición de Inglaterra cambiaría con respecto a este país.

324

—Cuenta conmigo. Me gustaría matar a ese tipo con mis propias manos.

—Todos deseamos acabar con él, pero no se trata de eso. Si voy a confiar en ti para esta misión, necesito estar seguro de que no te vas a convertir en un justiciero. Debes seguir las órdenes que se te asignen.

—Está bien. Necesito una copa.

—Estoy esperando el itinerario de Himmler, lo tendremos pronto. Quiero que vosotros estéis alojados en el hotel Ritz durante su estancia. Johannes tendrá una habitación a su nombre.

Daniel asiente cuando escucha el nombre ficticio con que muchos alemanes lo conocen ya en Barcelona.

Una mujer entra con una botella de brandi y tres vasos.

—Por favor, llévate a esta jovencita contigo e invítala a unas galletas con chocolate de mi parte durante el tiempo que dure esta reunión.

La mujer asiente y sonríe con cariño a Sylvie, a quien pregunta su nombre. Las dos salen de la habitación cogidas de la mano.

—Tal vez debamos llenar el hotel de prostitutas de lujo, que alguien le organice una fiesta —sugiere Albert conocedor de los gustos alemanes en la ciudad.

—Podría ser un buen plan —admite O'Clay.

Daniel bebe despacio y propone:

—Voy a pedirle a Frankz que le organice una recepción en el hotel. Es un hombre con mucho dinero y buenos contactos, perfecto para las necesidades de Himmler.

—Bien. Avísame mañana de tus avances. Estaré en el Villa Rosa por la noche. Por cierto, ¿sabes tú algo de la muerte de Hans?

Albert mira a O'Clay, aunque sus palabras están dirigidas a Daniel.

—Poca cosa. —Daniel tiene los ojos fijos en su vaso. Da un último trago al licor y vuelve a servirse—. Tengo entendido que un mendigo le salió al paso y lo asaltó. Esa es la versión oficial.

—La conozco, pero no me la creo —porfía Albert abiertamente—. Hans era demasiado rápido con el gatillo como para dejarse matar fácilmente por un vagabundo. Me parece mucha casualidad que esa noche Carlota Ortega saliera pronto y que tú, Daniel, no estuvieras en el Villa Rosa cuando me habías dicho que irías.

—Guárdate tus sospechas. Créeme que habría matado a Hans si hubiera surgido la ocasión.

—¿Qué vas a hacer con esta niña? No puedes tenerla contigo en la pensión.

—No te preocupes, conozco a alguien que puede hacerse cargo. Sé dónde estará segura. Al menos de momento.

Tumbado en la cama de su hotel de Tánger, Ardwent le dice al Belga:

—Adrian, debo solucionar mi problemita con Isabel.

—Pero si ella no está dispuesta a firmar el divorcio, ¿cómo vas a conseguir que te dé el Ojo del Ídolo?

—Déjalo en mis manos. Tú reserva los billetes para Londres primero y luego a Ámsterdam.

—¿Estás seguro de que es buena idea viajar a Holanda y que nos paguen allí? Hubiera preferido un país neutral como España o Suiza.

—Los alemanes tienen los diamantes en Holanda y quieren pagarme allí. No tengo oportunidad de elegir. De todas formas, esperemos un poco. Podemos retrasarnos dos semanas más, intentar que nos manden el dinero a Ginebra.

—Leon, acuérdate de que Isabel cuenta con el apoyo de Carlos, el marqués español. Que una cosa no nos estropee la otra.

—Sí, es su perrito faldero. —Agarra sus manos y le dice—: Soy calma, todo calma.

Adrian sonríe recibiendo el beso de su amante.

Qué orgullosa se siente al ver la escultura terminada. Sin duda, es su mejor obra, Ya no tiene solo a Daniel en la mente. Ya no es un simple recuerdo, está ahí, presente en esa estatua que refleja su rostro y los sentimientos de ella. Nemo ladra. Lo acaricia. «¿Cuánto tiempo ha pasado? Tienes razón, es hora de tu paseo, vamos a la playa.» Las manecillas del reloj vuelven a avanzar en cuanto abre la puerta. Esta vez Isabel baja acompañada de Matt y Nemo.

50

*L*a guerra avanza imparable por Europa. Hace unos meses que Alemania conquistó en seis semanas Holanda, Bélgica y Francia. Los tres países son dueños de importantes minas de diamantes. Daniel camina hacia su pensión con las manos en los bolsillos, octubre se presenta frío y húmedo, la lluvia forma charcos insalvables, tiene los pies mojados. Esa noche debe descansar. Mañana llega Himmler a Barcelona. La curiosidad y el odio son una combinación letal contra el sueño, no le importa.

Hace días compró una botella de whisky que esconde bajo la cama. Al sacarla descubre que alguien ha debido verla porque queda menos de la mitad. Se quita la ropa y en calzones va hasta la cocina a buscar un vaso. El alcohol le calienta en esta pensión donde el frío es constante. Se tumba sobre la cama y sus pensamientos viajan a Tánger. «Qué hará Isabel en este momento, tengo ganas de verla, de contarle lo que he vivido en estos meses.» Su amor por ella es incuestionable, no tanto su decisión de casarse. La imagina vestida de novia, caminando hacia él. «Tengo ganas de besarla, de sentirla, son muchos meses sin acariciar la piel de una mujer. Jamás en mi vida he pasado tanto tiempo sin sexo. Tal vez a eso se debe la tensión que siento.» Comienza a masturbarse. «No es lo mismo. El sexo es como la comida o el agua, necesidades físicas», se repite absorto en la mecánica acción de sus manos. La imagen de Isabel regresa, ahora desnuda, sensual, enseñando sus pechos, recuerda su suavidad, sus manos sobre ellos, su boca en ellos, su lengua en ellos. De una extraña manera siente el peso de su cuerpo, ella sobre él, amante inexperta, montándolo. Sus manos se llenan de líquido. Se levanta y se limpia. Vuelve a servirse whisky, bebe rápido, quiere dormir. La niebla del alcohol empaña sus emociones. «Es mejor así, de nada sirve reconocer un amor sin espacio para vivirlo. Todo da igual.» Cierra los ojos y se queda apenas dormido.

—Hay que ver qué ojeras tienes —le dice Albert a Daniel cuando se encuentran por la mañana en el café.

—La mala vida acaba con cualquiera.

—Beber no es la solución.

—Me ayuda a dormir. Imagina qué ojeras tendría sin beber. Al grano. Ayer escuché en el Villa Rosa que tienen preparado un festín en el Ritz para Himmler. Greta está invitada y yo también.

—Perfecto. También pienso dejarme caer por allí.

Daniel reserva una habitación en el Ritz a nombre de Johannes Klausen, con la intención de estar dos noches hospedado. Como el servicio de inteligencia alemán lo va a investigar, el consulado británico se ha encargado de crear una ficha con información falsa sobre él. Muchos lo conocen como empresario austriaco en Barcelona y no se sorprenderán de que quiera estar en el Ritz durante la estancia del mandatario alemán. Tras instalarse en su lujosa habitación, Daniel se encuentra con varios amigos alemanes del Villa Rosa que le hacen hueco en su mesa a la hora del almuerzo.

328

Albert prefiere quedarse en la habitación. La algarabía en las calles lo obliga a asomarse a la ventana, se atraganta al descubrir la avenida catalana convertida en un mar de esvásticas. Inglaterra tiene razón al dudar de este pueblo, ¿cómo pueden dejarse engañar de este modo? La extensa comitiva del Reichsführer-SS, uno de los hombres más poderosos de Alemania, se extiende por la avenida José Antonio Primo de Rivera. Heinrich Himmler viaja a España para coordinar la seguridad del encuentro entre Hitler y Franco, que tendrá lugar dos días después en Hendaya. El dirigente nazi se entrevista con el dictador español porque necesita garantías para que la Gestapo pueda actuar en España con toda libertad. Himmler se siente adorado y saluda desde un balcón. Albert oye por los pasillos del hotel los pasos apresurados de los clientes que bajan al restaurante para tratar de ver al general alemán. «Parece una estrella de Hollywood», piensa Albert, que está deseando comunicarse con Daniel.

Sentado en el restaurante, Daniel ve llegar a Himmler acompañado por el cónsul alemán, el doctor Jaeger, y el alcalde de Barcelona, Miquel Mateu. Tras ellos un largo séquito de miembros de la Gestapo y jerarcas del régimen fascista. La sobremesa se hace eterna. Algunos en su mesa se han levantado a saludarlo, pero han regresado decepcionados. Himmler los ignora, esperan tener más suerte por la noche, en la cena. El nazi parece enfrascado en una agitada conversación con los demás comensales. Daniel quiere averiguar dónde piensa ir esa tarde.

—¿Crees que va a quedarse aquí?

—No sabemos qué va a hacer —le contesta un hombre gordo de mofletes rosados.

El camarero, a su espalda, aprovecha para servir agua y comentar discretamente:

—He oído que tiene previsto visitar el monasterio de Montserrat.

Daniel le pasa disimuladamente un billete de diez pesetas.

—Por si te enteras de algo más —le susurra.

A las tres y cuarto, Himmler sale del hotel con dirección a Montserrat y Daniel sube a su habitación. Pone al día a Albert.

Con la ayuda del mismo camarero, que es un excombatiente anarquista, averiguan cuál es la habitación en la que se aloja Himmler. Se esconden en la escalera a esperar una oportunidad para entrar. Hacia las ocho oyen un murmullo de voces que se acerca, un grupo entra y sale rápidamente, no les da tiempo a reaccionar. Albert se asoma cuando el pasillo queda en silencio, le hace una seña a Daniel y los dos bajan al restaurante. No hay rastro de Himmler ni de su séquito. Al parecer, ha salido hacia el Salón de Crónicas del Ayuntamiento, donde le han organizado un acto de reconocimiento. En el restaurante las mesas rebosan de hombres y mujeres elegantemente vestidos disfrutando de botellas de champán. «Esto no puede ser la España de la posguerra», piensa Daniel.

—Lo están esperando —dice Albert.

—Pues si han pasado por su habitación, ahora es el momento de ver si han dejado algo en ella.

Regresan sobre sus pasos. Suben en el ascensor hasta la planta que les corresponde a ellos. Miran a un lado y a otro del pasillo y se cuelan en la escalera interior, por la que bajan dos pisos. El pasillo está vacío. Les sorprende que ningún policía guarde la habitación de Himmler. Albert se asegura que su Colt esté cargada y apunta al suelo.

—Espero que no la necesites. —Daniel tiene la boca seca, su saliva se ha vuelto espesa.

—Vamos. —Albert se pone unos guantes.

Desde luego, este hombre está hecho de otra pasta. Sin titubeos, introduce una horquilla en la cerradura, que cede en unos instantes. Ambos entran a una habitación aparentemente vacía. Sobre una silla ven un maletín rojo. No puede ser. No pueden tener tanta suerte. No hay nada más. Ni una maleta, ni ropa, nada.

Daniel agarra el maletín y entonces oyen pasos fuera, una voz en la puerta. Silencio. El corazón de Daniel se paraliza. Dejan correr unos segundos. Albert observa por la mirilla.

—No hay nadie. Venga.

Salen deprisa y regresan a la escalera, suben a su habitación y cierran la puerta. El sudor corre por la frente de Albert.

—No te muevas de aquí. Voy a llevárselo a Míster O'Clay. Vuelvo en seguida.

Daniel tiembla al servirse un whisky. ¿Qué habrá dentro de ese maletín? No han pasado ni cuarenta minutos cuando Albert regresa malhumorado.

—Maldita sea, Daniel, no vas a creer lo que he visto. Ese loco solo tiene planos de una montaña. Del monasterio de Montserrat. No había nada, nada que nos sirviera.

—Pero ¿no ha ido hoy allí? ¿Y para qué quiere planos de ese lugar?

—Yo qué sé. Jugarme la vida por los planos de una iglesia. Estamos como al principio, con la singularidad de que en cuanto la Gestapo descubra el robo van a ponerse muy nerviosos. Tú tienes que estar en la fiesta. Mientras tanto, yo me quedo aquí.

Daniel baja al salón. En una mesa descubre a Greta con su grupo habitual.

—Tienes mala cara, Johannes, deberías cuidarte un poco. —Ella acaricia su mano, a él le gusta esa caricia.

—Estoy pensando en marcharme de Barcelona.

—¿Y no puedes llevarme?

—¿Hay algún lugar donde te gustaría ir? —Daniel sonríe.

—Ya te dije, a Hollywood.

—A «Holly Wood», ¿sabes qué significa eso? «Madera de acebo», un árbol con muchas espinas.

—Espinas por todos sitios —responde ella apuntando a la puerta cuando ve entrar a Himmler junto al cónsul alemán.

Acaba de llegar el invitado de honor. Tenerlo así, de frente, cara a cara, provoca la ira de Daniel. Se acuerda de su madre, de Adele, de Livinia, de Sylvie, de Antoine, de Alfonso. Quiere matarlo a sangre fría, con la presteza con la que mató a Hans, el deseo de ajusticiarlo allí mismo inyecta sus ojos de odio. Greta es capaz de percibirlo.

—Disimula, Johannes, disimula. —El susurro es apenas audible.

331

51

Sale del Ritz a fumar un cigarrillo, necesita despejar sus ideas. Un soldado alemán lo intercepta y le pide su identificación. Se la devuelve y lo deja ir. Está harto de tanta presión. Sin rumbo, llega hasta la residencia de Míster O'Clay. El portal está cerrado, no hay luces en el edificio. Piensa en regresar al hotel. Ha cometido un error al venir hasta aquí. ¿Y si alguien lo ha visto? «No. Esta noche voy a hacer lo que me dé la gana, sin importar las consecuencias.»

Regresa al hotel en el momento en que Greta, acompañada del gordo alemán de los mofletes rosados, se sube a un coche. Adivina que van a casa de ella. Daniel camina con decisión hacia allí, ha acompañado a Greta algunas noches en las que no ha conseguido clientes. Mira hacia su piso cuando llega. La luz cuenta una historia en las sombras que se mueven por la habitación. Cuando callen, subirá. Una hora y media larga de espera en el frío portal despejan sus ganas de pasar la noche con ella. Sin embargo, el ruido de unas pisadas lo alerta. Se refugia en el hueco donde termina la escalera. El hombre que ha venido con Greta sale con prisa, sin percatarse de su presencia. Daniel sube al apartamento.

—Sabía que algún día acabarías viniendo a mi casa. —Ella lo recibe con una bata de raso sin cerrar. Su desnudez se hace presente—. Veo que te aprendiste bien el camino.

—Te consideras irresistible.

—Lo soy, Johannes. Pasa. No seas de los que se quedan a medias. No pareces serlo.

Él agarra su cintura y la besa. Una descarga eléctrica viaja por su cuerpo, que reacciona apartándose de sus pensamientos. Corto es el preámbulo, del beso a la acción, del deseo a saciar el hambre, se atiborra en apenas unos minutos.

—Estabas desesperado, cariño.

—Me doy cuenta. Creo que te debo una disculpa. —Daniel enciende un cigarrillo. Ella se lo quita de la boca para fumárselo. Él enciende otro.

—No, al contrario. Tu deseo me hace disfrutar.

—¿De dónde has sacado esa medalla? —Ha visto la medallita de oro que cuelga del cuello de Greta.

—Regalo de un conocido.

—La llevaba la hija de un amigo mío cuando la Gestapo los detuvo.

—Manfred Katz —dice ella desabrochando la cadenita—. Toma. Ya no podría volver a ponérmela y para ti parece tener significado.

—¿Manfred Katz? Yo vi cómo esa cadena la recogía un policía español.

—Sí, es medio español medio judío alemán. Trabaja para la Gestapo.

—Gracias. —Daniel mira esa joya con dolor—. Tengo a quien regalársela. —No quiere decirle que la niña está con él. Se pone de pie y guarda la cadena en un bolsillo—. Esta es la última vez que nos vemos.

—Te echaré de menos. Si alguna vez regresas, ven a verme. —Greta besa con dulzura sus labios—. ¿Quieres comer algo antes de irte? Tengo una sopa muy rica. —Saca una bata de algodón del armario y se la pone. Se recoge el pelo.

Vestida así, pierde la mitad de su atractivo, parece mucho mayor, las canas asoman por la raíz. Inevitablemente, la compara con Isabel. «Qué injusto soy.» El calor de la triste sopa lo reconforta. Come con ansia, no ha probado bocado en todo el día.

—Espera, tal vez me quede algo de vino, regalo del cerdito.

—Con ese mote para el alemán que acaba de marcharse, Greta consigue hacer reír a Daniel.

En Cirencester la rutina tiene otro ritmo: hay tiempo para saludar, conversar, compartir ideas e incluso improvisar, sin caer en el caos de no cumplir con las citas y los recados. Por primera vez, aprecia ese pequeño pueblo inglés al que pertenecen sus antepasados. Ha decidido bajar al mercado en bicicleta, despacio, para observar el extraño crisol cultural que la rodea. Descubre el puesto de Jan sin ella, otra joven vende jarrones. Se pregunta por qué en Cirencester hay esa obsesión por la tierra y las vasijas.

—¡Fátima!

Oye su nombre sin encontrar a quien la llama, hasta que descubre a lo lejos a Félix saltando y moviendo los brazos para llamar su atención. Pedalea hasta él divertida de encontrarlo.

—¿Qué haces aquí?

—He venido a ver a mi padre. Tengo dos días de permiso antes de regresar a mi puesto.

—¿Estás en el Ejército?

—Soy piloto, sí.

—Finalmente conseguiste tu sueño de volar.

—Aunque no de la forma que me hubiera gustado. ¿Qué te trae a ti por aquí?

—Mi abuela. Vengo de Tánger camino a Nueva York, quise pasar a verla. No sé cuándo podré regresar.

—¿Cómo está Isabel? —Félix pregunta como lo haría un hermano preocupado.

—Igual, a veces creo que delira. En su mundo, incapaz de distinguir lo real de lo imaginado.

—¿Te refieres a su relación con Daniel?

—A todo. Desde su manía persecutoria, que la obliga a creer que a su alrededor hay una conspiración permanente, hasta su obsesión por un amado que no la corresponde.

—Yo conocí a Daniel y me dio la impresión de estar interesado.

—Tal vez estoy equivocada. ¿Vas a mi casa?

—Efectivamente. Vengo de la estación y voy andando hacia allí.

—¿Por qué no me acompañas a tomar algo al pueblo? Luego vamos juntos a ver a Nana.

—Me parece una gran idea.

Míster O'Clay aún tiene el pijama puesto cuando abre la puerta y se encuentra con Daniel. No puede evitar su desagrado al verlo.

—No es prudente que vengas a mi casa. No son horas.

—Me da lo mismo. He venido a decirle que necesito marcharme de Barcelona. Jugarme la vida por unos planos absurdos o rescatar diamantes en lugar de personas me ha hecho pensar que estoy en el lugar equivocado. Necesito saber de Adele.

—Sígueme. ¿Un café? Adele se encuentra escondida por nuestro contacto en Varsovia, desde allí va a viajar a Suiza. No me pareció oportuno contártelo con el viaje de Himmler pendiente. La misión ha sido un fracaso.

—¿Podrían llevarla de Suiza a Fez?

—Sí, es una posibilidad. Queríamos proponerte algo. Estamos pensando crear un departamento británico en Nueva York. Los alemanes están haciendo mucha propaganda en Estados Unidos y el presidente Roosevelt no quiere entrar en guerra. Míster Harris sabe de tu delicada situación en Barcelona y en Tánger; en Londres no servirías de mucha ayuda. Sin embargo, en Nueva York podrías averiguar quiénes financian a los nazis en aquel país. Quiénes son antisemitas, tal vez así descubramos a los espías alemanes que viven allí. Has demostrado que te mueves muy bien en sus círculos y no sospechan de ti.

—¿Adele podría venir conmigo?

—Sí, por supuesto.

—¿Cuándo voy a encontrarme con ella?

—Dentro de una semana en Fez, si así lo dispones. Imagino que tienes pensado ir a Tánger. Trata de evitarlo. Los españoles han tomado la ciudad y no queremos problemas con ellos.

—De acuerdo. Así lo haré. —Ambos saben que miente.

—Intenta mantenerte alejado de Barcelona unos días. Cuando vuelvas, pasa por el consulado y te daremos tus papeles. Los de Sylvie los hemos enviado a la dirección de Besalú que nos diste.

Daniel le da la mano. Dos caballeros despidiéndose.

De camino a la pensión, tantea la medallita entre sus dedos. No sabe cómo le explicará a Isabel que Adele ha aparecido en su vida, que debe hacerse cargo de ella.

Con la camisa arrugada, el cuello izquierdo hacia dentro y aparentemente distraído, Ben abre la puerta de su casa a Daniel sin alegría. Sus contactos diplomáticos de México le han dicho

335

que sus amigos Lecande han sido enviados a Auschwitz, a un campo de concentración que los alemanes han creado en Polonia. Dihia, al cuidado de Sylvie desde el día que apareció en su casa, ha dejado de levantarse de la cama. Ben tiene que hacerse cargo de la pequeña y de la casa.

Daniel encuentra a la mujer tumbada y callada. Ni le presta atención cuando aparece en su cuarto.

—Te he traído esto —dice él sacando la medalla de su bolsillo y poniéndola en su mano.

Ella termina por mirarla y llora. Daniel se sobresalta al oírla hablar por primera vez:

—Es de Sylvie.

—Sí —dice Daniel, que tampoco puede evitar las lágrimas—. Por ella debemos seguir ayudando. No podemos rendirnos. Les están robando sus vidas. Por favor, no renuncies tú a la tuya. Necesitamos tu fuerza, tu sonrisa, tu disposición para seguir defendiendo nuestra causa. Sylvie te necesita porque ha perdido a sus padres y tú eres quien debe ayudarme a educarla.

Ella asiente, la llama. La niña aparece en la habitación. Cuando ve la medalla, sonríe y sus ojos se inundan de lágrimas recordando el día que su padre se la regaló. Dihia se levanta y se la pone al cuello.

—No los vamos a olvidar —dice abrazándola—. De eso me encargo yo. ¿Te quedarás a almorzar? —le pregunta a Daniel.

—Sí, voy a estar unos días con vosotros antes de marcharme a África.

Ben lo mira agradecido.

Félix siente que ha bebido más de la cuenta. Se divierte con Fátima, es una gran conversadora y conoce tantos lugares exóticos que resulta fascinante escucharla. Contempla sus ojos grandes, su piel blanca, tersa, limpia de pecas y manchas, sus labios gruesos y juveniles. Ella deja de hablar, lo mira inquieta y sonríe.

—Acabas de darte cuenta de que soy mucho más atractiva que mi hermana.

Él se ruboriza y ella se ríe a carcajadas. Disfruta torturándolo. Lo conoce bien. Si hace tiempo odiaba su mirar intenso, ahora la divierte. Juega, coquetea, seduce, el alcohol ha hecho más efecto en Félix que en ella, acostumbrada a tomar sus buenos tragos con frecuencia.

—Al final tendré que llevarte cargado en la bicicleta —dice mientras pide al camarero otro vaso de ginebra.

La alegría previa a la embriaguez la invade. Él se siente mareado y la belleza de Fátima lo aturde. Nunca ha conseguido entender por qué lo intimida esta mujer.

—Voy a tener que salir, no me encuentro muy bien —explica Félix levantándose a trompicones.

El frío atiza fuerte cuando abre la puerta, apenas se tiene en pie. Se apoya en la barandilla de las escaleras, a punto está de caer. Decide sentarse y encender un cigarrillo. Al inhalar, la combinación del frío y el alcohol lo marea. Fátima consigue agarrarlo justo en el momento en que él empieza a vomitar. Le limpia la boca con cuidado con el pañuelo que lleva en el bolso.

—Vámonos, es hora de volver a casa.

Fátima le ofrece una calidez desconocida. Esta es la mujer distinta que tanto ha buscado; tal vez se enamoró de la hermana equivocada.

337

Daniel no escucha a Bartolo, que habla mientras él hace su maleta:

—Señor, le vamos a echar de menos, y si vuelve a Barcelona, tiene que quedarse con nosotros en la pensión. Mándenos postales, que aquí siempre encuentro a alguien que las lea y para nosotros es una forma de viajar.

Daniel siente tristeza por esta gente aislada en una ciudad donde no se respeta la voluntad de los ciudadanos. Recuerda el libro de Giambattista Vico, *La Scienza Nuova*. Su partida lo tiene ansioso. Debe ir a Fez a buscar a Adele, y de allí quiere pasar por Tánger a despedirse de Isabel, antes de emprender camino a Nueva York.

52

«*B*asta que uno haga planes para que Dios los cambie», piensa Daniel cuando le informan del retraso en el viaje de Adele. Ella sigue en Polonia por un malentendido logístico. Según O'Clay, ha sido imposible sacarla, pero confía en que lo lograrán muy pronto. Él ya no tiene nada que hacer en Fez. «Tal vez el destino quiere que me dirija a Tánger», admite mientras deambula por la ciudad hasta llegar al café donde ha quedado con Albert.

—Míster Johannes, qué alegría verle. —Su amigo le guiña un ojo y lo invita a sentarse en su mesa—. Pensaba que no ibas a despedirte.

—Cómo que no. Además, es un «hasta pronto», estoy seguro de que en el futuro nos volveremos a encontrar.

—¿Cuándo te vas?

—Tenía previsto salir mañana para Tánger.

—Mucha suerte, amigo mío. Si te arrepientes de tu viaje a América, avísame.

Nelly la ha invitado a almorzar en su casa antes de marcharse a Hawái. Lejos de la guerra, de Europa. Cree que allí estará segura. Míster McAllister le ha prometido irse con ella. Isabel no quiere preguntarle por qué no se marcha a Nueva York, donde también él se haría cargo de ella, porque le parece una indiscreción. Imagina a su amiga viéndose a escondidas con su amante por las grandes avenidas neoyorquinas. Advierte en Nelly el paso del tiempo: ni sus sábados sentada en la terraza cubierta de pepino, ni sus baños en agua de rosas han detenido la ansiedad que refleja su rostro. Está presente en las incómodas bolsas bajo los ojos, que revelan también la incertidumbre que se vive en Tánger. «Nadie confía en nadie», le ha dicho Nelly con tristeza. Sin el lujo de antaño, la ciudad ha cambiado demasiado en los últimos tiempos. El agujero de la envidia se hace más grande, rebaña en las paredes de su estómago para encontrar un espacio saciado hasta entonces, cuando Nelly le confirma que se va con Matthew a Honolulu. Isabel piensa que es una huida fácil esa de recurrir al amante. Un parche a la soledad. Él debería dejar a su mujer, pero ¿quién es ella para juzgar? ¿Acaso no ha hecho lo que le ha dado la gana sin pensar en los demás? Igual que hicieron su padre y su madre, y Fátima y el mismo Daniel. Le gustaría encontrarse con alguien honesto, capaz de cumplir con lo que se espera de él. Absorta en sus pensamientos, ni se despide de su amiga.

Regresa a su casa, adonde acaba de llegar un telegrama de Alba. Se sobresalta al conocer que Félix ha muerto en un accidente de aviación en el Paso de Calais. Piensa en los sueños rotos de su amigo, en un futuro desaparecido, tragado por la vorágine. «Tal vez si pienso que sigue en Cirencester lo mantengo vivo.»

Alba relata en la carta que su marido se ha refugiado en la bebida, ella trata de ayudarlo pero no se deja. Isabel piensa en Paolo, en el hombre abandonado que se dedicó a convertir en realidad los sueños de su hijo conduciendo a desconocidos de un lado a otro. Ve a Félix ante ella, está aquí, no, no ha muerto, no quiere perderlo, decide esculpir unas manos con la forma de esas manos que pilotaron ese avión hasta su muerte. Mira el busto de Daniel, una forma de mantener vivo el deseo de no perderlo, de que regrese pronto.

Su abuela toca a la puerta para avisarle de que Carlos llama por teléfono, ella le dice que no puede atenderlo. Que telefonee mañana.

En otro punto de la ciudad, Ardwent se muestra inquieto ante Adrian porque sus planes parecen estancados, los alemanes no lo atienden con la celeridad que esperaba.

—Creo que hoy voy a ir a visitar a Isabel. Ha llegado el momento. Tenemos que ir a Ámsterdam a que nos paguen y es el lugar perfecto para vender el Ojo del Ídolo. El comercio de joyas se ha vuelto la mejor inversión financiera y me darán una fortuna por él.

—Estoy seguro de que ella no te lo venderá, Leon. Además, cómo vas a convencerla de que viaje a Londres contigo.

—Trataré de mostrarle mis mejores argumentos, ya me conoces. Tampoco hay necesidad de su presencia física. En un notario, Isabel puede firmar los poderes para que el responsable del banco valide mi responsabilidad sobre ella y la piedra, en Londres lo darán por válido. —Una media sonrisa añade dramatismo a su forzada pose.

—Tu preocupación es lógica, tanta pretensión no te queda bien. —Ambos ríen.

Es una risa vacía, el Belga sabe que sin el dinero de los diamantes no tienen nada. Su relación, incómoda para muchos, se ha estabilizado hasta el punto de que ellos han dejado de disimular, lo que ha despertado sospechas entre sus propios socios. Ajenos a lo que provocan, no muestran sus sentimientos en público; sin embargo, su llegada juntos a cenas y eventos sociales incomoda.

—¿Quieres que te acompañe? —El Belga se extraña de sí mismo cuando se desvive en atenciones con Ardwent.

—No. Ante Isabel es mejor que me presente solo.

—Aprovecharé entonces para ir a organizar el viaje. Debo hablar con Ludwig.

—¿Ya regresó de Barcelona?

—Acaba de llegar, está organizando la venta de varios cuadros.

—Estos cabrones alemanes. A costa de los judíos se están haciendo millonarios. Los muy cerdos. Se forran. Y nosotros aquí, con sus migajas. Nos vemos después.

Ardwent camina con ceremoniosa elegancia por las calles de la medina. Se siente eufórico. Jamás pensó que una relación sentimental pudiera brindarle tanta confianza. Su cuerpo se tensa al llegar a la casa de Isabel. Fátima recibe con desagrado al marido de su nieta.

—Ahora no puede atenderte.

—Retrasar el encuentro no sirve de nada. La próxima vez vendré con mi abogado. ¿Por qué no evitar encuentros desagradables?

—Entonces que sea con tu abogado, hoy no puede ser. —Fátima sabe que Isabel ha recibido un golpe muy duro con el telegrama. No tiene ninguna intención de dejar pasar a ese hombre y le cierra la puerta en la cara.

Ardwent tiene que templar el rechazo. Irritado, se va directamente a la oficina de Ludwig, donde ya está su amante.

—No me han dejado ni entrar.

—Normal, no esperarías una gran recepción —le consuela el Belga.

—Ludwig, necesito un abogado experto en leyes británicas, tengo que caer contra mi mujer con todo el peso de la ley. De otro modo, no conseguiré un divorcio en condiciones.

—¿Tu mujer? No sabía que estuvieras casado. —Mira al Belga y este se siente incómodo.

—Sí. Mi mujer. Isabel de la Mata.

—¿La hermana de Miranda? —A Ludwig le sorprende el dato—. La vida es un pañuelo, qué casualidad —dice el alemán entre dientes—. Los españoles han echado a la mayoría de los ingleses y franceses de Tánger. Cada vez quedamos menos extranjeros. Tal vez convendría que viajaras a Londres, desde aquí va a ser difícil.

—No me vengas con tonterías. Eso es una excusa. Da igual que esté en Madrid, Barcelona o París. Necesito un tipo lo suficientemente listo para amenazarla legalmente. Yo sé que tengo derechos sobre sus intereses.

—Estoy siendo sincero. Y no digo tonterías. —Ludwig se ha puesto serio. Míster McAllister le ha comprado dos cuadros a través de Miranda y no piensa echar a perder su negocio por Ardwent. Mucho menos cuando él no gana nada ayudándolo. Empieza a estar harto de esos dos, le repugna su relación. Ahora se dirige al Belga—: Espero que te haya quedado claro. En Ámsterdam debéis ir a la Oficina de Asuntos Exteriores, allí se harán cargo de vuestra deuda.

Se levanta con un gesto que invita a los hombres a marcharse. Ahora que el cargamento de diamantes está en posesión de los alemanes, no parecen interesados en seguir manteniendo negocios con Ardwent.

—Tenemos una deuda importante. No entiendo que tengamos que ir a Ámsterdam. —El Belga no se fía.

341

—Y por supuesto vamos a pagártela. Es imposible traer esa cantidad de dinero aquí. Acabo de arreglarlo, ¿no me has oído? Perdonadme.

—Vámonos. —Ardwent se ve rechazado por segunda vez.

Definitivamente ese día se ha torcido, pero está dispuesto a averiguar cómo puede presionar a Isabel y no piensa salir de Tánger sin que ella le haya cedido el diamante.

El viento frío de cubierta alivia el malestar que siente. Es la primera vez que se marea en un barco. El fuerte oleaje lo lleva y lo trae a su antojo, apenas puede tenerse en pie. El capitán le pide que se agarre y le da un chaleco salvavidas. Daniel se ríe pensando en lo absurdo que sería morir por una simple borrasca.

Cuando el barco atraca finalmente en la costa de Tánger, él se encuentra extraño con su maleta en el muelle. No ha decidido dónde irá primero y escoge caminar por las calles antes de visitar a Isabel, quiere adecentarse un poco. En unos minutos podría abrazar a la mujer a la que ama. Sin embargo, retrasa el encuentro.

Isabel no sale de su asombro cuando un joven de unos doce años viene a buscarla con un mensaje de Nelly pidiendo que vaya a verla. Deja a un lado la escultura casi terminada de Félix, se lava las manos, avisa a su abuela de que va a salir y camina junto al niño por las calles. Antes de entrar en la casa respira hondo, tiene un mal presentimiento.

53

*I*sabel está sentada en la terraza de su casa con el Atlántico al fondo y Daniel a su lado. Los dos mantienen las manos entrelazadas mientras observan el horizonte. La sorpresa de Nelly fue Daniel, algo inquietante y extraña, porque su presencia es lo contrario a la calma.

—Creo que es más práctico ver lo obvio, lo material, y dejar a un lado lo demás —dice él, en medio de esa quietud pasajera.

—Es posible llegar a ver el viento.

—No. Se reconoce en las hojas al moverse, pero no es posible ver el viento. Ahora mismo mis ojos quieren mirarte. Y créeme que te desean.

Ruborizada, Isabel se ríe. El hombre al que ama ha aparecido, aún está recién llegado y ella no le ha permitido hablar de nada que no sea este presente tangible.

—Isabel, necesito decirte algo.

—Lo sé. Intuyo tu nerviosismo. Regálame unas horas de felicidad, sin preocupaciones. De libertad absoluta. ¿Puedes? De reposar, contemplar y disfrutar del silencio.

Él la besa sin poder evitar la amargura, la oye palpitar entre el amor, el deseo y la vergüenza.

Nemo y Matt los devuelven a la realidad.

—Quieren su paseo. ¿Nos acompañas a la playa? —pregunta Isabel con fingida ingenuidad.

No se sueltan las manos. No atan a los perros, que obedecen a la voz de ella. Los cuatro caminan coordinados, una familia que aparenta lo que no es. «Es un instante en el tiempo —piensa Isabel—, un instante que tiene el valor de una vida entera.» Se vuelve y besa de nuevo la boca de Daniel. Sus labios curtidos por

343

el aire del mar, secos por el viento salado, vacíos de meses sin sus besos, tristes por lo que callan. No, ella no está dispuesta a escuchar nada de ellos hasta la mañana siguiente, cuando el tiempo vuelva a moverse, porque ahora se ha detenido y ellos siguen vivos. Daniel no vive igual esa felicidad momentánea. Necesita llamar a Míster O'Clay al consulado en Barcelona, decirle dónde pueden comunicarse con él para enviarle noticias de Adele. Pero no puede robarle a Isabel su tiempo prometido. La abraza, la besa. Ella está en un universo y él en otro.

Para Miranda la llegada a Nueva York está resultando complicada. No quiere problemas con la Policía, menos ahora que con la ayuda de Matthew ha contactado con dos posibles compradores para venderles cuadros de Ludwig. De camino a su cita en el East Village, pasa por casualidad por delante de la sinagoga Kahila Kedosha Janina en la calle Broome. Cerca del apartamento donde vivió con su madre. Decide entrar y presentarse como judía sefardita en busca de ayuda espiritual. Ludwig le ha explicado que muchos judíos viajan con sus pocas pertenencias e intentan venderlas con prisa, y algunas son de mucho valor. Quiere adentrarse en la comunidad, acechar esa necesidad. Asesorada desde Tánger, se anima a dar alas a sus transacciones de arte. Al salir, un hombre la detiene.

—¿Es usted Fátima de la Mata?

—No. Mi nombre es Miranda Virós.

—Qué raro. Juraría que la conocí en Málaga, hace unos años. Era todavía una niña. Tal vez por eso me he equivocado. Discúlpeme —dice el hombre, de unos setenta años, con la espalda curva y una larga barba blanca.

Se coloca sus lentes redondos, disimulando, porque está convencido que esa joven es la nieta de su amigo el comerciante Rafael de la Mata. Se pregunta qué hará allí. En una sinagoga. Sabe de sobra que no es judía.

—Es usted muy linda. No la había visto antes por aquí.

—Nunca había venido. He entrado por curiosidad.

—Su acento. Usted no es americana. Perdóneme que insista, pero se parece mucho a la nieta de don Rafael de la Mata. La conocí de niña en Málaga.

—Hace tiempo que dejé de ser Fátima —reconoce al fin—, me cambié el nombre y me casé con un hombre judío.

—Ah, muy bien. Permítame invitarle a un café. Llevo poco en Nueva York. Soy viejo, charlatán, hablar solo en alto no está bien visto.

Miranda, atrapada en sus mentiras, no quiere provocar las suspicacias de este viejo que conoció a su abuelo paterno.

—Conozco un lugar donde sirven el mejor expreso de la ciudad. ¿Quisiera acompañarme?

—Claro. Aunque no tengo mucho tiempo…

—Muy cerquita, en la calle McDougal. Es el café Reggio. Diez minutos andando.

Con el viejo agarrado a su brazo caminan a buen paso por la calle Houston hasta el Greenwich Village. En el pequeño café percibe el murmullo de acentos, de voces que no pertenecen a Manhattan. Nunca, ni en Tánger ni en París, ha notado con tanta claridad el multiculturalismo de una ciudad.

—Tan distintos y tan unidos por una misma bebida —le dice el hombre percatándose de su sorpresa—. Ven por aquí, tengo una mesa reservada.

—Me va a tener que perdonar, pero no recuerdo su nombre.

—Said Aboab Osorio. Viví un tiempo entre Málaga y Tánger. Fui muy amigo de tu abuelo.

—¿Qué hace ahora en Nueva York?

—Huir de una Europa que no nos quiere. Mira, ¿ves esa mesita dentro de la cocina? Allí nos sentaremos.

En un papelito sobre el mantel puede leerse «Mr. Aboab».

—Dos cafés, Tino. —Un joven asiente sin decir nada—. Bueno, a ver. Explícame por qué te cambiaste el nombre. Mantengo correspondencia con tu abuela Fátima y por ella sabía que estabas aquí.

—Verá, han pasado muchas cosas en mi familia. Las dos hermanas nos vimos obligadas a casarnos con la desaparición de mi madre. —Acumula sus mentiras—. Mi abuela ha estado muy ocupada desde la muerte de mi padre, está hundida. Me casé con un piloto de aviación. Era inglés, de Gibraltar. Murió hace una semana. —El dolor por la muerte de Félix, al expresarlo, le raya la fachada, desgarra a la mujer de máscara brillante que ha creado.

—Lo siento. Debía haber hablado con Salabath, pero desapareció de Tánger, él podría haberme informado de lo que ocurrió con Alfonso. No cabe duda de que tu padre no tenía el talento de tu abuelo para el comercio. Pero no sabía que os hubierais casado ninguna de las dos. Siento que a tu edad ya seas viuda. Nadie escapa a la maldita guerra, todos estamos en el frente.

—Mi padre nunca fue tan astuto como pretendía.

—Tal vez el talento De la Mata ha saltado una generación. —Said trata de encaminar la conversación a un terreno menos personal—. Isabel estuvo de aprendiz con Salabath y este me confesó que tiene buen ojo. ¿Sabes tú también de diamantes?

—Lo suficiente.

—Yo he comerciado con ellos mi vida entera. ¿Estabas al tanto de lo que hacía tu padre?

—Sí, por supuesto. —La boca de Miranda escupe un invento tras otro—. En ese monopolio británico unos cuantos pájaros intentamos picar.

—Sin embargo, el negocio ha cambiado. El valor de los malos diamantes se ha multiplicado. Los alemanes no pararán hasta conseguir la producción de las minas belgas. Tu padre tuvo la osadía de confiar en quien no debía. Él pensaba que el mercado seguía como cuando su padre lo trabajaba. Y ahora está lleno de sabandijas. Sin los diamantes, no habría guerra. Los alemanes los necesitan para sus bombas, sus tanques y sus aviones, y los ingleses, que son los dueños de las minas, no cierran el grifo. Los americanos han tratado por todos los medios de controlar el mercado para no entrar en guerra, y para llevarse su parte, pero los británicos se niegan porque va contra sus intereses.

—¿Cómo sabe usted tanto?

—Tengo amigos aquí y allí que lo cuentan donde no deben. Se hace tarde. Te acompaño al metro. Otro día podemos hablar sobre tu abuela Fátima, es una gran mujer. Acuérdate de que me gusta charlar y no tengo con quién hacerlo.

54

—*I*sabel, despierta. —Daniel quiere disfrutar de ese momento junto a ella antes de revelar lo inevitable, de romper la magia de algo tan sencillo, real y rutinario—. Ven, veamos este hermoso amanecer.

Cuando el sol rompe el día, sin prólogo, él confiesa el motivo de su visita:

—Me temo que hemos encontrado a Adele. —No sabe por qué habla en plural.

—¿Quién es Adele? —Isabel reacciona tensa.

—Es la hija de una prima de mi madre que vivía en Alemania. La hemos encontrado en Polonia, han asesinado a su familia.

—Me alegro mucho de que la hayáis encontrado, ¿era importante para ti? —Ella permanece a la defensiva.

—Siéntate, escúchame, por favor. Adele es la mujer con quien mi madre deseaba que me casara. La hemos encontrado en el gueto de Varsovia y se ha quedado sola en el mundo.

—¿Qué estás queriendo decir?

—Me siento en la obligación de hacerme cargo de ella.

—¿Cómo piensas hacerte cargo?

—Voy a llevarla conmigo a Nueva York, donde me han ofrecido trabajo —Isabel se contrae—. Necesito que me liberes de mi promesa de casarnos.

Las lágrimas corren por el rostro de Isabel, que lo mira sin decir absolutamente nada. Él espera una reacción. La conmoción tras el impacto desata su adrenalina, mil sentimientos vuelan dentro de ella, pero es incapaz de articular una palabra o hilvanar un pensamiento.

—Habla, te lo suplico. —A Daniel lo atormenta la culpa.

—Yo no soy dueña de tu vida ni de tu palabra. Puedes hacer lo que quieras. —Isabel se deshace de sus manos.

Se pone de pie. Mira desde el balcón el sol que surge ardiente en la mañana. Qué injusto, hace bien poco había pedido el deseo de compartir su vida con alguien honesto, está claro que no es Daniel. ¿Y ahora? ¿Quién le va a devolver los meses perdidos?

—Entiéndeme, por favor. Tengo que renunciar a ti, no te merezco, y probablemente tampoco a Adele, pero es una injusticia lo que ha vivido.

La risa de Isabel lo sorprende.

—¿Injusticia? ¿Tú crees que puedes decir lo que es justo o no es justo? ¿Tú?

—Ante la tragedia que nos rodea no sirve de nada la rabia. Quiero entregar mi vida a hacer justicia contra los malditos nazis.

—Deja de inventarte excusas. ¿No crees que es hora de madurar? Yo ni entro ni salgo en esta guerra.

—No digas eso, Isabel. Todos estamos sufriendo las consecuencias.

Fátima, alertada por los gritos de ambos, ha encontrado la excusa para intervenir:

—Daniel, un hombre te busca en la puerta.

La abuela abraza a Isabel, que ahora no deja de llorar. Fátima calla. Sabe que el cariño es el mejor consuelo.

Cuando Daniel regresa, trae un telegrama en la mano.

—Míster O'Clay me comunica que Adele está en camino.

—Voy a pedirle a Nelly que la atienda en su casa —dice Isabel con una nueva actitud, fría, distante.

Él se acerca a ella, que lo rechaza.

—Lo siento —responde Daniel.

Cabizbajo y aturdido, agradece a Isabel que tenga el pundonor de recibir a Adele, y sale en silencio.

Sentada en la terraza, no advierte la llegada de su abuela. Fátima ha esperado a que Daniel dejara la casa para hablar con su nieta. Tiene una taza de té en las manos y mira con tristeza el temblor que atormenta el cuerpo de Isabel.

—¿Qué tienes, hija?

—Daniel ha dado por terminada nuestra relación. Dice que me quiere; sin embargo, ha tomado la decisión de casarse con otra mujer por la promesa que le hizo a su madre.

—Una soberana tontería. Al final serán infelices.

—Tienen en común sus raíces, su religión, su cultura, que ella se ha quedado sola en la vida...

—¿Casarse sin amor? Yo aprendí a querer a tu abuelo y confieso que estoy más feliz aquí, sola en Tánger.

—Igual que Daniel, prefieres lo que conoces. —Isabel es cruel.

—El mundo está cambiando, hija. Mira a tu hermana, ha roto con el pasado. Es posible empezar de nuevo. En cualquier caso, lo importante ahora es saber qué vas a hacer tú. ¿Quieres quedarte aquí? No me parece prudente. Deberías plantearte estar fuera un tiempo. Vete con Miranda. —La llama así por primera vez.

—No. Daniel se marcha a Nueva York. No les queda más remedio, por la guerra y la persecución de los judíos.

—Puedes ir a Cirencester. Estoy segura de que pronto te olvidarás de Daniel.

—Me preocupa Ardwent, que me haga la vida imposible en Inglaterra.

—¿Por qué no le pides tu libertad?

—Lo he hecho, a cambio quiere que le ceda el Ojo del Ídolo. Lo tiene McAllister, el padre adoptivo de Miranda.

—Hazlo. Y eso no es cierto, lo tiene Carlos. Tu abuelo me lo regaló a mí. Se lo di a tu padre para que lo guardara porque aquí era peligroso. Siempre ha sido un dolor de cabeza tener esa piedra. Es una lástima que no saquemos partido a su valor, pero es mejor que te dé la libertad. McAllister se lo vendió a Carlos.

Isabel mira a su abuela: irradia dulzura, cariño. Siempre dispuesta a cualquier sacrificio por el amor que siente por sus nietas. No sabría vivir sin su consejo, sus oraciones, su apoyo constante.

—Hija. —Fátima vuelve a la carga—. ¿Has pensado en Carlos? Es algo mayor que tú, un hombre educado, real, completamente enamorado de ti. Está dispuesto a cuidarte.

—Sería egoísta por mi parte aceptarlo queriendo más a otro.

—Ay, Isabel, vivimos en una sociedad donde un poco de egoísmo a veces es necesario para sobrevivir. Aprende a quererlo.

—Acabaría como tú, deseando irme de Málaga.

—No, no te equivoques. Yo quise a tu abuelo. No podía so-

349

portar el rechazo constante de aquella tribu encabezada por la marquesa.

—¿Cómo quieres que acepte al hijo de esa mujer?

—Carlos no es como su madre, y si me dejas ser egoísta, sería una deliciosa venganza para mí.

Isabel sonríe al oírla. Nunca había pensado que su abuela tuviera dentro de ella esas ganas de devolver lo que le hicieron. Al fin y al cabo, no es tan perfecta. Nadie es perfecto, ni siquiera Daniel. Llora de nuevo.

—Sécate las lágrimas, ve a hablar con Ardwent. Toma las riendas de tu vida. Deja de esperar que surjan las cosas, que alguien te dé en bandeja lo que nunca se da. No puedes seguir llorando, no debes seguir esperando.

—Voy a ir a casa de Nelly a pedirle que acoja a Adele mientras esté aquí. Luego iré a buscar a Ardwent.

Los días los pasa Isabel, sin noticias de Daniel y destruida por su ruptura, metida en la cama. Su abuela recibe una llamada telefónica de Nelly.

—Hija, ha llegado Adele. Al parecer, viene muy enferma de Polonia. Te quiero y deseo tu felicidad, pero algo dentro de mí me dice que es justo que se vayan juntos.

—Empieza a cansarme la palabra «justicia». La justicia de unos es la injusticia de otros.

—Ahora te ciega la rabia. Con el tiempo lo verás de un modo distinto.

—Tal vez tengas razón. No debí enamorarme de alguien con quien no tengo nada en común.

El sol inunda el día y decide ir a visitar a Ardwent a su hotel. De un cajón del mueble de su habitación saca los papeles que su marido le trajo hace una semana. Los lee y los guarda en su bolso. En ellos consiente en conceder la posesión del Ojo del Ídolo a su marido y acepta la propuesta de divorcio por diferencias irreconciliables. Le hubiera gustado escribir entre las líneas que el suyo ha sido un matrimonio sin sexo con un hombre incapaz de reaccionar ante la caricia de una mujer. Un hombre tan femenino con ella. ¿Qué diría el juez? Siente alivio al cerrar el sobre.

Ardwent está sentado a una mesa del restaurante del Intercontinental con el Belga y con Ludwig, el amigo de su hermana. Le pide a un camarero que le avise.

—No esperaba verte aquí.

—Vengo a dar por terminado nuestro matrimonio, Leon.

—¿Quieres decir…?

—Que eres dueño del Ojo del Ídolo. Tienes que ir a ver a Carlos al Casino para los detalles del intercambio, él me va a ayudar, pero antes necesito que firmes tú la cláusula de mi abogado en la que se especifica que no me vas a reclamar nada más de mi propiedad.

—Dame el papel. —Ardwent se acerca a la barra del bar, de su solapa saca una pluma y con cuidado firma el documento que Isabel le ofrece.

—¿Es ese tu amante?

Ardwent, sorprendido, se vuelve hacia donde ella está mirando.

—Sí, ese es Adrian. No estarás celosa...

—No. Me das envidia. Tienes a tu lado a la persona a la que quieres.

—Pensaba que ibas a casarte con Daniel y por eso las prisas por divorciarte.

—Daniel ha terminado nuestra relación. Va a casarse con una mujer judía.

—Aaah. —Ardwent advierte la tristeza de Isabel—. A veces, de los momentos más terribles surgen oportunidades maravillosas. Si él ha decidido seguir hacia delante por otro camino, haz tú lo mismo.

—Tienes razón —contesta sin prestar atención.

—Escúchame. Mírame a los ojos. Eres una mujer muy hermosa, inteligente, sensible. No seas esclava de tus sentimientos. Usa la cabeza. Deja de perder.

Ahora Isabel sí lo escucha. Dejar de perder. Eso es exactamente lo que ha estado haciendo durante los últimos años, perder, perder frente a la vida, frente al destino. Debe apostar por ella.

—Gracias. —Le da un beso en la mejilla. Es el único contacto físico que ha existido entre ellos. Un simple beso para concluir un matrimonio tan absurdo como la posesión de ese diamante que nunca ha lucido—. Otra cosa, Leon: si vendes el Ojo del Ídolo, avísame.

—Así lo haré. Tal vez tú quieras comprarlo. ¿Tienes el dinero que vale?

351

—No, te haría una oferta si lo tuviera.

Isabel regresa a casa llorando, no advierte a la gente que la mira, ni a los policías que vigilan su presencia en el hotel. Su abuela la espera con un abrazo.

—Mira a tu alrededor. ¿Qué piensas de Carlos?

—Es casi tan mayor como Ardwent.

—La edad es un número, mejor estar con alguien que sabe quererte.

—Me gustaría ser tan inconformista como mi hermana.

—No, jamás desees ser otra persona. Toma, tengo algo para ti. —Saca una hoja con un poema escrito—. Me lo regaló tu abuelo cuando me robó de mi familia.

Isabel lo lee en alto:

> Mi amor por ti, que es eterno por su propia esencia,
> ha llegado a su apogeo, y no puede ni menguar ni crecer.
> No tiene más causa ni motivo que la voluntad de amar.
> ¡Dios me libre de que nadie le conozca otro!
> Cuando vemos que una cosa tiene su causa en sí misma,
> goza de una existencia que no se extingue jamás;
> pero si la tiene en algo distinto,
> cesará cuando cese la causa de que depende.

352

—¿Tú crees que Daniel me amaba?

—Daniel te ama, pero le faltan motivos para entregarse a ti.

—Ha sabido cómo olvidarme y yo también aprenderé. ¿Quisiste al abuelo tanto como él a ti?

—Nunca me faltó de nada, siempre me sentí feliz. La felicidad no es consumir deseos, no la entiendo como una gratificación inmediata. Cada uno la construye día a día, la recrea por la mañana y la ejecuta. A mí me ayuda sentarme a ver el amanecer, imaginar mis deseos, realizarlos en su medida. El amor tiene muchas formas. El amor apasionado es como la niebla del mar que surge en las mañanas y nos confunde, simulacro de una realidad imaginada.

—Yo la sentí real.

55

Sobre la cama de su habitación, Miranda lee la carta que ha recibido de Isabel. Cada vez le interesa menos saber de ella. La aburre terriblemente. Su hermana se ha convertido en una anciana sin haber llegado a los veinticinco. De pronto, una frase llama su atención: «Carlos ha decidido vender el Ojo del Ídolo». ¿Carlos? ¿Por qué iba a tener él el diamante? Seguro que Isabel tiene algo que ver. De un salto se dirige a la sala donde Matthew escucha el disco de la ópera *Lucía de Lammermoor* que le acaban de regalar.

—Hola, hija. No te he oído llegar. ¿Qué tal tus clases en la universidad?

—Bien. —Fátima evita contarle que se ha encontrado de nuevo con Said en el Waldorf—. Vengo a hablar contigo. He recibido una carta de mi hermana donde dice que Carlos tiene intención de vender el Ojo del Ídolo. ¿Se lo diste?

—Sí. El diamante fue de tu padre y luego vuestro, pero os dejó de pertenecer en el momento en que tu madre me lo vendió. Carlos me lo pagó generosamente, necesito dinero para arreglar mis asuntos contigo. Voy a separarme de ella. No tengo por qué darte explicaciones. Ella no sabe nada de ese diamante y no me pedirá cuentas. ¿Se lo vas a decir? Nelly llegará pronto a Nueva York. En un principio habíamos pensado en instalarnos en México, pero nos hemos decidido por Hawái.

—Pero…

—Quería invitarte a que vengas con nosotros. Hawái es un lugar seguro, lejos de Europa.

—¿Y los japoneses?

—No te preocupes, nunca llegarán allí.

—Prefiero quedarme en Nueva York, cuidar de tu mujer. Estoy harta de ir de un lado a otro. Quiero dedicar más tiempo a aprender sobre arte, terminar mi carrera.

—Lo entiendo. De todos modos, si cambias de opinión, eres bienvenida. Ya sabes que cuentas conmigo para lo que necesites.

Miranda abraza a ese hombre que ha sustituido con paciencia y amor a su familia.

En mitad de la noche una llamada sorprende a Isabel. A tientas llega hasta el teléfono. Es su hermana desde Nueva York.

—Tu carta me ha dejado preocupada.

—Sí, lo imagino. Carlos se ha ofrecido a ayudarme a deshacerme de Ardwent.

—¿Lo convenciste tú para que lo comprara? Yo también estaría dispuesta a comprarlo.

—No, es cosa suya. A mí de nada me sirve ya el divorcio, salvo para ser libre. Daniel se va con Adele a vivir a Nueva York, y Nelly viaja con ellos, creo que tienen pensado llamarte.

—Y sobre el Ojo del Ídolo, ¿sabes si Ardwent lo vende?

—No lo sé.

—Y tú, ¿qué vas a hacer?

—Tal vez regrese a Málaga.

—Muy bien. Buenas noches. —Y cuelga sin esperar a que su hermana se despida.

Aturdida por la breve llamada, Isabel regresa a la cama sin conciliar el sueño.

Daniel apresura los preparativos del viaje. Solo espera a que Adele se reponga. Le preocupa llamar la atención de las autoridades viajando con dos mujeres, pero Nelly no quiere ir sola y ha aprovechado la huida de sus amigos para mudarse de continente. No dan las doce del mediodía cuando entra en casa de la italiana.

—¿Cómo se encuentra hoy Adele? —le pregunta.

—El médico está con ella. Me parece prematuro marcharnos mañana. La veo muy débil.

—Quedarnos aquí es peligroso. En cualquier momento los

españoles nos encuentran y nos detienen. Cada vez hay menos extranjeros en Tánger.

—Esperemos a ver qué dice el médico. Volverá a verla antes de la cena.

—Nelly, está tarde voy a salir. ¿Podrías cuidar de Adele?

—Sí, claro. Y Daniel… —ella no termina la frase, adivina que quiere ir a visitar a Isabel. Quiere pedirle que no lo haga. Sin embargo, no encuentra una razón para evitar el encuentro—. Nada, nada. Ve con cuidado.

Daniel entra en la habitación donde descansa Adele. Oye la respiración de la joven, que yace en la cama, ajena al ajetreo de la casa. Se acerca a ella y acaricia su frente. Siente el palpitar de sus sienes, la tersura de esa piel. «Qué veintitrés años tan complicados», piensa comparándolos a los suyos en el ardiente Berlín de la libertad. Ella acerca una mano hasta la suya. Lo busca sin abrir los ojos.

—Adele, descansa, por favor. Nos espera un largo viaje.

Ella no tiene fuerzas más que para asentir con la cabeza.

Con las manos en los bolsillos, Daniel sale cabizbajo. Lo acompaña su miedo a ser descubierto. Con el gorro calado hasta las cejas intenta esconder su mirada, no la quiere cruzar con nadie. Sería una verdadera tragedia que lo detuvieran, cualquier desliz podría costarle su viaje. Aun así, quiere despedirse de Isabel, disculparse otra vez, y también verla. No está seguro de que ella quiera recibirlo. Desde la otra acera alguien lo llama.

—Eh, Daniel.

Da un respingo. «Maldita sea», se dice y descubre que es Carlos. Cruza rápido, confundido de que sea precisamente él quien le salga al paso.

—Calla, que vas a meterme en un lío.

—No sabía que habías venido —miente Carlos, pues sabe quién entra y sale de Tánger gracias a los mejores informantes—. Ven, te invito a una copa. Mi oficina queda cerca de aquí.

Carlos quiere saber si ha venido a buscar a Isabel, a llevarse a la mujer a la que él ama. De ser así, no dudaría en soplarle su dirección al comisario Barrera. Bastante ha pagado por el diamante como para que ahora alguien se lleve su presa. Daniel duda, aunque ingenuamente no quiere quedar mal con quien tanto los ha ayudado. Con el único amigo que tiene Isabel.

355

—Venga, vamos, tengo poco tiempo. Mañana me voy de Tánger y tengo varios asuntos pendientes.

—¿Tan pronto? ¿No acabas de llegar?

—He venido a despedirme. Partimos mañana hacia Nueva York.

—¿Con quién te vas?

—Nelly ha decidido viajar conmigo. —Su interlocutor no evita una sonrisa de satisfacción—. Veo que te alegras.

—Lo siento, pero es cierto. Pensaba que Isabel se iría contigo.

—No, no puede ser.

Carlos advierte la pena en los ojos de Daniel, que no da más explicaciones. Entiende que algo sucede entre ellos, quiere averiguarlo y lo invita a un trago de despedida.

—Tengo una botella de coñac que acaban de regalarme. Es gran reserva, deja que te proponga algo.

En la elegante oficina de importación y exportación de la compañía que dirige la familia de Carlos ambos hombres se sientan uno frente a otro.

—Estos sillones de cuero son comodísimos —advierte Daniel acomodándose en el suyo.

—Recién llegados de Italia. Son un regalo —contesta Carlos mientras le sirve una copa de brandi—. Voy a ir al grano. Tengo intención de pedirle a Isabel que se case conmigo. Si ella quiere, podemos mudarnos a vivir a Málaga. Si has decidido irte sin ella, entiendo que tengo el camino libre. Pienso declararme, cuidarla, darle lo mejor. Quiero enseñarla a amarme.

—Ambos tenéis tanto en común…, los dos pertenecéis a la misma sociedad. Ella busca esa seguridad que tú puedes proporcionarle. Sí. Cuida de ella. Tengo que irme. —Daniel se siente de pronto incómodo en el sillón de cuero italiano. No ha dado más que un sorbo y el vértigo del alcohol le ha mareado. Hablar con Carlos de Isabel lo enfurece. Quiere salir de aquí cuanto antes.

—Daniel, ¿vas a ir a verla? Preferiría que no lo hicieras. Si ya le has dicho que habéis terminado, nada queda. Sería alargar su sufrimiento y el tuyo. Qué necesidad hay de ponerla en peligro. Tú debes salir de aquí inmediatamente.

—Pensaba ir una última vez. Aunque supongo que tienes razón.

—La tienen vigilada. He conseguido que el comisario Barrera la deje en paz y tu presencia podría complicar las cosas.

Carlos sabe bien que dos días atrás este hombre ha dormido en casa de Fátima. No quiere imaginar lo que ocurrió, pero desde que la Policía le avisó de su llegada a Tánger, él ha estado pendiente de sus pasos y de los de ella. En realidad, lleva haciéndolo desde que conoció a Isabel en el Casino. Él fue quien llamó a Barrera para detenerla cuando supo que la Gestapo la buscaba. Él fue quien protegió a Daniel y al Belga en su escapada a Fez. Llegó incluso a pagar a las autoridades de la aduana para que lo dejaran salir sin problemas. Su trabajo como exportador de azúcar le ha creado una red de contactos que utiliza sin vergüenza a su antojo. Isabel se ha convertido en una obsesión en su vida.

—Tal vez tengas razón. —Daniel se hunde en el sofá, tragado por la desolación.

Carlos no tiene palabras de ánimo, lo contempla satisfecho, bebiendo sorbo a sorbo.

357

A la mañana siguiente, Daniel, Adele y Nelly llegan al puerto con sus maletas. La esperanza de ver aparecer a Isabel se va disipando según avanzan los minutos. Nelly le advierte:

—Deja de hurgar el horizonte. Nos vamos sin despedidas. Es mejor así.

—¿Esperabas que viniera alguien? —Adele, demasiado débil para cuestionar a Daniel, muestra cierta curiosidad.

—No, me preocupa que aparezca la Policía. Eso es todo —lo dice sin mirarla, avergonzado de mentir a esta mujer de quien ha decidido hacerse responsable—. Entremos. No quiero que pases frío en el muelle.

El capitán los recibe efusivamente. Nelly ha comprado dos camarotes para ella y ha pagado la diferencia de clase para el de Daniel y Adele. Quiere tenerlos cerca, agasajarlos. Apenas han pasado tres horas de travesía cuando la noche empieza a caer sobre el Atlántico. Daniel recita a Adele una oración de la Torá que le regaló Ben. Sus palabras consuelan el dolor que siente la joven. La fiebre aparece y Nelly acude en busca del médico.

—Deberían haberme avisado antes. La aspirina bajará su fiebre, pero está demasiado débil. Asegúrense de que ingiere mucho líquido, es importante que no se deshidrate. Pidan sopa y algo de pollo en el restaurante.

—Daniel —Adele lo reclama a su lado. Él sujeta su mano entre las suyas—. Daniel, quédate conmigo. He pasado tanto tiempo sola, aterida en las calles de Varsovia, que necesito tu contacto. Daniel, me gustaría casarme antes de llegar a Nueva York.

—Claro que sí, Adele, hablaré con el capitán. Estoy seguro de que no le importará. Yo no voy a moverme de tu lado.

Tras la visita del médico, Adele mejora ligeramente, la fiebre remite y es capaz de tomar una sopa, pero en cuanto ingiere alimento sólido vomita. Le lleva ocurriendo desde que salió del gueto, no consigue asentar la comida en el estómago. Nelly organiza los preparativos para la boda sorpresa que tiene reservada a la pareja. «Tres días más, aguanta tres días más y estaremos en Nueva York. Allí podré llevarte al hospital», Daniel reza pidiendo por Adele, mientras siente una oleada de angustia.

El peso del Ojo del Ídolo en su bolsillo lo mantiene en un permanente estado de satisfacción. Desde el momento en que Carlos accedió a que entrara con él en la cámara acorazada del banco, Ardwent vive pletórico. Engancha la bolsa de terciopelo rojo que guarda el diamante a una cadena de oro convenientemente anudada a su muñeca. No quiere sobresaltos, ya tuvo suficiente con el robo de Alfonso. Guarda su mano y la bolsa en el bolsillo del pantalón. Cuando salen del banco, se despide de Carlos con un «hasta pronto». Este lo detiene.

—Antes de que te vayas, hablemos, no creo que sea prudente que vuelvas a molestar a Isabel ni a nadie de su familia.

Ardwent, sorprendido de la actitud tajante del marqués, deja entrever una escondida carcajada.

—Me interesaba la señorita, aunque Isabel no lo sea. Teniendo en mi poder el Ojo del Ídolo, ella no vale nada.

Su interlocutor no se inmuta; si sus palabras lo hieren, Ardwent no consigue apreciarlo.

—Solo quiero dejar claro que esto es un punto y final.

Extrañado ante la agresiva actitud de Carlos, Ardwent lo mira, asiente con la cabeza y se despide de nuevo. La caricia de la fría piedra lo excita. Reta a su suerte y se aventura a caminar hacia el norte, por calles estrechas. Conoce bien la zona, sabe lo que puede encontrar en esos pasadizos de piedra. No hay espacio para reconocer que puede ser una soberana estupidez, la seguridad que emana aparta al resto de transeúntes. Golpea con la mano izquierda, la que tiene libre, una desconchada puerta verde. Ve cómo desde el primer piso alguien corre una cortina. Sus ojos se encuentran. Oye unos pasos en el interior, un hombre de tez amarillenta lo recibe.

—¿A qué has venido?

—No te pago para que me recibas así. He venido a cobrar mi deuda.

El joven, que aparenta más de treinta y acaba de cumplir los veinte, temía que volviera.

—Aquí tienes más dinero. Gástalo como quieras y no te hagas el sorprendido. Sabes bien lo que busco. —No es un hombre que se detenga ante un deseo. A pesar de la resistencia del joven, consigue su propósito—. Desnúdate. Voy a estar contigo unas horas y quiero ver cómo me sirves.

El Belga espera en vano la llegada de Ardwent en su hotel. Han quedado que regresaría en cuanto consiguiera el diamante, pero no aparece. Le extrañó que lo obligara a quedarse en la habitación. «No vengas —le dijo—, Carlos sospechará si aparezco contigo.» Desesperado, sale en su busca. ¿Lo habrá traicionado? Llega hasta el banco cuando están a punto de cerrar. Acude al encuentro de una de las cajeras que lo ha mirado con curiosidad.

—¿Ha visto por aquí a un militar holandés, alto, muy rubio?

—Sí —le dice juntando los labios coqueta—. Vino por la mañana temprano. No estuvo mucho tiempo.

Furioso con Ardwent, regresa al hotel. Saca una pipa y calma su ira con el hachís. Entrada la noche, la puerta del cuarto se abre y Ardwent aparece acariciando el Ojo del Ídolo. El Belga lo empuja.

—¿De dónde vienes? Hueles a sexo.

—Maldita sea, Adrian. Ten cuidado.

—Una celebración privada. Yo no soy tu perra.

359

—Cálmate. Si se enteran los huéspedes de que estamos en la misma habitación, tendremos problemas. Es mejor que hoy duermas en tu cuarto.

—Sí, claro. Convenientemente dos pisos más arriba. No me fío de ti. ¿Quieres escapar con el diamante?

—Deja de decir tonterías. Estás drogado, borracho. Vete a tu cuarto y cállate. Mañana viajamos temprano.

Sin darle tiempo a contestar, Ardwent empuja fuera al Belga. No está hecho para vivir en pareja. No. Tal vez no debería repartir el dinero con él. Piensa en abandonar esa relación. El Belga rabia, sabe del gusto de su amante por los jovencitos. Le asquea esa debilidad suya. Pero él no piensa dejarse despachar como un vulgar cualquiera. Abandona el hotel y espera en el portal de Carlos a que llegue la mañana.

Cuando Ardwent sale de su habitación, un soldado del Ejército marroquí lo espera. Le dice con serenidad:

—Capitán Ardwent, ¿podría acompañarme? Hasta nosotros ha llegado una información que podría interrumpir su estancia en el país. Quiero mostrarle unas fotos.

Sorprendido, Ardwent camina a su lado hasta el cuartel de la Policía española. No entiende lo que sucede.

—Tengo amigos importantes.

Tras la mesa del despacho al que lo conducen está el comisario Barrera. Sobre ella, imágenes suyas abrazando al Belga.

—Esto es un asalto a mi intimidad. Usted no tiene derecho.

—Todo lo contrario. Tenemos derecho porque fue usted quien decidió venir a vivir a Tánger, libremente. Comprenderá que nos ha colocado en una situación terriblemente incómoda.

—¿Yo? ¿Por qué tengo que darle explicaciones?

—Los alemanes me han comunicado que no pueden aceptar que un hombre de raza aria se eche a perder de ese modo. Usted necesita corregir sus impulsos. Vamos a invitarle a una terapia para cambiar su estilo de vida.

—Me deben dinero. Los alemanes no quieren pagarme. Podemos llegar a un acuerdo. Esto es un asalto, yo no soy ciudadano alemán.

—No, usted es ciudadano holandés y está bajo nuestro control. Nadie le debe nada. Y sus socios se sienten engañados.

—Déjenme.

Dos soldados han agarrado a Ardwent cada uno de un brazo y a empujones lo llevan por la escalera hasta un calabozo, el mismo donde estuvo Isabel.

El Belga ha delatado a su amante. Se ha vengado de su traición. Barrera, que ha sustraído el diamante a Ardwent, le entrega la bolsa de terciopelo al Belga, que a su vez debe dársela a Carlos. Ahora tiene el diamante en su bolsillo y la seguridad de que los alemanes lo buscarán también a él. Tiene que entregárselo a Carlos y desaparecer.

Carlos lo espera en su oficina.

—Han detenido a Ardwent y yo tengo el Ojo del Ídolo. Aquí lo tienes, yo necesito un pasaje para viajar a Estados Unidos. Imagino que no quieres decirle a Isabel que fuiste tú quien pagó por su rescate. Y yo no soy Ardwent; hay dos personas con cartas escritas que contactarán con Isabel si desaparezco o muero. Recuerda que acudí a ti cuando Ardwent había dado órdenes de matarla. Tú, que manejas a la Policía de Tánger a tu antojo y permitiste la muerte de Alfonso confiando en que iban a matar a Daniel. Tú, que te has quedado con el negocio de los brillantes. Tú, que hablaste con Barrera para que la detuvieran y temiste por su vida cuando los alemanes pensaron que fue ella y no tú quien los traicionó. Tú, que has hecho lo imposible para que Daniel desapareciera y estás detrás de lo que le ha pasado a su familia. Qué ironía, tanto como has destruido y acabas ganando. Sé que Daniel se ha marchado por propia voluntad, no contaste con que fuera un hombre honrado. Tú has estado moviendo los hilos para conseguir que esa mujer terminara casándose contigo, y lo hará. Al ganar, pierdes. Qué ironía. Como verás, estoy enterado de tus manejos. Supongo que prefieres ayudarme a que llame a Isabel o haga llegar una carta a Daniel.

—Asqueroso homosexual. ¿Qué es lo que quieres?

—Dinero y un pasaje a Nueva York. Aquí te dejo el Ojo del Ídolo.

—Dame dos días. ¿Cómo puedo localizarte?

—Te volveré a llamar.

El Belga piensa en esconderse y termina en casa de Sarah. Ella lo alojará sin delatarlo. A ella le deja escrita una carta, la otra se la remite a Ludwig. Siente pánico ante cualquier ruido. Cree que la Policía lo acecha. Fuma un cigarrillo tras otro. Ocho horas de interminable insomnio hasta que temprano vuelve a llamar a Carlos. No quiere esperar más. Este accede a recibirlo con el dinero acordado.

—Te digo lo mismo que le dije a Ardwent: es punto y final.

—Sí, solo que yo no soy Ardwent. Y ten cuidado de que me ocurra algo. Hay alemanes cercanos a tu futura cuñada que conocen tu secreto.

Al final, Isabel podrá lucir su diamante. Es extraño que sea esa mujer quien se quede con el Ojo del Ídolo.

—Ve a esta dirección, te darán el billete y el dinero. Yo no lo tengo conmigo.

—Supongo que estarás bromeando.

—¿Y cómo quieres que te pague?

—Con quinientas libras, que ahora poco valen, y unas cuantas monedas de oro.

—¿De dónde quieres que las saque?

—De tu caja fuerte, no me hagas reír. Mi situación es desesperada, tanto que prefiero dispararte antes de que me tomes el pelo. —Le hace una seña de que espere. Ha oído un ruido.

El Belga echa mano a su bolsillo. La puerta se abre sigilosamente, un anciano aparece.

—No sabía que estabas ocupado.

Nervioso, Carlos le pide que espere. Irritado, abre la caja fuerte, saca una bolsa con dólares y le da quinientos.

—Con esto puedes llegar a Nueva York.

El Belga huye rápido hacia el puerto. Su pasaporte de origen argelino le permite pasar sin problemas ante las autoridades españolas. No se parece a ninguno de los hombres que buscan. La suerte está de su lado. En cubierta, respira tranquilo.

El joyero ha regateado al máximo el precio del Ojo del Ídolo. El marqués de la Rasilla le ha permitido llegar hasta las mil libras y veinticinco monedas de oro, y al final no se lo ha vendido. Se ha visto tentado, pero ha decidido quedárselo. Se asombra de esa piedra azul. «Qué brillo», advierte maravillado por la calidad del diamante. Hay transacciones que lo llenan de orgullo. El joyero le ha dicho que esa piedra es distinta a otros brillantes, su pureza conjuga minerales desconocidos: «Viene de las entrañas de la tierra, podría guardar el secreto del universo en su interior.» Carlos siente su poder al acariciarlo.

Ardwent, vestido con una chaqueta a la que han cosido en rosa el símbolo de homosexual, ve a lo lejos el tren al que lo han destinado. Arrastra los pies, despacio, intentando no llegar, pero los empujones de los impacientes soldados evitan que pueda detenerse. Ha sido entregado a los nazis acusado de actividades sexuales ilícitas. Un sargento rechoncho y bajito, con las piernas tan cortas que las botas le sobrepasan las rodillas, se acerca hasta él insultándolo. Él lo ignora, no quiere subir a ese tren. Al sentir el reto del altivo despojo humano que ha traicionado a la raza aria manteniendo relaciones con otros hombres, el sargento se enfurece y le grita. «¡Voy a romperte el hocico!», al mismo tiempo que lo golpea de abajo arriba en la cara con la culata de su rifle. El golpe es seco, violento, le rompe los huesos de la nariz, uno de ellos se le clava en el cerebro causándole una muerte inmediata. «Tuvimos suerte, un marica menos», dice el sargento nazi empujando el cuerpo de Ardwent a la cuneta.

56

*H*an dejado a Adele durmiendo, los dos necesitan comer, distraerse de la tensión acumulada durante la travesía. Nelly y Daniel disfrutan de la cena invitados en la mesa del capitán.

—¿Cómo sigue su mujer?

—Mejor, ayer ya consiguió comer algo sólido y la fiebre no ha regresado.

—Debe ser muy difícil estar recién casado y tener a su mujer tan enferma. Así no hay luna de miel.

A Daniel no le gusta la forma de hablar del capitán, que esa misma mañana ha celebrado su boda con Adele. Una recepción sencilla en la habitación. Nelly le ha prestado un vestido, un velo y ha creado un tocado de flores con un centro de mesa. La ha ayudado a levantarse, a maquillarse, a vestirse. Ha podido unirse a Daniel sentada en una silla. «Estamos cumpliendo el deseo de nuestros padres», ha dicho ella antes de besar a su marido con ternura en los labios. Él ha correspondido lejano, con prisas. Más preocupado de atenderla y enviarla de nuevo a la cama a descansar que de abrazarla con dulzura.

—Adele ha sufrido mucho. Es importante que se recupere.

—Daniel, ya verás cómo mejora —lo anima Nelly—. Por cierto, este pollo está exquisito.

—¿Qué les parece si la agasajamos? Camarero, vaya a decirle al cocinero que me preparen una bandeja con pollo, sopa y pastel para el camarote dieciséis —dice el capitán.

—Adele está durmiendo, cuando yo vaya se lo llevaré. Muchas gracias. —Daniel no quiere que las visitas alteren el ánimo de la joven.

Un rato después, Nelly y Daniel recorren el pasillo hacia sus camarotes. Comentan la ostentación de algunos invitados a la mesa del capitán. Se sienten culpables de haber dejado sola a Adele durante una hora, creen que ya debe de haber despertado. El camarero los sigue con una bandeja de comida. Con sigilo, Daniel abre la puerta.

—¿Adele? —pregunta modulando la voz—. ¿Adele? —Inquieto, se acerca a ella. Agarra su mano y advierte su frialdad—. ¡¿Adele?!

Nelly se acerca y zarandea a la joven, que sigue sin responder.

—Daniel, está muy fría. Ve a por el médico, ¡corre! —le grita al camarero—. Dios mío, Dios mío... —Nelly está histérica.

El capitán y el médico aparecen en la puerta.

—Salgan —pide el médico.

Enseguida llama al capitán y a Daniel. Nelly permanece fuera, sentada en el suelo, llorando desconsoladamente.

—Siento informarle de que su mujer ha fallecido.

La cabeza de Daniel da vueltas, Adele no puede estar muerta, se acerca a la cama y vuelve a moverla. Apenas la ha dejado sola una hora. Muerta. ¿Por qué? Todo es una pesadilla que no cesa.

—Necesito hablar con usted de cómo tratamos una situación tan comprometida en un barco —lo aborda el capitán sin ninguna compasión.

Daniel recuerda entonces cómo se deshicieron del cuerpo de Alfonso en el mar. Sabe que eso es lo que le va a pedir el capitán. No pueden dejarla a bordo. Teme que la enfermedad de Adele sea contagiosa.

—Llegaremos en dos días. ¿Sería posible...?

—Lo siento, no puedo hacer eso.

Daniel se lleva las manos a la cara.

—¿Puede preguntar si hay un rabino a bordo? Tengo que hablar con un rabino, por favor.

—Sí, claro que sí. Pediré a la tripulación que nos ayude a encontrar un rabino. Estos días hay muchos judíos cruzando el Atlántico.

Daniel a punto está de soltarle un puñetazo al capitán. Nelly lo detiene.

Al poco tiempo llega un marinero para informar al capitán de que hay un hombre en tercera clase que lee algo a un grupo de judíos que lo acompañan. Daniel pide que lo traigan, el capi-

365

tán se lo concede, dos marineros tienen órdenes de entrar en la habitación para preparar a Adele en cuanto salga el rabino.

Carlos se presenta de improviso en su casa con un enorme ramo de flores blancas. Isabel sonríe al verlo entrar. Seguro que ya sabe que Daniel se ha marchado de Tánger y por eso ha venido.

—Hola, no te esperaba —miente ella.

—Mientras me aceptes, siempre debes esperarme con un gran ramo de flores blancas. Me voy a Málaga. Mi madre no puede con los negocios, y a mi hermano los militares lo han destinado a Sevilla. Vengo a pedir que vengas conmigo. Cásate conmigo, Isabel.

—¿Y mi abuela?

—Puede venir con nosotros también. Málaga no está lejos de Tánger.

—Pero es peligroso para ella.

—No pienses en eso. Marchémonos de aquí, empecemos de nuevo en Málaga. Empieza otra vida a mi lado.

—Déjame pensarlo.

—Date prisa, Isabel, lo que no tengo es tiempo ni intención de esperarte para siempre. —Él también miente, no hay otra mujer ni la habrá en su vida.

Esa noche Fátima accede a regresar a Málaga con su nieta, a la ciudad donde conoció el odio y el desprecio. El cariño que siente por Isabel puede sobre sus temores. Cree que ayuda a su nieta animándola a casarse con Carlos.

—Iré contigo si le dices que sí. Además, cuando te cases, te convertirás en marquesa.

—¿Por qué? La marquesa no ha muerto.

—Carlos es marqués desde la muerte de su padre, su madre es marquesa viuda. El título te corresponderá a ti. No puedo esperar a ver la cara de esa mujer cuando sepa que su hijo te ha elegido como esposa.

La segunda boda de Isabel es un trámite, como la primera. La organiza Carlos con la ayuda de un sacerdote amigo suyo. Ha decidido no avisar a su madre, nunca ha sido amable con la familia de Isabel y haría cualquier cosa por detenerlo. Le da lo mismo

366

enfrentarse a ella, la respeta por educación, pero nunca le ha dado afecto, al contrario, lo ha educado como si fuera un soldado. Odia cómo lo coge del hombro clavándole las uñas con cada error al seguir sus malditas órdenes. Con la muerte de su padre, ha tenido que hacerse cargo de sus negocios y, además, tiene interés en los terrenos de Isabel. El vestido, el velo, las flores, el menú del almuerzo en el Casino, todo lo elige Carlos deliberadamente sencillo pues no quiere llamar la atención, para evitar que su madre se entere de los preparativos. El beso del matrimonio es el primero que se dan, para cada uno de los novios es distinto. Ella lo recibe con cariño, disipa dudas, este puede ser el hombre cariñoso que tanto ha deseado. Para Carlos es cumplir un sueño, cálido, sereno; disfruta al recibirlo y suspira.

Por boca de Nelly escucha Miranda la historia de Daniel al llegar a Manhattan.

—Cuesta encontrar a alguien que no haya perdido a un ser querido. La muerte ha dejado de estar reservada para niños y viejos, ahora nos acecha antes de tiempo. ¿Y dónde está Daniel?

—No lo sé. He ido a buscarlo para despedirme, pero no lo he encontrado.

Nelly lo ha buscado, pero el capitán le ha informado de que ha sido uno de los primeros en desembarcar.

Matthew McAllister y Nelly se abrazan en el muelle; tienen pensado marcharse a Boston para ver a un primo de ella y desde allí seguir viaje hasta Hawái. Su hija, que también ha venido a recibir a Nelly, lo ha ayudado con la separación, que sorprendentemente su mujer ha aceptado de buen grado. Los dos sospechan que las visitas al doctor Jacobson tienen algo que ver con su cambio de actitud.

—Avísame si tenéis cualquier problema. —Matthew está triste por abandonar a su hija.

Nelly la abraza. Acaban de llegar y ya están marchándose.

Cuando se queda sola, la joven McAllister camina pensando en su futuro. Gracias a su madre adoptiva y a su círculo de amistades, y también a Said, se ha acostumbrado a tratar con los judíos. Ha empezado a visitar sinagogas. Ha ido comprando objetos de los recién llegados: cuadros, joyas, oro, bandejas de plata, relojes de oro. Piensa en acercarse a esa religión que la mima. Cada día acude a su clase de Pilates. Vive la euforia del triunfo.

Mira la puerta de su nueva oficina y lee «Miranda Virós». Nada indica que comercia con los restos de un naufragio, con las pertenencias de los refugiados de guerra. Said la llama, han llegado varios amigos suyos de Europa. Él cree que ayuda a los huidos, no se le pasa por la imaginación que ella se está aprovechando de la situación.

Llega el correo y Miranda recibe una carta de Ludwig. Le extraña que no la llame por teléfono. La abre intrigada.

Querida Miranda:

Hace poco tiempo recibí noticias del Belga. Me informa que, en caso de desaparición, me ponga en contacto contigo. He creído conveniente contarte la historia, sin saber si él está vivo o muerto porque me importa muy poco. Al parecer, Carlos de la Rasilla está detrás de la muerte de tu padre, de la desaparición de Daniel en la vida de Isabel, del arresto de Ardwent, y en posesión del Ojo del Ídolo. No sé cómo van a afectarte estas noticias, pero estoy seguro que prefieres conocer la verdad. Telefonéame cuando tengas un momento.

Un saludo,

LUDWIG

Sus manos tiemblan sujetando el papel que resume el dolor de sus últimos años. La aturde conocer la verdad, aunque no le extraña. Sin embargo, siente la rabia en cada molécula de su cuerpo. Maldito Carlos, maldita Isabel. Ella, al final, sigue teniendo esa piedra. De algún modo, lo tiene todo. Ha conseguido que su abuela se vaya con ella a vivir a la ciudad que odia, tiene posición social en Málaga, familia, y, también, el Ojo del Ídolo. No, no piensa consentirlo. Enciende un cigarrillo, reflexiona cómo recuperar esa piedra que, está segura, solo le pertenece a ella.

Acuerda encontrarse con Said en una sinagoga cercana al puerto. Cuando Miranda entra, hay un hombre rezando a la derecha, en silencio. Reconoce la forma de su cabeza, sus ojos, su nariz. Es el mismo rostro que su hermana esculpió en Tánger, no puede creerlo. El hombre llora con la cabeza agachada.

«¡Es Daniel! Bendita suerte la mía. ¿Qué hace aquí llorando? Ay, Isabel, ¿no querías que formara parte de tu aventura personal? Pues mira.»

—¿Está usted bien? —pregunta Miranda cordial.

Él mueve la cabeza de arriba abajo. Le quedan pocas ganas de hablar; sin embargo, esta mujer tiene algo que lo llena de recuerdos, de ternura.

Miranda se presenta con fingida candidez. No tiene intención de revelar su verdadero nombre.

—A veces compartir lo que uno siente con desconocidos es saludable.

—Acabo de llegar a Nueva York.

—Permítame ofrecerle mi ayuda. Yo también vine huyendo de Europa.

—Gracias. Me llamo Daniel. He perdido a mi mujer en la travesía. No soy buena compañía.

—Entonces, recemos juntos, compartamos sus oraciones.

Daniel se lo agradece. Encuentra consuelo en la familiaridad que descubre en ella. Ambos oran en silencio durante largo rato. Cuando Said aparece, los dos invitan a Daniel a tomar un café. Salen juntos de la sinagoga.

369

Dispuesta a retomar su vida, Isabel le pide a Alba que vaya con ella a vivir a Málaga. Puede contratar a otra enfermera para cuidar de Nana. Alba no quiere, ha estado quemando las cartas que llegan de Elizabeth a la casa de Cirencester y ha conseguido que Nana cambie su testamento en favor de su nieta mayor, acusando a Elizabeth de abandono. Los persistentes episodios de locura de la abuela han contribuido a facilitar la situación en favor de Isabel. Ahora la joven es la única heredera de la familia Leman-De la Mata. Proteger los intereses de esa niña, a quien considera una hija, se ha convertido en el objetivo de Alba, que, ingenuamente, cree asegurar el futuro de su hijo Manuel.

Reconociendo el azul del cielo de Málaga, Isabel se siente una reina. Aunque la alegría le dura poco, en unas horas debe enfrentar a la madre de Carlos, que los estará esperando en la puerta de la que será su futura casa.

—¿Sabes?, nunca pensé que tuvieras valor para casarte con

mi hijo. En ningún momento se me pasó por la cabeza. Créeme que lo hubiera evitado. Debí sospechar de ti cuando me dijeron que el hombre del que estabas enamorada no vivía en Tánger. Siempre temí tu presencia en el corazón de Carlos. Pero ahora, al descubrir que te has casado con él por necesidad, por no estar sola, por mantener un lugar en la sociedad, siento pena por ti.

—Yo no me he casado con Carlos por interés, ¿qué está diciendo? —responde Isabel herida. ¿Por qué demonios Carlos no la ha acompañado? Está segura de que esa arpía lo ha organizado así.

—Da igual. Escúchame, tengo una pequeña historia que contarte. Sé que tú y tu abuela me acusáis de no haberme portado bien con ella cuando vivía en Málaga. ¿Alguna vez os contó Fátima a quién abandonó tu abuelo para casarse con ella? A mí. Él y yo estábamos comprometidos, ya habíamos enviado las invitaciones de boda y, una semana antes, descubrí que había regresado de Tánger casado con una mujer a la que había secuestrado.

»Razones para evitar su presencia en mi círculo de amistades nunca me faltaron, pero fue ella solita quien nos rechazó. A veces, la moneda tiene dos caras. Toma, te regalo como anillo de compromiso el que tu abuelo me dio a mí. Maldito para mí, maldito para ti. Siempre lo he guardado sin saber por qué, ahora sé que estaba destinado para Isabel de la Mata, la nueva marquesa. Cuida las obligaciones del título, y las que tienes como esposa espero ver que también las cumples con dignidad. Disfrutaré mirando tu soledad.

Y le coloca a Isabel en un dedo un hermoso anillo de brillantes. Esta se lo quiere devolver, pero no puede porque en ese momento llega Carlos. Su madre ha aprovechado que él ha entrado en la casa para dárselo.

Isabel se queda con el anillo, el diamante de Daniel y el Ojo del Ídolo. Se levanta, da las gracias y sale oyendo la carcajada de la marquesa a su espalda.

57

—¿*A* qué has venido? —le pregunta Isabel a Fátima—. Aún no lo entiendo. —Se levanta de la silla. Le pesan las piernas, está cansada—. ¿Cómo llegó a tus manos el Ojo del Ídolo?

—A decirte que Carlos me lo dio a cambio de no contarte la verdad —responde Fátima.

Isabel mira la bolsa roja de terciopelo. La coge entre sus manos y saca el brillante. El Ojo del Ídolo brilla bajo la mortecina luz de la casa.

—¿Carlos te lo dio?

—Míralo, sí, míralo. Brilla de una forma reconocible. Es frustrante que no sepas la verdad, por eso he venido. Esta piedra me atormenta. Quería que la vieras y pensé que la querrías.

—¿Como un trofeo? No. ¿Por qué te lo dio Carlos?

—Verás. —Le cuesta acertar con las palabras porque sabe el resultado; sin embargo, ha callado demasiado tiempo—. Quiero regalártelo.

Isabel se ríe.

—Es precioso, pero mientras lo tuve viví un infierno. Como diría Alba, «trae mala suerte».

—¿Qué fue de ella?

—Vino aquí a trabajar conmigo, abandonó a Paolo por mí. Una mujer maravillosa. Hace ocho años que la perdí. Sufrió mucho por su hijo. Carlos no lo quería aquí. ¿Por qué quieres darme el Ojo del Ídolo? ¿Te sientes culpable? ¿Cómo te llamas ahora: Fátima, Miranda o has vuelto a cambiarte el nombre?

—No te queda bien el cinismo, Isabel. Mantengo el nombre de Miranda, Miranda Thneleb.

Isabel se estremece al oír que aún lleva el apellido de Daniel.

—Daniel me escribió, me dijo que había descubierto que

eras mi hermana —relata Isabel—. Me vino a ver, pero no se atrevió a subir. Me pidió perdón por carta. No nos hemos vuelto a encontrar.

—¿Ni cuando murió Carlos?

—No.

—Siempre pensando en el qué dirán.

—No. Ya no era nuestro tiempo. Daniel ha entregado su vida a perseguir a los nazis por el mundo, sigue trabajando para el servicio secreto israelí. Su vida está en Londres.

—¿No se casó otra vez?

—No. Para qué. Contigo ya tuvo bastante. No entiendo a qué has venido.

Saber que Isabel y Daniel se han escrito durante tantos años la irrita.

—A decirte que tu marido Carlos lo planeó todo: la muerte de papá, tu secuestro, la detención de Ardwent. Él lo único que buscaba era tenerte a ti. Poseerte. Tú eras realmente el trofeo. Mira esta carta de Ludwig.

372

A Isabel la desconcierta su hermana. En las últimas dos horas ha cambiado, ya no la intimida. El aire es respirable, el miedo ha desaparecido.

—Realmente, ¿a qué has venido? ¿Me crees tan idiota? Durante los años que viví con Carlos fui descubriendo su secreto. Sus mentiras no encajaban, no hubo necesidad de que me revelara su verdad. Fue un rompecabezas que supe juntar. Sin embargo, siempre me trató mejor que nadie.

—No te entiendo, ¿eso fue suficiente?

Isabel mira a su hermana, incómoda en esa silla donde por primera vez apoya su cansada espalda.

—¿Has venido a presumir de tu trofeo?

Fátima mira a Isabel, desconoce a la mujer que rechaza el diamante, ¿un trofeo?

—No, simplemente, he venido a decirte la verdad. —Vuelve a erguirse en su silla. Irritada, se revuelve—. Sí, la marquesa merece una última humillación. Por eso te regalo este diamante.

Fátima se levanta, le pesan las piernas. No sabe por qué ha dicho eso. Extrañas para siempre, se dan la mano. Isabel toca la campanilla de plata.

EPÍLOGO

$\mathcal{D}$aniel se impacienta, sus superiores le han asignado investigar a varios miembros del OSS, el servicio de inteligencia estadounidense, y debe viajar a Washington. Se ha convertido en colaborador del *New York Times,* tiene una columna de opinión con miles de lectores en varios países. Trata de política, de deportes, de guerra, de gastronomía e incluso de viajes.

Un antiguo conocido de Austria lo puso en contacto con el director y a este le pareció fascinante su vida, su forma de contar historias. En una cena lo invitó a firmar un breve en el periódico, pero el éxito de sus crónicas lo ha convertido en una de las firmas estrella del prestigioso diario.

Esta mañana se encuentra escribiendo sobre la posibilidad de una larga contienda en el Viejo Continente y cómo el resultado cambiará la historia de la civilización. Cavilando lo encuentra la llamada de Douglas Harris, que le advierte de que la Administración del presidente Franklin D. Roosevelt ha organizado reuniones de emergencia para tratar el tema de los diamantes. Necesitan su ayuda. Hitler no ha dejado de avanzar por Europa y hay que detener, como sea, la venta del *bort*. Estados Unidos necesita con urgencia seis millones de quilates si quiere ganar la guerra.

—Eres de los pocos agentes que conocen el terreno, que saben lo que sucede en el Congo, que puede averiguar qué demonios está pasando con los diamantes.

—¿Me está pidiendo que viaje otra vez a África?

—Ve a Washington primero, luego veremos qué se nos ocurre.

—¿Y mi hija y mi mujer?

—No van a tener futuro si Hitler gana esta maldita guerra

—le contesta Míster Harris, enfurecido ante la negativa testarudez de Daniel.

Daniel agarra con fuerza el auricular, pensaba que había dejado atrás todo lo relacionado con los diamantes, con África y Tánger, con Isabel, que últimamente se le aparece con demasiada frecuencia en sus sueños; sin embargo, se ve envuelto en un nuevo episodio hacia un complicado destino como consecuencia de la epidemia de codicia que no deja de acechar al mundo y a sus dirigentes.

Busca a Miranda por la casa, no la encuentra y decide ir a su oficina. Nunca ha ido, ella se ha empeñado en evitar su presencia allí con miles de excusas. Llevan casados unos meses, y aún no sabe ni por qué decidió contraer matrimonio con esa desconocida. No acierta a entender qué hay en Miranda que lo fascina, pero su generosidad, su disposición a ayudarlo con Sylvie, la adopción de la niña y la bienvenida que le dio lo cautivaron. Sexualmente compensa con imaginación su frialdad, ambos han descubierto ser expertos en la actividad sexual sin erotismo, que suple la falta de química entre ellos.

374

«Sylvie debe estar aún en el colegio», piensa mientras se viste. Apura el paso, piensa en cómo le va a decir a Miranda que tiene que ir a Washington, no se atreve a confesar el encargo de Míster Harris. Puede inventarse una reunión con el *Post* para un trabajo o una entrevista con un político, sí, eso será lo más conveniente. Se desliza en el edificio de la oficina de Miranda sin ser visto, no conoce a la secretaria que recibe a los clientes en una pequeña recepción donde varias personas esperan turno. Se percata de que hay bastante gente esperando, todos son judíos.

«¿Que harán aquí?», se pregunta confuso cuando la secretaría le pregunta:

—¿En qué puedo ayudarle?

—Soy Daniel, entiendo que no me conozca, el marido de Miranda. No necesito invitación.

Y sin esperar una respuesta, continúa por el pasillo hasta una puerta de cristal. La secretaria corre tras él intentando detenerlo. Lee en la puerta el nombre de «Mrs. Thneleb» y entra. Le sorprende que utilice su apellido. Abre con un gesto de triunfo. Siente en su rostro el calor de una bofetada al encontrar a un hombre con un cuadro sobre la mesa de su mujer. En ese instante entiende lo que está ocurriendo. Miranda observa la pintura con suma atención, calibrando su valor, decidiendo su límite y dice:

—Doscientos dólares.

Entonces descubre frente a ella a Daniel, con los ojos rojos cargados de rabia.

—¿Esto qué es? ¿Compras arte de los emigrados judíos? ¿Es este tu trabajo? ¿Te aprovechas de la desgracia de esta gente? El apellido que hay en esta puerta es mío. ¿Cómo te atreves a insultarme de esa manera?

Ella también está ciega de ira. El hombre del cuadro no quiere irse sin sus doscientos dólares, ha llegado desesperado y quiere salir con dinero. Miranda abre un cajón y se los da, dejando el cuadro asentado en una mesa.

A solas, Daniel y Miranda se miran a la cara en un reto mutuo.

—Eres tú quien debe dar explicaciones. ¿Quién te crees que eres para presentarte aquí a insultarme? —Ella no se amedrenta.

—Miranda, no es justo lo que haces. Te has inventado un negocio a costa del infortunio de esta pobre gente, no es correcto. —Daniel habla con diplomacia, aguantando el coraje.

—Ja, correcto. ¿Qué sabes tú lo que es o no correcto? ¿Acaso crees conocerme?

Daniel se queda atónito: su voz se ha tornado fuerte, potente, ya no es dulce ni felina, es desagradable, masculina. Insolente, le puede.

—¿Acaso no te he ayudado cuando lo has necesitado?, ¿acaso no he consentido sin rechistar en cada cosa que me has pedido que haga por Sylvie o por ti? ¿Quién te crees que eres para juzgarme? ¿Tú, que abandonaste a la mujer a la que amabas por tu inagotable culpa? —Miranda se muerde la lengua.

—¿Qué sabes de mi vida? ¿Has estado averiguando mi pasado?

—Claro que lo he averiguado, no soy tan estúpida. Hoy me ves comprando cuadros, ayer era traductora de un grupo de mafiosos y antes de eso descubrí el poco valor de tus promesas. Esas son mis verdades. Anda, atrévete con las tuyas.

—La única que poseo es mi desconocimiento de ti. Hazme

un favor, dame el divorcio. Entre nosotros no hay nada, ni amistad, ni cariño ni pasión. Será fácil separarnos.

—No. Sylvie es mi hija, la he adoptado y la quiero, no la voy a dejar marchar. He aprendido a quererla, tú eres un desastre que traiciona a quien ama. ¿A qué has venido?

Daniel recuerda que debe ir a Washington, no puede pelear ahora por Sylvie. Es mejor que continúe al cuidado de Miranda.

—Maldita sea —dice al salir, y da tal portazo que el cristal de la puerta se quiebra dejando restos esparcidos por el suelo.

Él mira hacia atrás, siente repugnancia de ver su apellido en esa puerta, la golpea hasta romperla y se va con sangre en los nudillos.

Aturdido por el dolor, camina hasta el colegio de la niña y espera hasta que terminan las clases. Cuando la ve salir, le silba y la invita a tomar un helado.

—Hija, debo salir de viaje unos días, ¿estarás bien?

—Claro, Daniel. —Sylvie no le llama papá—. Miranda es muy buena conmigo. Me quedaré con ella.

Aquella jovencita de once años ha madurado tanto desde la pérdida de sus padres que teme que nunca recupere la inocencia.

Apurado por la falta de diamantes, el presidente Roosevelt ha organizado un consejo de producción de guerra responsable de movilizar la economía americana para comprar los tan necesarios seis millones de quilates. DeBeers tiene otros intereses, las negociaciones entre ambas partes se endurecen y el mismo Ernest Oppenheimer se opone personalmente a la transferencia de diamantes desde Londres a Nueva York: asegura que si los estadounidenses consiguen su remesa de diamantes y la guerra termina rápidamente, el valor de los diamantes caerá. Retiene los diamantes destinados a Estados Unidos mientras continúa con la entrega a los constructores. Roosevelt, preocupado por la intransigencia, expresa su incredulidad ante la actitud de los líderes del sindicato de diamantes y pide al Departamento de Estado que intervenga directamente ante Winston Churchill y su Gabinete en Londres.

Así están las cosas cuando Daniel llega a Washington; un agente del MI6 se las resume y, para su sorpresa, descubre que son sus compatriotas quienes se niegan a ayudar a Roosevelt y presionar al sindicato. Cuando esa noche llama a Douglas Harris, este lo encuentra enojado.

—La verdad, no entiendo nada, la mitad de los ejecutivos de Londres son meros instrumentos de DeBeers. Si fueran más responsables y menos codiciosos, esta guerra se terminaría de inmediato. Hitler está desesperado por los diamantes y Estados Unidos tiene el dinero para conseguir la partida necesaria. En menos de ocho meses todo terminaría.

—Daniel, cuida tus palabras.

Enfurecido, Daniel cuelga el auricular con una idea fija en la cabeza. Douglas le dio el número de un conocido en el FBI que también está en Washington, no sabe si va a conseguir su ayuda, pero merece la pena intentarlo.

Miranda se impacienta con Sylvie: «Vamos vamos, no querrás llegar tarde el día de tu graduación». La joven termina su primera fase escolar y empieza el bachillerato. Debe sentirse orgullosa. Le ha organizado una fiesta en la casa para celebrarlo, aunque está triste por las ausencias: sus padres, su hermano y ahora Daniel.

Desde que les escribió diciendo que debía viajar a África, no saben nada de él, ni una carta, ni una llamada ni un cable. Como si la tierra se lo hubiera tragado.

Miranda ha escrito a Isabel preguntándole si ha sabido algo de él, tras explicarle que lo conoció en Nueva York, que se casaron, que adoptaron a Sylvie. A su hermana nada le sorprende de Miranda, al contrario, parece como si hubiera estado esperando esa noticia. Un simple «No te preocupes por Daniel, ya volverá» ha sido la respuesta telegráfica de Isabel, acompañada de la frase: «Creo que hasta aquí hemos llegado tú y yo. Atentamente, la marquesa», firmada con el apellido de Carlos.

Los celos regresan a Miranda, como cuando era Fátima. Ahora ella es rica, tiene varios edificios en Manhattan, acecha a los vendedores de joyas en busca de la aparición del Ojo del Ídolo y, sin embargo, sigue envidiando a Isabel. Sentada en primera fila, entre los familiares de los compañeros de Sylvie, aplaude con cinismo la celebración de su hija. Un hombre se acerca a ella con una nota, al parecer ha estado un rato buscándola. Tan inoportuno como rápido desaparece. Serge Rubinstein la busca, necesita que le haga una traducción, le promete que será su último trabajo. Arruga la nota. No quiere verse involucrada con la mafia por miedo a perder su negocio, aunque duda, no acudir puede ocasionarle un conflicto peor. En ese momento no tiene tiempo para otra cosa que para atender a su hija, aplaude con orgullo cuando la directora recita su nombre: Sylvie Thneleb Virós, y ella, con su bonete y su cordón de *valedictorian*, sube al estrado para leer un pequeño discurso.

Ha sido Miranda con su dedicación quien ha conseguido que Sylvie olvide sus miedos, quien le ha inculcado el valor de la educación. Ella le ha prometido buscar a sus padres; de hecho, invierte una gran cantidad de dinero en las averiguaciones, pero están en punto muerto. Les dijeron que habían sido enviados a un campo de trabajos forzados en Polonia y ahí se pierde su rastro.

378

Atento a sus superiores, Daniel escucha en una oficina en Virginia la presentación que le hacen del caso. Lleva dos años ayudando a la inteligencia estadounidense para conseguir *bort*, pero cada intento termina invariablemente en DeBeers, en Oppenheimer. Le indigna ese judío alemán capaz de mostrarse tan obstinado en contra de la ayuda a Estados Unidos, una ayuda que podría haber terminado con la guerra y con las muertes de millones de personas.

—Alguien debe hacer algo —dice Daniel levantando la voz a sus jefes.

—Tranquilo. Roosevelt acaba de escribir un cable advirtiendo que no enviará aviones a Inglaterra si el sindicado no vende una partida de diamantes. Ven conmigo —le dice el mismo tipo que le ha expuesto el tema de los diamantes—. Estamos muy contentos con tu trabajo, pero convendría que te controlaras. Vienen muchas curvas y es necesario saber conducir por ellas. ¿Puedo contar con tu serenidad?

Daniel asiente, no ha vacilado en entregarse a una causa en la que cree, aun a costa de no saber nada de Sylvie.

No ha salido del edificio rumbo a la habitación de hotel donde reside antes de regresar al Congo cuando lo llaman para informarle de que DeBeers, presionado por Churchill, ha vendido un millón de quilates a Estados Unidos. Es tan solo un catorce por ciento de lo que necesitan, pero es mucho más que nada. El cargamento vendrá desde Canadá, país de la Commonwealth donde Oppenheimer tiene una partida de diamantes, así el cargamento sigue bajo su control.

Daniel es enviado a las minas de Forminière. El Congo Belga está administrado por el Gobierno belga en el exilio, o lo que es lo mismo, controlado completamente por el Gobierno británico. Las minas están supervisadas por la Policía del sindicato de DeBeers, pero Daniel sabe, porque se lo dijo Gnome, lo fácil que es comprar a los policías congoleños. Tiene como objetivo averiguar si alguien tiene capacidad para romper el sistema de seguridad de DeBeers. Antes de aterrizar sabe que los diamantes se escurren entre las manos de los jefes de Policía y van a parar directamente a los alemanes. Tarda unos días en establecer contacto con Albert, de viaje en Londres, quien le averigua el nombre de un viejo conocido suyo, el Belga, que se esconde en Leopoldville. «Vaya, vaya», se dice Daniel frotándose las manos. Guarda la dirección en el bolsillo de su chaqueta y acude al bar del hotel en busca de un whisky. Un cliente francés, a su lado, le pregunta su procedencia.

—Soy gibraltareño —miente Daniel—, me llamo John, estoy buscando a un amigo.

—Y quién no anda estos días buscando a alguien —le responde el hombre mirando detenidamente su vaso—. ¿Cómo es el personaje al que busca?

—Un tipo no muy alto, pelirrojo, de ojos claros.

—Ah, bueno, siendo así lo encontrara rápido, si él quiere, por supuesto.

Daniel manda su primer informe dos días después: casi la totalidad de la producción está bajo una elaborada operación de controles que se extiende por todo el continente africano, y al parecer se envía a Londres.

Se está cambiando en su habitación cuando oye ruidos en el pasillo. El pomo de su cuarto se mueve y rápidamente la puerta se abre. El Belga lo encuentra con una pistola en la mano, igual que él.

379

—Has estado preguntando por mí.

—¿Dónde está Ardwent?

—Muerto, acabaron con él los alemanes. ¿Qué quieres de mí? Sería absurdo que me buscaras por Ardwent.

—¿Dónde está el Ojo del Ídolo?

—Lo vendí a un comerciante holandés hace dos años. No tengo idea, ya no me queda ni el dinero que me dieron por la venta. Pensé en viajar a Estados Unidos pero no me dejaron entrar. Terminé aquí.

—Imagino que sigues en contacto con el mundo de los diamantes.

—¿Por qué quieres saberlo?

—Si dejas de apuntarme con esa pistola te lo cuento —responde Daniel bajando su arma y acercándose a la mesa para servir dos vasos cortos de brandi—. Mira, tal vez pueda ayudarte con tu visa en Estados Unidos. A cambio necesito saber cómo consiguen su partida de diamantes los alemanes.

La carcajada del Belga truena en el cuarto.

—Estamos como al principio, ¿no, Daniel?

—Como al principio no. Vas a reírte más si te digo que estoy casado con la hermana de Isabel.

El Belga no puede contener la risa, es la mejor historia que ha escuchado en su vida.

—Esa mujer es una víbora, tiene negocios con Ludwig. Creo que vende el arte que él les roba a los judíos que mandan a los campos de exterminio.

Daniel quiere vomitar. El Belga no para de reír. Hacía tiempo que la comedia no formaba parte de su existencia.

—Mañana te llevo a ver a un comisario que te contará y luego negará lo que te diga. Yo le pago con tu dinero, pero debes asegurarme por escrito mi visado de entrada a Norteamérica.

—No sé si puedo mañana.

—Es mañana o no puedo ayudarte, mi situación aquí es complicada.

Tras salir de la reunión con el comisario, a Daniel no le quedan dudas de que la Corporación de Diamantes ha estado espiándolos. Los han detenido a los tres. Las ramificaciones de DeBeers por el monopolio son un brazo armado muy poderoso al que ni el Gobierno británico, ni los estadounidenses ni los alemanes pueden detener. La suerte del policía, por traición, es la horca; a Daniel y el Belga los consideran espías americanos y son expulsados inmediatamente a Acra. De allí viajan a Tánger, donde son recibidos por otro agente que acaba de llegar de Leopoldville.

—La mayor fuente de diamantes industriales para los alemanes es Forminière —le explica Daniel—. Los nazis han conseguido hacerse con suministro para todo un año gracias a los envíos de la Cruz Roja. Un cargamento de varios millones de quilates fue entregado desde el Congo a los nazis de la Bélgica ocupada. Toda la Policía de la ciudad está involucrada, desde el comisario jefe hasta sus peones.

El agente suspira; el Belga también. Han visto demasiado, ellos se juegan la vida en un escenario que podría ser distinto sin la avaricia de los productores de diamantes. Tantos millones de vidas perdidas por esas piedras. Qué absurdo.

Daniel se levanta.

—Debo marcharme.

—¿Vas a buscar a Isabel?

—Sí.

381

Daniel llega a Málaga en un barco desde Cádiz. Una vieja conocida suya, americana, que vive en las montañas de Vejer le presta su coche sin pedirle nada a cambio, es el primer gesto de generosidad que encuentra en años. Ve a Isabel en la terraza, apoyada en el balcón, fumando un cigarrillo. Ha cambiado. Tiene el pelo sobre los hombros y está embarazada. Guapísima, la mira una última vez, la trenza a sus recuerdos en el cajón de la memoria. «Adiós, marquesa.»

Ha perdido una mujer que vale más que todos los diamantes. Ella también lo ve, a lo lejos, un requiebro que le para el corazón por un instante. Lo saluda, baja la mirada y se despide con la mano.

ESTE LIBRO UTILIZA EL TIPO ALDUS, QUE TOMA SU NOMBRE
DEL VANGUARDISTA IMPRESOR DEL RENACIMIENTO
ITALIANO, ALDUS MANUTIUS. HERMANN ZAPF
DISEÑÓ EL TIPO ALDUS PARA LA IMPRENTA
STEMPEL EN 1954, COMO UNA RÉPLICA
MÁS LIGERA Y ELEGANTE DEL
POPULAR TIPO
PALATINO

TU MALDITA VOZ EN MI MEMORIA
SE ACABÓ DE IMPRIMIR
UN DÍA DE PRIMAVERA DE 2019,
EN LOS TALLERES GRÁFICOS DE LIBERDÚPLEX, S. L. U.
CRTA. BV-2249, KM 7,4. POL. IND. TORRENTFONDO
SANT LLORENÇ D'HORTONS (BARCELONA)